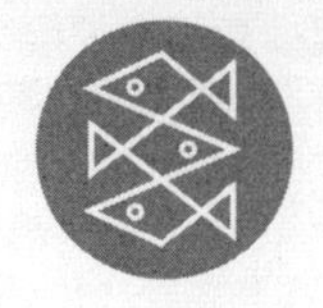

Angelia ist hungrig auf das Leben. Und sie hat einen Traum: die Musik. Um ihn wahrzumachen, bricht sie auf nach London. Mit dem ungleichen Brüderpaar Josh und Jeremy erlebt sie Licht und Schatten von Freundschaft und Liebe. Angelia geht durch höchstes Glück und tiefe Täler, muss sich ihrer Vergangenheit stellen – und bleibt doch immer auf dem Weg, den ihr Traum ihr zeigt ...

»Preisverdächtig!« *Alliteratus*

»Es geht im Leben nicht darum, Rockstar zu werden, sondern sich und seinen eigenen Weg zu erkennen. Mach es wie die Träumerin: Halte deine Nase in den Wind und lebe deinen Traum!«
Rudolf Schenker, Gründer der ›Scorpions‹, ›Rock Your Life‹

Foto © Caroline Schreer

Tanya Stewner wurde 1974 im Bergischen Land geboren und begann bereits mit zehn Jahren, Geschichten zu schreiben. Sie studierte Literaturübersetzen und Literaturwissenschaften und hat selbst zwei Jahre lang in London gelebt. Tanya Stewner hat ihren großen Traum wahrgemacht: Sie widmet sich inzwischen hauptberuflich der Schriftstellerei; ihre Kinderbuchreihen um Liliane Susewind und die Elfe Hummelbi sind internationale Bestseller, für die sie mehrfach ausgezeichnet wurde. Tanya Stewners zweite große Passion neben dem Schreiben ist die Musik. Gemeinsam mit ihrem Mann Guido komponiert, textet und interpretiert sie eigene Popsongs. Die Autorin lebt in Wuppertal und arbeitet an ihren Büchern für Kinder und Jugendliche ebenso wie an Romanen für Erwachsene.
www.tanyastewner.de

Weitere Informationen, auch zu E-Book-Ausgaben, finden Sie bei www.fischerverlage.de

TANYA STEWNER

DAS LIED DER TRÄUMERIN

ROMAN

Fischer Taschenbuch Verlag

Veröffentlicht im Fischer Taschenbuch Verlag,
einem Unternehmen der S. Fischer Verlag GmbH,
Frankfurt am Main, Januar 2013

Satz: Pinkuin Satz und Datentechnik, Berlin
Druck und Bindung: CPI – Clausen & Bosse, Leck
Printed in Germany
ISBN 978-3-596-18825-3

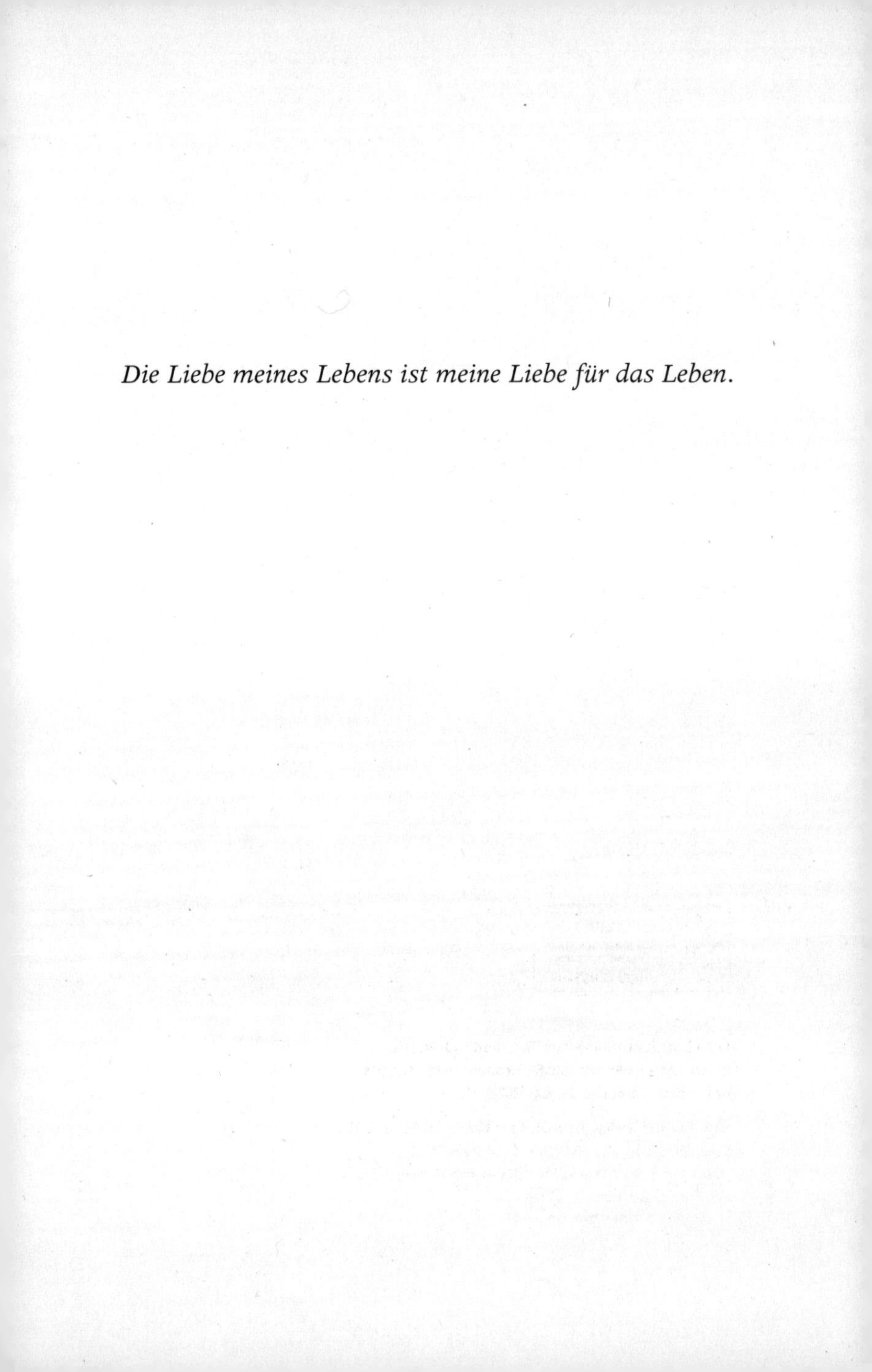

Die Liebe meines Lebens ist meine Liebe für das Leben.

Nicht den Tod sollte man fürchten,
sondern dass man nie
beginnen wird zu leben.

MARCUS AURELIUS

Mein Vater lag im Sterben. In einem vorstadtgrauen Krankenhaus, das den Tod gewöhnt war, quälte er sich dem Ende des Wartens entgegen. Es bestand keine Hoffnung mehr, aber meinem Vater schien das weniger auszumachen als mir. Ich war den Tod nicht gewöhnt, und seine drohende Ankunft zog mir den Boden unter den Füßen weg.

Obwohl mein Vater bereits seit vielen Monaten krank war und die Ärzte schon lange nur noch mit mitleidigen Mienen mit uns sprachen, wehrte ich mich gegen die Vorstellung, dass er nicht mehr da sein könnte – aus Angst, dem Tod damit die Tür zu öffnen. Doch eines Nachmittags sagten sie uns, dass es nur noch eine Frage von ein oder zwei Tagen sei.

Meine Mutter und ich fuhren schweigend nach Hause. Sobald wir unsere Wohnung erreichten, verbarrikadierte ich mich in meinem Zimmer und hörte so laut Metallica, dass alles im Raum zu vibrieren schien. Aber die Musik erreichte mich nicht. In meinem Kopf herrschte dröhnende Stille.

Meine Mutter hämmerte gegen die Tür und schrie, ich solle die Lautstärke herunterdrehen. »Es ist für uns alle schwer, Kind!«, brüllte sie gegen den Krach an.

Ich schüttelte den Kopf. Sie hatte keine Ahnung, wie ich mich fühlte. Das wusste ich ja selbst nicht. Eines stand allerdings außer Zweifel: Meine Mutter würde meinen Vater niemals so sehr vermissen wie ich. Sie schien schon seit Wochen mehr mit Vollmachten für Konten und Versicherungen beschäftigt zu sein als mit der Tatsache, dass mein Vater nie wieder mit uns am Tisch sitzen würde, nie wieder mit uns lachen würde, nie wieder für uns Klavier spielen würde.

»Jana, ich fahre noch mal ins Krankenhaus zurück«, drang die Stimme meiner Mutter durch die verschlossene Tür. »Ich brauche ein paar Unterschriften von Papa, und es gibt noch ein paar Dinge zu klären. Kommst du mit?«

»Nein. Fahr allein hin.«

»Was?« Sie verstummte. Wochenlang hatte mich nichts und niemand davon abhalten können, meinen Vater täglich zu besuchen. Wie oft hatte ich meine Mutter gedrängt, ins Krankenhaus zu fahren, obwohl sie der Meinung war, drei Besuche in der Woche reichten aus?

Obwohl ich es besser wusste, hoffte ich, sie würde mich fragen, warum ich sie diesmal nicht begleiten wollte. Dann hätten wir darüber reden können. Dann hätte ich die Musik abgestellt, die Tür aufgemacht und versucht, über meine Gefühle zu sprechen. Aber so funktionierte unsere Beziehung eben nicht.

»Dieser verdammte Krebs frisst ihn schneller auf als ein Schwarm Piranhas!«, rief meine Mutter. »Überleg es dir lieber noch mal.«

»Nein.« Ich wollte mich auf meine eigene Weise von Papa verabschieden. Ohne Gespräche über Dinge, die noch erledigt werden mussten. Ohne meine Mutter.

Ich hörte, wie sie die Wohnung verließ. Einen Augenblick lang stand ich unentschlossen im Raum, dann drehte ich die Lautstärke der Musik herunter und setzte mich grübelnd aufs Bett. Wie würde es sein, ohne ihn zu leben, allein mit Mama in dieser großen, ordentlichen Wohnung, in der alles seinen festgelegten Platz hatte? Wer wäre ich ohne meinen Vater? Eine Halbwaise. Ein Mensch ohne seinen besten Freund. Eine Musikerin ohne ihren Mentor.

Erst als ich den Schlüssel in der Wohnungstür hörte, schreckte ich aus meinen Überlegungen auf. Wie lange hatte ich hier gesessen, ohne mich zu rühren?

Alle Gefühle schienen wie betäubt.

Er würde sterben.

Nachdem sich meine Mutter im Wohnzimmer vor den Fernseher gesetzt hatte, schlich ich mich aus der Wohnung und fuhr mit dem Bus ins Krankenhaus, um noch einmal allein mit meinem Vater reden zu können. Ich musste mich für immer verabschieden.

Als ich sein Krankenzimmer betrat, empfing mich leise Musik. Eine Pianosonate von Mozart schwebte durch den Raum und entfaltete sich unendlich sanft, als wisse sie um den zerbrechlichen Zustand ihres Zuhörers.

Mein Vater lag im Bett und sah aus dem Fenster. Meine Anwesenheit schien er nicht zu bemerken. Ich kam mit kleinen, unsicheren Schritten näher und erschrak. Ein merkwürdiger Ausdruck lag auf seinem Gesicht, eine Leere, die seine ausgezehrten Züge noch stärker hervortreten ließ. War das schon der Tod? Es fröstelte mich, und ich spürte mein Herz schmerzhaft gegen den Brustkorb hämmern. Plötzlich hatte ich das Gefühl, wir wären in diesem Zimmer zu dritt.

Die Tür fiel hinter mir zu. Mein Vater zuckte zusammen und schaute mich überrascht an. Das Sterben stand ihm ins Gesicht geschrieben, aber seine grauen Augen blitzten auf, sobald er mich erkannte. Er winkte mich zu sich heran, lächelnd, und ich setzte mich auf die Bettkante.

»Was habe ich dir beigebracht?«, flüsterte er. Er fragte auf Englisch, der Sprache, in der wir immer miteinander redeten, wenn wir allein waren. Papas Muttersprache.

Ich blickte ihn erstaunt an. Was hatte er mir beigebracht? Ein Bild tauchte vor meinem inneren Auge auf. Ich war kaum fünf Jahre alt gewesen, als mein Vater mir die ersten Akkorde auf dem Klavier beibrachte. Damals hatte er für mich auf die Pedale getreten, da ich selbst noch zu klein gewesen war, um sie zu erreichen. Ich lächelte bei dem Gedanken daran.

Dann verschwand die Erinnerung und machte einer zweiten Platz. Ich war bereits neun oder zehn Jahre alt, und mein Vater spielte mir zum ersten Mal Chopin vor. Er hatte zuvor von Chopins *leidenschaftlicher Melancholie* gesprochen, doch ich war damals zu jung gewesen, um zu begreifen, was er meinte. An jenem Tag saß er am Klavier, mit geschlossenen Augen, und spielte ein wunderschönes Stück. Als er rief: »Leidenschaftliche Melancholie! Weißt du nun, was ich meine?«, hatte ich rasch geantwortet: »Ja, ich höre es!« Aber in Wahrheit war ich völlig überfordert von der unberechenbaren Stimmung des Stückes. Mein Vater schüttelte den Kopf und schien mit meiner Antwort nicht zufrieden zu sein. »Du sollst es nicht hören. Du musst es fühlen!«

Verwirrt schloss ich damals die Augen, so wie er, versenkte mich in die furiose Jagd der Noten und ließ mich fortreißen vom Sturm der Klänge. Da verstand ich.

»Du hast mir beigebracht, Musik mit dem Herzen zu hören«, antwortete ich nun.

Mein Vater lächelte. »Dann weißt du alles, was du wissen musst.« Er drückte leicht meine Hand, und ich verstand, dass wir im Grunde nichts mehr sagen mussten. Gemeinsam lauschten wir Mozarts Klaviersonate in C-Dur. Mein Vater schien jede Note in sich aufzusaugen, als wolle er das Stück ins Jenseits mitnehmen, um dort nicht allein zu sein.

»Es ist alles gut«, sagte er. »Du musst keine Angst haben.« Er zog mich an sich, und ich klammerte mich verzweifelt an ihn. Wie konnte er sagen, dass alles gut war? Er würde sterben! Tot sein! Und mich hier bei Mama zurücklassen.

»Hör doch hin, *Angel*«, wisperte er.

Ich erschauderte. Er hatte mich noch nie *Angel* genannt. Meinte er überhaupt mich, oder sprach er etwa schon mit Engeln?

»Hörst du?«, fragte er erneut und schmunzelte.

»Was?«

Er lachte leise. »Wenn du genau hinhörst, weißt du, dass alles gut ist.«

Er sprach von Mozart. Ich seufzte zittrig.

»Komm her.« Mein Vater klopfte auf seine Schulter, und ich kuschelte mich an ihn. »Jetzt zeig mir, was du gelernt hast. Hör mit dem Herzen hin.«

Ich atmete tief aus und schloss die Augen. Allmählich fiel die Anspannung von mir ab, und ich wurde offener für die Musik. Ich kannte die Sonate in- und auswendig, und dennoch bezauberte sie mich immer wieder aufs Neue.

»Und?«, fragte er nach einer Weile. »Was hörst du?«

»Ich muss keine Angst haben.«

»Richtig.« Ich konnte hören, dass er lächelte. »Jedes Lied hat dir etwas zu sagen. Wenn du mit dem Herzen hinhörst, weißt du, was es ist. Manche Lieder sagen nicht viel mehr als *Ich bin guter Laune*. Andere donnern laut daher und schreien *Ich bin wütend*!«

Ich nickte. Mir wurde klar, dass ich an diesem Nachmittag Metallica aufgelegt hatte, weil ich wütend gewesen war. So wütend wie die Musik, die als Katalysator für meine Gefühle fungiert hatte. Wütend auf den Tod, der mir meinen Vater wegnehmen würde.

»Diese Sonate sagt: *Alles ist gut. Du musst keine Angst haben*«, sprach mein Vater weiter. »Du hörst es, oder?«

Ich nickte stumm.

»Es ist irgendetwas zwischen den Noten«, fuhr er leise fort. »Es ist das Gefühl, das der Komponist in seine Musik einbringt. Das Stückchen von ihm selbst, das in seinem Lied steckt. Du solltest immer darauf achten und nicht auf das Offensichtliche.«

Ich atmete noch einmal tief durch und ließ die Sonate auf mich wirken. Als sie zu Ende war, spielte der kleine CD-Player sie noch einmal. Und noch einmal. Anscheinend hatte mein Vater den Wiederholungsmodus eingestellt.

Ich erlaubte dem Lied, seine Wirkung zu entfalten. Mein Herzschlag beruhigte sich. Nach und nach fielen die Wut und die Angst von mir ab. Kurz darauf bemerkte ich, dass die Atemzüge meines Vaters tiefer und länger waren als zuvor. Er war eingeschlafen.

Ich richtete mich wieder auf und betrachtete ihn. Sein Gesicht war voller Güte. Im Geiste machte ich ein Foto von ihm, prägte mir seine Züge tief ein. »Ich danke dir für alles«, flüsterte ich und küsste ihn sanft auf die Stirn. Dann musste ich mich für immer verabschieden.

Er starb am folgenden Tag. Einem Mittwoch im Januar. Die Nacktheit der Bäume und die Schwere der Wolken schienen seinem Tod Respekt zu zollen. Häuser, Straßen und selbst der Wind – alles wirkte leblos und trauernd.

Vier Tage später wurde er beerdigt. Ich marschierte mechanisch neben meiner beherrschten Mutter über den Friedhof, und wir vergruben meinen Vater in einem Stück winterkalter Erde. Während der Pfarrer einige Floskeln von sich gab und so tat, als hätte er den Mann in dem Sarg gekannt, schien es mir, als seien die Augen aller anwesenden Kollegen und Nachbarn auf mich gerichtet. Sie suchten neugierig nach Spuren des Leids, immerhin war ich Papas Liebling gewesen. Aber ich bot ihnen nichts, das sie später hätten erzählen können. Wahrscheinlich trauerten sie eher um Sätze wie »Ach, Jana hat ja so schrecklich geweint!« als um meinen Vater. Er war ein verschlossener Mann gewesen, ohne wirkliche Freunde.

Nachdem sich die letzten Trauergäste endlich verabschiedet hatten, ging ich in mein Zimmer und setzte mich vor die Stereoanlage. Ich wollte etwas hören, das meinen Gefühlen Ausdruck verlieh, so, wie mein Vater es mir beigebracht hatte.

Ich legte eine CD ein und lehnte die Stirn gegen den Spieler. Schon Hunderte von Malen hatte ich die CD gehört. Es steckte eine riesige Macht in dem alten Ding. Ich schloss die Augen und drückte auf *Play*. Die Musik begann. Bereits die ersten Klänge trafen mich wie Hammerschläge, und ich wusste, dass nun alles aus mir herausbrechen würde, was ich während der Beerdigung in mir eingesperrt hatte. Und das war gut so.

Ich hörte *Scarborough Fair* von Simon and Garfunkel, eins meiner Lieblingslieder seit der Kindheit. In diesem Song schwang etwas zwischen den Noten, eine zarte Traurigkeit, die mich mitten ins Herz traf.

Sobald der Gesang einsetzte, sah ich vor meinem inneren Auge, wie der Panzer nachgab, der sich während der vergangenen Tage um mein Herz gebildet hatte. Er wurde von klaffenden Rissen durchzogen, und jede neue Note flutete heißen Schmerz in mein Innerstes.

Ich begann zu schreien. Ich schrie so lange, bis meine Mutter ins Zimmer stürzte, mich an den Schultern rüttelte und immer wieder rief: »Jana! Meine Güte!«

Ich habe schon vor langer Zeit entschieden, nur noch auf mein Herz zu hören, denn mir wurde bewusst, dass es niemals eine falsche Entscheidung treffen würde.

RUDOLF SCHENKER *(The Scorpions),*
»Rock your life«

Einen Monat lang schwiegen wir. Meine Mutter erwähnte meinen Vater nach der Beerdigung mit keinem Wort, und ich wusste nicht, was ich ihr über ihn hätte sagen sollen.

Mama hatte alles, was Papa gehörte, zusammengesucht und in Kartons verpackt, und mit jedem Deckel, den sie schloss, schien sie ihn schon ein wenig mehr hinter sich zurückzulassen.

Mein Zuhause verwandelte sich in einen Ort der Kälte und Sprachlosigkeit. Abends saßen wir stumm bei Tisch und starrten konzentriert auf unsere Mahlzeit. Die Stille war laut und sprach zu mir. Sie sagte, dass es nichts mehr zu sagen gab. Was wollte ich noch hier? Wozu hielt ich das aus?

Ich konnte nicht länger in dieser Wohnung, nicht länger in der Welt meiner Mutter bleiben. Hier fühlte sich alles falsch an. Jetzt, da er tot war, wurde dies mehr und mehr zu ihrem alleinigen Territorium, überall markiert von ihren Werten und ihrer Weltsicht. Aber was hatte das mit mir zu tun? Was sollte ich mit einer einwandfreien Fassade anfangen, hinter der man im Dämmerschlaf verharrte?

In Mamas Welt hatte man Angst vor all dem, das den geregelten Lebensablauf ins Wanken bringen konnte. Man sicherte sich ab, wo man nur konnte – mit Sparbüchern, Versicherungen, Eigentum. Es durfte bloß nichts geschehen, das die bekannte Welt verändern könnte.

Aber waren denn nicht gerade die Überraschungen das Schöne am Leben? War man überhaupt wirklich lebendig, wenn man dem Leben nicht erlaubte, einen hin und wieder in eine völlig unvorhergesehene Richtung zu schubsen?

»Mama«, durchbrach ich eines Abends beim Essen die Stille.

»Hm?« Sie blickte kaum auf.

»Ich habe mir Gedanken darüber gemacht, was ich mit meinem Leben anfangen will.«

»Wieso?«, fragte sie. Ihr mittellanges, dauergewelltes Haar wurde von reichlich Spray in Form gehalten. Keiner Strähne erlaubte sie, aus der Frisur herauszustechen. »Sobald du dein Abi hast, studierst du Jura. Das haben wir doch so abgesprochen.«

Ich blinzelte. Was ich ihr zu sagen hatte, würde ihr ganz und gar nicht gefallen. »Ich werde nicht studieren. Und ich mache auch nicht mein Abi.«

Sie sah mich entgeistert an. »Wie bitte?«

Ich hielt ihren Blick, denn ich war mir meiner Sache sicher. In den vergangenen vier Wochen des Nachdenkens und Nachfühlens war ich aufgewacht.

»Hast du Probleme in der Schule?«, fragte sie.

»Nein. Es –«

»Ist ja normal, wenn du dich momentan schlecht auf die Schule konzentrieren kannst.«

»Darum geht es nicht«, sagte ich mit fester Stimme.

»Aha. Und worum geht es dann?«

Ich atmete tief durch. »Ich möchte nicht Anwältin werden. Eigentlich war das immer viel mehr dein Wunsch als meiner.«

Sie starrte mich an. »Fein!«, rief sie und verschränkte die Arme vor der Brust. »Und was willst du stattdessen machen? Möchtest du ständig in deinem Zimmer hocken, wie in den letzten vier Wochen, dich in irgendwelche Bücher vergraben oder Lieder schreiben? Rumlungern auf meine Kosten?«

»Nein, ich will dir nicht länger auf der Tasche liegen.«

»Ich hätte kein Problem damit, dich auch in Zukunft finanziell zu unterstützen, wenn du Jura studieren würdest.«

»Aber wenn ich etwas mache, das nicht deinen Vorstellungen entspricht, unterstützt du mich nicht, richtig?«

»Ich werde natürlich kein Geld für irgendwelchen Unsinn ausgeben!« Ihre Miene spiegelte ihre Überzeugung wider, absolut im Recht zu sein. »Aus dir soll doch mal was werden!«

»Ich bin schon was, Mama. Auch ohne Abi. Auch ohne Doktortitel.«

»Ach! Und was bist du?«

Das war eine sehr gute Frage. Eine, mit der ich mich

nun schon wochenlang beschäftigt hatte. »Ich bin eine Träumerin«, antwortete ich leise.

Meine Mutter lachte. »Das sage ich dir doch schon dein ganzes Leben lang.«

Das stimmte. Sie hatte mich schon oft eine Träumerin genannt. Doch sie verstand das Wort gänzlich anders als ich, und es war bestimmt nie ein Kompliment gewesen.

Ich betrachtete sie forschend. Gleichgültig, ob sie sich über mich lustig machen würde, gleichgültig, ob sie kein Wort von dem verstand, was ich sagte. Ich würde es ihr erklären. »Für mich ist ein Träumer jemand, der ein festes Ziel vor Augen hat. Jemand, der sich mit Haut und Haaren ins Leben stürzt, um seinen Traum zu verwirklichen. Jemand, der es wagt, für seinen Traum zu leben.«

»Ach du meine Güte!«, stöhnte sie. »Aus welchem Buch hast du das denn? Du liest wirklich zu viel, Jana.«

»Ich habe lange darüber nachgedacht«, sagte ich unbeirrt. »Das ist keine fixe Idee.«

Sie sah mich mit ärgerlicher Ungeduld an.

»Irgendwie war ich schon immer eine Träumerin. Aber bisher hatte ich nicht den Mut, meinen Traum als echte Alternative zu dem Leben anzusehen, das du für mich geplant hast.«

»Und was ist so falsch an dem, was ich mir für dich vorstelle?«

»Es hat nichts mit mir zu tun. Ich bin nicht wie du.«

»Das weiß ich auch! Ich bin erwachsen, und du bist gerade mal achtzehn. Es gibt so viel, das du erst noch lernen musst.« Sie beugte sich vor. »Träumen ist bestimmt eine tolle Sache, Jana, aber wer bezahlt die Miete, während du vor dich hin träumst?«

Ich senkte den Kopf. Sie hatte nicht verstanden, dass Träumen für mich das Gegenteil von Herumsitzen und Nichtstun bedeutete.

Als ich nicht antwortete, reckte sie triumphierend das Kinn. »Du wirst irgendwann auch noch begreifen, dass das Leben kein Zuckerschlecken ist. Spätestens dann, wenn du aus deiner Trotzphase heraus bist.«

Ich bemühte mich, ruhig zu bleiben. Doch meine Stimme klang lauter als beabsichtigt, als ich fragte: »Glaubst du wirklich, du weißt so viel mehr über das Leben als ich?«

Sie lachte hart. »Da bin ich mir sicher.«

Wut stieg in mir auf. »Hast du schon mal stundenlang dagesessen und die Wolken und den Himmel beobachtet? Hast du schon mal einem wildfremden Menschen gesagt, dass es dir gefällt, wie er lacht? Bist du schon mal nackt im Regen herumgelaufen? Hast du schon mal vor Freude geweint? Hast du im Bus schon mal laut gesungen?«

Meine Mutter starrte mich an, als erkenne sie erst jetzt, wie sonderbar ich tatsächlich war. Sie hatte mich schon oft einen *Querkopf* genannt, aber die Vorstellung, dass ich im Bus laut singen oder wildfremden Menschen Komplimente machen könnte, war ihr offenbar peinlich.

Ich starrte zurück. »Wie kannst du behaupten, irgendetwas über das Leben zu wissen, wenn du keine Ahnung hast, wovon ich rede?«

»Jana, jetzt reicht es aber!«

»Wir müssen darüber sprechen. Ich habe eine Entscheidung getroffen.«

»Aha.«

»Ich gehe nach London.«

»Was?« Ihre Augen weiteten sich. »Warum?«

»Weil Papa gesagt hat, London sei die Stadt, in der Träume wahr werden.«

»Pah! Dein Vater wusste gar nichts!«

Ich zuckte wie unter einem Peitschenhieb zusammen. Am liebsten wäre ich ihr an die Gurgel gesprungen. Wie konnte sie nur derart abfällig über ihn reden? Ich atmete ein paar Mal tief durch. Dann sprach ich mühsam beherrscht weiter. »Du hast mich noch nicht gefragt, was mein Traum ist.«

»Das kann ich mir doch denken. Du willst Klavier spielen, singen, Lieder schreiben.« Sie machte eine wegwerfende Handbewegung.

»Das stimmt. Ich will Musik machen.«

»Jana! Kind! Das ist eine Schnapsidee! Wovon willst du leben?«

»Papa hat mir ein paar tausend Euro hinterlassen. Außerdem kann ich mir in London einen Job suchen.«

»Als was? Als Putzfrau? Als Kassiererin? Das willst du doch nicht wirklich!«

»Das willst *du* nicht!«, rief ich. »Hör auf, deine kleinkarierten Vorstellungen auf mich zu übertragen!«

»Kleinkariert?« Sie bekam vor Zorn rote Flecken auf den Wangen. »Willst du in einem Drecksloch wohnen? Willst du dir ständig Sorgen um Geld machen müssen?«

»Ich will meinen Traum leben.«

»Das wird in einer Bruchlandung enden, Jana!«

»Ich werde auch nicht länger Jana heißen.« Das hatte ich mir ebenfalls gut überlegt: ein neues Leben, ein neuer Name.

Meine Mutter stutzte. »Und wie willst du heißen?«

»Angelia.«

Sie sog scharf die Luft ein. Dies war der Name, den mein Vater mir geben wollte, als ich geboren wurde. Meine Mutter hatte damals jedoch für etwas Bodenständigeres plädiert, und so nannten sie mich schließlich *Jana Angelia*. Mein zweiter Vorname war allerdings nicht oft benutzt worden, da meine Mutter meinen Vater jedes Mal ermahnte, wenn er mich Angelia nannte, er solle »das Kind nicht verwirren«.

»Ich verstehe«, murmelte sie nun. »Du lässt alles zurück, was *ich* dir gegeben und beigebracht habe.«

Ich spielte mit meiner Gabel herum.

»Du bist schon immer grundsätzlich anderer Meinung gewesen als ich und hast dich ständig gegen mich aufgelehnt.«

»Aber es hat sich etwas geändert. Früher war ich eine halbherzige Rebellin. Das bin ich jetzt nicht mehr.«

»Was soll das nun wieder heißen?«

»Heute rebelliere ich gegen Halbherzigkeit.«

Sie war genervt, das war unschwer zu erkennen.

»Ich will nicht länger eine schlafende Träumerin sein. Ich will träumen, und das heißt leben. Mit ganzem Herzen leben. Und das kann ich hier nicht.« Meine Worte verletzten sie, aber wie sollte ich es anders erklären? »Es geht nicht um dich, Mama. Ich lehne mich nicht gegen dich auf. Was ich hinter mir lassen will, ist das, wofür du stehst.«

Ich sah ihr an, dass sie keinen blassen Schimmer hatte, wofür sie stehen könnte.

»Wenn du nach London gehst, gibst du alles auf, was dir hier etwas bedeutet!«, rief sie aufgebracht. »Dein Zuhause, deine Freunde, jedwede Sicherheit! Hast du dir das wirklich gut überlegt, Jana?«

»Mir bedeutet Sicherheit nichts«, entgegnete ich. »Was ist Sicherheit überhaupt? Glaubst du, nur weil du eine Unfallversicherung hast, kann dir nichts passieren?«

Sie verzog das Gesicht.

»Und wie schrecklich wäre es, wenn einem wirklich nichts passieren könnte! Wenn nichts passiert, wofür lebt man dann überhaupt?« Meine Stimme zitterte. »Risiken sind etwas Wunderbares, Mama. Aber da sind wir bestimmt wieder unterschiedlicher Meinung.«

»Richtig.«

»Wenn ich Risiken eingehe, kann alles passieren. Und wenn alles passieren kann, bin ich lebendig.«

Sie beäugte mich, als hätte ich nicht mehr alle Tassen im Schrank.

Unbeeindruckt sprach ich weiter: »Irgendwo da

draußen ist meine Chance, und ich werde sie nicht erkennen, wenn ich nicht auf die Suche nach ihr gehe. Ich muss meiner Chance eine Chance geben!« Nun hielt sie mich wahrscheinlich für komplett übergeschnappt. Aber ich war noch nicht fertig. »Und selbst wenn es schwierig sein sollte, meinen Traum zu leben, und alles drum herum ein bisschen ungemütlich wird, ist mir das egal, solange ich mein Leben mit dem verbringen kann, was mir wichtig ist. Solange alles irgendwie einen Sinn ergibt!« Ich machte eine Pause, denn ich wurde langsam laut. »Ich will nicht jeden Morgen ins Büro fahren, so wie du, und mich am Nachmittag darüber freuen, dass die Bürozeit endlich vorbei ist und ich nach Hause fahren kann, um zu Abend zu essen und fernzusehen. Ich will nicht nach und nach verlernen, wie es ist, Feuer und Flamme für etwas zu sein. Ich will nicht morgens vor lauter Organisation und Tagesplanung vergessen, dass ein Tag vor mir liegt. Ein Tag meines Lebens!«

Sie seufzte.

»Wenn die Sonne scheint, denkst du als Erstes daran, dass du dich eincremen musst, dass der Ventilator noch nicht repariert ist, dass du die Blumen gießen solltest. Dabei vergisst du, dass die Sonne scheint!« Mein Blick bohrte sich in ihren. »Ich will einfach nicht so werden wie du. Du lebst überhaupt nicht. Das ist das, wofür du stehst: Leblosigkeit.«

Damit war ich nun endgültig zu weit gegangen. Ihre Augen wurden zu kleinen, zornigen Schlitzen. »Wage es nicht, über mein Leben zu urteilen! Ich habe dich geboren, deine Windeln gewechselt, dir jeden Tag dein Essen gekocht, dich gepflegt, wenn du krank warst, für alles bezahlt, was du brauchtest. Und das ist der Dank?«

Ich ließ die Schultern hängen und atmete geräuschvoll aus. Es machte keinen Unterschied, wie lange wir darüber stritten. Wir würden uns niemals verstehen. »Ich bin dir dankbar für alles, was du für mich getan hast. Wirklich«, flüsterte ich. »Aber ich will kein Leben wie deins.«

Meine Mutter starrte mich kalt an. »Dann geh. Geh! Aber bilde dir nicht ein, dass du zu mir zurückkommen kannst, wenn du Geld brauchst oder kein Dach mehr über dem Kopf hast.« Sie winkte ab. »Geh nach England, ins Land der Träume!«

Ich nickte. Genau das hatte ich vor.

Dream on, dream on. Don't ever let them steer you wrong.
When life comes knocking, gotta keep on rocking.
Open that door and shout it to the world, singing hello,
hello! Here I am, here I go!

CHRISTINA AGUILERA, »Hello«

Da war ich nun. Auf dem Weg in ein neues Leben. Ich saß im Zug und schaute aufgeregt aus dem Fenster. Wir hatten gerade den Eurotunnel verlassen und fuhren auf englischen Boden, als ein einzelner Sonnenstrahl zwischen den Wolken hervorblitzte und mir direkt ins Gesicht schien – so, als habe er sich mich ausgesucht. Ich schloss die Augen und genoss den Moment.

Ich war in England. Zum ersten Mal in meinem Leben. Es war erstaunlich, dass ich noch nie hier gewesen war, denn mein Vater war hier geboren und aufgewachsen. Nach seiner Heirat mit meiner Mutter war er jedoch niemals nach England zurückgekehrt. Ich wollte seine Heimat nun zu meiner machen, und ich würde in dem Land, nach dem sich mein Vater insgeheim immer zurückgesehnt hatte, das Leben beginnen, das ich wirklich führen wollte. Mein Vater wäre glücklich über diese Entscheidung gewesen, dessen war ich mir sicher. Meine Mutter hingegen hatte meine Vorbereitungen für die Abreise wochenlang mit versteinerter Miene verfolgt und kein weiteres Wort über meine Entscheidung verloren. Eigentlich hatten wir überhaupt nicht mehr miteinander gesprochen.

Selbst beim Abschied hatten wir einander nur kühl und schweigend die Hand geschüttelt.

Ich blickte nun wieder hinauf in den Himmel. Der einzelne Sonnenstrahl zielte noch immer genau auf mich. Hieß es nicht, dass sich das ganze Universum zusammentut, um dem Träumer zu helfen, der sich auf den Weg macht, um seinen Traum zu verwirklichen? So stand es zumindest in meinem Lieblingsbuch, *Der Alchimist* von Paulo Coelho, meiner kleinen Träumerbibel, die ich immer bei mir trug. Der Sonnenstrahl erschien mir in diesem Augenblick wie ein Zeichen des Universums, das meine kühnen Pläne guthieß und unterstützen wollte.

Ich lehnte mich zurück, betrachtete die vorbeirasenden grünen Hügel und hörte im Geiste die Stimme meiner Mutter, die mich mahnte, ich sei viel zu romantisch. Aber ich lächelte nur ungerührt, denn ich wollte eine Romantikerin sein und würde nun nicht mehr darum kämpfen müssen – zumindest nicht gegen Mama. Mit jeder Minute ließ ich ihre Stimme und ihre Versuche, mich zurechtzubiegen, weiter hinter mir zurück.

Ich setzte die Kopfhörer meines MP3-Players auf und stellte den Zufallsmodus ein. Es war ziemlich wahrscheinlich, dass ein Popsong gespielt werden würde. Denn obwohl ich auch die Klassik liebte, gehörte mein Herz der Popmusik. Und mein MP3-Player war die Schatztruhe, in der all meine Schätze ruhten.

Das kleine Gerät wählte *Don't stop me now* von Queen. Ich hatte das Lied lange nicht angespielt, und beinahe war es, als hörte ich es nun zum ersten Mal. Die Art, wie Freddy Mercury im Intro *I feel ali-i-i-ive* zum Klavier sang, ließ mich grinsen. Dann setzten die anderen Instrumente ein. Der Song tobte richtig los und schien mich dabei unaufhaltsam mit einem Virus zu infizieren. Rasend schnell breitete er sich in mir aus und sandte Sprudelwasser in meine Adern. *I'm gonna go go go, there's no stopping me!* Ich lachte, und mein Knie wippte wild im Takt. Was für ein Lied! Der Größenwahn des Songs war einfach unwiderstehlich. Daddy!, dachte ich, ich weiß, was das Lied sagen will! Es schrie pure Daseinseuphorie in den Äther hinaus. Don't stop me now! Ich sang leise mit. Dabei störte mich das Stirnrunzeln der anderen Fahrgäste im Zug nicht im Geringsten. Schließlich endete der Song, und als Nächstes kam ein ruhigeres Stück von Leona Lewis, *Happy*, und mein Puls beruhigte sich langsam wieder.

Ich betrachtete mein Spiegelbild in der Fensterscheibe und lächelte mir freundschaftlich zu. Angelia gefiel mir. Ich lehnte mich zurück und sprach meinen neuen Namen ein paarmal leise vor mich hin, um auszuprobieren, wie er klang. Der Mann, der neben mir Zeitung las, warf einem anderen Fahrgast einen vielsagenden Blick zu, und beide schüttelten befremdet den Kopf. Dennoch ließ ich mir *Angelia* ganz unbeirrt auf der Zunge zergehen, fühlte, dass er passte, und schlüpfte hinein in diesen neuen Namen und mein neues Ich.

Mit diesem Gedanken und einem breiten Lächeln im Gesicht stieg ich schließlich aus dem Zug. Ich war mit zwei überdimensionalen Koffern und einem fast platzenden Rucksack beladen und zelebrierte im Stillen den ersten Schritt, den ich auf Londoner Boden tat.

Vor dem Bahnhof suchte ich mir ein Taxi und bat den Fahrer, mich nach Muswell Hill zu bringen – meinem neuen Zuhause. Es lag im Norden von London und hatte auf der Karte grüner und weniger überfüllt ausgesehen als die anderen Stadtteile. In Muswell Hill würde ich ein Zimmer in einer Studenten-WG beziehen, das ich über eine Anzeige im Internet gefunden hatte.

Eine halbe Stunde später durchquerte das Taxi bereits meine neue Nachbarschaft, und ich sah neugierig aus dem Fenster. Die rot-weißen, niedrigen Häuser sahen irgendwie alle gleich aus mit ihren üppigen Erkern und winzigen Vorgärten, aber sie gefielen mir.

Als das Taxi schließlich vor einer herrschaftlichen Villa hielt, dachte ich zuerst, der Fahrer müsse sich in der Adresse geirrt haben. Ich verglich die Hausnummer mit dem Ausdruck der E-Mail, die ich von einem gewissen Joshua Amos bekommen hatte. Es war tatsächlich das richtige Haus. Ein Haus, das eher nach dem Versteck eines Mitglieds der Königsfamilie aussah als nach einer WG. Es war ein sehr englisches, elegantes Gebäude, mit großzügigen Erkern und einer vornehmen Eingangstür.

Staunend nahm ich mein schweres Gepäck und marschierte durch das gusseiserne Tor. Ein Kiesweg führte durch eine Wiese, auf der vereinzelt Kastanien standen. Je näher ich dem Haus kam, desto mehr fiel mir auf, dass es dringend einen neuen Anstrich benötigte. Bei genauerem Hinsehen zeigten auch die Beete und Sträucher vor dem Haus mangelnde Pflege. Ich sah im Geiste meine Mutter missbilligend die Mundwinkel verziehen. Doch trotz dieser Versäumnisse war das Haus unglaublich imposant. Zwar war es nicht wirklich groß genug, um einem Windsor zu gehören, aber es war trotzdem wahnsinnig beeindruckend, wenn man sich sein neues Heim immer als typische Studentenbude vorgestellt hatte.

Da stand ich also, vor meinem neuen Zuhause, und drückte auf die Türklingel. Ich wartete eine kleine Ewigkeit, aber niemand öffnete. Unschlüssig sah ich mich um und überlegte, was ich tun sollte. Mir blieb gar nichts anderes übrig, als zu hoffen, dass bald jemand nach Hause kam. Ich setzte mich auf die steinerne Treppe vor der Tür und wartete.

Es war bereits fast dunkel, als ich hörte, dass das gusseiserne Tor an der Straße geöffnet wurde. Ich kniff die Augen zusammen, aber in der zunehmenden Dunkelheit war es schwierig, etwas zu erkennen. Offenbar schlenderte jemand über den Kiesweg auf das Haus zu. Ich hielt den Atem an. Dann sah ich ihn.

Er war groß, dunkelhaarig und trug einen schwarzen Mantel. Wie eine Erscheinung in der Nacht tauchte er vor mir auf. Meine Anwesenheit schien ihn nicht im Geringsten zu überraschen. Zumindest ließ er sich das nicht anmerken. Er musterte mich kühl.

Irgendetwas an diesem Typen war ungewöhnlich. Wie er mich ansah … Seine dunklen Augen bohrten sich in meine, und ich hatte plötzlich das Gefühl, von diesem Blick gefangengenommen zu werden. Wie erstarrt schaute ich ihn an und hoffte, er würde etwas sagen. Aber er stand nur da und beobachtete mich. Ich hielt es kaum noch aus.

Schließlich hob er die Augenbrauen und fragte: »Und?«

Ich öffnete den Mund, brachte jedoch kein Wort heraus.

In aller Seelenruhe zog er eine Zigarettenschachtel aus der Tasche. Dabei ließ er mich nicht aus den Augen.

»Ich … ziehe heute ein … in die WG«, stammelte ich schließlich.

»Tatsächlich?«, fragte er und zündete sich eine Zigarette an. »Interessant.«

»Ja, finde ich auch.«

Er lächelte amüsiert. Mein Puls dröhnte mir in den Ohren. Wer war dieser Typ und warum benahm er sich so?

Ich schloss krampfhaft die Augen, um seinem Blick zu entkommen, und sagte dann mit heiserer Stimme: »Ich habe eine E-Mail von Mr Amos bekommen. Mit ihm habe ich abgemacht, dass ich in das freie WG-Zimmer ziehen kann.« Ich öffnete die Augen wieder und kam mir total bescheuert vor.

Der Typ in Schwarz grinste erheitert, und ich wurde langsam ärgerlich.

»Josh hat die Mail geschrieben«, sagte er. »Ich war dagegen, dass noch jemand einzieht.«

Und damit war die Unterhaltung beendet. Er ging an mir vorüber, schloss die Tür auf, und ich sollte ihm anscheinend folgen. Widerwillig raffte ich mein Zeug zusammen und trat durch die Eingangstür in eine Art Empfangsraum, von dem aus eine steinerne Treppe ins obere Stockwerk führte. Ich hoffte, der Kerl würde mir mit den Koffern helfen, doch er drehte sich nur beiläufig zu mir um und sagte: »Dein Zimmer ist oben. Erste Tür links.«

Dann war er weg.

Leise fluchend wandte ich mich zur Treppe, schleppte ächzend meine Koffer und den Rucksack hinauf und rumpelte umständlich durch die erste Tür linker Hand. Ich tastete im Dunkeln nach einem Lichtschalter, und als ich ihn fand, stellte ich fest, dass ich in einer Abstellkammer stand. Einen Augenblick lang überlegte ich irritiert, was das zu bedeuten hatte, dann wurde es mir klar. Dieser Mistkerl! Er hatte mich absichtlich in das falsche Zimmer geschickt.

Grimmig stapfte ich die Treppe wieder hinunter und preschte in den Raum, in den dieser Blödmann von einem Mitbewohner zuvor entschwunden war. Es war ein riesiges, spärlich eingerichtetes Wohnzimmer.

Der Typ in Schwarz saß auf einem Sims am offenen Fenster und blickte rauchend hinaus. Um seine Mundwinkel herum spielte ein Lächeln. »Stimmt irgendwas nicht?«, fragte er, ohne mich dabei anzusehen.

»Hat dir das Spaß gemacht?«, entgegnete ich frostig.

»Kann schon sein.« Er lächelte.

Ich würde ihm nicht den Gefallen tun, mich provozieren zu lassen.

Da schaute er mich an. Er wandte den Kopf, und seine schwarzen Augen versenkten sich in meine. Es war, als würde ich geentert werden.

»Was machst du hier?«, fragte er, und die Art, wie er mich dabei ansah, machte es mir unmöglich, ihm nicht zu antworten.

Ohne nachzudenken sagte ich: »Ich will meinen Traum leben.« Zu spät erkannte ich, dass ich besser etwas wie »Ich will wissen, in welchem Zimmer ich schlafen soll« erwidert hätte.

Er sah wieder hinaus, und sobald seine Augen mich losgelassen hatten, entspannte ich mich ein wenig.

»Lass mich raten«, sagte er mit ironischem Unterton. »Du willst Superstar werden.«

Ich schwieg, denn ich hatte keine Lust, ihm noch mehr über mich zu erzählen.

»Spiel mir doch mal was vor.« Er wies mit der Hand auf irgendetwas, das sich hinter mir befinden musste. Langsam drehte ich mich um. Inmitten des Raumes stand ein großer, weißer Konzertflügel. Ein Steinway. Mein Herz tat einen Sprung. Als ich hereingestürmt war, hatte ich ihn gar nicht bemerkt. Der Flügel wirkte unbenutzt und war etwas verstaubt, doch seiner Erhabenheit tat das keinen Abbruch. Er schien unter der Staubschicht lebendig und wach, als warte er darauf, dass ihn ein Mensch aus seinem Schweigen erlöste.

Misstrauisch runzelte ich die Stirn und drehte mich wieder um. »Woher willst du wissen, dass ich nicht

Schauspielerin oder Bildhauerin oder Schriftstellerin werden will?«

Er schmunzelte und schüttelte den Kopf. »Setz dich an den Flügel und spiel mir was vor.«

Langsam wurde mir die Sache unheimlich. Woher nahm der Kerl seine Sicherheit? Am liebsten hätte ich mich seiner Anweisung widersetzt, aber es war unmöglich, dem stummen Lockruf des Flügels zu widerstehen. Ich musste einfach auf ihm spielen.

Rasch huschte ich hinüber, setzte mich und öffnete die Abdeckklappe. Die Tastatur, die darunter zum Vorschein kam, schimmerte mit der ganzen Würde einer edlen Antiquität. Sanft strich ich über die kühlen Tasten, ohne ein Geräusch zu verursachen. Wie er wohl klang?

Ich war mir mehr als deutlich bewusst, dass ich nicht allein im Raum war, dennoch sagte ich: »Hallo, Steinway, ich bin Angelia.« Ich stellte mich einem neuen Piano grundsätzlich erst einmal vor, bevor ich auf ihm spielte, denn mein Vater hatte mir beigebracht, vor jedem Instrument Respekt zu haben. Für einen antiken Konzertflügel galt dies sicherlich in besonderem Maße.

Ich hob den Blick. Mein mysteriöser Mitbewohner sah mich durchdringend an, aber die überlegene Amüsiertheit war aus seiner Miene verschwunden. Er schien nichts Erheiterndes daran zu finden, dass ich mit Gegenständen sprach. Wenn ich seinen Gesichtsausdruck richtig deutete, hatte ich damit vielmehr sein Interesse geweckt.

Ich senkte den Blick wieder und war überrascht, wie schwer mir das fiel. Es war, als hätten die Augen dieses sonderbaren Kerls unsichtbare Fäden gesponnen, die es mir nicht erlaubten, einfach wegzuschauen. Doch da war der Steinway. Mein Herz klopfte ungeduldig, und ich legte erwartungsvoll die Hände auf die Tasten, um ein paar einfache Akkorde zu spielen. Sobald sich meine Finger jedoch senkten, zuckten sie auch schon wieder zurück, denn aus dem Korpus des majestätischen Instruments drangen schräge, markerschütternde Töne. Erschrocken schnitt ich eine Grimasse, und der arme Steinway starrte mich an, als sei ihm sein Klang furchtbar peinlich.

Ich atmete geräuschvoll durch. »Du hast gewusst, dass der Flügel verstimmt ist, richtig?«

Er nickte. Dabei erforschte er mein Gesicht, als wolle er keine meiner Regungen verpassen.

Mühsam blickte ich weg und schloss die Klappe wieder.

»Ich komme zurück, wenn du gestimmt bist«, sagte ich leise zu dem Steinway und erhob mich.

Mein geheimnisvoller Mitbewohner beobachtete mich mit merkwürdigem Mienenspiel. Offensichtlich überraschte es ihn, dass ich mich durch seine Anwesenheit nicht davon abhalten ließ, mich derart seltsam zu verhalten.

»Dein Zimmer ist oben. Erste Tür rechts«, sagte er und wandte sich wieder ab. Konzentriert starrte er nun in die Dunkelheit hinaus. Anscheinend war ich entlassen.

Ohne ein weiteres Wort ging ich nach oben, sammelte in der Abstellkammer mein Gepäck zusammen und öffnete die Tür zu dem ersten Zimmer auf der rechten Seite des Flurs.

»Das gibt's doch gar nicht«, stieß ich hervor. Der Raum war nicht groß, aber urgemütlich. Hohe Fenster, ein riesiges Bett und urige Möbel ließen mich ahnen, dass ich mich hier sehr wohlfühlen würde.

Wo du bist, ist mein Zuhause.

Emily Dickinson

Etwa drei Stunden später waren die Koffer ausgepackt, und die kleinen Boxen, die ich als Erstes aufgestellt und an meinen MP3-Player angeschlossen hatte, säuselten Songs von Jason Mraz. Da klopfte es an der Tür. Es war ein zartes Geräusch, und die Art, wie es vorsichtig fragte, ob ich schon schlief, gefiel mir. »Herein«, rief ich und war gespannt.

Die Tür ging auf. Vor mir stand ein Traum von einem Mann. »Hi, ich bin Joshua Amos«, sagte er.

Ich starrte ihn fasziniert an. Er war groß, trug ein »Smile«-T-Shirt und hatte ein absolut umwerfendes Lächeln. Er streckte mir die Hand entgegen.

»Josh«, murmelte ich und griff nach seiner Hand. Dabei blickte ich ihm in die Augen und fühlte mich augenblicklich zu Hause. In dieser Stadt, in diesem Haus, in diesen Augen. Ich räusperte mich und sah rasch woanders hin. »Ich freue mich, dich kennenzulernen. Ich bin Angelia Fortis«, stellte ich mich vor, und es schlich sich ein wenig Stolz in meine Stimme. Es war das erste Mal, dass ich meinen neuen Namen benutzte.

»Du hast ja gar keinen deutschen Akzent!«, wunderte sich Josh. »Wieso sprichst du so gut Englisch?«

»Mein Vater ist … war aus Liverpool. Ich bin zweisprachig aufgewachsen.«

»Sehr praktisch.« Joshs Gesichtsausdruck verriet, dass er neugierig auf mich war. Wir musterten uns einen Moment lang, dann sagte er: »Du hast geschrieben, dass du nach London kommst, um du selbst zu sein.«

Ich grinste überrascht. Josh mochte unsinnigen Smalltalk offenbar ebenso wenig wie ich.

Er grinste zurück. »Und? Kannst du nach ein paar Stunden in London schon sagen, wie es ist, Angelia zu sein?«

Noch immer grinsend antwortete ich: »Ich finde Angelia einfach großartig.«

Josh lachte. Das Geräusch verbreitete sich blitzschnell im Raum und schien dabei jeden Zentimeter mit Wärme anzufüllen. Ich lachte ebenfalls. Dabei war mir, als hätte ich schon tausend Mal mit ihm gelacht. Vertraut und warm fühlte es sich an. Josh besaß ein Herz wie meins, ein Sonnenherz, das erkannte ich gleich. Doch so, wie ich die Sonne in ihm sah, entdeckte ich gleichzeitig auch einen Schatten darüber. Was war das nur? In Joshs wohltuendem Lachen klang der Schatten mit, heftete sich klammheimlich an das Geräusch und wurde gewiss von den meisten Menschen nicht bemerkt, so klein machte er sich. Aber er war da, und ich fragte mich, was er zu bedeuten hatte. Er passte nicht hin.

»In deiner E-Mail stand, du willst Musik machen«, sprach Josh weiter und fuhr sich durch sein hellbraunes Haar, »und was du anzubieten hättest, wären Songs mit Seele. Du hast geschrieben, du möchtest die überschäumende Lebensfreude in dir in die Welt hinaussingen.«

»Das hast du dir gut gemerkt.« Es war eher eine Frage.

»Ich mag deine Wortwahl.«

»Tatsächlich?« Meine Träumersprache war für meine Mutter und die meisten anderen Menschen in der Regel unverständlich. Es war stets ein Risiko, vom Herzen her zu sprechen, aber ich ging dieses Risiko immer wieder aufs Neue ein, da nichts anderes Sinn ergab.

Joshs Blick ruhte interessiert auf mir. »Deswegen habe ich dir das Zimmer gegeben und nicht einem von den anderen neunzig Interessenten.«

Ich schnappte nach Luft. Neunzig Interessenten?

»Mir hat eine Stelle aus deiner E-Mail besonders gut gefallen.« Josh lächelte. »Du hast geschrieben, man muss sein Leben selbst kreieren und darf nicht irgendwelche Umstände und äußere Faktoren bestimmen lassen, was aus einem wird.«

Ich lächelte schräg. Ja, das klang nach mir. Hatte ich das tatsächlich in die E-Mail geschrieben?

»Du bist also hier, um eine Angelia zu kreieren, die ihre überschäumende Lebensfreude in die Welt hinaussingt«, fasste Josh zusammen.

Ich nickte freudig. Ich liebte es, über meinen Traum zu sprechen. »Musik bedeutet mir alles«, sagte ich. »Und ich habe etwas zu bieten: gute, handgemachte Popmusik. Vor allem meine Balladen sind gut. Das weiß ich einfach. Ich sehe es in den Augen derjenigen, denen ich meine Lieder vorspiele.« Ich hielt inne und fragte mich, wie viel ich Josh von meiner ausgeprägten Ausdrucksweise zumuten konnte, aber er sah mich einladend an, also fuhr ich fort. »Meine Melodien treffen jene Stelle im Herzen, die allein durch Musik zum Schwingen gebracht werden kann.«

Joshs warme braune Augen waren unverwandt auf mich gerichtet, und ich hatte das untrügliche Gefühl, dass er verstand, was ich meinte.

»Wenn du dir deiner Sache derart sicher bist, kann eigentlich gar nichts mehr schiefgehen.« Er sagte dies sehr ernsthaft, und da fühlte ich mich nicht nur verstanden, sondern geborgen in seinen Worten. Was machte er nur mit mir? Er tauchte mit einer Selbstverständlichkeit in meinem Leben auf, als habe er schon lange dort hingehört. Und erst jetzt wurde mir klar, dass ich ihn zuvor vermisst hatte.

Wir sahen uns an und schwiegen. Es war eine verbindende Stille, in der wir uns über das Gefühl der Intimität zwischen uns wunderten und es zugleich genossen. Es fühlte sich an, als würde ich ihn schon ewig kennen. Doch schließlich war auch dieser Moment vorüber, und Josh holte vernehmlich Luft. »Ich hoffe übrigens, Jeremy hat dich nicht verschreckt.«

»Jeremy?«, wiederholte ich. »Der Typ in Schwarz? Der mit der finsteren Miene?«

»Den meine ich.«

»Er war ziemlich … unfreundlich.«

»Er ist mein Bruder.«

»No way!« Ich starrte Josh verblüfft an.

»Ich weiß«, stellte er schmunzelnd fest, »auf den

ersten Blick haben wir nicht besonders viel gemeinsam.«

In Gedanken pflichtete ich Josh entschieden bei. Josh mit seinem strahlenden Lächeln und den warmen braunen Augen schien das genaue Gegenteil von Jeremy zu sein. Josh sprach allerdings von einem ganz anderen Unterschied.

»Jeremy ist schön«, sagte er. Es war eine sachliche Feststellung, in der keinerlei Neid mitschwang.

Ich schwieg erstaunt und versuchte mir Jeremy ins Gedächtnis zu rufen. Vor meinem inneren Auge tauchte ein sarkastisches Lächeln auf. Rabenschwarze Augen. Dann wurde mir plötzlich klar, worauf Josh anspielte. Jeremy sah, wenn ich mich recht erinnerte, wirklich umwerfend gut aus. Aber das war mir kaum aufgefallen.

Ich musterte Josh. Er hielt seinen Bruder für schön, sich selbst aber nicht? Natürlich war Josh schön! Daran bestand für mich kein Zweifel. Er leuchtete von innen heraus. Aber war er im allgemeinen Sinne attraktiv? Wahrscheinlich eher nicht. Zwar wirkte er sehr athletisch, aber seine gebogene, römische Nase war, objektiv betrachtet, wahrscheinlich einen Tick zu groß, sein Kinn etwas zu stark. Er war schön, aber er sah nicht wirklich umwerfend gut aus. Bei Jeremy war es wahrscheinlich umgekehrt.

»Jeremy hat etwas dagegen, dass ich hier wohne, nicht wahr?«, fragte ich geradeheraus.

»Das stimmt. Jeremy hätte das Haus lieber für uns allein, aber auf lange Sicht kommen wir ohne zusätzliche Mieteinnahmen nicht über die Runden. Damit wird er sich wohl abfinden müssen.«

»Wem gehört das Haus?«

»Jeremy und mir. Wir haben es von unserer Tante geerbt. Sie ist vor einem Jahr gestorben.« Es schien, als spreche er ungern darüber. »Jeremy und ich sind vor ein paar Monaten hier eingezogen.«

»Ihr seid auch erst seit kurzem in London?«

Josh nickte. »Scheint mir allerdings so, als wären wir immer noch nicht richtig angekommen«, murmelte er, dann fügte er schnell hinzu: »Unsere Tante hat uns nicht nur diese Villa hier hinterlassen, sondern auch ein Ferienhaus in Spanien.«

Ich lachte beeindruckt. »Klingt wie eine Heile-Welt-Geschichte aus irgendeiner Vorabendserie.«

»Das täuscht.« Ein trauriger Ausdruck huschte über Joshs Gesicht, und mit einem Mal strahlten seine Augen nicht mehr. Da war er, der Schatten, den ich zuvor schon erahnt hatte! Nun zeigte er sich plötzlich deutlich, als habe er die ganze Zeit nur darauf gewartet, hervorzukommen.

»Ich bin froh, dass du hier wohnst«, brachte ich leise hervor, unsicher, wie ich dem Schatten begegnen sollte.

Ich wurde mit einem kleinen Lächeln belohnt, aber es war kaum Wärme darin. Irgendetwas nagte an Josh. Es stand ihm ins Gesicht geschrieben.

»Lass uns tanzen«, sagte ich unvermittelt.

»Tanzen?« Josh schien sich zu fragen, ob er richtig verstanden hatte.

Ich lachte und wunderte mich selbst über meinen Vorschlag. Aber die Idee war direkt aus meinem Herzen gekommen, also musste es eine gute sein. »Ja, lass uns tanzen. Magst du ABBA?« Schon war ich beim MP3-Player und würgte Jason Mraz ab.

»Ich … ABBA? Also … ja, schon«, sagte Josh stockend, während ich hantierte.

Im nächsten Moment begann *Dancing Queen*. Ich quietschte begeistert, denn ich liebte dieses Lied. Sofort fing ich an, mich im Rhythmus zu bewegen, und Josh sah mir gebannt zu. Ich streckte die Arme in die Höhe, wiegte mich zur Musik und bewegte die Lippen zum Playback. Josh grinste. Das Grinsen breitete sich langsam in seinem ganzen Gesicht aus, und als es seine Augen erreichte, streckte er die Hand nach mir aus und zog mich an sich. Ich war nie in einer Tanzschule gewesen und hatte keine Ahnung von Paartanz, aber Josh schien genau zu wissen, was er tat, und führte mich.

Wir tanzten. Zuerst vorsichtig, doch als der Refrain des Liedes einsetzte, wirbelte Josh mich herum und sang mit. »*You can dance, you can jive, having the time of your life …*« Er war kein besonders talentierter Sänger, aber ein erstaunlich guter Tänzer! Seine Bewegungen waren fließend, gewandt und verschmolzen geradezu mit dem Takt. Josh wirbelte mich durch den ganzen Raum, und ich drehte mich kichernd. Mir war warm und leicht, und ich lachte mit jeder Pore und jedem Molekül meines Körpers.

Schließlich war es vorüber. Josh bedankte sich mit

einem formvollendeten Diener bei mir und strahlte von einem Ohr zum anderen. *»Thank you, Miss Fortis«*, sagte er charmant.

»Es war mir ein Vergnügen«, antwortete ich atemlos.

Joshs Gesicht leuchtete. Der Schatten hatte sich zurückgezogen und schien vorübergehend besiegt. »Willkommen zu Hause.« Damit wandte sich Josh zur Tür, und ich bedauerte, dass er schon wieder gehen wollte. Am liebsten hätte ich die ganze Nacht lang mit ihm getanzt, geredet und gelacht. Aber es war schon spät.

Josh zwinkerte zum Abschied, und ich winkte ihm nach.

Nachdem ich einen Augenblick lang selig mit einer wahrscheinlich recht dümmlichen Miene im Raum gestanden hatte, ging ich zum MP3-Player zurück und ließ Jason Mraz weitermachen. Er sang: *»I'm lucky I'm in love with my best friend, lucky to have been where I have been. Lucky to be coming home again.«*

Ich war zu Hause.

Wir sind alle Würmer. Aber ich glaube, ich bin ein Glühwürmchen.

Sir Winston Churchill

Am folgenden Tag wurde ich von der Sonne geweckt. Ich öffnete die Augen und sah ein silbernes Meer aus feinsten Staubpartikeln, die ziellos durch den Morgen schwebten. Es war ein phantastisches Schauspiel, und der fliegende Staub verzauberte mich. Manchmal, wenn mich Schönheit so ansprang und ich erkannte, dass die Welt unter ihrer Oberfläche aus Alltäglichkeit in Wahrheit voller Wundersamkeiten steckte, spürte ich die Heiligkeit der leicht zu übersehenden Dinge. Ich liebte solche Augenblicke. Der Gedanke an sie begleitete mich meist durch den ganzen Tag und machte Banalitäten zu kleinen Wundern.

Eine Zeitlang lag ich nur da und betrachtete das Festspiel aus winzigen Staubflugkörpern, dann erhob ich mich und betrat den Balkon, der an mein Zimmer grenzte. Er war nicht besonders groß, aber ich hatte einen wunderbaren Blick auf den Garten des Hauses, der hauptsächlich aus halbvermoderten Blumenbeeten und ungeschnittenen Sträuchern bestand.

Der Garten wirkte wie eine vergessene Welt, unberührt und verschlafen. Anscheinend hatte sich lange niemand mehr die Mühe gemacht, Unkraut zu zupfen. Trotzdem war der Garten schön. Er lag ruhig da, in den letzten Atemzügen eines friedlichen Winterschlafes, und mir kam der Gedanke, dass er, einmal erwacht, wohl am schönsten wäre, wenn er von Heckenschere und Rasenmäher verschont bliebe.

Da erschien meine Mutter vor meinem geistigen Auge. Sie stapfte in Gummistiefeln und Arbeitshosen durch das kleine ungeformte Paradies und entriss dem Boden die Wildheit, pflanzte Gehorsam. Nie hätte sie einen solchen Garten sich selbst überlassen, noch weniger hätte sie ihn schön gefunden. Ich hoffte, Josh und Jeremy ließen den Garten, wie er war.

Entspannt setzte ich mich auf die Brüstung des Balkons und sinnierte vor mich hin, die frühe Märzsonne und die baumelnde Freiheit genießend. Doch wenig später bekam ich Lust, das Haus zu erkunden. Als ich auf den Flur hinausging, war nirgends jemand zu sehen. Ich huschte die Treppe hinunter und betrat das riesige Wohnzimmer. »Hallo, armer Steinway«, grüßte ich den Flügel und schaute mich in dem museumshaften Raum um. Durch die hohen Fenster flutete die Morgensonne herein.

Ich stutzte. Was war denn das? Hing da ein Kopf an der Wand? Zögernd trat ich näher. An der Wand hing tatsächlich ein Wolfskopf. Ich hatte schon öfter Reh- oder Hirschgeweihe in den Wohnungen spießiger alter Leute gesehen, aber ein ausgestopfter Wolf? Mit durchdringenden Augen starrte er mich an. Mir lief es kalt den Rücken hinunter, und ich ging rasch weiter.

In der Küche herrschte Chaos. Das Geschirr stapelte sich in Form eines schrägen Bergs neben der Spüle, und überall lagen leere Verpackungen, Dosen, Flaschen, Essensreste und schmutzige Küchengeräte herum. Da fiel mein Blick auf einen Zettel, der auf dem Küchentisch lag. Ich konnte der Versuchung nicht widerstehen und las ihn. In zwei verschiedenen Handschriften waren drei Sätze darauf geschrieben:

Würdest Du bitte mal saubermachen!?
Nur im Chaos liegt wahre Erkenntnis.
Was für eine bemerkenswerte Ausrede für Faulheit.

Ich gluckste in mich hinein und fragte mich, ob wohl Josh und Jeremy die Schreiber waren. Aber wer sollte es sonst sein? Es schien, als lebten nur wir drei in diesem Haus. Mir gefiel die Vorstellung, dass die beiden über Briefchen kommunizierten. Ein weiteres Stück Papier lag halb verdeckt unter ein paar Werbebriefen. Ich fischte es hervor und erkannte, dass es zwei Zettel waren. Auf beiden schrieb zuerst die Schrift, die ich instinktiv Josh zuordnete.

Was ist das noch: My lashes are dry, purple teardrops I cry ... Das ging mir heute den ganzen Tag im Kopf rum.
Zweite Strophe von Paparazzi. Lady Gaga. Mein Beileid.
Wieso? Du bist doch derjenige, der wusste, von wem der Song ist. Mein Beileid für dich.
Was kann ich für die Speicherkraft meines Hirns?

Auf dem zweiten Zettel stand:

Guten Morgen, Genie. Glaubst du, du könntest heute mal etwas Sinnvolles tun und einkaufen gehen?
Ehrlich gesagt, nein.
Du bist echt ein Arsch.
Und du liebst mich trotzdem.

Ich durchstöberte den Tisch nach weiteren Briefchen und fand tatsächlich noch zwei weitere. Mich ging die Korrespondenz der beiden nichts an, aber ich konnte einfach nicht widerstehen. Auf einem Zettel stand:

Layla geht mir auf die Nerven.
Mir fällt schon gar nicht mehr auf, dass sie überhaupt da ist.

Ich hatte keine Ahnung, wer Layla war, aber das würde ich früher oder später bestimmt noch herausfinden. Ich nahm mir den letzten Zettel vor, der auf der Anrichte lag. Es war nur eine kurze Notiz in Joshs Schrift:

Könntest du gnädigst wenigstens so tun, als wärst du ein normales menschliches Wesen, falls du Angelia heute siehst?

Ich atmete scharf ein. Josh bat Jeremy darum, nett zu mir zu sein. War das wirklich notwendig?

Grübelnd ging ich zurück ins Wohnzimmer. Als

ich an einem Regal vorbeikam, strich ich mit dem Finger über das Holz, betrachtete den flauschigen Staubklumpen, der danach an meiner Fingerspitze haftete, pustete ihn weg und sah ihm nach, wie er durch die Luft torkelte. Er landete auf dem Parkett, und ich lächelte bei dem Gedanken, dass er dort wahrscheinlich wochenlang unbehelligt liegen bleiben würde.

Entschlossen ignorierte ich die Blicke der Wolfsaugen und ging zu einem Regal hinüber, in dem eine Stereoanlage stand. Neugierig untersuchte ich die CDs, die daneben lagen. Fremde CD-Sammlungen zu durchstöbern war wie das Tagebuch eines anderen zu lesen, nur nicht so verboten. Man erfuhr erstaunlich viel über den Besitzer. Im Zeitalter des Downloads kauften zwar immer weniger Leute CDs, doch hier gab es noch einen ganzen Stapel davon. Nirvana, Linkin Park, Green Day, Chili Peppers, Jimi Hendrix. Jemand achtete wohl darauf, nichts Uncooles im Regal zu haben. Ich las weiter: Coldplay, 30 Seconds to Mars, das weiße Album der Beatles, The Killers, Bob Marley. So langsam bekam das Ganze mehr Profil. Auf pianolastige Balladen schien hier allerdings niemand zu stehen. Gehörten die CDs Josh oder Jeremy? Zu Josh passte das Ganze nicht. Die Sammlung war irgendwie protzig. Ich untersuchte den Stapel weiter. U2, Mando Diao, Placebo, noch einmal Green Day, Sex Pistols, wieder Green Day, Rihanna. Huch! Wie war Rihanna denn zwischen diese geschmackvolle Rockhelden-Versammlung geraten? Das war aber ein arger Stilbruch. Jeremy war offensichtlich auch nur ein Mensch. Ich fuhr weiter mit dem Finger an den Hüllen entlang. Franz Ferdinand, Depeche Mode, Jamiroquai.

Jamiroquai! Ich zog die CD heraus und lächelte sie an. Das Album hatte ich selbst. Ich kannte es in- und auswendig, und ich zögerte nicht lange. Rasch schob ich die CD in den Player und skipte zielstrebig zu Track Zwei, *Little L*.

Das Lied ging los, und ich begann automatisch zu grinsen. Denn ich wusste, gleich würde einer der göttlichsten Bassläufe der Musikgeschichte einsetzen. Und dann kam er. Fett, wummernd und überirdisch. Am liebsten hätte ich mich vor dem Jamiroquai-Bassisten auf die Knie geschmissen.

Dieses Lied schien zu sagen: Ich bin Rhythmus!

Ich drehte die Lautstärke hoch, um den Beat richtig spüren zu können, aber das reichte mir noch nicht. Kurz entschlossen nahm ich eine der armlangen Lautsprecherboxen aus dem Regal. Sie war nicht allzu schwer. Ich presste die Seite, aus der der Sound kam, fest gegen meinen Bauch. Der Beat drang nun unmittelbar auf mich ein und hämmerte mir den Song unter die Haut. Ich schloss die Augen. Unweigerlich begann mein Körper, sich mit dem Rhythmus zu bewegen und sich im Kreis zu drehen – so weit es das Kabel an der Box zuließ. Schwelgerisch summte ich die Melodie mit und ließ mich in dem Song treiben, den Bass tief in meinem Bauch.

Doch plötzlich spürte ich Blicke. Ich sagte mir, es sei nur der Wolf und versuchte, weiterzutanzen, aber es ging nicht mehr. Irgendjemand starrte mich an.

»Das verdammte Ding sollte verbrannt werden!«, rief ich, wütend auf den Wolf, und öffnete die Augen.

Mir gegenüber stand Jeremy. Er lehnte mit verschränkten Armen am Türrahmen und sah mich amüsiert an. Sein überlegener Blick trieb mir innerhalb einer Millisekunde die Schamesröte ins Gesicht. Eigentlich waren mir Aktionen wie diese nicht peinlich – eigentlich war mir nie irgendetwas peinlich! –, aber wenn sich in diesem Moment ein Loch im Boden aufgetan hätte, wäre ich ohne zu überlegen hineingehechtet.

Jeremy stand da, grinste belustigt und bewegte sich keinen Zentimeter. »Was sollte verbrannt werden?«, fragte er schließlich, die Lässigkeit in Person.

»Hmpf …«

Plötzlich hatte er eine Fernbedienung in der Hand und stellte die Musik ab. Mit einem Mal herrschte beißende Stille. Nur mein schneller Atem war zu hören.

»Hast du ein Problem mit dem Wolf?«, fragte Jeremy in sarkastischem Tonfall. Er war ganz und gar Herr der Lage.

Da straffte ich die Schultern. Ich würde mich von diesem Mistkerl nicht einschüchtern lassen! »Könntest du bitte die Musik wieder anmachen? Ich würde gern weitertanzen.«

Für den Bruchteil einer Sekunde zeichnete sich Überraschung auf Jeremys Gesicht ab. Aber dann intensivierte sich sein Blick. Seine dunklen Augen schienen in meinem Inneren nach etwas zu suchen und dabei keinen Widerstand zu dulden. Mein Blick hielt seinem jedoch stand, und ich begann zu hoffen, dieses Mal die Oberhand zu haben.

Jeremy lächelte. »Du bist eigenartig«, sagte er.

»Das bin ich.«

Little L. spielte an der Stelle weiter, an der es gestoppt worden war.

Trotzig schloss ich die Augen und konzentrierte mich auf das Lied. Ich hatte keine Ahnung, ob Jeremy mich weiterhin beobachtete, aber diesmal würde ich mich nicht von ihm ablenken lassen. Langsam begann ich wieder zu tanzen, wurde immer mutiger und wiegte mich schließlich ungehemmt im Rhythmus.

Als das Lied endete, öffnete ich die Augen wieder. Jeremy war verschwunden. Offenbar hatte ich diesmal gesiegt.

It's time to try defying gravity.

WICKED – The Musical,
»Defying Gravity«

Ich tanzte nicht weiter. Ein Blick aus dem Fenster sagte mir, dass der Tag viel zu schön war, um im Haus verbracht zu werden. Außerdem war ich neugierig auf London. Zehn Minuten später verließ ich die Villa, folgte der Straße und kam an einer Bushaltestelle vorbei. Weitere zehn Minuten später saß ich in einem roten Doppeldecker. Eine Zeitlang ließ ich mich nun einfach durch die Straßen tragen und dachte an gar nichts. Der Bus fuhr kreuz und quer durch die nördlichen Außenbezirke und zeigte mir London von einer unerwarteten Seite. Nirgends gab es mehrstöckige Hochhäuser oder hochmoderne Bauten. Alles war vielmehr altmodisch und klein. Sobald wir Muswell Hill verließen, wirkten viele der niedrigen Gebäude zudem etwas vernachlässigt, als habe in dieser schnelllebigen Stadt niemand Zeit, sich auch noch um Häuser zu kümmern.

Ich ließ die Bilder an mir vorüberfliegen und sog Eindrücke auf. London war uriger, als ich gedacht hätte. Auf charmante Weise wirkte die Stadt irgendwie … hutzelig. Etwa eine Stunde lang schaukelte mich der Bus durch die Gegend, bis ich an einer Haltestelle namens Covent Garden plötzlich Lust verspürte, auszusteigen. Das Wort *Garden* klang vielversprechend.

Vielleicht gab es hier einen der berühmten Londoner Parks.

Ich folgte der Menschenmenge, die in den Straßen wogte, und ließ mich vom Strom leiten. Als ich nach ein paar Minuten jedoch vor einer großen Markthalle stand, in die die Menschen geschäftig hineinströmten, kapierte ich, dass es nicht um irgendeinen Park ging. Aber da ich nun einmal hier war, wollte ich sehen, was die Leute derart anzog. Ich betrat die Halle und fand mich in einem umfunktionierten alten Bahnhof wieder. Verkäufer boten Stand an Stand allen möglichen Kram an. Puppen, Tassen, Bilder, Stoffe, Nippes, Schmuck. Ich mischte mich unter das laute Treiben um mich herum und schlenderte durch die Reihen. Hier gab es zum ersten Mal Großstadtatmosphäre zu schnuppern.

Über das Stimmengewirr der vielen Menschen hinweg hörte ich plötzlich eine Melodie, leicht wie ein Windhauch. Sanft wehte sie heran und war beinahe zu schwach, um gehört zu werden, aber ich erkannte sie dennoch. Es war Bernsteins *Somewhere* aus der *West Side Story*. Trotz der Entfernung und trotz des Gemurmels um mich herum fiel mir der glasklare Sopran auf, der dieses herrliche Stück Musik sang.

Als hätte ich einen Köder verschluckt und würde nun unweigerlich gen Ufer gezogen, folgte ich der Stimme und betrat eine weitere Halle. Die Stimme war nun klar und deutlich zu hören, sie erfüllte die Luft mit einer hellen Vibration. Ich konnte sie hören und fühlen, sah aber nicht, wo sie herkam.

In der Mitte der Halle standen zahllose Menschen

dicht gedrängt um ein Geländer herum und sahen in die Tiefe. Kam die Stimme von dort her? Ich ging näher heran und drängte mich nach vorn. Ein paar Meter unter mir, neben einer Art tiefer gelegtem Straßencafé, stand eine junge Frau in Jeansjacke und schwarzem Rock und sang. Hätte ich es nicht mit eigenen Augen gesehen, hätte ich nicht geglaubt, dass diese raumfüllende Stimme ihr gehörte. Die Frau war zierlich, fast klein und wirkte in ihrer Straßenkleidung und mit ihrem Puppengesicht eher wie ein Teenager als wie der Ursprung dieses ausgereiften Soprans. Wenn man genau hinsah, war sie vielleicht wirklich ein Teenager. Ihre bühnenerfahrenen Gesten und die Leichtigkeit, mit der sie jede einzelne Note traf und mit Sehnsucht füllte, täuschten womöglich.

Ich ging nach unten, setzte mich an einen der Tische des Cafés und betrachtete sie gebannt. Sie war in meinem Alter, kein Zweifel. Sie konnte kaum zwanzig Jahre alt sein. Die Sicherheit ihrer Stimme und ihr Ausdruck waren, unter diesem Gesichtspunkt betrachtet, einfach unglaublich. Sie bewegte sich kaum, nur hin und wieder unterstrich sie eine Zeile mit einer Handbewegung. Alle Faszination lag in ihrer Stimme.

Das Lied endete, und tosender Applaus erfüllte die Luft. Einige der Zuschauer riefen: »Alice! Alice!« Die Sängerin schien wie aus einem Traum zu erwachen, lächelte den Menschen schüchtern zu und bedankte sich mit einem Kopfnicken.

Dann begann das nächste Stück. Der CD-Spieler, der neben einem toastergroßen Lautsprecher auf einem

Stuhl stand, spielte die ersten Takte von *Mama who bore me* aus *Spring awakening*. Voll gespannter Vorfreude lehnte ich mich zurück, bereit, mich erneut verzaubern zu lassen. Sobald Alice einsetzte, erfüllte die Vollkommenheit ihrer Stimme die Luft mit Silber. Ich hörte ihr zu und vergaß die Zeit. Lied um Lied tauchte ich mit ihr in die schillernde Welt des Musicals ein, der ihre Stimme noch nicht gekannte Farben und Funken hinzuzufügen vermochte. Mit geschlossenen Augen hörte ich ihr zu und bedauerte es, als sie schließlich ihr letztes Stück gesungen hatte und sich scheu nach allen Seiten verbeugte. Viele klirrende Pfundmünzen landeten in dem Tellerchen zu ihren Füßen.

Als sie ihre Sachen zusammenpackte, stand ich rasch auf. Ich musste sie ansprechen, ihr sagen, was ihr Gesang in mir ausgelöst hatte. Aber da hielt mich der Kellner des Cafés am Ärmel fest und wies mich darauf hin, dass ich auch etwas bestellen müsste, wenn ich hier gesessen hätte. Ich begann mit ihm zu diskutieren, und als ich mich schließlich umwandte, um endlich mit Alice zu sprechen, war sie fort. Ich hatte die Chance verpasst, sie kennenzulernen. Verdammt!

Enttäuscht setzte ich mich auf die Treppe neben dem Café, wo man nichts bestellen musste, und beobachtete die Leute. Die Menge löste sich langsam auf, und bald schien die Magie, die Alice erzeugt hatte, verflogen, verstreut in alle Richtungen – als kleiner glühender Punkt im Inneren der Zuhörer, die sie in ihr Alltagsleben mit sich nahmen.

Als ich nach Hause kam und wieder vor der herrschaftlichen Haustür stand, erinnerte ich mich daran, dass ich gar keinen Schlüssel hatte. Ich klingelte ein paarmal, aber es rührte sich nichts. Wahrscheinlich waren Josh und Jeremy noch in der Uni – falls sie überhaupt studierten. Darüber hatte ich mit Josh gar nicht gesprochen.

Ich ging kurz entschlossen um die Villa herum, um mir den Garten hinter dem Haus anzusehen. Ich hatte von meinem Balkon aus schon eine Ahnung bekommen, wie weitläufig das Gelände war, aber nun zwischen den alten Kastanien und über den ungemähten Rasen zu wandern, weckte in mir die Vorfreude auf den Sommer. Ich sah mich schon an einem heißen Augustnachmittag unter einem der Baumgiganten sitzen und Songtexte schreiben.

An der Rückseite des Hauses befand sich eine große Terrasse, auf der ein paar verloren wirkende Gartenmöbel und eine alte Hollywoodschaukel standen. Es war ein außergewöhnlich warmer Spätnachmittag im März. Bis Josh oder Jeremy nach Hause kamen, würde ich mich einfach auf die Schaukel setzen und meinen Gedanken nachhängen. Sie stand der Hausmauer zugewandt und schien ein gemütliches, uneinsehbares Versteck zu sein.

Ich ging um die Schaukel herum und blieb wie angewurzelt stehen. Zwei halbnackte Körper wanden sich in eindeutigen Bewegungen auf dem Polster. Einer davon gehörte Jeremy. Ich konnte nur ein kleines Stück von seinem Gesicht erkennen, denn er lag mit hochgerutschtem T-Shirt und halb heruntergelassener Jeans auf einem Frauenkörper, in dessen Schulterbeuge er seinen Kopf vergraben hatte. Das Mädchen oder die Frau, die unter ihm lag und ihre Fingernägel in seinen Rücken krallte, blickte mit ekstatischem Gesichtsausdruck und halbgeschlossenen Augen, in denen nur noch das Weiße zu sehen war, gen Himmel. In rhythmischen Bewegungen hob sie Jeremy ihre Hüften entgegen, während ihre entblößten Beine fest um seinen Körper geschlungen waren. Kein Laut kam den beiden über die Lippen, das einzig hörbare Geräusch war das leichte Reiben von Stoff auf nackter Haut.

Ich stand wie erstarrt da und bewegte mich nicht. Die Szene brannte sich in mein Hirn – die kleinen Schweißperlen auf Jeremys Rücken, die schmalen roten Kratzer, die die Nägel der Frau auf seiner Haut hinterließen, die Anspannung seiner Muskeln, jedes Mal, wenn er in sie hineinstieß. Ich konnte meine Augen nicht abwenden.

Plötzlich drehte Jeremy den Kopf. Ohne, dass ich ein Geräusch verursachte hatte, bemerkte er mich. Er schien sich nicht im Mindesten ertappt zu fühlen oder überrascht zu sein. Sein dunkles Haar war zerzaust, auf seiner Stirn stand der Schweiß, doch sein Blick war erstaunlich ruhig. Die Ekstase, die der Frau so offen ins Gesicht geschrieben stand, schien in ihm nicht zu lodern.

Seine Augen versenkten sich in meine. Einen Moment lang fühlte ich ihn tiefer in mir, als sie ihn wohl fühlen mochte. Er sah mich an und unterbrach seinen Rhythmus dabei nicht für den Bruchteil einer Sekunde. Er trieb es weiter mit ihr, während er mich mit seinen Augen gefangen hielt. Sein Blick steckte in mir, und sie bemerkte es nicht einmal.

Leise begann sie zu stöhnen, und ich sah aus den Augenwinkeln, wie sie sich ihm entgegenpresste und ihr Rückgrat durchbog. Er stieß härter in sie, ohne seinen Blick von mir abzuwenden. Ihr Stöhnen verwandelte sich zunehmend in spitze kleine Schreie, und ihre Fingerspitzen bohrten sich in seinen Nacken. Jeremy blinzelte nicht einmal.

Dann kam sie, laut und eindeutig, schreiend, als würde sie ein Kind gebären. Kurz darauf erschlafften ihre Muskeln, und sie sank zurück. Ihre Nägel ließen von seinem Nacken ab, und seufzend legte sie ihren Kopf zurück auf das Polster. Noch immer hatte sie keine Ahnung von meiner Anwesenheit.

Jeremy hielt inne, verharrte in seiner Position und wartete. Ich war wie gelähmt. Sein Blick war kaum noch zu ertragen. Ich hatte das Gefühl, wahnsinnig zu werden, wenn er nicht bald aufhörte, mich so anzusehen. Mein Herz jagte heißes Blut durch meine Adern, aber äußerlich war ich völlig erstarrt.

Seine Augen verengten sich, die Intensität seines Blickes schien sich noch zu verstärken, und mit einem Mal flammte in ihm das auf, was ich die ganze Zeit über dort nicht gesehen hatte: Lust. Beinahe hatte ich den Eindruck, als gelte sie mir.

Dann stieß er wieder zu, plötzlich und heftig, und holte sich, was er wollte. Seine Augen hatten sich zu kleinen Schlitzen verengt, und ich konnte seine Pupillen kaum noch sehen. Dennoch hielt er mich noch immer eisern gefangen.

Schließlich ließ er mich los. Seine Lider schlossen sich, und seine Brauen zogen sich zusammen. Kein Laut kam über seine Lippen. Dann öffnete er wieder die Augen, wissend, dass ich noch immer da war. Sein Blick sah unverändert in mich hinein, als lese er all meine Gedanken mühelos. Nach wie vor hielt er die Zügel in der Hand – ließ mich starrend da stehen, nachdem er gerade Sex mit seiner Freundin gehabt hatte, und sah mich an, als habe er mit mir geschlafen.

Es kam Leben in meine Glieder. Ich trat ein paar Schritte zurück, lautlos, um von ihr nicht bemerkt zu werden, und eilte auf wackeligen Beinen davon.

You may say I'm a dreamer,
but I'm not the only one.

JOHN LENNON, »Imagine«

Josh kam eine halbe Stunde später nach Hause. Ich saß auf den Stufen vor der Haustür, die Arme um meine Beine geschlungen. In meinem Kopf rauschte das Blut, und meine Augen brannten, als habe sich Jeremys Blick in sie eingesengt.

Als Josh den Kiesweg herunterkam, leise vor sich hinpfeifend, die Jacke leger über die Schulter geworfen, entdeckte er mich auf den Stufen. Ich sah aufgewühlt zu ihm auf und lächelte zaghaft. Besorgt blickte mich Josh an, seine braunen Augen versprühten Wärme, und ohne eine Begrüßungsfloskel benutzen zu müssen, sagte er: »Vielleicht hilft eine Tasse Tee.« Josh nahm wie selbstverständlich meine Hand, half mir auf und ging mit mir in die Küche.

Im Haus war niemand zu sehen. Vielleicht lagen Jeremy und die Frau noch immer auf der Hollywoodschaukel und trieben es zum zweiten Mal. Josh platzierte mich auf einen der Stühle am Küchentisch und lief ein paar Minuten lang geschäftig hin und her, gleichzeitig Tee kochend, aufräumend und mir Zeit lassend. Schließlich stellte er eine Tasse mit dampfendem Earl Grey vor mich und setzte sich mir gegenüber.

»Ich hatte einen ziemlich anstrengenden Tag im College«, plauderte er drauflos und schaufelte zwei Löffel

Zucker in seinen Tee. »Und heute Abend muss ich arbeiten. Ich jobbe nebenher als Kellner.«

Ich war froh, dass mich Josh nicht auf meinen Zustand ansprach. »Was studierst du denn?«, fragte ich und versuchte mich darauf zu konzentrieren, dass ich das wirklich gern wissen wollte.

»Darstellende Kunst.«

»Du willst Schauspieler werden?«

»*Nope*, ich bin Tänzer«, entgegnete Josh und grinste.

Ich lachte laut heraus. Darauf hätte ich eigentlich von selbst kommen können.

»Willst du hören, wie Joshua Amos dem Tanz verfiel?«, fragte er, und ich nickte. Das würde mich bestimmt ablenken. »Ich war zehn, als ich zum ersten Mal ins Kino gegangen bin«, erzählte er. »Ich hatte vorher noch nie einen Film gesehen, weil ... wir hatten keinen Fernseher zu Hause. Ich ging in eine Sondervorstellung von *West Side Story* und war dermaßen aufgeregt, dass ich während der ganzen zweieinhalb Stunden kaum geatmet habe. Es war, als wäre ich in einer anderen Welt. Die Tänze, die Choreographie und diese Musik, das alles hat mich regelrecht verzaubert.«

Ich blickte Josh elektrisiert an. Er war ein Träumer! Obwohl ich das bereits geahnt hatte, wurde ich nun ganz kribbelig. Josh klang genau wie ich, wenn ich über Musik sprach.

»Dann die Szene in dem Parkhaus!«, fuhr er fort. »In dieser Szene drücken diese Jungs, die Jets, all ihre Gefühle, all ihre Ängste und ihre Wut allein durch ihren

Tanz aus. Damals wünschte ich mir, ich könnte auch so tanzen und alles rauslassen, was in mir ist, ohne ein Wort sagen zu müssen.«

Ich beobachtete Josh aufmerksam, während er sprach. Er unterstrich seine Worte mit kleinen erklärenden Gesten und ließ seinen Tee unberührt stehen, da er seine Hände zum Reden benötigte. Seine Stimme blieb erstaunlich ruhig, aber seine Augen verrieten die tiefe Leidenschaft, die er empfand. Etwas in seinen Augen glühte und widersprach der disziplinierten Ruhe seiner Stimme. Ich vermutete, Josh hatte sich diese Ruhe antrainiert, um nicht den Eindruck eines übergeschnappten Fanatikers zu machen, wenn er über das Tanzen redete.

»Ich kann mir nichts Schöneres vorstellen, als mein Leben mit Tanzen zu verbringen. Nur wenn ich tanze, kann ich ganz ich selbst sein.« Nachdem er einen Moment lang gedankenversunken in seinen Tee gestarrt hatte, fügte Josh hinzu: »Beim Tanzen vergesse ich alles. Und manchmal sogar mich selbst. Ich bin dann nicht mehr Josh. Ich bin … Bewegung. Ich bin Tanz. Und gerade dann bin ich am meisten ich selbst.« Er ließ die Hände sinken. »Ergibt das irgendeinen Sinn?«

»Und ob! So ergeht es mir mit der Musik. Manchmal, wenn ich singe oder spiele, *bin* ich Musik. Das sind die besten Momente.«

Josh lächelte und bot mir Kekse an, die ich aber mit einem Kopfschütteln ablehnte.

»*West Side Story* ist außerdem einer der tollsten Filme aller Zeiten«, sagte ich und trank einen Schluck

Earl Grey. Was für ein Zufall, dass er ausgerechnet dieses Musical so sehr liebte. »Alice« ging es sicherlich genauso.

»Die Lieder sind genauso gut wie die Tänze«, stimmte Josh zu. »Wie geht noch dieses eine, das auf der Feuerleiter?«

Ich musste nicht lange nachdenken und begann leise zu singen. *»Tonight, tonight, the world is full of light, with suns and moons all over the place, tonight, tonight the world is wild and bright, going mad, shooting sparks into space …«*

Josh sah mich fasziniert an und vergaß den Tee und die Kekse. Ich hatte dieses Lied schon hundert Mal gesungen, gespielt und gehört. So oft, dass es im Grunde ein Teil von mir war. Es nun für Josh zu singen war für mich, als hätte ich meinen Schuh ausgezogen und ihm meinen Fuß gezeigt. *»Today, the world was just an address, a place for me to live in, no better than alright, but here you are and what was just a world is a star tonight …«*

Ich hörte auf, und Josh schaute mich weiter stumm an, mit leicht erhobenen Augenbrauen. Da er nichts sagte, griff ich nach einem Keks und biss krachend hinein. Das brach den Bann.

»Angelia, du singst wie ein Engel«, stieß Josh hervor.

Ich lächelte. Er war nicht der Erste, der das sagte, aber mir kam der Gedanke, dass Josh, wäre er am Mittag in Covent Garden dabei gewesen, gewusst hätte, wie ein wirklicher Engel klang.

Ich wollte Josh gerade von Alice erzählen, als er nach dem Flügel im Wohnzimmer fragte. »Gefällt er dir?«

»Ja, sehr! Er ist nur ein bisschen verstimmt.«

»Das kann sein. Wahrscheinlich hat ihn schon seit Jahrzehnten niemand mehr angerührt. Weder Jeremy noch ich spielen Klavier.«

Bei der Erwähnung von Jeremys Namen zuckte ich unwillkürlich zusammen. Die Szene auf der Hollywoodschaukel tauchte wie auf Knopfdruck vor meinem inneren Auge auf, und mein Herzschlag beschleunigte sich wieder. Ich schüttelte kaum merklich den Kopf. So ging das nicht! Irgendwie musste ich es schaffen, ruhig zu bleiben, wenn ich an Jeremy dachte oder ihm begegnete. Da fiel mir seine CD-Sammlung wieder ein – tadellos vorzeigbar und jede einzelne CD einfach zu cool für diese Welt. Außer Rihanna.

»Ich hab mir die CDs im Wohnzimmer angesehen«, sagte ich und lächelte bei dem Gedanken an Rihanna und daran, dass Jeremy längst nicht so unantastbar war, wie er tat.

»Die neben der Anlage?«, fragte Josh und schenkte sich eine zweite Tasse Tee ein. »Die hat ein Kumpel von Jeremy letzte Woche hier vergessen. Flint. Er steht auf Green Day.«

Mein Lächeln gefror.

»Es könnten allerdings auch ein oder zwei CDs von mir dabei sein«, überlegte Josh laut. »Jamiroquai müsste da rumliegen, und mein Lieblingsalbum von Rihanna.«

Mehrere Sekunden lang starrte ich ihn an. Dann

warf ich den Kopf in den Nacken und brach in schallendes Gelächter aus. Josh sah mir irritiert dabei zu. Ich lachte aus vollem Hals, da ich mich selbst zum Schreien komisch fand. Offenbar wünschte ich mir so sehr, eine Schwachstelle in Jeremys eiserner Rüstung zu finden, dass ich vergessen hatte, erst einmal herauszufinden, wem die CDs überhaupt gehörten, bevor ich Jeremys Charakter anhand der Alben analysierte. Das war zum Totlachen armselig.

»Was ist so lustig?«, fragte Josh neugierig.

»Ich!« Glucksend wedelte ich mit der Hand.

Meine Antwort schien Josh zu amüsieren.

»Rihanna«, fügte ich nach Luft schnappend hinzu.

»Was ist mit ihr?«

»Sie …« Ich wischte mir eine Lachträne aus dem Augenwinkel und beruhigte mich langsam. »In diesem CD-Stapel im Wohnzimmer fällt sie auf wie ein Zebra im Raubtierkäfig.«

Josh grinste. »Stimmt. Flint hätte sich nie im Leben irgendwas von einer Charts-Tussi mit Regenschirm gekauft.«

»Du aber schon.«

»Die Tussi hat ein paar gute Songs gemacht.« Er zog ein übertriebenes Trotzgesicht. »Ich stehe dazu, dass ich Rihanna mag!«

Ich lachte und freute mich, dass zumindest meine Ahnung stimmte, Josh würde Musik niemals allein der Coolness wegen hören. »Flints Sammlung ist sehr vorzeigbar und zeugt von absolut unpeinlichem Geschmack«, stellte ich fest.

Josh horchte auf. »Glaubst du, er hat die CDs nur zur Imagepflege?«

Ich schenkte mir noch Tee nach. »Ich kenne Flint ja nicht«, räumte ich ein, »aber manche Leute benutzen CDs als Statussymbole oder als Image-Etikett.« Joshs Miene forderte mich dazu auf, das genauer zu erklären. »Durch den Musikgeschmack kann man das Bild untermauern, das andere von einem haben sollen. Wer zum Beispiel kultiviert erscheinen möchte, wird beim Dinner wahrscheinlich irgendwas Klassisches auflegen. Wer als echter Musikkenner gelten will, bringt das Gespräch auf Jazz. Und wer rebellisch und dabei ein bisschen intellektuell erscheinen will, hört einfach Green Day.« Darüber hatte ich schon oft mit meinem Vater diskutiert. »Als ich mir die Sammlung im Wohnzimmer angesehen hab, kam mir der Gedanke, dass diese geballte Ladung Testosteron, die da rumsteht, einfach zu cool ist, um Zufall zu sein.«

Josh grinste und verschränkte die Hände hinter dem Kopf. »Heißt das, man kann Green Day eigentlich gar nicht wirklich gut finden?«, fragte er provokativ. »Man hört sie allein, um cool zu sein?«

»Absolut nicht! *American Idiot* ist eines der besten Alben dieses Jahrhunderts! Hab ich selbst.«

»Und hast du dir das gekauft, um bei deiner Sammlung den Vorzeigefaktor zu erhöhen?«

»Nein! Meine Theorie bezieht sich nur auf solche Leute, die Musik nicht um ihrer selbst willen hören oder haben, sondern als Mittel zum Zweck – um damit etwas zu signalisieren.«

»Und du gehörst nicht dazu?«

»Auf keinen Fall! Meine Sammlung ist überhaupt nicht vorzeigbar oder geeignet, mir ein cooles Image zu kreieren. Aber ich hab sie mir ja auch nicht aus diesem Grund zusammengestellt, sondern nur, weil mir die verschiedenen Musikrichtungen alle etwas bedeuten. Auch die, mit denen man überhaupt keinen Eindruck schinden kann.«

»Und das wäre?«

»Zum Beispiel Popmusik. Davon hab ich am allermeisten.«

»Was sind die uncoolsten Songs, die du hast?«, fragte Josh. Er kippelte mit dem Stuhl und schien genauso viel Spaß an der Diskussion zu haben wie ich.

Ich überlegte kurz und sagte dann: »*Crying at the Discotheque* von Alcazar, *Mandy* von Westlife und *Dragostea din tei* von O-Zone.«

»O wow, das ist wirklich übel!«, rief Josh lachend, biss in einen Keks und schüttelte scherzhaft tadelnd den Kopf. Dann hielt er inne und fragte unvermittelt: »Kann ich mir die mal bei dir runterladen?«

Ich verschluckte mich an meinem Tee und musste so sehr lachen, dass ich knallrot im Gesicht wurde und keine Luft mehr bekam. Josh sprang auf und schlug mir vorsichtig auf den Rücken, bis ich wieder atmen konnte. Als er sich wieder setzte, lachten seine Augen noch immer und schickten Wärme zu mir herüber. Ich genoss den Moment. Ich fühlte mich wohl in diesen Augen. Dann nahm ich den Faden wieder auf. »Das ist genau das, was ich meine. Viele uncoole Pop-Platten machen einfach unheimlich viel Spaß oder sind wunderschön, obwohl sie zum Mainstream gehören. Man traut sich heutzutage allerdings kaum noch, das zu sagen, weil alles, was Pop oder in den Charts ist, ja automatisch Mist sein muss. So scheinen jedenfalls die meisten in unserem Alter zu denken. Mir geht das auf die Nerven, und deswegen ist meine Mission auf Erden, eine Lanze für die Popmusik zu brechen!« Ich streckte die Faust gen Himmel, und Josh gluckste in seine Teetasse.

»Nein, im Ernst«, sprach ich weiter. »Eigentlich ist es doch gar nicht mehr *alternative* oder *indie* oder *progressive*, sich eine Platte von … zum Beispiel Muse zu kaufen. Musik dieser Art ist inzwischen nämlich fast populärer als Popmusik. Kauft sich also ein Zwanzigjähriger eine CD von … sagen wir Phil Collins, dann ist das alternativ.«

Josh nickte und sagte: »Das stimmt. Aber trotzdem würde ich mich nicht besonders rebellisch fühlen, wenn ich mir eine CD von Phil Collins kaufe.« Er hatte die Packung Kekse beinahe aufgegessen, als sei das sein ganzes Abendessen. Vielleicht war es das auch.

»Wir müssen uns nur Gehör verschaffen«, sagte ich und griff nach dem letzten Keks. »Was soll man denn dagegen machen, wenn man zum Beispiel *Don't feel like dancing* von den Scissor Sisters einfach total super findet? Sollte man das der Coolness wegen leugnen und die CD in braunem Papier unter dem Bett verstecken?«

»Den Song finde ich auch gut!«, rief Josh. »Aber ich

höre ihn eher selten, weil ich meistens zu faul bin, unters Bett zu kriechen.«

Ich prustete los. Josh lachte mit. »Ich bin übrigens ein Riesenfan von den Beach Boys«, gestand er, nachdem wir uns wieder beruhigt hatten.

»Das ist nicht wirklich uncool!«, sagte ich. »Die Beach Boys sind viel mehr als nur gute Laune, und das wissen inzwischen die meisten.«

»Du machst selbst Popmusik?«, fragte Josh.

»Ja. Vor allem Balladen.«

»Wie uncool.«

»Extrem uncool. Ich mache Popmusik mit Seele.«

»Ich würde gern mal was von dir –«

Da betrat Jeremy die Küche.

King Jeremy the wicked ruled this world.

PEARL JAM, »Jeremy«

Ich spürte, wie mir augenblicklich das Blut in die Wangen schoss und mir der Keks fast im Hals stecken blieb. Lässig kam Jeremy in die Küche spaziert, gefolgt von seiner … Partnerin.

»Hey, Jay«, begrüßte Josh seinen Bruder und schien aufrichtig erfreut, ihn zu sehen. Seine Augen blitzten.

»Hey«, antwortete Jeremy und strubbelte Josh brüderlich durchs Haar. Als er keine Anstalten machte, auch mich zu begrüßen, sagte Josh: »Angelia kennst du ja schon.«

»Ja, das Vergnügen hatte ich bereits.« Jeremys Tonfall schwang zwischen Ironie und einer undefinierbaren zweiten Komponente. Er warf mir einen Blick zu, für den Bruchteil einer Sekunde nur, und meine Hände und Knie begannen gleich wieder zu zittern. Ich hoffte, niemand würde es bemerken, und schaute zu Josh, der jedoch glücklicherweise gerade zu Jeremys Freundin hinübersah. Erstaunt bemerkte ich die unübersehbare Antipathie, die ihm ins Gesicht geschrieben stand – ein genervter und zugleich mitleidiger Ausdruck. Er schien sich überwinden zu müssen, sie anzusprechen. »Hi, Layla«, begrüßte er sie tonlos.

Sie reagierte nicht darauf. Mit verschränkten Armen stand sie im Türrahmen und sah desinteressiert in die

Runde. Ich musterte sie. Ebenso wie Jeremy trug sie ausschließlich Schwarz, doch anders als er – der offenbar eine ganz eigene Spezies darstellte – schien sie den Emos oder Gothics anzugehören. Sie trug ein enges schwarzes Top, das ihre fehlende Oberweite betonte, enge schwarze Jeans mit Nieten und spitze schwarze Samtschuhe. Ihr Haar war offensichtlich schwarz gefärbt, denn ein mausbrauner Ansatz zierte ihren akkurat gezogenen Mittelscheitel. Glatt und stumpf endete ihre Frisur auf Kinnlänge. Ihr eher unscheinbares, schmales Gesicht wirkte durch lidstrichbeschwerte grüne Augen und schwarz nachgezogene Brauen fast wie eine Clownsmaske. *Grotesk* war das Wort, das mir in den Sinn kam. Unter all den schwarzen Strichen war sie zudem leichenblass. Ihr dünner Hals und ihre kleinen Hände waren ebenfalls weiß und durchsichtig, durch ihre transparente Haut leuchteten blaue Adern. Auf eine beklemmende Art erinnerte sie mich an ein Gespenst. An einen Twilight-Film. Allerdings war sie nicht hübsch genug, um ein Mitglied der Cullen-Familie zu sein. Sie erschien mir fast wie ein Kind, wäre da nicht dieser unzufriedene und gleichzeitig teilnahmslose Gesichtsausdruck gewesen. Layla war nicht groß, sie reichte Jeremy gerade einmal bis zur Brust, obwohl ihre merkwürdig dreieckigen Schuhe hohe Absätze hatten. Als mein Blick wieder zu ihren schwarzumrandeten Augen zurückwanderte, bemerkte ich, dass sie mich beobachtete.

»Hast du genug gesehen?«, bellte sie mit einer überraschend tiefen, heiseren Stimme.

»Tut mir … leid«, stammelte ich, erschrocken über die unerwartete Feindseligkeit. Ich fing mich jedoch schnell wieder. »Ich bin Angelia und wohne seit gestern hier«, versuchte ich die Situation zu entschärfen. Layla schenkte mir einen Blick, der zu gleichen Teilen aus Arroganz und Ignoranz bestand, und ging mit drei kleinen Schritten zum Kühlschrank, aus dem sie sich eine Dose Mineralwasser nahm.

Josh hob die Achseln und zog ein Mach-dir-nichts-draus–Gesicht. »Hast du heute irgendwas eingekauft?«, fragte er Jeremy.

»Wir haben doch noch Cornflakes«, war die Antwort.

Josh schien nicht überrascht zu sein. »Also gibt's mal wieder Dinner à la Jeremy«, sagte er resignierend und stand auf, um das *Dinner* vorzubereiten. Er spülte drei Teller und drei Löffel und stellte sie zusammen mit Cornflakes und Milch auf den Tisch.

Jeremy setzte sich zu uns, und wir verspeisten die Cornflakes. Layla sah uns vom Kühlschrank aus dabei zu. Niemand hatte sie gefragt, ob sie auch etwas essen wollte.

»Was hast du denn heute so getrieben?«, fragte Josh mich zwischen zwei Bissen.

»Ich war in Covent Garden und hab einer Sängerin zugehört.«

»Das macht Jeremy auch manchmal. Er setzt sich einen ganzen Tag lang da hin und lässt sich von den *vibes* inspirieren.«

War da ein leichter Anflug von Spott in Joshs

Stimme? Wenn ja, enthielt er wohl nichts Offensives, denn Jeremy quittierte diese Bemerkung mit einem nachsichtigen Grinsen.

»Wer hat denn heute gesungen?«, fragte Jeremy mich. Mich! Jeremy sprach freiwillig mit mir!

»Ein Mädchen«, antwortete ich vorsichtig, auf der Hut vor einer sarkastischen Reaktion. »Ein Sopran. Sie sang Musicalsongs. Wirklich eine traumhafte Stimme.«

Sollte ich weitererzählen? Ich wollte es gern loswerden, Josh erzählen, wie sehr Alices Gesang mich berührt hatte, aber Jeremys Gegenwart und Laylas Blicke ließen mich zögern. Doch dann sagte ich mir, dass ich mich von diesen beiden keinesfalls davon abhalten lassen durfte, ich selbst zu sein, und redete weiter. »Sie war durch und durch Musik.« Ich schloss die Augen, sah Alice vor mir und bekam prompt eine Gänsehaut. »Während man ihr zuhörte, hatte man das Gefühl, man wisse plötzlich, worum es bei Musik wirklich geht. Ihrem Gesang zu folgen war wie ein Eintauchen in alle Emotionen, die Musik jemals in einem auslösen kann.«

Ich brach ab, als ich bemerkte, dass Josh und Jeremy beide nicht mehr aßen und mich stattdessen mit konzentrierten Mienen ansahen.

»Normalerweise spielen beim *Covent Garden busking* nur klassische Musiker. Musicalstücke hab ich da noch nie gehört«, durchbrach Jeremy die Stille.

»Wahrscheinlich hab ich's nur geträumt.« Mein Tonfall verriet, dass er mich nervte.

»Ja, vielleicht warst du noch immer in einer anderen Welt«, erwiderte er und spielte damit offenbar auf meinen Lautsprechertanz am Morgen an.

Ich biss mir auf die Lippen und wurde schon wieder rot. Was war bloß mit mir los? Ärgerlich sah ich Jeremy in die Augen, aber er wich mir natürlich nicht aus. Im Gegenteil – er zwang mich mit seinem Blick in die Knie, bis ich es nicht mehr aushielt und wegsehen musste. Seine ständige Überlegenheit, diese schier unüberwindliche Dominanz, machte mich wütend. Wer glaubte er eigentlich zu sein?

»Was für eine Welt?«, fragte Josh, dem unser Augenkrieg nicht entgangen war.

»Eine Welt, in der es nur Angelia und Musik gibt«, antwortete Jeremy, und Joshs Gesicht war anzusehen, dass er damit nicht viel anfangen konnte. »Außerdem gefällt ihr der Wolfskopf nicht«, fügte Jeremy beiläufig hinzu.

Josh schnitt eine Grimasse. »Wem gefällt der schon?«

»Mir«, erwiderte Jeremy.

Josh schien skeptisch. »Das ist ja was ganz Neues.«

»Ich hab mich an ihn gewöhnt. Irgendwie hat er was Mysteriöses, Mystisch-Berstendes.«

»Mystisch-berstend«, wiederholte Josh.

»Er gibt mir das Gefühl männlichen Schutzes«, erklärte Jeremy mit nachdenklicher Mimik. »Der Wolf verkörpert Stärke, Macht, Gefahr, unbestechlichen Instinkt. Manchmal sitze ich einfach nur da und sehe ihn an, stelle mir vor, ich könne seinen Geist beschwören, in mich zu fahren, mich zu beseelen und den Wolf zu meinem Alter Ego werden zu lassen.«

Er machte mich nach! Er parodierte den leichten Liverpooldialekt, den ich von meinem Vater übernommen hatte. Und er ahmte meine Träumersprache nach!

»Sehr witzig.« Josh kratzte sich hinterm Ohr.

»Finde ich auch.« Grinsend stand Jeremy auf und verließ den Raum – ohne Layla eines Blickes zu würdigen. Sie folgte ihm trotzdem stehenden Fußes, mit ausdrucksloser Miene und schleichendem Gang.

Josh seufzte und sah mich entschuldigend an.

»Hat er das ernst gemeint?«, fragte ich. »Das mit der Beschwörung des Wolfsgeistes und so weiter?«

»Quatsch.«

»Er hat sich über mich lustig gemacht.«

»Hm. Mhm«, bestätigte Josh.

»Wieso stimmen wir nicht über den Wolfskopf ab?«

Josh lachte. »Du kommst auf Ideen …«

»Wenn wir beide wollen, dass der Wolf wegkommt, dann steht es zwei gegen einen.«

»Angelia, so läuft das hier nicht! Wir können Jeremy nicht einfach überstimmen.«

»Wieso nicht?«

Josh ging nicht auf meine Frage ein. »Eigentlich ist der Wolf doch super.«

Und damit war die Diskussion beendet.

Ich verbrachte den Abend vor dem Fernseher im Wohnzimmer und schaute mir zum wohl zwanzigsten Mal in meinem Leben den *Club der toten Dichter* an. Ich liebte diesen Film, weil er für Träumer war, und ich vermisste Josh, mit dem ich ihn mir gern angesehen hätte. Aber Josh kellnerte irgendwo, und Jeremy war seit seinem fulminanten Abgang nicht mehr aufgetaucht.

Ich schrie also allein *YAWP*! mit den Jungs auf dem Bildschirm und kletterte auf den nächstbesten Tisch, um wie sie alles aus einer anderen Perspektive zu betrachten.

Mr Perry aus dem Film erinnerte mich an meine Mutter. Ich fragte mich, ob sie mein Zimmer inzwischen zu irgendetwas Praktischem umfunktioniert hatte, einem Wäsche- oder Bügelraum vielleicht. Ich sah sie vor mir, wie sie bügelte und ihrem vernünftigen, traumlosen Leben nachging. Wie sie jeden Tag so gestaltete, dass die Nachbarn keinen Anlass zum Reden hatten. Wie sie an Kreuzungen immer den risikolosen Weg wählte.

Es mochte ein Zufall sein, dass im Fernsehen eben in diesem Moment Robert Frost zitiert wurde: *Im Wald zwei Wege boten sich mir dar, und ich nahm den, der weniger beschritten war*. Ich lächelte nachdenklich in mich hinein. Ein Träumerspruch.

Der Weg, den ich gehen wollte, war definitiv der unbeschrittenere. Ich wollte meine eigene Musik machen und mich dabei nicht danach richten, was cool oder angesagt war. Vielleicht wäre ich dann eines Tages in der Lage, die Luft ebenso zum Beben zu bringen, wie sie an diesem Tag durch Alice in Covent Garden erzittert war.

Lieber ein Jahr als Tiger leben
als hundert Jahre als Schaf.

MADONNA

Am folgenden Morgen, von der Sonne geweckt und von fliegenden Staubteilchen gegrüßt, stieg ich gerade aus der Dusche, als ich jemanden auf dem Flügel im Wohnzimmer herumklimpern hörte. Ich wunderte mich und warf mir im Eiltempo einen Bademantel über. In der Halle begegnete ich Josh, der zusammen mit einem älteren Mann gerade das Haus verlassen wollte. Ich rief *»Hiya!«*, wie es hier in London zur Begrüßung üblich war, und Josh erklärte dem Mann neben ihm verschwörerisch: »Das ist der zukünftige Superstar!«

Ich stand im Bademantel am Fuße der Treppe, hatte einen Handtuchturban auf dem Kopf und hinterließ feuchte Fußspuren auf dem Boden, aber Josh und der Mann sahen mich an, als sei ich Madonna persönlich.

»Das Piano ist jetzt gestimmt«, sagte Josh zwinkernd, warf mir eine Kusshand zu und verschwand mit dem Klavierstimmer.

Ich stieß einen kleinen Freudenjauchzer aus, lief ins Wohnzimmer und setzte mich an den Flügel. »Er hat dich stimmen lassen!«, flüsterte ich dem Steinway aufgeregt zu und öffnete die schwere Abdeckklappe. Stolz grinste der Flügel mit achtundachtzig schwarz-weißen Zähnen. Ich schloss die Augen und legte die Hände auf die Tasten. C-Moll, g-Moll, E-Dur. Die Akkorde plätscherten in makellosem Klang aus dem Instrument. Ein paar Minuten lang reihte ich wahllos Harmonien aneinander, bis ich schließlich, eher unterbewusst, die Melodie von *Whatever is me* zu spielen begann, einer Ballade, die ich erst vor einer Woche, mitten im Neubeginnsrausch, geschrieben hatte.

Plötzlich hatte ich eine Idee. Ich brauchte dringend eine Demo-CD, um mich bei Plattenfirmen vorzustellen. Ich könnte einfach hier und jetzt etwas aufnehmen! Aufgeregt lief ich in mein Zimmer und holte mir meinen MP3-Player, der ein eingebautes Mikrophon hatte. Normalerweise benutzte ich diese Funktion dazu, Melodie-Ideen festzuhalten. Aber warum sollte ich nicht eine richtige Live-Aufnahme damit machen? Ich rannte wieder nach unten, legte den MP3-Player auf den Steinway, drückte auf *Record* und begann einfach. Im Text des Liedes hatte ich die Aufbruchseuphorie eingefangen, die ich in den vergangenen Wochen so stark empfunden hatte. Ich besann mich auf dieses Gefühl und sang.

Silent, like a ship on the sea
I just drift on by
Smiling, breathing blue springtime's air
No more need to cry
I'm swimming, I'm leaving
Cause this heart of mine is free
I'm leaving that someone
That I used to be

Sadness, love and madness
Breaking free now
Cause it's all inside of me
I'm floating to new waters
Trying each day
Just to be whatever is me
Try to be whatever is me

I'm laughing, I'm screaming
And that sound shakes the sky
This soul of mine is healing
It's ready to fly

The wind's blowing me further
And I know I
Will spread my wings and fly
I celebrate myself now
I won't give up
Trying to be whatever is me

Ich sang mit geschlossenen Augen, legte all mein Gefühl in meine Stimme und hatte nach vier Minuten die beste Version des Songs aufgenommen, die ich je zustande gebracht hatte. Ich war ganz zappelig vor Begeisterung über das Ergebnis und nahm auf die gleiche Weise noch vier weitere Songs von mir auf. Als ich mir das Ganze schließlich anhörte, stellte ich zwar fest, dass ein penetrantes Rauschen und Knacken im Hintergrund störte, aber die Stimmung der Lieder war wunderbar eingefangen, und jeder einzelne Song war ein potentieller Hit. Das mussten Plattenproduzenten doch hören!

Ich holte mir meinen Laptop, brannte das Ganze auf CD und zog fünf Kopien davon. Währenddessen formulierte ich einen Brief, den ich zusammen mit der brandneuen *Angelia Fortis EP* an Plattenfirmen schicken wollte. Während ich schrieb, rutschte mir mein Handtuchturban immer wieder ins Gesicht, und meine nackten Füße waren inzwischen eiskalt, aber das hielt mich nicht davon ab, mit fiebrigem Eifer weiterzumachen.

Gleich nachdem ich den Brief fünfmal abgeschrieben hatte, nahm ich mir ein *Yellow Pages* aus der Küche zur Hand und schlug darin die größten Labels in London nach. Die Namen waren riesig im Vergleich zu meinen kleinen CDs, aber einschüchtern konnte mich das nicht.

Ich rannte nach oben, zog mich in Windeseile an und ging anschließend mit feuchtem Haar und sechs Briefumschlägen unter dem Arm zur Straße, um mein Schicksal einzuwerfen. Dabei rezitierte ich in Gedanken eine Stelle aus meiner Träumerbibel, *Der Alchimist*:

Wer immer du bist oder was immer du tust, wenn du aus tiefster Seele etwas willst, dann wurde dieser Wunsch aus der Weltenseele geboren. Das ist dann deine Aufgabe auf Erden. Wenn du etwas ganz fest willst, dann wird das ganze Universum darauf hinwirken, dass du es erreichen kannst.

Ich merkte erst nach zweimaligem Vorbeigehen an einem Briefkasten, dass man die Post in England nicht in gelbe eckige Kästen warf, sondern in rote runde Säulen (die ich anfangs für Hydranten oder etwas Ähnliches gehalten hatte). Als ich die dicken Briefe in die Briefsäule stopfte, bat ich das Universum flüsternd, ein kleines Stück des zur Verfügung stehenden Anfängerglücks dieser Welt für mich zu reservieren. Mein kühner Lebensweg benötigte jede Hilfe, die er bekommen konnte.

Dann spazierte ich gutgelaunt bis zur U-Bahn-Station Highgate. Ich wollte ein bisschen im Zentrum von London herumwandern und dabei nach einem Job Ausschau halten. Von irgendetwas musste ich schließlich die Miete bezahlen, bis es mit der Karriere richtig losging.

Eine endlos scheinende Rolltreppe beförderte mich in die Tiefe. Unten am Bahnsteig war von der Zivilisiertheit der Engländer nicht mehr viel zu spüren. Sobald die *tube* kam, drängten sich die Wartenden brachial durch die wenigen Türen in den Zug. Drinnen stand man dicht an dicht und bemühte sich, die anderen nicht mit Blicken zu belästigen. Ich fand das albern und versuchte, mit irgendjemandem Augenkontakt aufzunehmen, aber alle Leute um mich herum starrten entschlossen ins Leere.

Ich schaffte es nur bis zur Haltestelle Tottenham Court Road. Die unterschwellig aggressive und zugleich seltsam schläfrige Atmosphäre im Londoner Underground war einfach nichts für mich, und als ich aus der Station ins Sonnenlicht trat, war ich froh, dem Gedränge entwischt zu sein.

In welche Richtung sollte ich gehen? Ich wandte mich nach links, der Seite meines Herzens, und marschierte drauflos. Bald stellte ich fest, dass ich mittendrin war im großstädtischen Irrsinn. Überall Menschen. Überall Lärm. Überall alles. Ein Geschäft quetschte sich neben das andere, und jeder Laden schien sich nach vorn drängeln zu wollen, als kämpfe er verbissen um seinen Platz. Grinsend murmelte ich: »London, ich glaube, du bist total übergeschnappt.« Die Stadt war definitiv verrückt. Und intensiv. Und sehr lebendig. Mit all seiner brodelnden Energie schien London in jeder Straße und an jeder Ecke alle Träumer dieser Welt einzuladen, lauthals herauszuträumen.

Ich wanderte immer weiter und landete in Holborn. Dieser Stadtteil war anders als das, was ich bisher kennengelernt hatte. Hier gab es unzählige historische, uralte Gebäude, verwinkelte Gässchen und einen Hauch von Gelehrsamkeit in den Straßen. Ich ging immer weiter, bis sich unter die Schlipsträger auf den Gehwegen immer mehr Touristen mischten und ich plötzlich wieder vor der U-Bahn-Station Covent Garden stand.

Na, so ein Zufall!, dachte ich und schmunzelte erfreut. London war wohl doch kleiner, als ich gedacht hatte. Da ich einmal hier war, wollte ich nachsehen, ob vielleicht der Engel vom Tag zuvor noch einmal auftrat.

Ich kämpfte mich an grellgeschminkten Straßenpantomimen, Jongleuren und Hunderten von Einkaufsdränglern vorüber, bis ich die Markthallen erreicht hatte. Zielstrebig ging ich zu der Stelle, an der Alice tags zuvor gesungen hatte, aber es war niemand da. Die Ecke neben dem Café war leer. Ich wartete ein Weilchen, doch als schließlich ein Querflötenspieler auftrat und gelangweilt Tschaikowski spielte, schlenderte ich langsam davon. Was hätte ich nicht alles getan, um Alice noch einmal singen zu hören!

Ich verließ die Markthallen und folgte einer Gasse, die von kleinen Läden und Straßencafés gesäumt wurde. Ohne zu wissen, wohin mich meine Füße trugen, fand ich mich plötzlich vor einer großen Fensterfront mit leicht getönten Scheiben wieder, durch die man ein Café oder Restaurant der gehobenen Art erkennen konnte. Ich trat ein paar Schritte zurück, um den Schriftzug über der Tür zu lesen. In geschwungenen Buchstaben stand dort: *Piano Bar*. Ich überlegte nicht lange und ging hinein.

Das Restaurant war kühl und eher dunkel. An kleinen runden Tischen saßen murmelnde Gäste, die von leiser Klaviermusik beschallt wurden. Die Musik kam aber nicht von einem echten Piano, sondern aus Lautsprechern. Den Business-Outfits nach zu urteilen, schienen die meisten der Anwesenden Geschäftsleute in der Mittagspause zu sein. Die Kellner, die geschäftig zwischen den Tischen hin und her eilten, trugen schwarze Uniformen. Ihre Gesichter glänzten wächsern, und ihre Mienen trugen würdevolle Wichtigkeit zur Schau. Die Wände des – und hier drängte sich mir die einzig passend erscheinende Bezeichnung für diesen Ort auf – *Etablissements* waren fast gänzlich verspiegelt, und der dezente Teppich war makellos sauber. In der Luft lag ein Hauch von Arroganz, der sowohl von den Anwesenden als auch von den Räumlichkeiten selbst auszugehen schien.

Ich stand etwas unschlüssig im Raum und fragte mich, ob ich es mir überhaupt leisten konnte, mich an einen der schwarzsilbern blinkenden Tische zu setzen. Da trat jedoch schon einer der Glattrasierten an mich heran, angewöhnt lächelnd, und wies mir mit seinem unspektakulär hübschen Gesicht den Weg zu einem leeren Tisch. Ich setzte mich, sagte artig *»Thank you«* und war mir darüber klar, dass ich in meinen Jeans und Turnschuhen ganz und gar nicht in diese destillierte Atmosphäre passte. Das fand ich allerdings eher spannend als störend.

Ich suchte den Raum mit den Augen nach einem Piano ab – schließlich nannte sich dieser Laden *Piano Bar*. Am anderen Ende des Raums entdeckte ich die Rechtfertigung des Namens. Ein schwarzer Bösendorfer Konzertflügel. Mit rotem Perser unterlegt. Gleich hinter dem Bösendorfer bemerkte ich ein Toilettenschild. Ohne lange nachzudenken erhob ich mich und steuerte auf die Toiletten zu – und gleichzeitig dem Flügel entgegen. Als ich nahe genug an ihn herangekommen war, ließ ich meine Finger über die Tastaturabdeckung gleiten. Der Flügel und ich schlossen Bekanntschaft.

Zufrieden öffnete ich die Tür mit dem Schild.

Ein breiter Flur führte zu den Toiletten, und an den Wänden hingen zahllose Fotografien, die ich mir im Vorübergehen ansah. Es handelte sich um Bilder, die über Jahre hinweg in der Piano Bar aufgenommen worden zu sein schienen und die wechselnden Besitzer zeigten, wie sie mit Fotolächeln die Hände der bei ihnen auftretenden Künstler schüttelten. Vornehmlich strahlten neben ihnen junge Pianisten, aber auch Sänger, von denen einige mittlerweile sogar berühmt geworden waren. Ich verlangsamte meine Schritte und sah mir nun jedes der Bilder genau an. Es war merkwürdig, diese bekannten Gesichter jung und unverbraucht, am Beginn ihrer Karriere, in ebenjenem Raum stehen zu sehen, den ich gerade verlassen hatte. Ich ging weiter und betrachtete jedes Foto. Es überraschte mich, dass ich noch nie von dieser Bar gehört hatte. Einige der besten Künstler unserer Zeit schienen hier angefangen zu haben.

Ich war am Ende des Flurs und damit bei den letzten Fotos angelangt. Als ich den Blick auf das nächste Bild richtete, blieb mir für einen Moment beinahe das Herz stehen. Ich begriff im ersten Augenblick nicht wirklich, was ich sah. Die Überraschung war einfach zu groß. Vielleicht täuschte ich mich. Mit klopfendem Herzen ging ich näher an das Bild heran und betrachtete das lachende Gesicht des jungen Pianisten. Kein Zweifel. Es war mein Vater. Ich schüttelte langsam den Kopf. Es war schwer zu glauben, was ich sah. Der eingestanzte Name im unteren Teil des Rahmens war allerdings mehr als eindeutig. *William Dean Fortis.* Mein

Vater. Er hatte hier gespielt, in der Piano Bar, und das Bild bewies, dass er vor vielen Jahren einmal genau an jenem Flügel gesessen hatte, mit dem ich eben Bekanntschaft hatte schließen dürfen. Mein Vater hatte mir nie davon erzählt! Er hatte nie auch nur erwähnt, dass er je woanders gelebt hatte als in seiner Heimatstadt Liverpool, bevor er das Land für immer verließ.

Ich starrte wie hypnotisiert auf das Foto. Er war so jung. Die Aufnahme musste über zwanzig Jahre alt sein. Sein Gesicht strahlte Optimismus und Lebensfreude aus. All die Sorgenfältchen, die mir so vertraut waren, und der leicht melancholische, grüblerische Ausdruck in seinen Augen, den er schon immer gehabt zu haben schien, waren auf diesem Foto noch nicht einmal zu erahnen. Es versetzte mir einen Stich, mir vorzustellen, dass mein Vater noch ein anderes Leben gehabt hatte – ein Leben vor meiner Mutter, das vielleicht gar nicht so weit entfernt war von dem, was ich gerade in dieser Stadt erlebte. Und er hatte es nie auch nur erwähnt!

Je länger ich darüber nachdachte, desto verwirrter war ich. In einer anderen Zeit war er ein professioneller Musiker gewesen! Warum hatte er das verschwiegen? Der Mann, den ich kannte, hatte die Musik zwar mehr als alles andere geliebt, aber dennoch war er jeden Morgen in die Firma gefahren und hatte sich dort mit Bestellungen und Lieferterminen für Frachtgut beschäftigt. Musiker war er im Herzen gewesen, aber nicht im Leben. Das hatte ich zumindest bisher gedacht. Ich musste unbedingt mehr herausfinden.

Mit großen Schritten eilte ich in den Speiseraum zurück und sprach den ersten Kellner an, der mir begegnete. In gedämpftem Tonfall bat ich ihn darum, den Geschäftsführer sprechen zu dürfen. Einen Augenblick lang schien sich der Kellner zu fragen, ob er richtig verstanden hatte. »Warum möchten Sie den Geschäftsführer denn sprechen, wenn ich fragen darf, *M'am*?«, erkundigte er sich dann höflich.

»Mein Vater, William Dean Fortis, hat hier früher als Pianist gearbeitet. Er hat mir nie davon erzählt. Ich würde gern mehr darüber erfahren.«

»Wir haben ein Foto von Ihrem Vater im Flur, richtig?«, erwiderte er überlegend. Er wirkte weniger überheblich als die übrigen Nobelkellner. »Unser Geschäftsführer hat den Namen Fortis wahrscheinlich noch nie gehört. Er ist erst seit ein paar Jahren hier.«

»Oh … das ist schade.«

»Aber es muss Unterlagen über alle Angestellten geben.« Der Kellner sah nett aus, und er schien mir helfen zu wollen. »Ich kenne einen der Künstler, die damals hier spielten. Sein Name ist Raymond Sullivan, ein Amerikaner. Er spielt schon lange nicht mehr selbst, aber er kommt noch immer regelmäßig in die Bar und nimmt ein paar Drinks. Immer ein paar zu viel, wenn Sie mich fragen, aber er redet gern und erzählt von den guten alten Zeiten. Ich könnte ihn für Sie anrufen. Vielleicht kennt er Ihren Vater.«

»Das wäre toll!« Ich konnte es kaum fassen. Es gab womöglich jemanden, der mir die zahllosen Fragen beantworten konnte, die gerade durch meinen Kopf tobten!

Wir betraten ein Büro, und der Kellner kramte in einer Schublade. »Hier ist Mr Sullivans Nummer«, sagte er, griff zum Telefon und wählte die Nummer. Sie sprachen kurz miteinander, und ich hielt den Atem an.

Nachdem er aufgelegt hatte, fragte ich aufgeregt: »Was hat er gesagt?«

»Er hat tatsächlich zur selben Zeit hier gespielt wie Ihr Vater, und die beiden haben, laut Sullivan, recht wilde Zeiten zusammen erlebt. Aber das wird er Ihnen morgen wahrscheinlich selbst alles etwas genauer erzählen. Er kommt am Vormittag her.«

Wilde Zeiten? In meinem Kopf überschlugen sich die Gedanken. Mein Vater – dieser ruhige, besonnene Mensch – hatte wilde Zeiten erlebt?

»Um elf Uhr. Werden Sie da sein?«, riss der Kellner mich aus meinen Überlegungen.

»Natürlich.« Was für eine Frage! Nichts konnte mich abhalten.

»Ich heiße Amon«, sagte er und reichte mir die Hand.

Forfeit the game before somebody else takes you out of the frame and puts your name to shame.

LINKIN PARK, »Points of authority«

Abends kam ich nach Hause. Als ich die Haustür öffnete – inzwischen hatte ich einen eigenen Schlüssel –, empfing mich ein merkwürdiger Geruch. Vom Wohnzimmer her waberte feiner weißer Rauch durch die Halle. Ich atmete einen guten Zug davon ein, und er floss weich und fremd durch meine Lungen. Aus dem Raum drangen gedämpfte Stimmen und leises Lachen. Über der Geräuschkulisse jammte Bob Marley im Namen des Herrn. Ich zögerte einen kurzen Augenblick, dann betrat ich das Wohnzimmer.

Auf dem Sofa saßen Jeremy und Layla. Sie hatte ihre dünnen Arme um ihn gelegt, und ihr Kinn ruhte auf seiner Schulter. Sie sah aus, als sei sie in der Wäsche eingegangen. Jeremy, die Füße auf dem Tisch und eine Dose Bier in der Hand, sprach gerade mit einem anderen Typen, der auf dem Teppich vor dem Tisch saß. Auf dem gegenüberliegenden Sofa aalten sich zwei weitere Leute. Der Typ auf dem Boden hatte eine Schlange auf dem Handrücken eintätowiert. Josh war nirgendwo zu sehen.

Sobald ich eintrat, verstummten alle und stierten mich an. Die meisten der Partygäste hatten seltsam trübe Augen. Wahrscheinlich waren sie betrunken.

Bevor ich selbst etwas sagen konnte, richtete Jeremy schon das Wort an mich. *»Little A.*, welch Überraschung!«, rief er. »Komm doch näher, dann stelle ich dir meine verehrten Gäste vor.« Er sprühte vor Ironie. »Flint, Kyle, Snake, das ist Angelia, Wunderkind und Unschuldsengel.«

Ich öffnete den Mund, um etwas zu erwidern, da kicherte der Typ mit der Schlange schon los und fragte: »Angelia? Wie in diesem bescheuerten Lied von Richard Marx?«

»Genau so«, sagte ich so selbstbewusst wie möglich.

»Wie blöd, nach einem Song benannt zu sein!« Er grinste mich herausfordernd an.

Ich hatte keine Ahnung, ob mich mein Vater wirklich nach diesem Lied benannt hatte, ging aber automatisch auf Angriff über. »Wie blöd, nach einem Tattoo benannt zu sein«, erwiderte ich und lächelte grazil. *Snake* fiel in Zeitlupe das Grinsen aus dem Gesicht.

»Sie erinnert mich eher an Angelina Jolie«, murmelte einer der beiden vom Sofa. Er hatte rotes, dünnes Haar und taxierte mich von oben bis unten.

»Hast recht, Flint!«, gackerte die Schlange. Der Rothaarige war also Flint, der Typ mit der perfekten CD-Sammlung.

»Layla gibt es auch als Song!«, nuschelte der andere auf dem Sofa, der offenbar Kyle hieß.

»Richtig!«, tönte der andere und fing gleich an, den Eric-Clapton-Klassiker zu singen. *»Layla … you've got me on my knees, Layla …«*

»Ist wohl eher so, dass Jeremy Layla in die Knie

zwingt!«, brüllte die Schlange und brach in hysterisches Gelächter aus. Jeremy lächelte nur flüchtig, Layla verzog keine Miene. Noch immer kichernd reichte die Schlange etwas, das aussah wie ein Joint, an die beiden auf dem Sofa weiter. Daher kam also der süßliche Geruch! Ich war noch nie mit Drogen in Berührung gekommen, aber ich hatte viele Filme gesehen. Mein Blick fiel auf die vielen leeren Bierdosen auf dem Tisch, und plötzlich hatte ich das Gefühl, dass ich mich so schnell wie möglich wieder aus dem Staub machen sollte. Jeremy schien meine Gedanken zu erraten.

»Setz dich doch!«, sagte er mit aufgesetztem Charme. »Wenn du gleich wieder verschwindest, findest du bestimmt keine neuen Freunde.«

Die Schlange kicherte wieder los. »Ja, lass uns Freunde sein!«

Mit dem Fuß stieß mir Jeremy einen Sessel hin, und trotzig setzte ich mich. Wenn ich weglief, hatte er wieder gewonnen, und das kam nicht in Frage.

»Willst du ein Bier?«, fragte Kyle, und ich verneinte. Ich war es nicht gewöhnt zu trinken.

»Willst du mal ziehen?«, fragte die Schlange, gluckste in sich hinein und zog selbst an dem Joint, den er inzwischen wieder zurückbekommen hatte. Alle anderen hatten nacheinander daran gezogen. Snake erwartete offensichtlich keine Antwort von mir.

»Hast du einen Freund?«, wollte Flint wissen und betrachtete mich mit unverhohlen gierigem Blick.

»Nein.«

»Was für ein Zufall!«, krähte Snake. »Flint ist auch

gerade solo. Willst du nicht mal mit ihm nach oben gehen?« Er beugte sich vor Lachen so weit nach vorn, dass seine Nase fast im Teppich verschwand.

Flint begaffte meinen Ausschnitt. Mir wurde mulmig zumute.

»Ich nehme an, Jeremy hat sie wahrscheinlich schon für sich selbst im Auge … also lass lieber die Finger von ihr«, grunzte Kyle, der aussah, als würde er jeden Moment völlig ins Traumland abdriften.

»Und? Hat sie dich schon mal rangelassen, Jeremy?«, fragte die Schlange und griente neugierig.

»Nein, sie ist noch Jungfrau«, antwortete Jeremy gelassen und sah mich mit feinem Lächeln an.

Ich erstarrte. Woher wusste er das? Oder hatte er einfach geraten? Trotzig starrte ich ihn an, während sich seine drei bekifften Freunde gegenseitig abklatschten und um mich zu feilschen begannen.

»Ich biete zehn!«, grölte die Schlange und warf einen Zehner auf den Tisch.

»Für eine echte Jungfrau? Die ist mindestens dreißig wert!«, krakeelte Flint und kramte in seinen Taschen.

Das alles sah ich nur aus den Augenwinkeln, denn Jeremys Blick hielt mich gefangen. In meinem Inneren brodelten Zorn und Verzweiflung, doch ich versuchte krampfhaft, mir nichts anmerken zu lassen. Jeremy trank langsam einen Schluck Bier und fixierte mich dabei. Dann ließ sein Blick von mir ab, und er sagte zu den drei Feilschenden: »Langsam, Jungs. Ich hab nicht gesagt, dass ich nicht vorhätte, der Erste zu sein.«

Die drei brachen in brüllendes Gelächter aus. Jeremy lachte nicht mit ihnen. Er lehnte sich zurück und zündete sich eine Zigarette an, ohne mich noch mal anzusehen. Layla jedoch schoss mir einen warnenden Blick herüber. Für einen kurzen Moment legte sie ihr gleichgültiges Pokerface ab. Die Wölfin sah offenbar ihr Territorium gefährdet.

Ich wollte hier weg. Wie konnte ich auf mein Zimmer verschwinden, ohne das Gesicht zu verlieren?

»Sag mal, Jeremy«, durchbrach die Schlange das noch immer anhaltende Gelächter. »Dein Bruder arbeitet doch in dem spanischen Restaurant oben an der Straße, oder?«

Jeremy nickte, schaute Snake aber gleichzeitig misstrauisch an, als ahne er, was als Nächstes käme.

»Ich hab da was läuten hören«, erklärte Snake und rieb sich die Hände.

»Ach, tatsächlich?«

»Ja, es gehen da so Gerüchte um. Dein Bruder ist doch der Typ mit den lieben braunen Hundeaugen, der zu allen so unheimlich freundlich ist?«

Jeremys Blick verfinsterte sich. »Snake, du hältst besser das Maul.«

»Wieso? Weißt du denn schon, worauf ich hinauswill?«

»Mir gefällt nicht, wie du angefangen hast.«

»Dann stimmt es also.«

»Ich sagte: Halt's Maul.«

»Scheint wirklich was dran zu sein ...«

Jeremy schnaubte. Es klang wie das Knurren eines Raubtieres. »Und wenn es so wäre?« Seine Stimme war eiskalt und schneidend. »Pass mal auf, Snake: Eigentlich geht es dich überhaupt nichts an, aber ich habe keinen Grund, irgendwas zu verheimlichen.« Er beugte sich vor. »Es stimmt. Es ist wahr, und damit ist die Sache auch schon gegessen. Mehr gibt es darüber nicht zu sagen.«

Snake starrte Jeremy ungläubig an. Dann kicherte er hilflos, aber es lachte niemand mit ihm. »Und das macht dir nichts aus?«, fragte er, dümmlich grinsend.

Mit einem lauten Knall stellte Jeremy die Bierdose auf den Tisch. Bier spritzte auf den Boden. Er beugte sich zu der Schlange hinunter, und das gefährliche Funkeln in seinen Augen ließ mich schaudern. »Du verpisst dich jetzt besser, Snake!«

Die Schlange hob abwehrend die Hände und machte ein Unschuldsgesicht. »Hey, hey, ganz ruhig! So hab ich das doch gar nicht gemeint. Tut mir leid, Mann. Du kannst ja nichts dafür, dass –«

Da packte Jeremy ihn am Kragen, zerrte ihn hoch und stieß den protestierenden Snake zur Tür. »Lass dich hier nie wieder blicken!«, schrie er ihm nach und knallte die Tür hinter ihm zu.

Im Wohnzimmer war es totenstill. Nur Bob Marley sang unbeeindruckt weiter von Babylon und schien plötzlich viel lauter zu sein als zuvor. Jeremy stapfte an uns vorüber zur Stereoanlage. Ich verfolgte jeden seiner Schritte. Zum ersten Mal konnte ich ihn beobachten, ohne von ihm beobachtet zu werden. Mit wütenden Bewegungen wechselte er die CD. Sein Mund war eine zornige, verschlossene Linie. Die einzige brennende Lampe warf einen sanften Lichtschein auf sein Gesicht, und plötzlich sah ich deutlich, was Josh versucht hatte zu sagen. Jeremy war ein Bild von einem Mann. Das hatte ich zuvor gar nicht realisiert. Vielleicht deshalb, weil er nicht wirklich schön war. Seine Augen strahlten nicht, Jeremy war eher makellos. Eine Strähne seines Haars, viel dunkler als Joshs, fiel ihm in die Stirn, und ein Fünf-Tage-Bart unterstrich den verwegenen Ausdruck seines Gesichts. Jeremys Augenbrauen waren fein geschwungen, seine Nase von perfekter Geradheit. Wie er so dastand, mit diesem umwerfenden Gesicht und den breiten Schultern, musste ich mir eingestehen, dass ich noch nie einen attraktiveren Mann gesehen hatte. Im Geiste machte ich ein Foto von ihm.

Jeremy hatte die CD gewechselt und drehte die Lautstärke auf. Eine Sekunde später dröhnte Linkin Park aus den Boxen. *Points of authority.* Oberflächlich betrachtet war das ein krachender, wütender Protestsong. In Wahrheit aber ein Lied über Schmerz und Enttäuschung. War Jeremy sich dessen bewusst? Natürlich!, schoss es mir sofort durch den Kopf. Es war nur schwer vorstellbar, dass Jeremy sich irgendeiner Sache nicht bewusst war.

Er ging zum Fenster, verschränkte die Arme und starrte in die Nacht. Ganz offensichtlich war die Party vorbei. Flint und Kyle erhoben sich mühsam, suchten schwankend ihre Sachen zusammen und trollten sich wortlos. Layla saß unbeteiligt auf dem Sofa und betrachtete ihre schwarzlackierten Fingernägel.

Nach einer Weile stand ich ebenfalls auf, trottete in mein Zimmer und setzte mich nachdenklich aufs Bett. In meinem Kopf drehte sich alles. Worüber hatte Snake gesprochen? Was war mit Josh? Ich konnte mir nicht vorstellen, dass er irgendetwas Schlimmes verbrochen hatte. Josh war der netteste Mensch, den ich je kennengelernt hatte. Doch da war auch der Schatten, der über seinem Herzen hing. Gleich am ersten Tag hatte ich ihn gesehen, verhuscht wie ein dunkles Tier, das sich tagsüber versteckte und nur in der Nacht aus dem Dickicht kam. Hatte der Schatten irgendetwas mit dem zu tun, was Snake angedeutet hatte?

Meine Augen schweiften umher, bis sie plötzlich auf das kleine gerahmte Bild meines Vaters auf der Kommode trafen. Es überkam mich wie eine kalte Dusche. Josh war nicht der Einzige, der ein Geheimnis hatte.

Ich war müde. Diese Stadt war anstrengend.

Ich legte mich aufs Bett und hörte James Blunt. *If I can't hear the music and the audience is gone, I'll dance here on my own.* Mit diesem Gedanken schlief ich ein.

Alle Menschen wissen zu Beginn ihrer Jugendzeit, welches ihre innere Bestimmung ist. In diesem Lebensabschnitt ist alles so einfach, und sie haben keine Angst, alles zu erträumen und zu wünschen, was sie in ihrem Leben gerne machen würden. Indessen, während die Zeit vergeht, versucht uns eine mysteriöse Kraft davon zu überzeugen, dass es unmöglich sei, den persönlichen Lebensweg zu verwirklichen.

PAULO COELHO, Der Alchimist

Als mein Vater starb, hatten meine Mutter und er beinahe zwanzig Jahre Ehe hinter sich. Ich wusste nicht, wie sie einander kennengelernt hatten, denn es war mir nie in den Sinn gekommen, danach zu fragen. Ich sah meine Eltern nicht als Liebespaar mit romantischer Vergangenheit. Für mich waren sie lediglich verheiratet, durch das Gesetz und ein Kind aneinander gebunden. Alles, was ich wusste, war, dass mein Vater um meiner Mutter willen seine Heimat verlassen hatte und nach Deutschland gezogen war – in ein Land, in dem er niemanden kannte und dessen Sprache er nicht beherrschte. Mein Vater besiegte das deutsche Sprachungeheuer zwar durch Fleiß und Notwendigkeit, doch selbst nach Jahren hatte er den unverkennbar englischen Akzent nicht ablegen können, der ihn sofort als Ausländer kennzeichnete. Seine Aussprache machte ihn in der Kleinstadt, in der wir lebten, zum Außenseiter, aber an der Oberfläche wahrten Kegelclub und Kleingärtnerverein den Schein. Meine Eltern führten ein ordentliches Leben und machten jedes Jahr Sommerurlaub in Italien, Spanien oder Griechenland. Nie fuhren wir in den Ferien nach England, weil es da »ja sowieso nur regnet«, wie meine Mutter immer sagte. Sie hatte den Mann an ihrer Seite stets *Willi* genannt, da ihr *William* zu fremdartig klang und sie keine Ahnung hatte, dass *willy* in der Sprache, in der mein Vater noch immer dachte und träumte, eine scherzhafte Bezeichnung für den männlichsten Teil der menschlichen Anatomie war.

Alle Aufmerksamkeit galt immer dem Alltag und Kleinigkeiten. Als ich groß genug war, begann meine Mutter wieder zu arbeiten. Mit zwei Einkommen, den wöchentlichen Tennisstunden und Geburtstagskaffeekränzchen bei der Familie meiner Mutter ging alles seinen geregelten Gang. Anständigkeit und Rechtschaffenheit hatten sich im Laufe der Jahre wie ein blendender, glänzender Panzer über die Gesichtszüge meiner Mutter gelegt und die Leere im Blick meines Vaters überdeckt. Beinahe zwei Jahrzehnte lang unterbrach nichts die Gewöhnlichkeit unseres Lebens. Unsere Familie war eine graue Maus, die hinter den anderen grauen Mäusen in Reihenhäusern mit Garten herlief, ohne zu wissen, in welche Richtung es ging. Ohne sich zu fragen, ob das Mäuserudel es wusste.

Wenn mein Vater je Träume gehabt hatte, musste er sie in England zurückgelassen haben.

Am darauffolgenden Morgen machte ich mich mit einem flatternden Gefühl im Magen auf den Weg zur Piano Bar. Mein MP3-Player spielte Nena. Sie sang:

»Wir sind, was wir tun, und wir tun, was wir wollen. Wir machen das gerne, und nicht, weil wir sollen.« Hatte mein Vater nicht immer nur das getan, was man von ihm verlangt hatte? Womöglich war das vor langer Zeit anders gewesen …

Als ich wenig später die Piano Bar betrat, erschien mir der Raum noch unterkühlter als am Tag zuvor. Ich suchte nach Amon, dem Kellner, der mir geholfen hatte. Er steuerte mit seinem freundlichen Dressmangesicht auf mich zu und begrüßte mich. Mit höflich geneigtem Kopf sagte er mir, dass Raymond Sullivan bereits an der Bar auf mich warte. Mein Herzschlag beschleunigte sich. An der Bar saß ein korpulenter Schwarzer, Mitte vierzig etwa, der mit wehmütigem Ausdruck in sein halbgeleertes Whiskeyglas starrte. Das musste er sein. Amon weckte ihn mit leiser Stimme aus seinem Sinnieren. Der Mann fuhr zusammen und drehte sich hastig zu mir um. Einen Moment lang ruhte sein Blick forschend auf meinem Gesicht, dann hellte sich seine Miene schlagartig auf, und er rief in breitestem amerikanischen Südstaatendialekt: »Sie müssen seine Tochter sein! Sie haben seine Augen …«

»Ja, ich bin Williams Tochter.« Ich streckte ihm schief lächelnd meine Hand entgegen, die er freudig ergriff und herzlich drückte. »Angelia Fortis.«

»Graue Augen, wie er! Grau wie Regenwolken … Wolken, die vom Regnen träumen.« Sullivans Atem roch nach Alkohol, seine Stimme war jedoch fest und donnerte unüberhörbar durch das gesamte Restaurant.

»Sie kannten meinen Vater persönlich?«, fragte ich und stellte mich vor lauter Anspannung ziemlich ungeschickt dabei an, auf dem Barhocker neben Sullivan Platz zu nehmen.

»Und ob!«, brüllte Sullivan, und Lachfältchen breiteten sich um seine verschmitzten Augen aus. »Und ob! Billy und ich, wir hatten verdammt gute Zeiten!«

Noch nie hatte jemand meinen Vater *Billy* genannt, aber es gefiel mir sofort. Es klang zweifelsohne besser als *Willi*.

»Möchten Sie etwas trinken?«, fragte er und rief nach dem Barkeeper.

»Eine Tasse Tee wäre gut.«

»Tee?«, polterte Sullivan und sah mich strafend an. »Wollen Sie etwa mit Tee anstoßen?«

»Warum denn nicht?«

Sullivan lachte scheppernd und zwinkerte mir vergnügt zu. »Sagen Sie, wie geht es dem alten Halunken Fortis? Ich hab seit Ewigkeiten nichts von ihm gehört. Seit er damals weg ist aus London. Der treulose Hund hat mir nicht ein einziges Mal geschrieben.«

»Er ist tot.« Die drei kleinen Worte schnitten grausam durch die Luft. Aber er *war* tot, und so musste es auch gesagt werden.

Sullivans Lächeln erstarb. Der massige schwarze Mann begann, gedankenverloren mit dem Whiskeyglas zu spielen. »So ist das also, tot ist er. Dann ist es ja kein Wunder. Woran ist er denn …«

»Er hatte schon seit längerer Zeit Krebs. Gestorben ist er aber erst vor ein paar Wochen.«

»Vor ein paar Wochen erst, ja? Meine Güte. Vor ein paar Wochen erst. Armes Ding«, sagte Sullivan und sah mich mit aufrichtigem Bedauern an. »Muss schwer sein für dich.«

»Das ist es.« Meine Stimme zitterte ein wenig. »Wir standen uns sehr nah.«

»Das glaub ich wohl. Bist ganz der Vater. Im Blick kann man's sehen. In den Augen. Da lässt sich die Seele nicht verstecken. Fenster sind sie, jawohl. Durch deine sieht man ihn noch.«

Mir schnürte sich die Kehle zu. Ich konnte nichts sagen, versuchte nur mit aller Kraft, die aufsteigenden Tränen zurückzuhalten.

Sullivan tätschelte väterlich meine Hand und wechselte das Thema. »Was hat dich denn hierher verschlagen, Mädchen? Bist du ganz allein hier?«

Ich schluckte und versuchte, meiner Stimme Festigkeit zu verleihen. »Ich bin von zu Hause weg und will es hier allein versuchen.«

»Habt ihr in Deutschland gelebt?«

»Ja.«

»Dann hat er also wirklich die Erika geheiratet?«

»Erika ist meine Mutter«, bestätigte ich. »Die beiden waren nicht besonders glücklich miteinander.«

»Herrje, hab's ihm immer gesagt. Lass die Finger von der, hab ich gesagt, die bringt nur Unglück, die will dich nur unter ihre Fuchtel kriegen, und bald hast du gar nichts mehr zu melden. Ein richtiger Drachen ist die, hab ich gesagt. Aber Billy hat ja nicht hören wollen.«

Bevor ich ihn fragen konnte, woher er meine Mutter kannte, lenkte er das Gespräch schon wieder auf mich. »Was willst du denn anstellen hier?«

»Ich will Musik machen.«

»Nein, so was!« Es blitzte wieder in seinen Augen. Dann lehnte er sich zurück und musterte mich. »Bist du eins von diesen *baby rock chicks*? Oder tanzt du so Tanz … Zeugs?«

»Nein.« Ich lachte. »Ich bin weder Hannah Montana noch eine Pussycat Doll. Am besten bin ich, wenn ich einfach am Klavier sitzen und singen kann.«

»Du spielst Klavier?« Er schlug sich lachend auf die Knie. »Klavier!«

»Ja, und ich schreibe Songs.«

»Ein typischer Singer/Songwriter also, was? *Holy moly!*«

»Ja, mir ist die Musik das Wichtigste. Ich möchte den Leuten mit meiner Musik … etwas geben. Ihnen durch meine Lieder ein Stück von mir selbst zeigen.« Das hatte mein Vater mir beigebracht.

»Das ist es, worauf es bei Musik ankommt!«, dröhnte Sullivan und nickte heftig.

»Ich wäre unglaublich stolz, wenn ich die Empfindungen, die ich selbst für Musik empfinde, mit meinen Songs bei anderen Menschen hervorrufen könnte. Vor allem aber geht es darum, dass ich mir nichts Schöneres vorstellen kann, als mein Leben mit Musik zu verbringen.« Ich bemerkte, dass ich unbewusst dieselben Worte wie Josh am Tag zuvor gewählt hatte.

»Schön! Hast du denn irgendwelche Kontakte?«

»Leider nein.«

Sullivans riesige Stirn warf Falten.

»Ich weiß, das ist eigentlich das Wichtigste«, sagte ich, »aber ich habe schon eine Demo-CD eingeschickt …«

Das prompte Seufzen Sullivans machte mir klar, dass das noch lange nichts zu bedeuten hatte.

»Warum bist du denn nicht daheimgeblieben und hast es da versucht? Bist du davongelaufen?«, fragte er.

Ich schwieg betreten. War ich davongelaufen? »Vielleicht bin ich vor dem Leben weggelaufen, das meine Mutter für mich plante. Sie wollte, dass ich Anwältin werde.«

»Hast nicht viel von der Mutter.«

»Kannten Sie sie gut?«

»Hab genug von ihr gesehen, um sie zu durchschauen. Einen, der pariert und ihr die Füße küsst, so einen hat sie gesucht. Der zu allem Ja und Amen sagt. Wer hätte gedacht, dass Billy so jemand wäre. Ist ihr ins Netz gegangen, der arme Junge. Eine Schande ist's.«

»Sie hat immer den Ton angegeben.«

»Sag ich's nicht? Sag ich's nicht?«

»Sie hat ihn immer Willi genannt.«

»Willi? Wieso? Oh … *Jeez*.«

»Haben sich die beiden hier in London kennengelernt?«

»Weißt du das nicht? Haben sie's dir nie erzählt?«

»Ich hab nie gefragt. Können Sie mir erzählen, wie

das damals war?« Hoffnungsvoll sah ich ihn an. Ich wollte jetzt endlich alles wissen – von ihrer *Liebe* bis hin zu seinen Träumen.

»Kann ich wohl, mein Kind. Gern. Billy und ich, wir waren beide als Pianisten angestellt, unterhielten die feine Gesellschaft in dem edlen Laden hier bis zwölf und spielten danach in weniger vornehmen Bars bis zum Morgengrauen. Richtige Musik haben wir gespielt, bis der Schweiß floss und das Herz einem leicht wurde.« Wehmütig schüttelte er den Kopf, doch dann lachte er. »Bald hatten wir uns einen Namen gemacht und wurden auf privaten Partys engagiert, auf Geburtstagen und Jubiläen und solchem Zeug. Man wusste, wo wir spielen, ist was los. Auf einer dieser Partys, eine Hochzeit war's, da traf Billy dann auf diese kleine Blonde im rosa Kleid. Wie die Unschuld in Person hat sie ausgesehen, wie die Unschuld persönlich. Aber, Herrgott, sie war alles andere als das! Hat Billy um den Finger gewickelt. War wohl ein bisschen verknallt in ihn. Auf der Bühne machte er immer die bessere Figur von uns beiden. Er sah gut aus, hatte Charme. Und schlanker als ich war er auch.« Sullivan lachte herzlich und strich sich mit der Hand über den kugelrunden Bauch. »Aus Deutschland war sie, das kleine Luder«, fuhr er fort, mit einem entschuldigenden Blick in meine Richtung. »Sie war eine Cousine der Braut. Sprach kaum Englisch. Sie konnten sich kaum unterhalten, die beiden, der Billy und die Erika. Schöne Augen haben sie sich gemacht, aber gesagt haben sie nicht viel. ›Warum die?‹, hab ich Billy gefragt. ›Warum die, wo du alle haben könntest?‹ Hübsch war sie wohl, die Erika, aber das waren andere auch. Sie war nicht die Richtige für ihn. Das hab ich ihr gleich angesehen. Im Blick sieht man's. Sie hatte kalte Augen. Aber Billy traf sie jeden Tag nach der Hochzeit, eine ganze Woche lang. Dann reiste sie wieder ab, Gott sei Dank, und es wurde alles wieder normal. Ich fragte, ›Was ist nun, Billy, war's doch nicht die große Liebe?‹, und er meinte: ›Sie hat ihren ganz eigenen Kopf.‹ Aber er hat wohl doch noch oft an sie gedacht. Muss so gewesen sein. Hat sie vielleicht doch geliebt. Denn ein paar Wochen später war er weg. Einfach so. Hatte nur eine Nachricht für mich dagelassen, er ginge nach Deutschland. Es wäre Zeit weiterzuziehen. So was! Weiterziehen! Wir waren doch im Zentrum der Welt! Was dachte er sich bloß? Aber ich konnte ihn nicht mehr fragen. Er kam nie wieder, schrieb nicht, vergaß wohl die gute alte Zeit. Die Kleine hat ihm bestimmt die große Liebe vorgegaukelt, denk ich, hat bestimmt Versprechungen gemacht. Und Billy ist voll drauf reingefallen.«

Ich hörte konzentriert zu und bemühte mich, kein Wort zu verpassen. Ich hatte jedoch Probleme, meine Eltern mit den Leuten, über die Sullivan sprach, in Verbindung zu bringen. Meine Mutter sollte sich derart unsterblich in meinen Vater verliebt haben, dass sie überzeugend genug gewesen war, ihn aus London wegzuholen? Ich hatte nie den Eindruck gehabt, dass sie ihn liebte.

»Wissen Sie, wovon er geträumt hat?« Ich musste das fragen.

»O ja!«, schepperte Sullivan. »Der Junge hatte viele Träume, den ganzen Kopf voll davon. Berühmt werden, ein großer Pianist werden, das war sein Traum. Auf die Musikhochschule wollte er. Dafür hat er gespart. Im Geheimen hat sein Herz an der Klassik gehangen, obwohl wir das zu unserer Zeit niemandem in den Bars vorsetzen konnten. Er hatte den Jazz nie so im Blut wie ich, er träumte von Rachmaninow und Mozart. Und wie er Chopin spielte! Als wäre er dazu geboren. Seine Hände flogen regelrecht über die Tasten. Mit geschlossenen Augen konnte er spielen, mit geschlossenen Augen, und griff doch nie daneben! O ja, das Zeug zum großen Pianisten hätte er gehabt, jawohl. Jeden Eid würde ich drauf schwören, dass er's zu was gebracht hätte, wenn die Erika ihn nicht weggeschnappt hätte. Für die lausigen Bars, in denen wir uns die Nächte um die Ohren geschlagen haben, war er eigentlich viel zu gut. Viel zu gut war er.«

»Hat er auch selbst komponiert?«

»Mag wohl sein. Hat nicht viel über so was gesprochen. Hat nur immer gesagt, London sei die Stadt, in der Träume wahr werden. Was für Träume, Billy, hab ich ihn manchmal gefragt, und er hat gesagt: ›Wirst schon sehen, ich werd was aus mir machen‹. Das hat er gesagt. Dass er den Kopf voll von Träumereien hatte, konnte man sehen. Im Blick. Da hat man's gesehen. In den Augen. Seine waren wie Regenwolken, die vom Regnen träumen. Groß rauskommen wollte er, die Menschen zum Jubeln bringen. Keiner hat den Applaus so genossen wie er. Gebadet hat er drin und ihn getrunken, wie wenn er am Verdursten wäre.«

»Ich glaube, er ist nie wieder aufgetreten.«

Sullivan schüttelte traurig den Kopf, strich sich mit seinen Pranken über den kahlen Schädel und bestellte noch einen Whiskey. Ich rührte in meinem Tee, von dem ich kaum etwas getrunken hatte, und betrachtete den Sog in der Tasse.

Plötzlich rief Sullivan: »Mr Parker! Hab Sie ja schon ewig nicht mehr zu Gesicht gekriegt! Wie läuft denn das Geschäft?«

Neben uns stand ein piekfeiner Mann im Nadelstreifenanzug, der sich widerwillig zu Sullivan umdrehte.

»Das ist der Boss von dem Schuppen hier«, raunte Sullivan mir zu.

»Gut läuft es, alles bestens, Mr Sullivan«, antwortete Parker in fahrigem Tonfall. »Ich bin sehr beschäftigt, Sie müssen mich entschuldigen.«

Doch Sullivan ließ sich nicht abschütteln. »Kennen Sie schon Miss Angelia, die Tochter von William Dean Fortis?«

Unwillig warf Parker mir einen Blick zu. »Miss Fortis«, sagte er und nickte mir zu. »Es tut mir leid, ich muss …«

»Wissen Sie, Parker, die Kleine hier spielt Piano, wie schon ihr Vater«, sprach Sullivan ungerührt weiter und schien wie selbstverständlich davon auszugehen, dass Parker meinen Vater kannte. Aber Amon hatte bereits gesagt, dass dem nicht so war.

»Tatsächlich?«, murmelte Parker. »Wie schön. Nun …«

»Vielleicht wäre sie ja was für Ihren Laden hier, was meinen Sie? Sie suchen doch immer nach Talenten, nicht wahr? Sie kann singen, sag ich Ihnen, mein Wort drauf.« Er zwinkerte mir zu und kicherte spitzbübisch. Ich war völlig perplex und starrte ihn überrascht an.

»Nun, ich weiß nicht. Eigentlich suche ich ja wirklich nach jemandem.« Parker schien sich seiner Sache nun nicht mehr so sicher zu sein.

»Wie wär's, wenn Sie sie einfach mal spielen lassen? Hören Sie sie sich doch einfach mal an, Parker. Würden's nicht bereuen, bin ich sicher. Kommen Sie, Sie haben doch nichts zu verlieren.« Sullivan legte dem Boss kameradschaftlich seine Schaufelbaggerhand auf die Schulter und grinste breit.

Parker ließ seinen Blick über die vielen besetzten Tische gleiten und sah mich prüfend an. Zum ersten Mal schien er mich wirklich wahrzunehmen. »Können Sie spielen?«, fragte er und es klang wie eine Herausforderung.

»Ja«, erwiderte ich und sah ihm fest in die Augen.

»Dann tun Sie uns doch bitte den Gefallen.« Mit einer einladenden Geste wies er zum Bösendorfer, der erhaben neben der Bar wartete. Mir klopfte das Herz bis zum Hals. Ich durfte auf dem Bösendorfer spielen, und ich hatte plötzlich die Chance, einen Job zu bekommen! Langsam erhob ich mich und ging zum Flügel hinüber, klappte die Abdeckung auf und strich vorsichtig über die Tasten. Schon am Tag zuvor hatte ich Bekanntschaft mit ihm geschlossen, daher musste ich mich ihm nicht vorstellen.

»Ein Prachtexemplar, nicht?«, rief Sullivan und nickte mir aufmunternd zu.

»Was spielen Sie hier denn für gewöhnlich?«, fragte ich unschlüssig.

»Was immer Sie am besten können. Aber bitte nicht zu laut und nicht zu experimentell. Wir sind hier weder in der Disco noch im Konzert. Spielen sie etwas, das sich die Leute gern während des Essens anhören. Nichts Schwieriges.« Parker verschränkte die Arme und ging in Abwarteposition.

»Spiel was, bei dem es einem richtig warm ums Herz wird!«, half Sullivan und schien vollstes Vertrauen in mich zu haben.

Konzentriert schloss ich die Augen. Mit so etwas hatte ich nun gar nicht gerechnet. Hier war eine Chance! Ich legte die Finger auf die Tasten und spielte *Angel* von Sarah McLachlan. Ich liebte dieses Lied. Es war die perfekte Pianoballade.

Ich begann zu singen. Meine Stimme war klar und stark, und der Bösendorfer spielte sich weich wie Butter.

Ich sah Sullivans und Parkers Gesichter nicht, da ich mit dem Rücken zur Bar saß. An den Tischen vor mir befanden sich eine Frau im Kostüm und ein Herr im Anzug, die beide aufschauten, als ich zu singen begann, und mir dann andächtig zuhörten. Sobald der letzte Ton verhallte, erklang Applaus. Ich drehte mich um. Sowohl Sullivan als auch Parker klatschten – ebenso wie die schicken Kellner und viele der Gäste. Ich strahlte erleichtert und dankbar.

Parker hörte als Erster auf zu applaudieren. »Sie haben wirklich eine schöne Stimme. Möchten Sie den Job?«

»Welchen Job?«, fragte ich.

»Sie spielen hier dreimal in der Woche. Montag-, mittwoch- und freitagabends von neun bis zehn. Sie bekommen fünfzig Pfund pro Auftritt und bestimmen das Repertoire selbst – solange es meine Zustimmung findet.«

Ich warf Sullivan einen verblüfften Blick zu und er zeigte mir grinsend den Daumen.

»Ich würde mich freuen, hier zu arbeiten«, sagte ich, und es war besiegelt.

Parker verabschiedete sich und ging seinen Geschäften nach. Ich setzte mich wieder neben Sullivan und sah ihn glücklich und erstaunt an.

»Mir ist rechtschaffen warm ums Herz geworden, wie du gesungen hast, Mädchen.« Feierlich nahm er meine Hände in seine. »Bist was ganz Besonderes. Hab's gleich gewusst. Wenn du's nicht zu was bringst, dann hol mich der Teufel.« Er hielt inne, und sein Lächeln verblasste ein wenig. »Aber es braucht mehr als nur Talent. Das Zeug zu was Großem hatte dein Vater auch. Das reicht manchmal nicht. Auf den Willen kommt's an, jawohl. Auf den Willen. Hast du den?« Er sah mir tief in die Augen und schien die Antwort dort zu suchen.

Ich nickte. Ich hatte den Willen. Und Sullivan sah es.

»Gut, dann steht dir nichts im Weg – außer allen Hindernissen, die es so gibt.« Er schmunzelte. »Ich komme Montagabend vorbei und hör dir zu. Direkt abends will er dich auftreten lassen, herrje! Hast ihn wohl ordentlich beeindruckt. Ich komm und hör dir zu, also such was Schönes aus!«

Er erhob sich umständlich, zahlte und nahm seine Jacke. Dann drückte er mir die Hand, lächelte wortlos und verließ das Restaurant, behäbig einen Fuß vor den anderen setzend.

Ich stand neben der Bar und war noch immer völlig baff. Erst am Tag zuvor war ich durch reinen Zufall in dieses Restaurant gestolpert, und nun hatte ich nicht nur die Vergangenheit meines Vaters entdeckt, sondern auch noch einen gut bezahlten Job bekommen! Der Zufall schien auf meiner Seite zu sein. Mehr noch: Der Zufall schien mich genau hierher geführt zu haben. Was war Zufall überhaupt? Hießen Zufälle vielleicht nur so, weil einem zu-fiel, was in diesem Augenblick für einen geplant war?

Ich grinste in mich hinein. Es war, als habe die Welt soeben die Ohren gespitzt.

Ich feiere mich selbst. […] Klar und süß ist meine Seele, und klar und süß ist alles, was nicht meine Seele ist.

Walt Whitman, »Gesang meiner selbst«

Ich saß auf der Brüstung meines kleinen Balkons. Es war Samstag. Die Sonne jubilierte in knallblauem Rahmen, aber anstatt in Frühlingseuphorie zu verfallen, kaute ich nachdenklich auf meiner Unterlippe herum und grübelte. Was Sullivan mir erzählt hatte, ging mir nicht aus dem Sinn. Als ich am Morgen in den Spiegel gesehen hatte, war mir wieder Sullivans Bemerkung zu meinen Augen und denen meines Vaters eingefallen: wie Regenwolken, die vom Regnen träumen.

Ja, meine Augen träumten vom Regnen. Aber die Augen meines Vaters hatten nicht mehr davon geträumt. Nicht, seit ich ihn kannte. Seine Augen füllten sich immer mehr mit Regen, doch irgendwann, als sie nicht mehr vom Regnen träumten, war auch der Regen verschwunden, und es waren nur Wolken übrig geblieben – leere, ziellose Wolken, die keinen Zweck mehr erfüllten. Warum hatte er seinen Traum nur aufgegeben?

Ich hörte ein Geräusch und wandte mich um. Josh und Jeremy verließen gerade das Haus und gingen offenbar gemeinsam joggen. Aus der Entfernung konnte man deutlich erkennen, dass sie Brüder waren. Sie waren beide groß, gut gebaut und hatten einen aufrechten Gang. Josh schien Jeremy gerade irgendetwas zu erzählen, und Jeremy lachte. Es war beruhigend zu wissen, dass er theoretisch dazu in der Lage war …

Ich blieb noch eine kleine Weile in der Sonne sitzen und ging dann nach unten, um mir etwas zum Frühstück zu besorgen. Im Wohnzimmer sah es noch genauso aus wie zwei Abende zuvor. Leere Bierdosen lagen verstreut auf dem Boden herum, und in der Luft hing noch immer eine Andeutung des Cannabisgeruchs. Haschisch heißt das, Dummkopf!, dachte ich – oder hieß es Hasch? Oder Marihuana?

Als ich die Fenster öffnete, um die Frühlingsluft hereinzulassen, spürte ich Blicke im Rücken. Hastig drehte ich mich um, in der Annahme, es sei Jeremy, doch es war niemand zu sehen. Ich fühlte die Blicke aber noch immer und schaute mich genauer im Raum um. Nichts, keine Seele … der Wolf! Kaum trafen meine Augen auf ihn, schien er mir ins Gesicht zu springen. Dieses verdammte Ding! *Symbol der Macht*, so ein Quatsch! Vielleicht konnte ich Jeremy zeigen, was ich von seinem mystischen Gefasel hielt, ohne dieses Vieh von der Wand reißen zu müssen. Kurz entschlossen nahm ich eine Jacke, die auf dem Boden herumlag, und warf sie dem Monster über den Kopf. Zufrieden trat ich einen Schritt zurück. Der Wolf sah nun richtiggehend lächerlich aus, wie ein armer alter Kleiderständer. Seine Macht war dahin.

Ich betrat die Küche. Hier herrschte ebenfalls ein heilloses Durcheinander, wie immer. Auf der Anrichte entdeckte ich einen neuen Zettel. Es war Jeremys Handschrift.

Snake weiß Bescheid. Sag es Angelia am besten selbst.

Ich runzelte die Stirn. Da war es wieder, dieses merkwürdige Gefühl. Josh hatte ein Geheimnis. Einen Schatten. Am liebsten hätte ich ihn auf der Stelle danach gefragt.

Wie aufs Stichwort erschien Josh im Türrahmen. Er war frisch geduscht, hatte ein Handtuch im Nacken und rief gut gelaunt: »Wie wär's mit den Beach Boys?«

Überrascht nickte ich. Ich mochte die Art, wie er konventionelle Begrüßungsrituale einfach überging. Josh sagte nie *Hello,* aber das musste er auch nicht. Man fühlte sich durch seine bloße Herzlichkeit gegrüßt.

»Ich hab hier ein Greatest-Hits-Album«, sagte er, während er zur Stereoanlage ging und fröhlich mit einer CD herumwedelte. Josh skipte zielstrebig zu *Good vibrations* und begann zu meiner Begeisterung von einer Sekunde auf die andere eine Playbackshow zu dem Song. *Ah, I love the colorful clothes she wears* … So wie ich ein paar Tage zuvor zu *Dancing Queen* rumgealbert hatte, tat er nun so, als würde er singen. Pseudo-lässig zappelte er herum und imitierte dabei Brian Wilsons Gesichtsausdruck. Einen Augenblick lang starrte ich ihn nur fasziniert an. Der Mann war einfach zum Knutschen. Es war, als hätte ich nach ihm gesucht und ihn nun endlich gefunden. Der Moment war zu schön, als dass ich Josh gleich jetzt nach dieser ominösen Sache auf dem Zettel hätte fragen können. Später.

Ich fiel in das Lied ein, und Joshs Augen leuchteten auf, als er merkte, dass ich den Text ebenfalls auswendig kannte. Es dauerte nicht lange, und Josh und ich tobten tanzend, hüpfend und singend durch das gesamte Wohnzimmer.

»Dir ist klar, dass das hier total uncool ist!?«, rief Josh mir über die Musik hinweg zu, während er mit einem imaginären Mikrophon vor seinem Gesicht herumwackelte.

»Klar!«, schrie ich zurück und nahm mir eine herumliegende Fernbedienung, um hineinzusingen.

Josh grinste.

Nach *Good vibrations* kam *I get around*, und wir wurden immer übermütiger. Wild herumfuchtelnd standen wir schließlich auf den Sofas, sahen wahrscheinlich extrem behämmert aus und hatten einen irren Spaß.

Nachdem wir derart überschwänglich in den Tag hineingetanzt waren, gingen Josh und ich zu *Sainsbury's* einkaufen. Kurz darauf frühstückten wir im großen Stil in unserer kleinen chaotischen Küche, und ich fühlte mich sauwohl. Joshs Augen strahlten mit der Sonne um die Wette, und er erzählte irgendetwas von einem gewissen Jack Cole, dem Vater des Jazzdance. Obwohl ich keine Ahnung hatte, wer dieser Typ war, hörte ich Josh gern zu. Er saß rittlings auf dem Stuhl, kippelte ständig vor und zurück, redete, aß und gestikulierte gleichzeitig, und ich fand ihn einfach unfassbar wunderbar.

Ich wusste nicht, ob Jeremy in seinem Zimmer war, gerade duschte oder das Haus schon wieder verlassen hatte, aber ich hoffte, er würde wegbleiben und Josh und mich unsere Zweisamkeit genießen lassen. »Studiert Jeremy eigentlich auch?«, fragte ich nun beiläufig.

»Nein.« Joshs Lächeln wurde schmaler.

»Arbeitet er?«

Josh schüttelte leicht den Kopf.

»Verbringt er seine Zeit mit einem Traum?«, fragte ich, obwohl ich mir das bei Jeremy kaum vorstellen konnte. Aber nach der Sache mit der CD-Sammlung hatte ich mir vorgenommen, mit vorschnellen Annahmen vorsichtig zu sein.

Josh sah zum Fenster hinaus. »Jeremy ist, was er ist. Und für mich geht es in Ordnung, dass er nicht arbeitet. Ich hab meinen Job als Kellner, und ab diesem Monat kriegen wir zusätzlich noch Mieteinnahmen durch dich. Damit kommen wir aus.«

Ich hob leicht die Augenbrauen. Josh schien das Gefühl zu haben, seinen Bruder verteidigen zu müssen. »Was macht Jeremy denn den ganzen Tag?«, hakte ich nach. Ich wollte allzu gern verstehen, wer Jeremy war.

»Er macht ziemlich viel Sport.«

Fragend schaute ich Josh an. Das konnte doch nicht alles sein.

»Er sucht«, fügte Josh dann zögernd hinzu.

»Wonach?«

Josh rutschte unbehaglich auf seinem Stuhl herum. »Nach Antworten.«

Ich nickte, obwohl sich noch immer kein klareres Bild von Jeremy in meinem Kopf formen wollte.

Josh brachte das Gespräch schnell wieder auf andere Themen, und ich erzählte ihm von meinem neuen Job in der Piano Bar. Josh blieb die Spucke weg. Er konnte kaum glauben, dass ich dort engagiert worden war, und erzählte immer wieder, wie viele große Superstars ebenfalls in der Piano Bar angefangen hatten. Schließlich warf Josh einen Blick auf die Uhr. »Ich muss gleich ins College.«

»An einem Samstag?«

Er nickte. »Wir dürfen die Tanzsäle im College auch am Wochenende benutzen. Ein paar Leute und ich wollen noch an einer Choreographie arbeiten. Willst du mitkommen?«

»Ich darf zugucken?« Begeistert sprang ich vom Stuhl. »Na, dann los!« Ich rannte in die Diele, schnappte mir meine Jacke, stand gleich darauf wieder vor Josh und scharrte ungeduldig mit den Füßen, wie ein Pferd, das den Ausritt kaum erwarten konnte.

Er betrachtete mich kopfschüttelnd. Dann lachte er und stand ebenfalls auf. »Ich möchte dir ein Kompliment machen«, sagte er, während er seine Schuhe anzog. »Du bist wirklich ein komischer Vogel.«

»Dankeschön«, erwiderte ich strahlend.

Wir nahmen die U-Bahn nach King's Cross und standen kurz darauf vor einem unscheinbaren, alten Gebäude, das offenbar sein College war. Josh hatte mir während der Fahrt erzählt, dass es ein Heidengeld kostete, hier zu studieren. Zum Glück hatte er ein Stipendium. Das Haus sah allerdings ganz und gar nicht nach einem der besten Colleges des Landes aus. Sobald wir aber das Gebäude betraten, war die baufällige Fassade vergessen. Auf langen, bunt gestrichenen Fluren tummelten sich zahlreiche Studenten, die ebenso wie Josh ihren Samstagnachmittag hier verbrachten. Die Atmosphäre fesselte mich sofort. Während ich Josh durch die Korridore folgte und in die offenen Räume hineinspähte, hatte ich das Gefühl, der Show von morgen zu begegnen. Zierliche Ballerinas hüpften an mir vorüber, Theatergesichter probten Dialoge, zukünftige Diven stylten sich, Selbstdarsteller und Musiker übten und rumorten.

Josh wurde von vielen Leuten gegrüßt, und einige beäugten mich neugierig. Ob sie wohl dachten, ich sei seine neue Freundin? So eng, wie wir nebeneinander hergingen, lag diese Schlussfolgerung wahrscheinlich nahe. Doch ich wollte einfach den Moment genießen, anstatt nach einer Schublade zu suchen, in die man unsere merkwürdig selbstverständliche Vertrautheit stecken konnte.

Zu Joshs Tanzgruppe gehörten noch vier andere Tänzer, die mich freundlich begrüßten, sich anschließend aber rasch ihrer heutigen Aufgabe zuwandten. Sie alle schienen es kaum erwarten zu können, endlich loszulegen. Ihr momentanes Projekt war eine Choreographie zu *Rock your body* von Justin Timberlake.

Josh zog sich im Eiltempo um, dann stellten sich alle

fünf in ihrer Formation auf, hielten inne und warteten auf den Einsatz der Musik. Josh stand ganz vorn. Ich hielt die Luft an. Sobald sie zu tanzen begannen, klappte mein Mund auf und ich vergaß zu atmen. Die Fünf tanzten völlig synchron, mit Josh in der Mitte. Warum er der Frontmann war, wurde innerhalb von Sekunden klar. Josh bewegte sich mit einer unglaublichen Präzision und Intensität. Mir fielen beinahe die Augen aus dem Kopf. Das hier war kein Spaßtanzen zu den Beach Boys oder ABBA. Das hier war Joshs Leidenschaft, sein Leben. Sein Körper flog mit einer unfassbaren Leichtigkeit umher, und manche seiner Bewegungen waren derart schnell, dass ich ihnen mit dem Blick kaum folgen konnte. Er schien wie unter Strom zu stehen, hundertprozentig angespannt, jeder Zentimeter seines Körpers wach und begierig. Am liebsten hätte ich angefangen zu heulen.

Der Song endete, und ich erinnerte mich daran, zu atmen.

Josh kam zu mir herüber, mit einem eigenartigen Ausdruck im Gesicht. »Du weinst, Angel«, stellte er fest.

Da bemerkte ich, dass mir tatsächlich Tränen über die Wangen liefen. »Ich … weiß auch nicht«, stammelte ich. »Du …«

Josh winkte ab. Er lächelte, und seine Augen funkelten.

Dann tanzten sie noch einmal, und noch einmal. Immer wieder probten sie und feilten an winzigen Abläufen herum, bis alle zufrieden waren. Schließlich machten sie sich auf den Weg zur Dusche, und kurze Zeit später stand Josh wieder vor mir. »Gehen wir nach Hause.« Er nahm meine Hand und zog mich hoch.

Als wir in Highgate aus der U-Bahn stiegen und Richtung Muswell Hill schlenderten, hielt Josh noch immer meine Hand. Wir hatten während der Fahrt kaum miteinander gesprochen, aber das war auch nicht notwendig. Ich fühlte mich in Joshs Gegenwart so entspannt und gut aufgehoben, dass Reden überflüssig zu sein schien.

Wir waren beinahe zu Hause. Langsam spazierten wir über den Kiesweg auf die Villa zu. Ich lächelte still vor mich hin, da blieb Josh abrupt stehen. Seine Hand verkrampfte sich, und sein Gesicht wurde aschfahl.

Wir standen am Treppenabsatz direkt vor dem Haus. Josh starrte auf die Tür, und ich folgte seinem Blick. Mir stockte der Atem. Auf unsere herrschaftliche Haustür war mit grellroter Farbe etwas gepinselt worden. Vier Worte.

Hier wohnt eine Schwuchtel.

Entgeistert starrte ich erst den Schriftzug, dann Josh an, und meine Gedanken überschlugen sich. Langsam dämmerte mir, was das alles zu bedeuten hatte. Snakes Andeutungen ... Jeremys Rat, Josh solle *es* mir selbst sagen ...

Josh war schwul.

Darauf wäre ich im Leben nicht gekommen.

»Dieser verdammte Snake«, presste Josh mit entsetzter Miene hervor.

»Glaubst du, er hat das dahin geschrieben?«, fragte ich mit heiserer Stimme.

»Da bin ich mir sicher.« Josh starrte zu Boden. »Ich …« Er verstummte.

Das Schweigen, das nun zwischen uns entstand, war gänzlich anders als die Stille der vergangenen Stunde. Es war traurig und voller Fragen und Unsicherheiten.

»Ich bin schwul«, sagte er schließlich überflüssigerweise, und seine Stimme klang so verzweifelt, dass ich ihn am liebsten in den Arm genommen hätte. Doch ich war wie erstarrt.

»Das hätte ich nicht gedacht«, war alles, was mir einfiel. Eine extrem dämliche Erwiderung.

Plötzlich fühlten sich meine Beine an, als seien sie zentnerschwer. Ich sank auf die Treppenstufen vor dem Haus. Aufgebracht flatterten die Gedanken in meinem Kopf umher. Würde sich zwischen Josh und mir nun alles ändern? Würde die Vertrautheit verschwinden, die vom ersten Moment an zwischen uns geherrscht hatte? Ich schüttelte den Kopf. Nein, das war unmöglich. Gleichgültig, in welcher Schublade Josh und ich schließlich landeten, gleichgültig, welchen Stempel unsere Beziehung letztendlich erhielt. Tatsache war, dass unsere Herzen gleich waren. Meine Gedanken wurden wieder klarer, und ich beruhigte mich. Josh getroffen zu haben war wie nach Hause zu kommen. Alles andere war egal.

Ich hob den Kopf. Josh stand vor mir und rieb sich

nervös den Nacken. Für ihn war die Situation sicherlich noch schwieriger als für mich. Der Augenblick, in dem ich sein Geheimnis erfuhr, ging einher mit einer gemeinen Attacke auf ihn. Doch warum hatte er überhaupt ein Geheimnis aus seiner … Neigung gemacht? Lebten wir nicht in einem Jahrhundert, in dem Homosexualität kein großes Thema mehr, sondern Alltag war? Mir kam es merkwürdig vor, dass dies die Erklärung für den Schatten sein sollte, der Joshs Herz verdunkelte.

»Hast du Angst?«, fragte ich ihn.

Er machte eine hilflose Handbewegung und zog wie zum Schutz die Schultern hoch. »Ich hätte nicht gedacht, dass so etwas hier in London …« Er brach ab und schluckte. »Ich dachte, hier sei alles … anders.« In seinen Augen sammelten sich Tränen. »Hab mich wohl geirrt.«

Ich stand auf. »Offenbar gibt es auch hier ein paar rückständige Idioten.«

Er lächelte müde. »Ich hole was, um das von der Tür zu entfernen.« Mit gesenktem Kopf marschierte er in Richtung der Kellertür.

Traurig betrachtete ich den Schriftzug. Diese vier Worte waren dorthin gepinselt worden, um Josh weh zu tun und ihn bloßzustellen. Das allein war schlimm genug. Noch schlimmer wäre es jedoch, wenn Snake – oder wer der Schreiber auch gewesen sein mochte – erreichte, was er damit beabsichtigt hatte. »Wir sollten das stehen lassen«, rief ich Josh nach, und er fuhr herum.

»Was?«

»Dann weiß es sofort jeder.«

Josh schnappte nach Luft.

»Damit nimmst du den Idioten den Wind aus den Segeln.«

»Wir können es nicht einfach stehen lassen!«

»Warum nicht? Es stimmt doch, oder? Was hat es für einen Zweck, sich zu verstecken?«

Josh starrte mich an. Ich konnte ihm ansehen, dass er einen inneren Kampf ausfocht. Er schien sich danach zu sehnen, die Wahrheit hinter meinen Fragen in sein Leben einzulassen. Offenbar hatte er sich bisher immer versteckt.

»Komm, gehen wir rein«, sagte ich, »und lassen wir das Geschmiere draußen.«

Josh zögerte noch. Ich lächelte ihn an.

»Okay«, murmelte er, bewegte sich allerdings nicht. Ich streckte die Hand nach ihm aus, und er kam mir mit perplexer Miene entgegen. Sanft nahm ich seine Hand und zog ihn ins Haus. Josh folgte mir und schien kaum glauben zu können, dass er mir zugestimmt hatte.

Ich platzierte ihn auf einen der Stühle am Küchentisch und lief ein paar Minuten lang geschäftig hin und her, kochte Tee, räumte auf, ließ ihm Zeit. Schließlich stellte ich eine Tasse mit dampfendem Earl Grey vor ihn und setzte mich ihm gegenüber.

Josh spielte an seiner Teetasse herum, doch anstatt zu trinken, begann er zu erzählen. »In der Kleinstadt, aus der wir kommen, kennt jeder jeden. Unser Vater führt da ein Bestattungsunternehmen, das schon sein

Vater vor ihm und dessen Vater –« Er geriet ins Stocken. »Willst du das überhaupt hören?«

»Ja.«

Josh seufzte. »In so einem Kaff ist man einfach nicht schwul. Und ich wollte es auch nicht sein.«

»Hast du es jemandem gesagt?«

»Zuerst nur Jeremy. Jay hab ich immer alles gesagt, aber er hat es eh gewusst. Er hat einen sechsten Sinn für Geheimnisse. Als ich es ihm erzählte, war er nicht im Mindesten überrascht. Da war ich ungefähr sechzehn, Jeremy neunzehn.«

»Was ist mit euren Eltern?«

Joshs Blick verfinsterte sich. Er trank einen Schluck Tee, und ich bemerkte, dass seine Hände plötzlich zitterten. »Unseren Eltern hab ich es erst vor ungefähr einem dreiviertel Jahr gesagt«, erwiderte er mit leiser Stimme. »Sie waren … nicht begeistert.«

Ich hoffte, Josh würde noch mehr erzählen, aber er schwieg. Er bemühte sich, das Zittern seiner Hände zu verbergen, indem er sich durchs Haar fuhr. »Danach bin ich nach London gezogen«, sagte er. »Jeremy ist mit mir gekommen, obwohl er in Kalifornien hätte studieren können. Er hatte ein Literaturstipendium für irgend so eine Elite-Uni.«

»Und das hat er aufgegeben, um hier … zu suchen?«, rutschte mir mein erster Gedanke heraus.

»Mhm«, machte Josh, starrte ins Leere und sagte nichts mehr. Ich konnte mir auf die ganze Geschichte mit Jeremy keinen rechten Reim machen, aber ich wollte Josh nicht weiter drängen.

»Ich hätte nicht gedacht, dass du schwul bist«, nahm ich den Faden wieder auf. »Du wirkst überhaupt nicht …«

»… tuntig?«

»Genau. Dir merkt man's nicht an. Du und Jeremy, ihr seid eher ausgesprochen männlich.«

Auf Joshs Gesicht deutete sich ein Lächeln an, aber schon einen Moment später verflog es. »Du stehst doch nicht auf Jeremy?«

»Was?« In Sekundenschnelle schoss das Blut in meine Wangen. »Nein, warum? Wie sollte ich auf jemanden stehen, der sich bisher immer wie ein Arsch benommen hat?«

Josh musterte mich ernsthaft. »Versprichst du mir, dich nicht in ihn zu verlieben?«

»Was?«

»Ich muss dich warnen. Wenn du dich in ihn verliebst –«

»Das habe ich nicht vor.«

»Gut. Weißt du, du bist ziemlich hübsch und …« Er spielte mit dem Teelöffel herum. »Aber wenn du nichts von ihm willst, besteht ja keine Gefahr.«

Ich antwortete nicht. Ich wusste nicht, ob Gefahr bestand. Jeremy ging mir auf die Nerven.

»Er hat dich letzte Nacht übrigens spielen gehört«, fügte Josh hinzu. »Du hast bis weit nach Mitternacht am Flügel gesessen, hat er gesagt.«

»Ja, das … stimmt.« Ich fühlte mich ertappt. »Ich wusste nicht, dass jemand im Haus ist. Hab ich Jeremy beim Schlafen gestört?«

»Bestimmt nicht. Er ist ein Nachtmensch.«

Das überraschte mich nicht. »Und du bist ein Tagmensch, richtig? Du liebst die Sonne, und Jeremy liebt die Nacht.«

Zwischen Joshs Augenbrauen bildete sich eine Falte. Er legte den Löffel beiseite. »Angel, ich weiß, du meinst es gut, aber du musst aufhören, mich derartig zu … idealisieren«, sagte er eindringlich. »Du machst es dir zu leicht, wenn du Jeremy und mich in Schwarz und Weiß unterteilst. Ich bin kein guter Mensch.«

»Was?«

»Ich komme bestimmt in die Hölle.«

»Josh!« Was redete er da nur?

»Ich …« Er zog die Schultern hoch und schüttelte den Kopf. »Vergiss es.« Abrupt stand er auf und stapelte mit fahrigen Bewegungen schmutziges Geschirr neben der Spüle.

Die Minuten verstrichen. Josh hantierte herum, und ich grübelte. Ich hatte keine Ahnung, wieso er dachte, er sei kein guter Mensch. Seine offensichtliche Verzweiflung schien jedoch mein Gefühl zu bestätigen, dass der Schatten viel tiefer ging, als die Worte auf der Haustür erahnen ließen. Wenn Josh aber nicht weiter darüber sprechen wollte, musste ich das akzeptieren. »Lass uns eine Abmachung treffen.«

Josh drehte sich zu mir um. »Was für eine Abmachung?«

»Wir sprechen nicht mehr darüber.«

»Worüber?«

»Darüber.« Ich wies auf seine Brust. »Über das Ding, das dir im Herzen sitzt.«

Er starrte mich an. Dann nickte er. »Danke. Ich möchte wirklich nicht darüber reden.«

»Das ist okay … außer du bist in Wahrheit ein Außerirdischer oder so. Das solltest du mir besser sagen. In diesem Fall würde ich nämlich gern mal mit dir auf deinen Planeten fliegen.«

In Joshs Mundwinkeln zuckte es. Endlich! Da war es wieder, dieses wohltuende Lächeln! »Du bist total verrückt«, murmelte er.

»Stimmt. Das ist eine meiner hervorstechendsten –« Ich sprach den Satz nicht zu Ende, denn ich hatte plötzlich eine Idee. »Habt ihr irgendwo Wandfarbe?«

Josh schien alarmiert. »Was hast du jetzt wieder vor?«

»So knallig wie möglich!« Ich erhob mich.

»Im Keller.« Josh betrachtete mich prüfend, aber als ich ihn nur freudig anfunkelte, machte er sich auf den Weg in den Keller.

Mit einem dicken Pinsel und einem Eimer sonnengelber Farbe bewaffnet, standen wir kurz darauf wieder vor der Haustür. Josh kratzte sich am Kopf und beobachtete mich mit sichtlichem Unbehagen, als ich den Pinsel in die Farbe tauchte und über Snakes Schriftzug einen weiteren setzte.

Hier wohnt eine Verrückte.

Ich trat ein paar Schritte zurück, um mein Werk zu bewundern. Die Buchstaben prangten satt und fett auf der Tür und stahlen Snakes Worten die Show.

Josh war sprachlos.

»Ich bin stolz darauf, verrückt zu sein!«, verkündete ich und lachte ihn an.

Da musste auch Josh lachen.

Mögest du alle Tage deines Lebens leben.

Jonathan Swift

Ich stand vor dem großen Messingspiegel in meinem Zimmer und drehte mich um die eigene Achse. Stolz und ein bisschen erstaunt über das ungewohnte Spiegelbild bewunderte ich die atemberaubende Frau, die mir gegenüberstand. Ich trug ein enges bordeauxrotes Abendkleid, das ich erst am Tag zuvor bei einem Einkaufsbummel mit Josh gekauft hatte. Es stand mir phantastisch. Außerdem hatte ich, ganz gegen meine Gewohnheit, ein wenig Make-up aufgelegt. Auch das stand mir. Mein dunkelblondes Haar fiel in schimmernden Wellen über meine nackten Schultern, und in meinen Augen loderte es abenteuerlustig.

Während ich mich fasziniert vor dem Spiegel drehte, dröhnte *Don't stop me now* von Queen mit voll aufgedrehter Lautstärke aus den Boxen. Seit der Zugfahrt nach England hatte ich den Song nicht mehr gehört. Als Freddy Mercury nun erneut voller Inbrunst seine Freude über die eigene Existenz herausschrie, hatte ich plötzlich das Gefühl, dass dieses Lied so etwas wie meine persönliche London-Hymne war. Ich war *ali-i-i-ive,* und niemand konnte mich stoppen. Lauthals sang ich mit. Ich war bereit für meinen ersten Auftritt in London.

Als ich wenig später jedoch vor der Piano Bar stand

und vom Dunkel der Straße in das hellerleuchtete Restaurant hineinsah, zog sich mein Brustkorb nervös zusammen. Die Piano Bar war gerammelt voll. Jedes Mal, wenn ich das Restaurant bisher betreten hatte, war es mir kalt und steril erschienen, aber nun, durch all diese lärmenden Menschen, war es plötzlich lebendig. Ich würde an diesem Abend nicht in einem Mausoleum spielen, sondern vor Leuten, die aussahen, als seien sie nicht weniger als das Beste gewöhnt. Bei diesem Gedanken musste ich erst einmal tief durchatmen. Normalerweise war Lampenfieber kein großes Problem für mich, aber ich hatte mich innerlich auf ein paar einzelne Touristen und Banker eingestellt, nicht auf solch einen Riesenbatzen fröhlicher Schickeria. Du solltest froh sein, so viele Zuhörer zu haben!, schimpfte ich mit mir, schob alle Nervosität beiseite und ging hinein.

Sogleich kam Amon auf mich zu. »Hallo, Angelia, da bist du ja!«, schnurrte er mit angenehmer Stimme und half mir aus dem Mantel.

»Weißt du, wo Mr Parker ist? Ich muss ihm noch mein Programm zeigen«, sagte ich, und Amon führte mich zu ihm.

Zehn Minuten später, nachdem Parker flüchtig meinen Liederzettel überflogen und »Sehr schön, sehr schön« gemurmelt hatte, stand ich an der Bar und hielt nach Raymond Sullivan Ausschau. Er war nirgends zu sehen. Während ich mich umschaute, tippte mir jemand von hinten auf die Schulter.

»Das Kleid steht Ihnen wirklich ganz ausgezeichnet, *Madam*.« Warme braune Augen strahlten mich an, und das schönste Lächeln, das ich je gesehen hatte, versprühte unwiderstehlichen Charme.

»Danke, Josh«, sagte ich und drückte ihn glücklich an mich. »Was machst du hier? Musst du nicht arbeiten?«

»Ich hab mit jemandem die Schicht getauscht. Wie könnte ich mir den ersten Auftritt von Angelia Fortis in London entgehen lassen?« Josh betonte meinen Namen, als sei ich der größte Star aller Zeiten. Ich kicherte.

»Noch eine Minute«, raunte mir Amon im Vorbeigehen zu.

»Bist du aufgeregt?«, fragte Josh.

»Ein bisschen.« Ich ließ den Blick über die vollbesetzten Tische gleiten. »Bisher bin ich hauptsächlich bei Schulaufführungen oder privaten Feiern aufgetreten …«

Der Flügel erstrahlte mit einem Mal in hellem Scheinwerferlicht, und Parker trat vor. Er hob beide Hände, um die Aufmerksamkeit der Anwesenden auf sich zu ziehen. *»Ladies and gentlemen«*, rief er gegen das Restaurantgemurmel an. »Ich habe nun die besondere Ehre, Ihnen ein neues Talent vorstellen zu dürfen. Die junge Dame spielt heute zum ersten Mal in unserem Hause, und deswegen bitte ich Sie, mit Applaus nicht zu sparen. Meine Damen und Herren, Miss Angelia Fortis!«

Nun wurde mir doch die Kehle eng, und mein Herzschlag pumpte tanzendes Blut in meine Fingerspitzen. Von wohlwollendem Applaus begleitet huschte ich zum Bösendorfer. Das höfliche Klatschen hörte auf, noch bevor ich mich hingesetzt hatte, und auf einmal herrschte gespenstische Stille. Ich legte die Hände auf die Tasten, und mir war, als sei ich umzingelt von Hunderten von Augenpaaren.

Hilf mir, Daddy!, flehte ich in Gedanken und beschwor das Gesicht meines Vaters herauf. *Schließ die Augen*, sagte er, und ich tat es. *Vergiss das Publikum. Vergiss alles um dich herum. Es gibt nur dich, das Lied und das Piano. Fühlst du die Musik? Sie ist schon da, sie wartet. Du musst sie nur noch herauslassen.*

Ich atmete tief ein und spürte die wartende Musik in mir. Sie füllte mich mit einem Mal ganz aus und verdrängte die Nervosität. Plötzlich wusste ich, dass ich ein anderes Lied spielen musste als das auf meinem Programmzettel. Mit geschlossenen Augen begann ich zu spielen.

Music was my first love
And it will be my last
Music of the future
And music of the past
To live without my music
Would be impossible to do
In this world of troubles
My music pulls me through

Meine Stimme war stark, aber sie erschien mir weit weg, als gehöre sie dem Song und nicht mir. Sobald sie meinen Körper verließ, gewann sie eine Eigendynamik, die voller Kraft die Schönheit des Liedes zelebrierte. Es gab kein Zittern mehr, keine Unsicherheit. Meine Hände griffen mit blinder Sicherheit in die Tasten. Ich zeigte mein Bestes.

Sobald ich endete, erklang tosender Applaus. Nun erst öffnete ich die Augen wieder. Die Menschen strahlten mich an, und einer der Gäste rief tatsächlich »Bravo!«. Er war sogar aufgestanden und applaudierte mit erhobenen Händen. Es war Josh. Wie ich ihn da so stehen sah, überrollte mich eine Welle der Zuneigung und Dankbarkeit. Das Gefühl, das ich in diesem Moment empfand, war nichts anderes als Liebe.

Ich riss mich von seinem Anblick los, nickte den Applaudierenden zu und begann mit dem nächsten Stück, das ebenfalls einem spontanen Impuls und nicht meinem Programmzettel entsprang. Ich spielte *The Warmth of the Sun* von den Beach Boys, für Josh. Während ich spielte, blickte ich zu ihm hinüber und sah ein verräterisches Glitzern in seinen Augen. Ich hoffte, London würde für ihn ein Ort werden, an dem sein großes, trauriges Sonnenherz Frieden finden konnte.

Da viele ältere Paare zugegen waren, begann ich anschließend, etwas nur für die Älteren zu spielen, und sobald ich die erste Zeile des nächsten Lieds gesungen hatte, erklang begeisterter Zwischenapplaus. *My Way* war zwar, wie auch *Yesterday* von den Beatles, einer dieser Songs, die so berühmt waren, dass man sie schon fast nicht mehr spielen konnte, aber ich hatte geahnt, dass dieser Sinatraklassiker gut ankommen würde. Ich genoss meinen Auftritt nun in vollen Zügen, spielte noch zwei weitere Songs aus der Ära des Swing und wechselte dann mit James Morrisons *Broken Strings* zum nächsten Jahrtausend. Eine Stunde lang spielte ich, was mir gerade einfiel, und letztlich trat Mr Parker wieder vor den Flügel.

»Das war Angelia Fortis, *ladies and gentlemen*, die Sie jeden Montag-, Mittwoch- und Freitagabend hier spielen hören können. Applaus für das neue Talent!«

Ich verbeugte mich nach allen Seiten und genoss den Begeisterungssturm. Parker trat an mich heran, schüttelte meine Hand und sagte leise: »Herzlichen Glückwunsch, Miss Fortis, Ihr Auftritt hat mir sehr gefallen. Es wäre allerdings nett gewesen, wenn Sie sich an Ihr Programm und damit an meine Anweisungen gehalten hätten.«

»Mr Parker, ich –«

Doch er hatte sich schon abgewandt. Im nächsten Moment erlosch das Scheinwerferlicht, und alles war vorbei. Der Restaurantbetrieb ging übergangslos weiter, und die wenigen Augenpaare, die noch immer auf mir ruhten, galten wohl eher dem Kleid und dem, was es nicht verbarg, als der Musikerin. Ich atmete tief aus, so dass die Anspannung aus mir herausfließen konnte.

Gerade wollte ich zu Josh hinübergehen, da sah ich aus den Augenwinkeln jemanden winken. Raymond Sullivan saß an der Bar und wedelte mit seiner riesigen Pranke durch die Luft. Vor ihm stand ein gefülltes Glas und eine halbleere Flasche Whiskey.

»Mr Sullivan, ich hab schon nach Ihnen Ausschau gehalten!«, rief ich erfreut.

»Hast du gedacht, ich komm nicht? Keine Sorge, Mädchen. Hab keine Sekunde von deinem Auftritt verpasst, keine Sekunde«, erwiderte er mit Donnerstimme. Seine Alkoholfahne wehte mir unangenehm ins Gesicht, doch ich wandte den Kopf nicht ab – selbst dann nicht, als Sullivan seine Hände schwer auf meine Schultern legte und sein Gesicht so nahe an meines schob, dass sich unsere Nasenspitzen beinahe berührten.

»Hab alles gesehen, Mädchen. Alles.« Er schien gerührt zu sein. »Was du da mit John Miles gemacht hast, war nix anderes als Magie, jawohl, Magie war es. Hab gedacht, ich hör den alten Billy spielen. Mit geschlossenen Augen hast du gespielt, wie dein Vater, und deine Hände sind über die Tasten geflogen, ohne einmal danebenzugreifen. Magie war's, jawohl. Und wie du gesungen hast!«

Ich lächelte glücklich, doch etwas verkrampft in sein furchiges Gesicht, da ich versuchte, so flach wie möglich zu atmen.

»Ich hab was für dich, Mädchen«, sagte er und nahm die Hände von meinen Schultern. Umständlich erhob er sich von seinem Barhocker, bückte sich und reckte mir dabei sein enormes Hinterteil entgegen. Mit einem verbeulten alten Reisekoffer in den Händen drehte er sich wieder zu mir um.

»Der ist für dich!«, rief er und übergab mir das Ding. »Sind Sachen von deinem Vater drin. Hatte fast vergessen, dass er damals 'ne Menge Zeug dagelassen hat. Hab das meiste im Laufe der Zeit weggeschmissen, aber der Koffer hier stand jahrelang auf dem Dachboden, ohne dass jemand sich dran erinnert hätte. Sind alles Billys Sachen. Hab gedacht, du würdest sie vielleicht haben wollen.«

»Danke ... das ist sehr nett von Ihnen«, stieß ich hervor und betrachtete den unscheinbaren Koffer neugierig. Am liebsten hätte ich ihn auf der Stelle geöffnet.

»Du willst jetzt wohl so schnell wie möglich heim, was?« Sullivan nickte wie im Selbstgespräch und lachte in sich hinein. »Na, renn schon, kleine Nachtigall, renn schon.«

Mir war tatsächlich nach Rennen zumute. Ich drückte ihm rasch die Hand und fragte hastig: »Kommen Sie am Mittwoch?«

»Natürlich, natürlich«, brummte er mit tiefem Bariton. »Findest mich wieder hier. Findest mich immer hier. Alle Tage sitz ich da an der Bar, alle Tage.«

Doch ich hörte ihn schon gar nicht mehr. Mit dem Koffer in der Hand eilte ich zu Josh.

»Kann ich ein Autogramm haben?«, scherzte er, als ich näherkam, und nahm mich in die Arme. »Du warst einmalig, Angel. Ich bin total verknallt in dich.«

Ich grinste.

»Warum bist du denn so zappelig?«, fragte er verwundert, während sein Blick zu dem Koffer an meiner Hand wanderte.

»Raymond Sullivan hat mir den gerade gegeben«, erwiderte ich atemlos. »Es sind alte Sachen von meinem Vater drin.« Am Tag zuvor hatte ich Josh die ganze Geschichte von meinem Vater, meiner Mutter und Sullivan erzählt.

»Dann willst du wohl so schnell wie möglich nach Hause.« Josh zog spielerisch einen Schmollmund. »Schade, ich dachte, wir könnten noch zusammen tanzen gehen.«

»Ein anderes Mal, okay? Tut mir leid.«

»Schon in Ordnung.« Josh lächelte. »Dann geh ich mal alleine los.«

Ich gab ihm einen flüchtigen Kuss auf die Wange und machte mich auf den Weg nach Muswell Hill.

Zu Hause herrschte eine wunderbare Stille. Ich schien das ganze Haus für mich allein zu haben, wie ich es gehofft hatte. Im Wohnzimmer stellte ich den Koffer auf den Couchtisch und setzte mich aufs Sofa. Was erwartete ich eigentlich? Wahrscheinlich waren nur ein paar alte Pullover und Socken drin. Entschlossen öffnete ich den Koffer. Zuoberst lagen tatsächlich nur ein paar Pullover, darunter eine schwarze Lederjacke – eine von der Sorte, wie sie modebewusste Männer vor zwanzig Jahren wohl getragen hatten. Ich nahm sie heraus, ließ die Finger über das weiche Leder gleiten und stellte mir vor, wie mein Vater in solch einer Jacke ausgesehen hatte. Ich kannte ihn lediglich in langweiligen Anoraks und anderen praktischen Klamotten. Modebewusst war mein Vater nie gewesen. Zumindest nicht in dem Leben, in dem ich ihn kannte.

Ich legte die Jacke und die Pullover beiseite. Als Nächstes kamen ein paar Fotos zum Vorschein. Mein Vater am Klavier, lachend und jung. Mein Vater und ein schlankerer Sullivan auf der Bühne. Mein Vater umringt von hübschen Frauen, heiter und lebensfroh. Lange betrachtete ich den dunkelhaarigen Mann auf den Fotos. Er schien mit meinem frühergrauten Vater nichts gemeinsam zu haben. Dem Menschen auf den Bildern sah man deutlich an, wie glücklich, optimistisch und selbstbewusst er war. Er hatte lange Haare und bevorzugte offenbar schneidige Hemden. Ein gutaussehender Mann war er gewesen, augenscheinlich ganz im Einklang mit sich selbst.

Zwischen weiteren Kleidungsstücken fand ich ein paar zerkratzte alte 45er-Singles, eine zerfledderte Ausgabe vom *Fänger im Roggen* und jede Menge klassischer Notenhefte, die abgewetzt und geliebt aussahen. Ich nahm mir wahllos Wagner, blätterte in dem Heft herum und stutzte, als ich zwischen den gedruckten Seiten ein paar einzelne, handbeschriebene Notenblätter fand. Es war die Schrift meines Vaters.

»Dawn« by William Dean Fortis

Ich hielt inne und hörte das Blut in meinen Ohren rauschen. Er hatte also doch selbst komponiert! Es gab eine Zeit, in der du an dich geglaubt und deine eigene Musik geschrieben hast, dachte ich elektrisiert. Da fiel mein Blick auf einige Zeilen neben den Noten.

I went to buy a new shirt for me
They asked: »Sir, are you medium size?«
I said: »No way, I'll never be!«

Ich las die Zeilen noch einmal. Und noch einmal. Meine Hand bebte, und ich musste das Blatt weglegen. *Niemals mittelmäßig sein.* Das hatte er sich damals vorgenommen. Mein Gott, wie hatte nur alles so schiefgehen können? Mein Vater war in den letzten zwanzig Jahren seines Lebens die Verkörperung der Mittelmäßigkeit schlechthin gewesen. Wahrscheinlich war er sogar daran gestorben.

Ich nahm das Notenblatt und ging aufgewühlt zum Steinway. »Hallo, mein Schöner«, wisperte ich leise, während ich mich setzte. »Da bin ich wieder. Du musst mir jetzt helfen.«

Ich begann mit weichen Fingern, die Noten auf dem Zettel zu spielen. Es war eine geradlinige Melodie ohne Schnörkel. Doch während die Klänge in den Raum flossen, spürte ich hinter der Einfachheit der Noten eine unaufhaltsame Macht. Sie übernahm die Führung und stärkte meine Finger, um sich gänzlich entfalten zu können. Ich spielte, und mein Herz erzitterte unter der sehnenden Schönheit des Songs. Diese Melodie war ein Abdruck der Träume meines Vaters. Seine Seele war eingefangen, unsterblich gemacht. Sie hatte eine unvergängliche Spur hinterlassen, die offenbarte, wer er wirklich gewesen war. Dieser Song war sein Vermächtnis.

Lange nachdem ich aufgehört hatte zu spielen, saß ich noch immer da. Allmählich formte sich eine Idee in meinem Kopf. Bilder und Emotionen verwandelten sich in Worte und lagen als Puzzleteile verstreut in meinem Innern. Ich wusste, ich musste sie aufsammeln, zusammenfügen und zu Versen machen, bevor sie verlorengingen. *Dawn* benötigte Worte, die auf den drei Zeilen meines Vaters aufbauten und sie weiterführten. Alles, was ich zu tun hatte, war, den Ideen und Gefühlen in mir die Schleusen zu öffnen. Die Regenwolken regnen lassen.

Das Herz hat eine Vernunft,
die der Verstand nicht begreift.

Blaise Pascal

Ich wusste nicht, wie lange ich dort gesessen und geschrieben hatte. Ich war derart vertieft in die Geburt dieses Liedes, dass ich weder bemerkte, wie mein Körper in dem dünnen Kleid langsam auskühlte, noch wie die Zeit verging. Erst als ich einen Schlüssel im Schloss der Haustür hörte, erwachte ich aus meinem Fieberwahn. Jemand kam nach Hause. Vielleicht Josh? Oder war er schon längst zurückgekommen, und ich hatte es durch meinen Musikschwips gar nicht bemerkt? Dann konnte es nur jemand sein, den ich ganz und gar nicht sehen wollte …

Die Tür fiel zu, und ich hörte Schritte auf dem Parkett. Langsam hob ich den Kopf und war schon im nächsten Moment gefangen in Jeremys Blick.

Er stand direkt vor mir, und so musste ich zu Jeremy wie ein Hund zu seinem Herrn aufsehen. Ich sprang auf, doch dadurch war ich mit ihm noch längst nicht auf Augenhöhe. Er war mindestens 1,85 Meter groß.

Unbeeindruckt fixierte er mich und belächelte meine kleine Revolte. Um seine Mundwinkel spielte dieses überlegene Lächeln, das mir von Anfang an gegen den Strich gegangen war. Für wen hielt sich dieser Kerl? Meine Augen verengten sich, und ohne lange nachzudenken, spie ich ihm meine Verachtung entgegen.

»Du denkst wohl, du kannst mich mit deinen albernen Spielchen aus der Fassung bringen, Jeremy Amos, aber da hast du dich getäuscht! Ich falle auf deine Show vom großen Macker nicht rein. Und wenn du glaubst, dass ich auch nur im Entferntesten in Betracht ziehen würde, dich *ranzulassen*, wie deine Freunde sagen würden, hast du dich geschnitten. Deine Machonummer zieht bei mir nicht.« Zornig ballte ich die Fäuste. »Ich hab keine Ahnung, was Layla eigentlich an dir findet. Ich kann dich jedenfalls nicht leiden. Du solltest deine Röntgenaugenmasche also lieber an jemand anderem ausprobieren. Bei mir erreichst du damit nämlich gar nichts!« Ich schleuderte ihm die Worte wie Geschosse entgegen.

»Bist du jetzt fertig?«, fragte Jeremy amüsiert.

Ich antwortete nicht, sondern verschränkte die Arme. Ich wusste selbst nicht, warum er mich dermaßen aus der Fassung brachte, aber ich kochte innerlich geradezu.

»Ich weiß deine Offenheit zu schätzen«, sagte er leichthin. »Ich frage mich allerdings, wie du zu der Einschätzung gekommen bist, dass du mich nicht leiden kannst. Immerhin hast du noch nie wirklich mit mir geredet. Entweder fällst du leichtfertig Urteile über andere oder du hast einfach sehr viel über mich nachgedacht.«

Seine Dreistigkeit verschlug mir die Sprache.

»Dein Schweigen werte ich mal als Zustimmung.« Jeremy verschränkte ebenfalls die Arme.

»Du bist wirklich zum Kotzen!«

»Warum regst du dich so auf?«

»*Du* regst mich auf!«

»Wieso?«

»Ich weiß einfach nicht, wie ich mich dir gegenüber verhalten soll«, rutschte mir die Wahrheit heraus.

»Sei doch einfach du selbst, dann weiß ich auch viel schneller, wer du bist«, erwiderte er ruhig, und es schien, als meinte er es tatsächlich einmal ernst.

Trotzdem war ich auf der Hut. »Heißt das, du willst wissen, wer ich bin?«, fragte ich misstrauisch und erwartete eine sarkastische Antwort.

»Und wenn es so wäre?«

»Dann wüsste ich nicht, ob ich will, dass du es weißt.«

»Hast du was zu verbergen?«

»Nein, aber du. Ich vertrau dir nicht.«

»Worauf gründet sich das?«

»Auf meinen Instinkt.«

»Vielleicht solltest du erst einmal herausfinden, wer *ich* bin und deine Ansicht dann entweder mit Tatsachen untermauern oder sie ändern.«

»Würdest du mich denn herausfinden lassen, wer du bist?«

»Offensichtlich habe ich dir gerade dieses Angebot gemacht.«

»Warum?«

»Josh mag dich. Das ist Grund genug.«

»Oh, welch gnädiger Zug! Du lässt dich herab, dem kleinen dummen Mädchen etwas Aufmerksamkeit zu schenken!«

»Ich habe nie gesagt, dass du dumm bist.«

»Was denkst du dann über mich?«

»Ich habe noch keine Meinung, deshalb sollten wir uns kennenlernen.«

»Und worüber sollen wir sprechen? Ich glaube nicht, dass wir viel gemeinsam haben.«

»Da stimme ich dir zu. Gerade deshalb könnte es interessant werden.«

»Okay, dann lass uns reden.« Ich setzte mich wieder, überrascht von der Wendung des Gesprächs, und wartete darauf, was als Nächstes passieren würde. Eigentlich wollte ich Jeremy nichts über mich erzählen. Er würde wahrscheinlich nur versuchen, sich über mich lustig zu machen und seine Überlegenheit zu demonstrieren. Trotzdem musste ich bleiben. Das war ich meinem Stolz einfach schuldig.

Jeremy setzte sich auf die Bank vor dem Fenster, keine zwei Meter von mir entfernt, und legte lässig die Füße auf das Polster. Langsam zündete er sich eine Zigarette an und blickte dann entspannt zu mir herüber.

»Also, wie sollen wir anfangen?«, gab ich den Ring frei.

Jeremy lächelte und stieß eine Wolke weißen Rauchs in die Luft. »Sei doch nicht so verkrampft.«

»Ich bin nicht verkrampft!«, wehrte ich hastig ab, obwohl mein Rücken stocksteif und meine Schultern defensiv nach vorn geschoben waren.

Jeremy lachte leise in sich hinein. »Was bedeutet dir etwas?«

»Musik.«

»Okay, dann lass uns über Musik reden.«

»Meinetwegen.« Ich hatte keine Ahnung, was er vorhatte, aber ich war entschlossen, es durchzustehen und mich nicht einschüchtern zu lassen.

»Was ist das Wichtigste an einem Lied?«, fragte Jeremy.

»Im Allgemeinen oder im Speziellen?«

»Du bist wirklich ein ulkiges Ding.«

Ich schnaubte. »Meiner Meinung nach ist nicht nur das endgültige Ergebnis, sondern auch die Intention von Belang«, sagte ich altklug und bemerkte, dass ich ihn beeindrucken wollte.

»Frei nach Thomas Hardy: Die wahre Identität liegt nicht nur in den getanen, sondern in den gewollten Dingen.«

Ich stutzte und versuchte mich zu erinnern, wer Thomas Hardy war. Irgendein englischer Schriftsteller aus dem neunzehnten Jahrhundert? »So könnte man sagen«, antwortete ich vage.

»Und was ist im Speziellen wichtig an einem Lied?«

»Die Melodie.«

»Definiere *Melodie*.«

»Manche Dinge setzt man durch Definitionen herab.«

»Eine nette Ausrede.«

»Ich hab noch nie darüber nachgedacht.«

»Dann wird es Zeit.«

Ich starrte ihn trotzig an, während ich fieberhaft überlegte. »Eine Melodie ist ein Gedicht ohne Worte«, sagte ich und rollte die Lippen nach innen, um nicht triumphierend zu grinsen.

»Ich bin beeindruckt.« Jeremy schmunzelte. »Was ist ein Gedicht?«

»Eine Melodie aus Worten?«

Einen Moment lang sah er mich grinsend an, dann lachte er. Es klang alles andere als feindlich, und ich entspannte mich ein wenig.

»Was ist das Wichtigste an einem Album?«, fragte er.

»Testest du mich?«

»Möchtest du getestet werden?«

»Nein, aber ich denke, ich würde jedes Quiz bestehen.«

»Ein Quiz kannst du haben.«

»Ich meinte nicht –«

Er ließ mich nicht ausreden, sondern stellte prompt die erste Quizfrage. Ich hörte ihm allerdings nicht wirklich zu, da ich mich über den Verlauf des Gesprächs ärgerte. Jeremy dominierte die Unterhaltung auch dieses Mal und wurde nun auch noch zum Quizmaster. Wir kämpften miteinander, anstatt über Musik zu reden.

»Wessen Albumtitel geht auf ein Gedicht von Shakespeare zurück?«, wiederholte er seine Frage.

»Stings *Nothing like the sun*«, spulte ich die Antwort ab, da ich nicht wollte, dass Jeremy dachte, ich wüsste es nicht.

»Kannst du das Ursprungssonett zitieren?«

»Und du?«

»Könnte ich.«

»Ich höre.«

Jeremy ließ sich Zeit. In aller Ruhe zog er an seiner Zigarette. »*My mistress' eyes are nothing like the sun* …«, begann er schließlich, lehnte den Kopf gegen den Fensterrahmen und rezitierte das gesamte Sonett, ohne einmal zu straucheln. Seine Stimme war weich und schien die Worte zu liebkosen, während er sie aussprach. Ich bemerkte, dass ich es genoss, ihm zuzuhören. Nachdem er geendet hatte, herrschte einen Augenblick lang Stille. Das war meine Chance, den Gesprächsablauf zu drehen und Jeremy nach Lyrik zu fragen. Das schien sein Steckenpferd zu sein.

»Was war Shakespeares Intention? Was war das Gewollte hinter dem Getanen?«, fragte ich.

»Werde ich jetzt getestet?«

»Vielleicht.«

Jeremy drückte seine Zigarette aus. Lächelte er? Ich war mir nicht sicher. »Shakespeare nimmt seine Geliebte in ihrer Individualität wahr und rebelliert gegen die Konventionen der Schönheit.«

»Definiere *Schönheit*.«

Nun grinste er offen. »Du lernst wirklich schnell, Angelia.«

»Also?«

»Schönheit ist eine Form des Genies, steht in Wahrheit höher als das Genie, da sie keiner Erklärung bedarf.«

Ich strich mir eine Haarsträhne aus dem Gesicht, um Zeit zu gewinnen, den Satz zu verdauen. »Ist das von dir?«

Lachend schüttelte Jeremy den Kopf. »Du lernst *zu* schnell, Angelia!« Es schien ihm jedoch zu gefallen, dass ich ihn erwischt hatte. »Oscar Wilde, *Das Bildnis des Dorian Gray*.«

Dorian Gray? Das Buch hatte ich selbst schon gelesen, konnte mich aber natürlich nicht an diesen Satz erinnern. Ich fragte mich, wie Jeremy es fertigbrachte, immer im richtigen Augenblick diese schlauen Zitate hervorzuzaubern.

»Und wie definierst *du* Schönheit?« So leicht wollte ich ihn nicht davonkommen lassen.

Jeremy schwieg und schien nach einer Antwort zu suchen. Mit konzentriertem Blick starrte er ins Leere, und in mir regte sich leise Schadenfreude. War er mit seiner Weisheit etwa schon am Ende?

»Ich weiß es nicht«, sagte er schließlich. »Vielleicht habe ich sie noch nie gesehen.«

»Schönheit ist überall.«

»Nur weil du sie überall siehst, heißt das nicht, dass sie auch tatsächlich existiert. Mir ist sie nie begegnet.«

»Dann bist du bisher blind durch die Welt gelaufen.«

»Ich denke, dass ich klarer sehe als andere, die sich Schönheit einbilden, wo sie gar nicht ist.«

»Dann lebe ich also in einer Phantasiewelt?«

»Du bist eine Träumerin.«

Ich schwieg überrascht. Dem konnte ich nichts entgegensetzen. »Ist das denn so schlecht?«, fragte ich dann.

»Nein, ich beneide dich sogar. Ob Schönheit wirklich existiert oder nicht, ist im Grunde nebensächlich. Sie zu sehen ist das Wesentliche.«

Ich runzelte die Stirn. »Liebe ist Schönheit«, sagte ich zögernd.

»Alles ist schön, das man liebt.«

»Dann liebst du also nichts, da du nichts schön findest.«

»It's hard to love, there's so much to hate.«

Dies war ein Zitat, das ich sehr gut kannte. »George Michael, *Praying for time*«, murmelte ich und war verwundert. Jeremy musste gewusst haben, dass ich dieses Zitat zuordnen konnte, da es meiner Welt entsprang, der Welt der Musik. Bildete ich es mir nur ein oder öffnete sich da ein kleiner Spalt in der Mauer um Jeremy? Er ließ mich erkennen, dass er emotionale Dinge besser zitieren als selbst empfinden konnte.

»Wenn man keine Gefühle investiert, kann man nicht erwarten, Liebe kennenzulernen«, sagte ich so vorsichtig wie möglich, damit er den kleinen Spalt nicht wieder verschloss.

»Wenn man Gefühle *investiert*, sind es dann überhaupt noch Gefühle?«

Darauf wusste ich nichts zu sagen. Ich stellte eine Gegenfrage. »Hast du noch nie geliebt?«

Jeremy antwortete nicht, und ich bereute beinahe schon, mich so weit vorgewagt zu haben. Da sagte er: »Ich denke nicht, dass ich das kenne, was du mit *lieben* meinst.«

»Und welche Art kennst du?«

»Ich stehe Josh sehr nah.« Kaum hatte er das gesagt,

setzte er sich abrupt auf und knirschte mit den Zähnen, als versuche er, den gerade hervorgebrachten Satz nachträglich zu zermalmen.

»Was ist mit Layla?«

»Layla!«, rief er und lachte hart. »Layla ist ein Witz!«

»Aber sie ist doch deine Freundin …«

»Sie ist gar nichts. Ich ficke sie nur«, knurrte er. »Ich erlaube ihr, mir nachzulaufen.« Kalt beobachtete er, wie ich, schockiert von seiner Reaktion, um Fassung rang. Was war plötzlich los?

»Sie … sie liebt dich aber doch, oder?«, stotterte ich.

»Das tut sie wohl.«

»Bedeutet dir das gar nichts?«

»Nein.«

Der Spalt in der Mauer hatte sich geschlossen. Vor mir saß wieder der unnahbare Jeremy, dessen Schale hart war wie Granit. Was hatte ich falsch gemacht? Hätte ich nicht nach Layla fragen sollen?

Ich stand auf und ging zum Sofa hinüber, um mir die Lederjacke meines Vaters überzuziehen, denn mir war mit einem Mal schrecklich kalt.

»Warum nimmst du nicht die, die am Wolf hängt?«, fragte Jeremy hinter meinem Rücken.

Ich hielt in meiner Bewegung inne, nur für den Bruchteil einer Sekunde. Dann erwiderte ich in bestimmtem Ton: »Diese hier gefällt mir besser.« Ich war entschlossen, auf das Thema Wolf nicht einzugehen.

»Dann zieh ich sie mir halt an.« Er erhob sich und

ging zum Wolfskopf hinüber, um ihn von seiner Vermummung zu befreien. Einen Moment lang starrte er wie in tiefster Meditation auf den Kopf an der Wand, zog sich die Jacke über und ging dann in die Küche. Ich hörte ihn in den Schränken kramen, während mich der befreite Wolf heimtückisch anstarrte.

Kurz darauf kam Jeremy mit zwei Bechern dampfendem Tee aus der Küche zurück, überreichte mir einen davon und setzte sich mit dem anderen wieder auf die Bank. Verdutzt sah ich auf den Becher in meiner Hand. Das war doch wohl nicht etwa ein Friedensangebot?

»Danke«, sagte ich leise und trank. Die Wärme tat gut.

»Unser Kennenlernprojekt besteht noch, oder?«, fragte er und rührte in seinem Tee.

»Von mir aus schon«, erwiderte ich. »Es scheint mir allerdings, als wärest du doch nicht bereit, mich herausfinden zu lassen, wer du bist.«

Er lachte freudlos. »Wenn du herausfinden würdest, wer ich bin, wärest du mir einen Schritt voraus.«

»Ist das eine der Antworten, nach denen du suchst?« Ich wurde wieder couragierter. »Du willst wissen, wer du bist?«

Er schwieg, als hätte ich nichts gefragt.

»Was würdest du unter die beiden Schriftzüge auf der Haustür schreiben?«, fragte ich. Er musste die grellen Sätze auf der Tür gesehen haben.

Jeremy schwieg.

»Es fehlt noch ein dritter Spruch. In diesem Haus wohnen schließlich drei Menschen.«

Sein Gesicht war ein unerschütterliches Pokerface. »Du hast Angst, dass ich dir zu nahekomme.«

»Ich habe keine Angst«, entgegnete er. »Ich habe Zweifel.«

»Weil es dich verletzlich machen würde, wenn du mir erlaubst, hinter deine Maske zu sehen.«

»Dagegen habe ich nichts. Bewusste Verletzlichkeit macht den Betroffenen nur stärker, da er sich über seine Schwäche klar ist. Und das ist kein Zitat.«

»Kann sein. Aber du lügst.« Ich konnte meinen Mut kaum fassen. Ich war mir instinktiv absolut sicher, dass Jeremy eine Heidenangst vor Verletzlichkeit hatte und seine Bemerkung zweifellos brillant, aber trotzdem gelogen war. Er würde mir meinen dreisten Vormarsch jedoch wahrscheinlich jeden Moment wieder um die Ohren hauen. So weit wollte er sich sicherlich nicht in die Karten schauen lassen. Aber er überraschte mich schon wieder.

»Ich lüge«, sagte er schlicht und betrachtete das Muster auf seinem Becher.

Er gab es zu! Er gab zu, dass er mir nicht zu nahekommen wollte, da er dadurch verletzlich werden würde! Der Spalt in der Mauer war größer denn je.

»Es gibt nur wenige Menschen, die mir etwas bedeuten. Selbst die, die mir nahestehen, wissen nur das, was ich sie wissen lasse.«

»Du musst ziemlich einsam sein, wenn du niemandem vertraust.«

»Willst du damit andeuten, dass ich dir vertrauen sollte, Angelia? Warum sollte ich dir Dinge über mich erzählen, die mich verletzlich machen?« Jeremy stand auf und blickte zum Fenster hinaus. Es dämmerte schon. »Ich kann nicht mit dir über Liebe und Gefühle reden.« Er sprach die Worte aus, als seien es Namen von Krankheiten.

»Vielleicht ist heute der Tag, es zu lernen.«

»Willst du mir etwas beibringen, Träumerin?« Ein Lächeln huschte über sein von der erwachenden Sonne beschienenes, bildschönes Gesicht. »Angelia ...« Er klang erschöpft. »Warum spielst du mir nicht einfach etwas vor?«

Ich nickte langsam. Er hatte mich so nah an sich herangelassen, wie es ihm möglich war. Weiter wollte er offenbar nicht gehen. Wenn ich ihm nun ein Lied vorspielte, das mir etwas bedeutete, konnte ich ihm Einblick in mein Seelenleben gewähren und ihm dadurch vielleicht tatsächlich etwas beibringen. »Okay«, sagte ich und setzte mich an den Flügel. Als ich *Dawn* zu spielen begann, wurde ich zu Musik. Ich stellte dieses wundervolle, magische Stück Jeremy und dem Morgengrauen vor.

Jeremy stand am Fenster und sah starr hinaus. Auch als ich endete, bewegte er sich nicht, sondern kehrte mir weiter den Rücken zu. »Was war das?«, fragte er schließlich.

»Ein Lied von William Dean Fortis.« Ich stand auf und ging zu ihm. In seinem Gesicht war keinerlei Regung zu erkennen. Das Lied schien ihn nicht erreicht zu haben.

Grübelnd blickte ich aus dem Fenster. Hinter den

Baumkronen ging die Sonne auf. Fasziniert verfolgte ich das Schauspiel. »Jeremy«, flüsterte ich. »Das ist Schönheit.«

Er schwieg eine Weile und entgegnete dann: »Was ich sehe, ist ein Himmelskörper, der aufgrund der Rotation der Erde unser Land zu passieren scheint.«

Ich lachte. »So ein Quatsch.« Etwas Dümmeres hatte ich noch nie gehört. Ich suhlte mich im Glanz der ersten Sonnenstrahlen und sagte: »Das Lied meines Vaters ist ebenfalls voller Schönheit. Es ist, als habe er eine Morgendämmerung wie diese gesehen und sie in Musik verwandelt. Wenn du das nicht hörst, wenn du das nicht *fühlst*, dann bist du tot.«

»Ich versuche es«, sagte Jeremy.

In a sky full of people, only some want to fly.
Isn't that crazy?

SEAL, »Crazy«

Früher Morgen. Die Sonne lachte vorwitzig durch die Fenster, und Bill Withers sang mir aus dem Radiowecker zu, dies sei ein *lovely lovely lovely day*. Ich stieß die Tür zu meinem kleinen Balkon auf. Draußen war Frühling. Die Luft vibrierte regelrecht vor Energie. Ich ließ sie durch meine Lungen wirbeln und fühlte mich so leicht, als müsse ich nur die Flügel ausbreiten, um davonzufliegen.

Ohne lange nachzudenken, kletterte ich auf die steinerne Brüstung des Balkons und breitete die Arme aus. Wenn ich nur einen einzigen Schritt nach vorn machte, würde ich in die Tiefe stürzen. Doch ich wusste, ich konnte nicht fallen. Das Leben hielt mich.

Ich lächelte und schloss die Augen. Da schien die Zeit stillzustehen, und die Welt drehte sich einen winzigen Augenblick lang nur für und um mich allein. Dabei spürte ich die ungeheure Flammenkraft, die Glück in einem brennwilligen Körper entzünden kann. Ich wollte brennen, und deshalb tat ich es.

Ein paar Stunden später saß ich entspannt in einem alten Gartenstuhl, den ich von der Terrasse auf meinen Balkon geschleppt hatte. Mein MP3-Player spielte Thomas D., Neophyta. »Und nun steh auf, geh raus, geh spielen und lauf, deinem Traum entgegen ...« Ich lächelte, und meine Gedanken wanderten. Am vorherigen Abend war ich zum zweiten Mal in der Piano Bar aufgetreten, und es war gut gelaufen. Ich hatte einfach wieder auf mein Bauchgefühl gehört und gespielt, was mir gerade einfiel. Parker hatte diesmal kein Wort dazu gesagt.

Nach meinem Auftritt ging ich zu Raymond Sullivan, und wir saßen lange an der Bar. Sullivan erzählte Geschichten aus alten Tagen und füllte sie mit neuem, vielleicht übertriebenem Glanz. Aber ich wollte diese Geschichten hören, denn immer wieder sprach er von meinem Vater, von Billy, dem Teufelskerl und Frauenheld, den ich erst noch kennenlernen musste. Er war mir fremd, und es tat weh, von ihm zu hören, denn ich hatte das Gefühl, es war falsch, dass es diesen Billy nur so kurze Zeit gegeben hatte. Irgendetwas war schiefgelaufen, und ich hatte keine Chance mehr, William zu fragen, was es gewesen war.

Als ich nach meinem Auftritt nach Hause gekommen und weder Josh noch Jeremy begegnet war, hatte ich mich in Billys Lederjacke an den Flügel gesetzt und mit geschlossenen Augen Chopin, Mozart und Rachmaninow gespielt, bis ich das Gefühl hatte, allen Empfindungen und Fragen durch mein Spiel genug Frieden erkämpft zu haben, um schlafen zu können.

Da riss mich eine aufgeregte Stimme aus meinen Gedanken an den vorherigen Abend. »Pass auf, Mann! Sei vorsichtig!« Im nächsten Augenblick schrillte die

Türklingel, und in der unteren Etage hörte ich weitere aufgebrachte Stimmen. Eine von ihnen gehörte Jeremy, der offenbar jemand anderem Anweisungen gab. »Leg sie aufs Sofa ins Wohnzimmer, langsam!«

»Scheiße!«, rief eine andere Männerstimme. »Das sieht übel aus.«

Rasch lief ich nach unten.

Die Stimme gehörte Kyle, den ich an jenem Abend kennengelernt hatte, an dem Snake Andeutungen über Josh gemacht hatte. Er wurde von Flint begleitet. Ich erkannte Flints unsympathisches Gesicht mit den glotzenden kleinen Augen sofort wieder. Kyle half Jeremy gerade dabei, Layla aufs Sofa zu legen. Sie schien bewusstlos zu sein.

»Sie ist einfach umgekippt«, sprudelte Kyle hervor. »Wir sind gerade die Straße langgegangen. Wir wollten zu dir, Jeremy, um zu rauchen ... und plötzlich ist sie einfach so zusammengesackt. Ihr sind die Knie weggeknickt und sie ist mit dem Kopf voll aufs Pflaster geschlagen ...«

Erst jetzt bemerkte ich die blutende Platzwunde auf Laylas bleicher Stirn. Es war ein unheimlicher Anblick. Layla sah aus wie ein besudeltes weißes Laken. Jeremy bettete sie auf die Couch, legte ihr ein Kissen unter den Nacken und wischte mit seinem T-Shirt das dünne Blutrinnsal weg, das ihr von der Stirn übers Gesicht lief.

»Was ist denn mit ihr?«, nuschelte Flint und schlenkerte unbeholfen mit den Armen.

»Hol mir etwas Wasser«, bat Jeremy ihn sachlich.

Flint schien jedoch zu betrunken oder zu bekifft zu sein, um ihn zu verstehen. Hilfesuchend schaute Jeremy umher und entdeckte mich in der Tür. Ich nickte ihm zu und besorgte frisches Wasser. Kyle holte unterdessen ein sauberes Handtuch aus dem Bad. Während Flint dumpf von einem Bein aufs andere wippte und mit sich selbst sprach, wusch Jeremy vorsichtig Laylas Wunde aus und entfernte die Blutspuren aus ihrem Gesicht. Ich hielt währenddessen ihren Kopf und registrierte, wie kalt und gewichtslos sich ihr Schädel anfühlte.

»Sollen wir den Notarzt rufen?«, schlug ich leise vor.

Jeremy schüttelte den Kopf.

»Weißt du, warum sie umgekippt ist?«

»Ich kann es mir denken.«

Fragend sah ich ihn an.

»Sie isst nicht.«

»Ist sie magersüchtig?«

»Sie ist lebensmüde.«

Ich stutzte und betrachtete Laylas kleines blasses Gesicht. Die Wunde verlieh ihr eine ungewohnte Verletzlichkeit. Mir war Layla immer feindselig und befremdlich erschienen. Grotesk. Aber in diesem Moment tat sie mir einfach leid.

»Was ist, wenn sie eine Gehirnerschütterung hat?«, flüsterte ich Jeremy zu. Bevor er jedoch antworten konnte, rührte Layla sich wieder. Stöhnend fuhr sie mit der Hand an ihre Stirn. Sobald sie mit den Fingern die Wunde berührte, fuhr sie zusammen und öffnete die Augen. Kaum hatte sie die Situation erfasst, wollte sie sich aufsetzen. Jeremy hielt sie mit sanfter Unerbittlichkeit davon ab.

»Was ist denn passiert?«, fragte sie mit ihrer überraschend tiefen und heiseren Stimme.

»Du bist hingefallen und hast dir die Stirn aufgeschlagen.«

Laylas Finger wanderten zu ihrem Gesicht zurück und untersuchten die Verletzung.

»Wann hast du das letzte Mal was gegessen?«, fragte Jeremy, aber Layla antwortete nicht. Ihr Blick traf auf mich, und ihre Augen verengten sich.

»Glotzt du schon wieder?«, zischte sie.

Ich erschrak über die Heftigkeit ihrer Reaktion. Was hatte sie nur gegen mich? Aber danach konnte ich sie jetzt nicht fragen. Es war besser, wenn ich sie allein ließ.

Ich ging hinauf in mein Zimmer und setzte mich nachdenklich aufs Bett. Layla war lebensmüde? LEBENSMÜDE? Ich stellte fest, dass ich die Bedeutung dieses Wortes nicht wirklich erfasste. Beim besten Willen konnte ich mich nicht in jemanden hineinversetzen, der lebensmüde war. Ich war ein Fan des Lebens, eine glühende Verehrerin. Wie konnte man seiner bloß müde sein?

Doch ich musste der Tatsache ins Auge sehen, dass die meisten Menschen mein Lebensgefühl nun einmal nicht teilten. Euphorie war kein Allgemeingut. Sie hing nicht vom Frühling ab, sondern vom Willen jedes einzelnen Menschen, sie zuzulassen. Nicht jeder wollte brennen. Nicht jeder wollte fliegen. Es waren sogar die wenigsten, die den Mut dazu hatten.

Langsam stand ich auf und betrachtete mich im Spiegel.

Ich war ein Freak – und wollte gar nichts anderes sein.

Wörter sind schön, aber Hühner legen Eier.

Sprichwort aus Ghana

Ich war zu früh in der Piano Bar. Vor meinem Auftritt plauderte ich noch ein paar Minuten lang mit Amon, dem Kellner. Er war ein wirklich netter Kerl, wie ich inzwischen festgestellt hatte, und ich unterhielt mich gern mit ihm.

Da betrat Josh die Bar, gefolgt von Flint und Kyle. »Ich konnte sie nicht abschütteln«, raunte er mir zu, als wir uns zur Begrüßung umarmten. »Jeremy hat sie versetzt, und ihnen war langweilig.«

»Schon okay«, flüsterte ich zurück und zuckte die Achseln. »Kyle ist doch ganz in Ordnung.« Auf Flints Anwesenheit hätte ich allerdings verzichten können.

Flint bleckte die Zähne und gaffte unverhohlen auf mein Dekolleté. Ich trug ein rotes Top und einen engen Rock. Flints Augen wanderten gierig über meine Oberweite, und ich wünschte mir, ich hätte etwas weniger Offenherziges angezogen. Schnell verschränkte ich die Arme vor der Brust. Im selben Augenblick flammten die Scheinwerfer auf, und Parker trat ins Licht, um mich anzusagen.

Ich war inzwischen längst nicht mehr so nervös wie bei meinem ersten Auftritt, doch ein gewisses Kribbeln im Bauch stellte sich jedes Mal ein, wenn ich vor Publikum sang. Zur Eröffnung wollte ich diesmal *Somewhere* aus der West Side Story spielen. Als ich begann, tauchte Alice vor meinem inneren Auge auf. Ich hörte sie im Geiste singen und ließ mich von ihr inspirieren. Zwar klang ich längst nicht so überirdisch wunderbar wie sie, aber als ich endete, bekam ich stürmischen Applaus vom Publikum.

Nach meinem Auftritt ging ich zu Josh und den anderen hinüber. Josh und Kyle gratulierten mir zu meiner Performance, Flint grinste dämlich.

Josh bemängelte gerade, dass ich diesmal vergessen hatte, etwas von den Beach Boys zu spielen, als sein Blick an etwas hängenblieb, das sich offenbar hinter mir befand. Ich drehte mich um. Es war Jeremy. Er lehnte an der Bar und sah zu uns herüber, ohne Anstalten zu machen, zu uns zu kommen.

»Amos!«, grölte Flint, und als Jeremy lediglich mit dem Kopf nickte, schob er nach: »Gehen wir rüber!«

Wir setzten uns in Bewegung.

»Jay, was machst du denn hier?«, fragte Josh überrascht.

»Ich war in der Gegend.«

War er meinetwegen gekommen? Hatte er mich singen hören? Jeremy trug verwaschene, dunkle Jeans und seinen schwarzen Mantel. Bartstoppeln verdunkelten sein Gesicht, und er sah wieder einmal unverschämt gut aus. Ungezähmt.

»Hallo«, grüßte ich ihn.

»Angelia«, erwiderte er knapp.

»Wie wär's, wenn wir alle zusammen noch was trinken gehen?«, schlug Flint vor.

Ich war mir nicht sicher, ob das eine gute Idee war. Aber zehn Minuten später machten sich Josh, Jeremy, Kyle, Flint und ich auf den Weg. Sogar Amon schloss sich uns an. Wir gingen zu einem Pub namens *The Chandler*, ganz in der Nähe.

Während wir nebeneinander herschritten und auffällig wenig sagten, beobachtete ich Jeremy. Er bewegte sich mit einer Selbstsicherheit und … Hoheit, die die Blicke unzähliger Leute auf sich zog. Männer wie Frauen drehten sich nach ihm um oder wichen mit großen Augen zur Seite, wenn er auf sie zukam. Auf ihren Gesichtern zeichnete sich ebenso sehr Faszination wie eine Art von Ehrfurcht ab. Jeremy begegnete ihnen mit finsterem Blick und strich an ihnen vorbei wie ein Wind aus dem Herzen der Nacht.

Wirklich sehr eindrucksvoll, Mr Amos, schoss es mir durch den Kopf, und ich versuchte zu schmunzeln. Doch es gelang mir nicht.

Als wir durch eine lärmende Amüsierstraße zogen, die vor buntem Ausgehvolk beinahe zu platzen schien, wehte uns ein sonderbarer Geruch entgegen.

»Irgendetwas stinkt hier«, bemerkte ich.

»Das ist die Stadt«, erwiderte Jeremy.

Ich fröstelte. Er schien London zu hassen. Wie war das möglich? Einen Ort so voller Leben und Möglichkeiten? So voll von … allem!

Wir erreichten den Pub, der am St. Martin's Place lag. Ich war noch nie in einer Kneipe gewesen und betrat gänzlich unbekanntes Terrain. Überall standen und saßen laute, trinkende Leute herum, und was ich von der Einrichtung des Pubs erkennen konnte, war typisch englisch und urig.

»Ihr geht zur Bar und besorgt uns ein paar Bier«, sagte Jeremy zu den Jungs. »Angelia und ich setzen uns schon mal.« Niemand widersprach. Jeremys Wort kam einem Befehl gleich. Josh warf Jeremy und mir lediglich einen forschenden Blick zu, bevor wir zu zweit im Gedränge des Pubs verschwanden.

Es war kein Platz frei. Jeremy blieb vor einer Sitznische stehen, in der mehrere Fußballfans mit Schals und Shirts von *Arsenal London* an einem großen Tisch saßen. Seine dunklen Augen hefteten sich auf einen von ihnen, und er sagte: »Könntet ihr euch woanders hinsetzen?« Es war nicht wirklich eine Frage. Jeremy blickte dem Mann fest in die Augen, und zu meinem Erstaunen erhoben sich die Fußballfans und schlurften kommentarlos davon.

»Setz dich«, forderte er mich auf.

Betont langsam tat ich, wie mir geheißen. Doch in mir spürte ich erneut Trotz. Jeremy schubste die Menschen herum, wie es ihm gerade passte.

Er lehnte sich zurück und betrachtete mich schweigend. Ich hielt seinem Blick für eine Weile stand und musste dann wegschauen. Angespannt fragte ich: »Was hast du denn heute so getrieben?«

Jeremy lächelte mitleidig, neigte den Kopf und erwiderte: »Fällt dir nichts Besseres ein?«

Sofort explodierte die Wut in meinem Bauch. Ich funkelte ihn aggressiv an, aber das bewirkte lediglich, dass sich sein Lächeln noch verbreiterte.

»Ah, da ist sie ja wieder, die zornige Amazone!«, rief er und verschränkte die Arme hinter dem Kopf, als beobachte er ein interessantes Schauspiel.

Das reichte. »Das muss ich mir wirklich nicht gefallen lassen!«, zischte ich und stand auf.

»Schon gut, schon gut!« Er hob versöhnlich die Hände. »Stell mir ruhig eine oberflächliche Frage.«

»Gern, Eure Majestät. Wie geht es Layla?«, fragte ich in eisigem Tonfall. Layla war seit ihrem Zusammenbruch nicht mehr bei uns aufgetaucht.

»Keine Ahnung.«

Ich setzte mich wieder. »Wenn du nicht mit ihr schlafen kannst, ist sie dir egal?«

»Genau.« Jeremy zündete sich eine Zigarette an.

Unsere Augen fochten einen Krieg aus.

»Hier ist Rauchen verboten«, stellte ich kühl fest.

Er zuckte die Achseln. »Warst du schon mal in einem Pub?«, fragte er.

»Nein.« Ich mochte es gar nicht, das zugeben zu müssen, und sah weg.

»Du bist wirklich ein Musterexemplar des klassischen braven Mädchens.«

»Wenn du mit *brav* meinst, dass ich nicht rauche und keine Drogen nehme, dann hast du recht. Aber auch brave Leute haben Spaß und auch brave Leute machen sich Gedanken.«

»Wirklich? Worüber denn?«

»Zum Beispiel darüber, was sie mit ihrem Leben anfangen wollen und wie sie ihre Träume verwirklichen können«, antwortete ich automatisch, obwohl ich eigentlich keine Lust hatte, ihm Stoff zum Sezieren zu geben.

»Klingt echt nach Spaß«, sagte er sarkastisch. »Und wozu ist das gut?«

»Wozu?«

»Ja, wozu! Wozu sind Träume gut?«

Die Frage verblüffte mich dermaßen, dass ich nicht wusste, was ich sagen sollte. Die Antwort war für mich so essentiell und selbstverständlich, dass ich sie nicht formulieren konnte. Eigentlich fand ich schon die Frage unformulierbar. Die Sekunden verstrichen, und ich suchte nach Worten. »Träume bringen dich dazu, das Beste aus dir herauszuholen und dein Potential voll auszuschöpfen. Um deinem Traum näherzukommen, musst du dir deiner selbst bewusst sein, du musst dich selbst und deinen Traum gut kennen. Im Grunde findet man nur durch einen Traum wirklich zu sich selbst. Möglicherweise kann man sogar das Menschsein über die Fähigkeit zu träumen, zu hoffen und zu glauben definieren.«

»Sehr *schön.*« Jeremy stieß weißen Rauch in die Luft.

Ich schwieg und fragte mich, ob er mich insgeheim wieder verlachte. Wahrscheinlich fand er mich unglaublich naiv. Aber lieber war ich naiv als leblos.

»Kennst du Paulo Coelho?«, fragte ich und bereute es im nächsten Moment schon, denn Jeremy knurrte: »Coelho! Der Typ schreibt den größten Mist zusammen, den ich je gelesen hab!«

Ich stutzte, ließ seine Worte aber nicht an mich

heran. Jeremy konnte wahrscheinlich gar nicht anders reagieren. *Der Alchimist* widersprach gewiss allem, woran er glaubte. Wenn er überhaupt an irgendetwas glaubte. Ich brachte das Gespräch schnell wieder auf den Kern der Sache. »Träume verhindern, dass man den ganzen Tag lang gar nichts tut.«

»Möchtest du mir damit deine Meinung über meinen Lebensstil mitteilen?«, fragte Jeremy gelassen.

»Ich frage mich, was der Zweck des ganzen Nichtstuns ist.«

»Kontemplation.«

»Und wohin führt die?«

»Muss sie denn irgendwohin führen? Muss jeder Mensch diesen ganzen Scheiß mitmachen – seinen kleinen Traum haben, für den man sich begeistert abstrampelt? Bin ich kein Mensch, wenn ich keinen habe?«

»Hast du keinen?«

»Nein.«

Der Lärm um uns herum schwoll an, da eine Gruppe von Schlipsträgern am Nebentisch laut zu lachen begann. Jeremy und ich saßen jedoch in einem eigenen kleinen Gesprächskokon.

»Bedauerst du mich?«, fragte er.

»Ja. Du hast nichts, woran du dich festhalten kannst. Du musst unglaublich allein sein.«

»Allein?«

»Ja. Mein Traum ist mein bester Freund.«

»Ach, Angelia«, seufzte er und belächelte mich. Doch er konnte mich damit nicht treffen, denn ich hatte einen Traum, und er nicht.

»Hast du denn keine Ziele?«, fragte ich und hielt nach den anderen Ausschau. An der Bar drängten sich die Menschen, und es würde wohl noch etwas dauern, bis sie ihr Bier bekamen.

»Nein. Ich habe keine Ziele.«

»Du interessierst dich doch für Literatur, oder?«

»Muss ich mir deswegen daraus ein Ziel basteln – nur, weil ich Interesse habe?«

»Du könntest doch Literatur studieren.«

»Das tue ich.«

»Ich meine den herkömmlichen Universitäts-Bildungsweg.« Ich wunderte mich über meine eigene Bemerkung, schließlich hatte ich selbst die Schule geschmissen, da ich glaubte, dort nicht das lernen zu können, was ich wissen wollte. Aber irgendwie verstand ich Jeremy noch immer nicht im Mindesten und konnte ihm nur durch Fragen näherkommen.

»Ah«, erwiderte er und zog eine Augenbraue hoch. »Bildung ist etwas Wunderbares, doch sollte man sich von Zeit zu Zeit daran erinnern, dass wirklich Wissenswertes nicht gelehrt werden kann.«

»Wer sagt das?«

»Einmal mehr Bruder Oscar, der Wilde.«

»Aber wolltest du nicht mal nach Kalifornien gehen, um zu studieren?«

Er sah überrascht aus. »Woher weißt du das?«

»Warum bist du nicht nach Kalifornien gegangen?«

»Das Ende der menschlichen Rasse wird sein, dass sie schließlich an Zivilisation stirbt. Emerson.«

Ständig diese Zitate! Immer versteckte sich Jeremy

hinter den Gedanken anderer! Und doch freute ich mich fast, dass er etwas von Emerson zitierte, denn erst am Tag zuvor hatte ich selbst etwas von ihm gelesen. Ich war auf der Suche nach etwas Interessantem gewesen, hatte *Natur* von Ralph Waldo Emerson aus einem Bücherregal im Flur genommen und stundenlang auf meinem Bett darin gelesen. Ich konnte mich allerdings nicht an dieses Zitat erinnern und verstand auch nicht, wieso Jeremy es anbrachte.

»Warum bist du nach London gekommen, also sozusagen ins Zentrum der Zivilisation, wenn du glaubst, die menschliche Rasse geht daran zugrunde?«, fragte ich ihn.

Jeremy zögerte, blies den Rauch seiner Zigarette an die Decke und sah zu, wie er sich wabernd verflüchtigte. »Um an Zivilisation zu sterben«, antwortete er.

Ich wusste nicht, ob ich Jeremys Worte ernst nehmen sollte. »Sterben kannst du auch in Kalifornien.«

»Vielleicht bin ich hier, um zu sterben und dabei nicht allein zu sein.« Jeremy rauchte weiter, verfolgte wieder den Weg des Rauchs mit den Augen und schien mir in diesem Moment weiter weg zu sein denn je. Ich glaubte nicht, dass er vom Sterben im klassischen Sinne sprach, er meinte wohl damit, dass er einfach aufgegeben hatte. Ich dachte schweigend über das Gesagte nach.

»Vielleicht suchst du aber auch gar nicht den Tod. Womöglich musst du erst die Leere in dir füllen, um zu erkennen, wonach du wirklich auf der Suche bist.«

»Und was könnte das sein, Angelia?«

»Womöglich ist es Glück oder Liebe oder Erfüllung oder Zufriedenheit.«

»Wie wär's mit Reichtum und Macht?«, parierte er.

»Vielleicht wäre es ein Anfang, wenn du lernen würdest, das Schöne dieser Welt zu erkennen.«

»Schon wieder Schönheit ...«

»Ja, schon wieder! Darum geht es nämlich. Um Schönheit und Liebe. Solange du keines von beiden kennst, bist du schon so gut wie tot.« Ich blieb unbeirrt auf meinem Kurs, egal wie romantisch und blauäugig es auch klingen mochte.

»Na fein, dann eben tot!«, rief Jeremy und machte eine wegwerfende Handbewegung.

»Ist dir das wirklich so egal?«

»Spielt es denn eine Rolle?«

»Natürlich tut es das! Du machst es dir wirklich sehr leicht.«

»Ach, tatsächlich? Was hätte es denn geändert, wenn ich nach Kalifornien gegangen wäre? Was würde es denn ändern, wenn ich mich unheimlich anstrengen würde, um auch alles ganz wunder-, wunderschön zu finden ... mein Leben und überhaupt alles – die Welt, die Sterne, das All!«

Ich blickte ihn lange an. »Wie bist du nur so geworden?«

Jeremy lachte in sich hinein. »Das Leben, das meine Eltern mir vorgelebt haben, hat keinen Sinn ergeben.« Er schüttelte den Kopf. »Nichts ergibt einen Sinn.«

Mir fiel etwas ein, das ich am Tag zuvor bei Emerson gelesen hatte, und ohne lange zu überlegen, wiederholte ich es. »Wir bereisen die Welt, um das Schöne zu finden, und müssen es doch in uns tragen, oder wir finden es nicht.«

Jeremy lächelte traurig, vermerkte das Zitat mit einem anerkennenden Neigen des Kopfes und fragte: »Du gibst schon auf? Weil ich das Schöne nicht in mir trage?«

»Ich glaube nicht, dass da wirklich gar nichts ist. Weißt du, manchmal kann man es sehen.«

»Wann?«

»Wenn du mit Josh zusammen bist.«

Jeremys Blick verfinsterte sich.

In diesem Moment trat eine Frau an unseren Tisch. Sie war Anfang zwanzig, sehr hübsch und ihrem Gesichtsausdruck nach zu urteilen äußerst nervös. »Hi, Jeremy«, grüßte sie unsicher.

Jeremy drückte seine Zigarette aus, hob erst dann den Blick und sagte: »Würdest du uns bitte entschuldigen, wir unterhalten uns gerade.«

Die Frau zuckte zusammen, als hätte er sie geschlagen. Hilflos blickte sie mich an, doch ich hatte keine Ahnung, wie ich ihr helfen sollte.

»Gut, okay«, murmelte sie und schlich wie ein getretener Hund davon.

»Wer war das?«, fragte ich.

»Ich kann mich an ihren Namen nicht erinnern. Irgendeine Austauschstudentin aus Brasilien.« Jeremys Blick nahm mich wieder ins Visier. »Ich war gestern mit ihr im Bett.«

Ich blinzelte noch nicht einmal. »Schreibst du eigentlich selbst Gedichte?« Auf die Genugtuung, mich noch einmal zu schockieren, konnte er lange warten.

Jeremy lächelte wölfisch. Es schien ihm zu gefallen, dass ich ihm Kontra gab. »Ich bin kein Dichter. Ein Poet ohne Liebe ist eine physische und metaphysische Unmöglichkeit.«

»Ein Zitat?«

»In der Tat. Wie hätte ich von selbst darauf kommen sollen?«

»Stimmt. Aber macht dich das nicht nachdenklich?«

»Was? Dass ich begreife, dass mir das Wesentliche zum Dichter fehlt? Nein. Wieso sollte ich einer sein wollen?«

»Weil du es könntest, wärest du innerlich nicht so leer. Und dazu fällt mir etwas ein, das mal ein großer Mann aus meinem Heimatland gesagt hat«, erwiderte ich und freute mich insgeheim, dass ich womöglich ein Zitat zur Hand hatte, das Jeremy nicht kannte. »Die meisten Menschen wollen nicht eher schwimmen, als bis sie es können.«

»Hermann Hesse.« Jeremy lächelte nachdenklich. Er hatte den Namen völlig akzentfrei ausgesprochen. »Woher willst du wissen, dass ich ein Poet sein könnte?«

»Offensichtlich kannst du gut mit Worten umgehen. Ich würde fast sagen, du scheinst die Schönheit der Worte zu verstehen, wenn das nicht unmöglich wäre.«

»Ich brauche Wörter, um zu denken. Das ist alles.

Wörter bestehen lediglich aus Buchstaben, die willkürlich zusammengestellt werden. Ich erkenne darin nichts weiter als linguistische Zufälligkeit.«

Plötzlich fühlte ich mich sehr müde. »Und weißt du, was ich erkenne?«

»Bestimmt sagst du es mir gleich.«

»Das ist alles nur intellektuelles Gelaber.«

Jeremy grinste.

This sombre song
would drain the sun,
but it won't shine
until it's sung.

ROBBIE WILLIAMS,
»The road to Mandalay«

Josh und die anderen kamen an unseren Tisch und setzten sich. »Ich habe dir einen Shandy mitgebracht«, sagte Josh. »Das ist zur Hälfte Bier und zur anderen Hälfte Limonade.«

»Cheers.« Ich lächelte ihn dankbar an.

Es herrschte eine merkwürdige Stimmung. Josh und Kyle unterhielten sich über irgendein neues Musical, das offenbar vor kurzem im West End Premiere gefeiert hatte. Flint glotzte derweil zu mir herüber und griente. Jeremy hatte sich zurückgelehnt, ein Bier in der einen Hand, eine Zigarette in der anderen, und war ganz offensichtlich nicht mehr in der Stimmung, sich mit irgendjemandem zu unterhalten. Also rückte ich näher an Amon heran und fragte ihn, ob er hauptberuflich Kellner sei. Ich war völlig überrascht, als er mir daraufhin erzählte, dass er Theologie studiere und Pfarrer werden wolle.

»Es gibt viele Christen in der Stadt«, erklärte er. »Die meisten davon sind junge, hippe Leute.«

Ich konnte mir ein erstauntes Stirnrunzeln nicht verkneifen, denn ich hatte aktive Christen bisher immer als farblose ältere Spießer kennengelernt. Ich betrachtete Amon forschend. Er war ein gutaussehender Kerl. Er trug coole Sportschuhe und ein lässiges Shirt. Sein Drink bestand zu hundert Prozent aus Limonade.

»Meine Eltern waren nicht religiös, und ich bin nicht religiös erzogen worden«, erwiderte ich. »Bisher bin ich auch nie wirklich mit der Frage konfrontiert worden, ob ich an Gott glaube oder nicht.«

»Warum stellst du dir die Frage nicht einfach einmal?«

Amon hatte recht. Irgendwann würde ich mir auch darüber Gedanken machen müssen.

Die zweite Runde wurde getrunken. Obwohl auch mein zweiter Drink nur zur Hälfte aus Bier bestand, merkte ich schon bald, wie sich eine nebelnde Leichtigkeit in mir ausbreitete. Ich sprach schneller und kicherte mehr als gewöhnlich. Das Gespräch zwischen Amon, Josh, Kyle und mir war angeregt und laut. Jeremy thronte abseits und beobachtete das Geschehen, während Flint stumm wie ein Fisch dasaß, mich anstarrte und insgesamt sehr überflüssig wirkte. Schließlich verschwand Flint in Richtung des Spielautomaten und wurde nicht vermisst.

Nach dem dritten Shandy fand ich, dass der Abend immer spaßiger wurde. Aus den Boxen dröhnte Amy MacDonalds *This is the life*, und ich war in großartiger Stimmung. Beschwipst gluckste ich über alles, was gesagt wurde. Josh verbot mir schließlich, einen vierten Shandy zu trinken, und ich fügte mich.

Während die anderen zum vierten Mal anstießen,

stand ich auf und schwankte eine Treppe hinunter zur Toilette. Dabei starrte ich auf das goldene Geländer, das sich unter meiner Hand wellenartig auf und ab zu bewegen schien. Alles um mich herum war irgendwie dumpf und schwebend, und ich stellte fest, dass betrunken zu sein eigentlich gar nicht spaßig war. Es war eher beängstigend.

In den Toilettenräumen bescherte mir ein Blick in den Spiegel einen weiteren Moment der Ernüchterung. Meine Wangen waren hochrot, und meine Augen wirkten unruhig und fiebrig, als sei ich krank.

Du solltest besser auf dich aufpassen!, dachte ich, als ich aus der Tür in den Kellerflur trat. Da stand plötzlich Flint vor mir. Anscheinend war er mir gefolgt und hatte vor den Toilettenräumen auf mich gewartet. Er stand einfach da, mit schiefgelegtem Kopf, und sah mich auf eine Weise an, die mir ganz und gar nicht gefiel. Sein Gesicht war vom Alkohol gerötet, und sein schwerer Atem sandte mir einen kalten Schauer über den Rücken.

»Flint, lass uns wieder zu den anderen gehen«, sagte ich so bestimmt wie möglich und wollte an ihm vorbei.

»Nicht so hastig!«, ächzte Flint und griff mit seiner feuchten Hand nach meinem Arm. Mit einem Schlag fühlte ich mich stocknüchtern. »Du bist wirklich ein heißes Gerät«, nuschelte er und kam mit seinem nach Bier stinkenden Atem unangenehm nahe an mein Gesicht.

Ich stand wie erstarrt da. Mein Herz raste. Hier unten war niemand außer uns. »Komm mit, ich gebe dir ein Bier aus.«

»Hast du es schon mit Jeremy getrieben?«, fragte er schwer atmend. Im nächsten Moment packte er plötzlich auch meinen anderen Arm und drängte mich an die Wand. Ich versuchte, mich zu befreien, aber er war stärker als ich. Dann drückte Flint seinen stinkenden Mund auf meine Lippen und steckte seine Zunge zwischen meine Zähne. Mich schauderte vor Ekel, und ich glaubte, ersticken zu müssen. Hastig versuchte ich, mein Knie zu befreien, um es ihm zwischen die Beine zu rammen, aber ich konnte mich nicht rühren. Seine Hand fuhr an meinen Busen. Ich wollte schreien, aber Flints widerliche Zunge steckte bis zum Anschlag in meinem Mund. Hilflos rang ich mit ihm und bekam keine Luft mehr. In Panik biss ich zu, so fest ich konnte, und spürte, wie sich meine Zähne tief in das Fleisch seiner Zunge gruben. Schreiend ließ er von mir ab und griff sich an den Mund, aus dem Blut hervorquoll.

Eine Schrecksekunde lang starrte ich ihn an, dann rannte ich los. Flint war jedoch schneller. Er packte mich von hinten und warf mich auf den Boden. Mein Kopf schlug hart auf die Fliesen, und einen Moment lang war ich völlig desorientiert. Mit einem Mal war Flint über mir, und ich registrierte benommen, wie er mit einer wilden Handbewegung mein Top zerriss. Ich war außerstande, irgendetwas dagegen zu tun, und beobachtete Flint wie durch einen Nebelschleier. Gierig betatschte er mich, und ich schloss hilflos die Augen.

Mit einem Ruck verschwand Flints Gewicht plötzlich von meinem Körper. Ich zwang mich, die Augen zu öffnen, und kämpfte gegen die schmerzende Übelkeit in meinem Kopf an. Flint und jemand anderer, den ich nicht erkennen konnte, rangen miteinander. Der andere wandte mir den Rücken zu und schien Flint überlegen zu sein. Er schlug ein paar Mal auf ihn ein. Flints Gesicht war inzwischen blutüberströmt, und er wehrte sich kaum noch. Schließlich ließ der andere von ihm ab. Flint sackte in sich zusammen und blieb reglos liegen. Sein Gegner drehte sich zu mir um, und erst da erkannte ich, dass es Jeremy war. Er hatte Blutspuren im Gesicht, die wahrscheinlich von Flint stammten.

»Hat er dich verletzt? Hat er dir weh getan?«, fragte er und kniete sich neben mich.

»Mir tut der Kopf weh«, murmelte ich. Mein Top lag zerrissen neben mir und ich trug nur noch meinen BH über dem Rock. Da zog Jeremy sein schwarzes Sweatshirt aus. Ich streifte es mir mit seiner Hilfe über und versuchte aufzustehen, aber es gelang mir nicht. In meinem Schädel tobte ein stechender Schmerz.

»Soll ich einen Krankenwagen rufen?«

»Nein, ich will nur hier raus.« Ich hatte Angst vor dem stöhnenden Bündel Flint in der Ecke und wollte auf keinen Fall, dass Jeremy wegging. Mit wackeligen Bewegungen kam ich auf die Beine. Sofort überfiel mich ein übelkeiterregender Schwindel, und ich stützte mich auf Jeremy.

»Warte, ich trage dich«, sagte er und wollte mich hochheben, aber ich hielt ihn davon ab.

»Ich gehe selbst.« Zumindest wollte ich es versuchen,

obwohl es mir nicht leichtfiel. Irgendwie schaffte ich es aber nach draußen, stolperte auf Jeremy gestützt über die Straße und suchte nach einer Möglichkeit, mich irgendwo hinzusetzen. Direkt vor uns tauchte ein Denkmal auf, und ich ließ mich taumelnd am Fuß des Dings nieder. Ich zitterte am ganzen Körper und hatte das Gefühl, mich übergeben zu müssen.

Jeremy kniete sich vor mich und sah mich besorgt an. »Wie geht es dir?«, fragte er mit ungewohnt sanfter Stimme.

»Flint«, ächzte ich und wusste nicht, wie der Satz weitergehen sollte. Musste ich den Typen jetzt hassen? Machte man das in einer solchen Situation nicht so?

Ich stöhnte auf und schlug gegen den Stein. Offenbar war ich wütend. Aber nachdem ich zugeschlagen hatte, war die Wut auch schon verflogen. *»Sorry, M'am«*, murmelte ich und blickte entschuldigend zu der Frau aus Marmor hoch, für die dieses Denkmal offenbar errichtet worden war. Da fiel mein Blick auf eine in den Stein gemeißelte Inschrift. *I must have no hatred or bitterness for anyone. Ich darf weder Hass noch Bitterkeit gegenüber anderen empfinden.*

Ich starrte mit großen Augen auf den Satz. Das war die Antwort auf die Frage, ob ich Flint nun hassen sollte. Ich begann zu kichern.

»Was ist so witzig?«, fragte Jeremy irritiert.

»Das Universum«, murmelte ich. Mein Kichern wurde zu einem nachdenklichen Lächeln. Es war wirklich wahr. Das Universum war immer da, um mir Zeichen zu geben. Man durfte sie nur nicht übersehen.

»Edith Cavell war eine Krankenschwester, die dafür hingerichtet wurde, dass sie Kriegsgefangenen zur Flucht verhalf«, erklärte Jeremy. »Diesen Satz dort soll sie in der Nacht vor ihrer Hinrichtung gesagt haben.«

»Ich hasse Flint nicht«, sagte ich. »Eigentlich ist er mir egal.«

Jeremy blickte mit gerunzelter Stirn auf die Inschrift und schien sich zusammenreimen zu können, was gerade in meinem Kopf vorgegangen war. Allerdings machte er sich diesmal nicht über mich lustig. Er nickte nur.

Ich schlang die Arme um meinen Oberkörper, denn ich zitterte noch immer am ganzen Leib. Mir war kalt.

Ohne darüber nachzudenken, lehnte ich auf einmal den Kopf gegen Jeremys Brust. Es war eine völlig unbewusste Bewegung, die mich selbst erschreckte. Was tat ich denn da?

Jeremy zuckte leicht zurück. Doch er entzog sich nicht. Mein Kopf ruhte an seiner Brust. Und plötzlich konnte ich sein Herz spüren. Fast war ich erstaunt, dass er tatsächlich eines besaß. Aber es war da.

Dann tat Jeremy etwas, das mich überraschte: Er legte die Arme um mich. Ungelenk, als hätte er so etwas noch nie getan. Aber es fühlte sich gut an. Also ließ ich ihn, so wie er mich ließ.

Eine Weile lang saßen wir so da und sprachen kein Wort, bis wir Stimmen hinter uns hörten. Es waren Josh, Kyle und Amon. Jeremy löste sich hastig von mir.

»Hier seid ihr!«, rief Josh und tauchte hinter der Ecke des Denkmals auf. »Wir haben schon alles nach euch abgesucht. Wo habt ihr …« Als er mein Gesicht sah, verstummte er. »Was ist passiert?« Er war sofort bei mir.

»Flint ist über sie hergefallen«, erklärte Jeremy dunkel und stand auf, um Josh Platz zu machen.

»Was?«, rief Kyle ungläubig, und Josh schaute mich entsetzt an. »Was hat er mit dir gemacht?«, fragte er aufgebracht und nahm meine Hände.

Alle starrten mich an. Ich wusste nicht, was ich sagen sollte. »Er wollte … aber er hat nicht …«, stammelte ich. »Jeremy hat ihn zusammengeschlagen. Mein Kopf tut weh.«

»Das gibt's doch nicht! Diese Ratte!« Ich hatte Josh noch nie wütend erlebt.

»Was hat er getan?«, fragte Amon.

»Er hat mein Top zerrissen und hat mich … er wollte … aber er ist nicht wirklich dazu gekommen.«

»Was machen wir jetzt?«, fragte Josh. Er war kreidebleich.

»Ich will nach Hause«, murmelte ich.

»Ich wohne ganz in der Nähe«, sagte Kyle. »Vielleicht sollten wir zu mir gehen.«

»Und was machen wir mit Flint?«, warf Amon ein.

»Lassen wir ihn da liegen. Irgendjemand wird ihn schon finden.« Ich verzog den Mund. »Ich will nur weg von hier.«

Amon trat an mich heran. »Es ist nicht gut, Bitterkeit im Herzen zu tragen«, sagte er und klang eher besorgt als nach Prediger.

Seine Worte waren wohl rein zufällig gewählt. »Ich

weiß«, erwiderte ich. Das hatte mir die Inschrift auch schon gesagt. Da ich es nun schon zum zweiten Mal hörte, musste es wichtig sein. »Deswegen zeige ich ihn nicht an.«

Amon lächelte. Dann verabschiedete er sich. Offenbar wollte er nicht mit zu Kyle.

Ich blickte ihm nach, wie er sich über den Platz entfernte. Ich trug keine Bitterkeit im Herzen. Mir war einfach kotzschlecht.

Josh, Jeremy, Kyle und ich machten uns auf den Weg. Ich stützte mich auf Josh, und wir folgten Kyle quer durch China Town und Soho. Hier tobte das Nachtleben. Überall feierten, aßen, tranken, lachten, lärmten die Leute, aber mir erschienen ihre Gesichter wie grinsende Fratzen, die vor mir auf und ab flackerten. Ich klammerte mich schwankend an Josh, der schützend den Arm um mich gelegt hatte und mich sicher durch das Chaos führte.

Jeremy ging neben Kyle vor uns her und machte uns mit seinem düsteren Blick den Weg frei.

Kyle wohnte am Rande von Soho über einem Musikladen. Seine Wohnung war gemütlich, aber ich sah mich nicht wirklich um. Ich ließ mich auf die Couch fallen und kämpfte gegen die Übelkeit an. Aber mir war nicht nur übel, ich war auch verwirrt. Wie vor den Kopf geschlagen.

Kyle machte mir einen Kaffee. Josh und Jeremy saßen mir mit ratlosen Mienen gegenüber. Sie konnten mir nicht helfen. Aber ich wusste, was mir helfen konnte.

»Kyle, wo hast du deine Musik?«, fragte ich.

»Willst du etwa Musik hören?«

Ich nickte.

»Ich hab die meisten Songs auf meinem Computer, aber der ist kaputt«, erklärte Kyle entschuldigend. »Allerdings hab ich hier noch ein paar CDs.« Er wies auf einen CD-Ständer.

Ich stand auf und überflog die Sammlung. Jede Menge Drum 'n Bass, Trance und Industrial. Nichts für mich. Irgendetwas musste doch dabei sein, das mich auffangen konnte! Aber nein.

»Hast du noch andere CDs?«, fragte ich und konnte ein nervöses Schwanken meiner Stimme nicht verhindern. Ich brauchte ein Lied, in das ich mich flüchten konnte.

»Nein, das sind alle«, erwiderte Kyle betreten. Nach einem Augenblick des Überlegens fügte er hinzu: »Wir haben aber noch ein paar Schallplatten. Die sind allerdings bei meiner Schwester im Zimmer, und ich glaube, sie schläft schon.«

Kyle wohnte hier mit seiner Schwester? Und er hatte einen Plattenspieler? Ich wunderte mich eine Sekunde lang darüber, dann fragte ich: »Kannst du die Platten nicht ganz leise holen?«

Kyle musterte mich und schien zu erkennen, wie viel mir daran lag. Kurz darauf kam er mit einem Stapel Schallplatten zurück, und ich sah sie durch. Ein paar brandneue Trip-Hop-Scheiben, die ich sofort zur Seite legte, und ein paar alte Singles aus den Achtzigern. Rick Astley, Kylie Minogue, Bananarama und Konsorten. Unbedarfte Tanzmucke, mit der ich unter anderen Umständen womöglich meinen Spaß gehabt hätte, mit der ich momentan aber überhaupt nichts anzufangen wusste. Ich musste irgendein Lied finden, in dem ich sicher und geborgen war, eins, das die Übelkeit vertreiben konnte. Ich fühlte mich wie im freien Fall und brauchte etwas, an dem ich mich festhalten konnte.

Und da war ein Lied für mich. Fast am Ende des Stapels. Als ich das Cover sah, jubelte mein Herz.

»Das hier!« Ich gab Kyle die Single. Wortlos legte er sie auf, und ich setzte mich auf den Teppich vor den Plattenspieler. Dann begann es. Gitarre. Warm und weich wie eine schützende Wolldecke. Tony Hadleys Stimme. *Mother doesn't know where love has gone …* Ich schloss die Augen. Ich liebte dieses Lied. *Through the barricades.* Spandau Ballet. Ein Anker im Sturm. Danke, Universum, dachte ich und ließ mich mit Haut und Haaren in das Lied fallen, denn ich wusste, es würde mich auffangen. Es machte mir nichts aus, dass die Jungs mich beobachteten. Es gab nur noch mich und die Musik, die mich an einen Ort brachte, an dem es keine Angst und keinen Schmerz gab. Alles war gut.

Das Lied endete, und ich öffnete die Augen. Die Welt war wieder da, und die Verwirrung war fort. Ich war gestärkt. Alles war gut. Mir war nichts wirklich Schlimmes passiert. Die Sache hätte noch viel übler ausgehen können. Ein Blick zur Couch zeigte mir, dass mich alle anstarrten, Josh, Jeremy, Kyle.

»Geht's dir jetzt besser?«, fragte Josh.

»Ja. Es geht mir besser.« Ich stand auf und betrachtete die drei. »Ich danke euch.« Ich war furchtbar müde, und ich hatte Kopfschmerzen. »Kann ich hier schlafen?«, fragte ich Kyle, der sofort nickte. Ich gab Josh einen Kuss auf die Wange und schenkte Jeremy ein Lächeln, dann folgte ich Kyle in sein Zimmer und legte mich ins Bett. Sekunden später fiel ich in einen tiefen, traumlosen Schlaf.

Als ich am folgenden Morgen erwachte, war ich verwirrt und orientierungslos, doch es dauerte nur wenige Augenblicke, bis sich die Ereignisse des Vorabends wieder in mein Bewusstsein stahlen. Mit einem Schlag war ich hellwach. Flint! Sein wild verzerrtes Gesicht tauchte vor meinem inneren Auge auf und versetzte mir einen Stich.

Langsam kletterte ich aus dem Bett. Ich hatte heftige, stechende Kopfschmerzen, und mir war schlecht. Am Fenster blieb ich stehen und sah hinab auf die Straße. Es war noch früh. Die Menschen gingen zur Arbeit und begannen ihre Alltagsroutine. Nichts hatte sich verändert. Die Welt war immer noch dieselbe. Ich konzentrierte mich auf meine Atemzüge. Ein, aus. Ein, aus. Ich war noch immer sehr lebendig. Ich war noch immer ich.

Ha, Flint! Ha, Schwierigkeiten! Ihr könnt mich nicht aufhalten! Ich öffnete das Fenster, lehnte mich hinaus und schrie der Stadt ins Gesicht: »Macht Platz, Hindernisse! Runter von meiner Startbahn!« Einige Menschen blickten zu mir hoch und starrten mich an, als hätte ich den Verstand verloren, aber das war mir egal. Ich hatte gesagt, was ich sagen musste.

Eine Viertelstunde später saß ich am Frühstückstisch in Kyles vollgestopfter, gemütlicher Küche. Josh war ebenfalls geblieben und hatte auf dem Sofa geschlafen. Kyle hatte auf der Küchenbank übernachtet.

Josh fragte mich besorgt, wie es mir ginge. »Wenn du eine Gehirnerschütterung hast, solltest du besser zum Arzt gehen. Ich bring dich hin.«

»Es geht mir gut!«, entgegnete ich entschieden.

Josh war verwundert, und ich erklärte ihm, dass Flint kein Trauma wert sei. Ich fragte nach Jeremy. Er war noch in der Nacht nach Hause gefahren.

Wir frühstückten Toast mit Bacon. Im Radio lief *Angels* von Robbie Williams, und ich summte mit. Kyle und Josh schien meine Gelassenheit nicht ganz geheuer zu sein, aber ihre Mienen hellten sich nach und nach auf, und schließlich sangen wir alle gemeinsam das Lied mit. *And down the waterfall, wherever it may take me, I know that life won't break me …*

Plötzlich hörten wir die Tür des angrenzenden Zimmers quietschen. Jemand rumorte im Flur.

»Das ist wahrscheinlich meine Schwester«, erklärte Kyle.

»Muss sie heute zur ersten Stunde?«, fragte Josh. Er schien Kyles Schwester zu kennen. »Ich hab erst zur dritten.« Gingen sie auf dasselbe College?

Ich war gespannt und hoffte, sie würde in die Küche kommen. Ich knabberte an meinem Toast und sah neugierig zur Tür.

Dann kam sie herein, ganz nebenbei, und sagte *»Hiya.«* Mir blieb der Bissen im Hals stecken. Ich war so überrascht, dass ich sie einfach nur völlig verblüfft anstarrte und nichts sagte.

»Das ist Alice«, stellte Kyle seine Schwester vor.

Alice grüßte uns, schnappte sich eine Scheibe Toast und verließ die Wohnung.

Ich starrte ihr nach und hatte das Gefühl, das Universum und der Zu-Fall klopften sich gerade gegenseitig auf die Schulter.

In zwanzig Jahren wirst du mehr enttäuscht sein über die Dinge,
die du nicht getan hast, als über Dinge, die du getan hast.
Also wirf die Leinen los! Verlasse den sicheren Hafen.
Lass den Fahrtwind in deine Segel wehen.
Forsche, träume, entdecke!

MARK TWAIN

Und so lernte ich endlich Alice kennen. Nachdem ich sie zum ersten Mal singen gehört hatte, damals am Covent Garden, war sie mir nicht mehr aus dem Kopf gegangen. Ihre Stimme hatte mich so tief berührt, dass sie zum schillernden Vorbild für mich geworden war, zu einer perfekten, unerreichbaren Statue auf einem Podest, der ich nacheifern wollte. Nun war aus der unwirklichen Heldin eine reale Person geworden – und die Gefahr, dass der Engel vom Covent Garden seine Magie verlor, war groß. Doch es geschah nicht. Je näher ich Alice in den folgenden Wochen kennenlernte, desto mehr beeindruckte sie mich. Wir verbrachten viel Zeit miteinander. Ich war ebenso oft in Alices und Kyles kleiner Wohnung über dem Musikladen anzutreffen wie in der Villa in Muswell Hill. Es war, als hätten Alice und ich nur darauf gewartet, einander endlich zu begegnen und Freundinnen zu werden.

Alice liebte das Musical. Sie studierte darstellende Künste am selben College wie Josh und war auf dem besten Weg, der größte Musicalstar aller Zeiten zu werden. Ihr Gesang war reinste Zauberei. Zudem war

Alice wunderschön. Ihr Haar schimmerte in der dunklen Farbe der Erde und flog in herrlicher Fülle um sie herum, wenn sie tanzte und wie eine Fee über den Boden zu schweben schien.

Alice war religiös. Sie hatte einen Pakt mit Gott, der sie erfüllte und leitete. Ihr Glaube aber war ein Pfad, auf dem ich ihr nicht folgen konnte, denn es war mir fremd, zu beten und in die Kirche zu gehen. Doch ich sah, welche Stärke Alice daraus zog, sah, dass Gott ihr zugleich Kraftquelle und Sinn war. Und wenn sie über ihn redete und Liebe und Respekt aus jedem ihrer Worte sprachen, liebte auch ich die Religion für einen Augenblick.

Alice und ich sahen uns alle Musicals an, die in der Stadt gespielt wurden, wir hörten Musik, spazierten an Samstagnachmittagen durch den St. James' Park, saßen stundenlang in ihrem kleinen Zimmer, fachsimpelten und inspirierten uns gegenseitig. Kyle störte uns selten. Er war ein netter Kerl, aber ein Träumer war er nicht.

Josh hingegen war oft dabei. Im Laufe der Zeit lernte ich auch ihn, den Seelenbruder, immer besser kennen, und ich liebte ihn von Tag zu Tag mehr. Wenn er lachte, blitzten seine Augen, die offen waren für die Schönheit dieser Welt, sie aufsaugten und sie jedem entgegenstrahlten, dem er begegnete. Doch überfielen ihn immer wieder auch dunkle Momente, in denen der Schatten aus seinem Inneren hervorkam und Josh sich zurückzog und unerreichbar für mich wurde. Ich konnte sehen, wie sehr er in solchen Augenblicken litt, aber ich war außerstande, ihm zu helfen. Er bestand auf unserer Abmachung, und so sprachen wir nicht über das, was ihn quälte. Wie gern hätte ich ihm gesagt, was ich wusste, was ich sah: dass er sich um seine Seele keine Sorgen machen musste. Dass sein Herz aus reinstem Licht gemacht war. Der Schatten war nicht Teil seiner selbst, er hing nur über ihm.

Zum Glück ließ sich Josh durch nichts und niemanden davon abhalten, sein Leben zu leben, und mit keinem konnte ich besser über das Träumen sprechen als mit ihm. Denn Josh war mit Haut und Haaren ein Träumer. Der Wille, seine Ziele zu erreichen, stand ihm ins Gesicht geschrieben. Wenn man ihn beobachtete und Josh kurz zur Seite schaute, konnte man sehen, dass sein Traum seine Zukunft war. Ich hatte keinerlei Zweifel daran, dass er es schaffen würde.

Alice träumte anders, stiller. Sie liebte die Musik, aber sie war weniger berauscht von ihr als ich. Dennoch war die Musik unser größter gemeinsamer Schatz. Es hatte nicht lange gedauert, bis wir herausgefunden hatten, wie gut unsere Stimmen harmonierten, und jedes Mal, wenn sich Alices Sopran und mein Mezzo gemeinsam erhoben, erschien es uns wie ein kleines Wunder. Zuerst hatten wir nur in ihrer Wohnung gesessen und die verschiedenen Stimmen der Mamas and Papas oder Fleetwood Mac nachgesungen, bis wir damit begannen, eigene Harmonien zu berühmten Songs dazuzuerfinden. Wir verbrachten viele Stunden damit, mit Zweistimmigkeit und neuen Melodien herumzuexperimentieren und genossen den Schaffensprozess ebenso sehr wie das Ergebnis. Schließlich hatten wir genügend Stücke für unser kleines A-capella-Duo einstudiert, um damit auf die Straße zu gehen. Und so stellten wir uns an schönen Nachmittagen einfach irgendwo in eine Fußgängerzone und präsentierten uns. Alice hatte zum Glück ebenso wenig Skrupel wie ich, vermeintlich uncoole Songs zu singen. Deshalb starteten wir meist mit *Hold on* von Wilson Phillips oder *Breaking free* vom Highschool Musical, da dies einfach verdammt gute Songs waren. Sobald wir begannen, blieben die Leute stehen und hörten uns zu. Und manchmal, wenn es empfindsame Menschen waren, sah man auf ihren Gesichtern reines Entzücken über das Wunder der menschlichen Stimme widergespiegelt.

Während Alice und ich sangen, ging Josh oft mit einem Korbtellerchen herum und bat die Leute um eine kleine Unterstützung. Das Geld gaben wir meist noch am gleichen Tag aus, für Eis im Straßencafé oder Eintrittskarten zu einer Show, je nachdem, wie viel wir verdient hatten. Die Hauptsache war, dass wir es zusammen ausgaben.

Jeremy passte nicht in diese Welt. Er war nie dabei, wenn Josh, Alice und ich etwas unternahmen, allerdings suchte er immer wieder die Nähe zu mir allein. Nach dem Vorfall mit Flint war zwischen uns ein zartes Band entstanden, das mir half, mich in Jeremys Gegenwart nicht mehr unwohl zu fühlen.

Jeremy und ich hatten begonnen, gemeinsam die Werke der großen Dichter und Denker zu lesen. Wir beschäftigten uns mit Shakespeare und Jonson, mit Keats und Shelley, mit Whitman und Thoreau, mit Joyce und Woolf, saßen auf der Couch im Wohnzimmer oder auf der Terrasse und lasen uns gegenseitig die Gedanken der Großen vor, ließen sie eine Weile in der Luft hängen und auf uns einwirken und nahmen sie dann auseinander, um sie von allen Seiten zu betrachten.

Jeremy war mir dabei stets überlegen, denn er war auf dem Gebiet der analytischen Diskussion zu Hause. Aber es reizte mich, in den philosophischen Dschungel einzudringen, in dem er sich so gut auskannte, und ich ließ mich dabei von ihm an die Hand nehmen. Zwar war er auch mein Gesprächsgegner, aber vor allem war er mein Lehrer. Und er ließ mich lernen. Er konfrontierte mich selten mit endgültigen, unantastbaren Schlussfolgerungen, die ich zu akzeptieren hatte. Er brachte mich vielmehr durch geschicktes Fragen dazu, den ganzen Weg von der Ahnung bis zur Erkenntnis selbst zu gehen. So lernte ich und erweiterte die Fähigkeiten meines Geistes. Es war neu für mich, auf diese Weise zu denken, aber die Tatsache, dass ich dazu in der Lage war, versetzte mich oftmals regelrecht in Hochstimmung. Jeremy kitzelte Äußerungen aus mir heraus, die ich mir selbst nicht zugetraut hätte, und er brachte mich dazu, auf die Suche nach den Grenzen meines Geistes zu gehen. Das erfüllte mich mit einer nie gekannten Faszination, und ich liebte die Philosophielektionen mit ihm. Es war nur eine Frage der Zeit, bis es Duelle sein würden.

Unsere Weltanschauungen hätten dabei verschiedener nicht sein können, und gerade darin lag ein unwiderstehlicher Reiz. Einmal saßen wir gemeinsam im Garten auf der Wiese, Jeremy und ich. Er las mir aus John Miltons *Das verlorene Paradies* vor. Konzentriert lauschte ich den tonnenschweren, wundersamen Worten des Dichters und betrachtete dabei gedankenverloren eine kleine weißgelbe Blume, die direkt vor meiner Nase zwischen dem grünen Gras wuchs. Die Blume zitterte leicht im Wind und schien mir etwas sagen zu wollen, und so begann ich, über sie nachzudenken. In ihrer Welt gab es keine Fragen, keine Entscheidungen, keine Interpretationen. Es gab nur Sein. Die Blume tat einfach, was sie tun musste. Sie wuchs, blühte, starb. Und all dies tat sie mit einer Perfektion, die jeder Beschreibung trotzte. Ich beugte mich zu ihr hinab, sah sie mir genau an, die zarten weißen Blättchen, das gelbe Auge der Blüte, den perfekten kleinen Stängel, und dachte bei mir, dass kein Dichtergedanke jemals so makellos, so bombastisch sein konnte wie diese Blume. Niemals wäre ein Gedicht so tiefgreifend schön wie das Gedicht der Wiese, in dem das Gras die Strophen und die Blumen die Reime waren.

Das sagte ich Jeremy. Er hörte mir aufmerksam zu, sah mich an, als würde ich damit etwas aussprechen, auf das er schon lange gewartet hatte, etwas, das er unbedingt hören wollte, und erklärte mir dann doch, dass er John Milton einer Blume jederzeit vorziehen würde.

Wir drehten uns wieder einmal im Kreis. »Lass uns irgendwas machen«, sagte ich seufzend.

»Wir machen doch etwas.«

»Was denn?«

»Wir denken.«

»Ich würde lieber etwas tun, etwas erleben. Lass uns auf den Baum klettern oder über die Wiese rennen oder selbst etwas schreiben!«

»Das ist nichts für mich.« Jeremys Augen durchleuchteten mich. »Ich dachte, du wolltest deinen Geist bilden. Hast du schon genug?«

»Nein, aber mein Geist ist nicht das Interessanteste an mir.«

Er lächelte. »Das stimmt. Für mich trifft das allerdings nicht zu.« Mit irritierend zufriedener Miene steckte er das Buch ein. »Lass uns für heute Schluss machen.«

So endeten viele unserer Gespräche. Immer wieder kamen wir an einen Punkt, an dem es nicht weiterging. Ich gab jedoch die Hoffnung nicht auf, Jeremy meine Lebenseinstellung irgendwann ein Stück näherbringen zu können. Denn manchmal, wenn ich ihm von der stetig sprudelnden Freudenessenz in meinem Herzen erzählte, wenn ich gerade in ein neues Lied verliebt war oder ihm verzückt beschrieb, wie ich soeben den ersten Schmetterling in diesem Jahr gesehen hatte, dann glimmte in seinen Augen so etwas wie Sehnsucht auf. Meist nur für einen winzigen Moment, aber lange genug, um mir zu zeigen, dass Jeremy nicht aus Stein sein konnte.

Die Zeit flog dahin und riss mich mit sich. Die Uhren gingen in London anders als anderswo. Minuten fühlten sich an wie Sekunden, beinhalteten jedoch so viel Leben, dass es für mehrere Lebzeiten gereicht hätte. Ich steckte mittendrin in dieser Zeitmaschine und hatte mit dem einen Menschenleben, das ich lebte und liebte, alle Hände voll zu tun. Von den sechs Plattenfirmen, an die ich meine selbst aufgenommene Demo-CD geschickt hatte, waren inzwischen sechs Absagen gekommen. In den freundlich-sachlichen Begleitschreiben stand meist, man suche momentan nicht nach neuen Künstlern. Wahrscheinlich war das die Standardabfuhr. Die Absagen konnten mich jedoch nicht entmutigen. Sie überraschten mich auch nicht wirklich. In der Zwischenzeit hatte ich verstanden, wie gering die Chance war, auf diesem Weg einen Plattenvertrag zu bekommen. Es war wesentlich aussichtsreicher, Agenten und Manager direkt anzusprechen und zu versuchen, sie von sich zu überzeugen.

Ich hatte mir einen neuen Plan zurechtgelegt. In die Piano Bar kam regelmäßig ein Mann, der niemand Geringeres als der Boss der Plattenfirma *Jupiter Records* war, so hatte Amon mir gesagt. Ich hatte all meinen Kollegen in der Bar eingeschärft, mich sofort anzurufen, wenn der Mann wieder einmal auftauchte. Ich würde prompt auf der Matte stehen und ihm meine Lieder vorspielen, bis er vor Rührung zusammenbrach. Inzwischen hatte ich ein paar neue Lieder geschrieben, und sie waren verdammt gut. Jetzt musste mir das Universum nur noch die Gelegenheit einräumen, die ich brauchte, und es konnte losgehen.

Bis dahin spielte ich weiter in der Piano Bar. Meine

Auftritte dort waren zu kleinen geliebten Höhepunkten der Woche für mich geworden. Ich verspürte kaum noch Nervosität, wenn ich in das Scheinwerferlicht trat, sondern lediglich den Willen, die Leute mit meiner Musik zu becircen.

Obwohl der Job in der Piano Bar recht gut bezahlt wurde, brachten mir meine Auftritte dort aber längst nicht genügend ein, um meine Ausgaben in dieser immens teuren Stadt zu decken. Mein Erspartes ging langsam zur Neige, und ich musste mir einen zweiten Job suchen. Ich hatte Glück, dass in dem spanischen Restaurant *La Porqueriza*, in dem Josh als Kellner arbeitete, eine Stelle frei wurde. Alles ging ganz unbürokratisch über die Bühne. Ich stellte mich vor, sagte meinen auswendig gelernten spanischen Satz auf, und schon hatte ich den Job. So durchkellnerte ich fortan die meisten meiner Nachmittage und machte nebenher einen Schnellkurs in spanischem Nahrungsmittel- und Höflichkeitsvokabular bei Josh und Jeremy, die durch ihre Tante, die früher auf einer Baleareninsel gelebt hatte, beide fließend Spanisch sprachen.

Ich hatte zwei Jobs. Ich hatte tolle Freunde gefunden. Es war eine gute Zeit. Meine Zeit. Alles hatte sich zu meinen Gunsten entwickelt. Und das war keine Zufälligkeit, sondern Zu-Fall. Positivität, Zuversicht und Entschlossenheit zogen das Glück an wie das Licht die Motten. Hoffnung schuf Möglichkeit. Optimismus schuf Wahrscheinlichkeit. Ein Träumer schafft sich seine Zukunft selbst.

Wir sehen die Dinge nicht so, wie sie sind, sondern wir sehen sie so, wie wir sind.

ANAÏS NIN

Mittlerweile war es Mai. Ein paar Wochen Regen hatten dem Hochgefühl, mit dem ich die Tage aneinanderreihte, in keiner Weise Abbruch getan. Ich stand vor *La Porqueriza*, dem spanischen Schnellrestaurant, in dem Josh und ich arbeiteten. Durch die großen Scheiben erhielt man einen guten Eindruck von der turbulenten Atmosphäre im Schweinestall, wie der Name des Restaurants übersetzt lautete. *La Porqueriza* war weder für die feine Gesellschaft noch für Weicheier. *La Porqueriza* war laut, stickig, hektisch und um diese Uhrzeit immer dermaßen voll, dass die Schlange der wartenden Gäste bis auf die Straße reichte. Dies war nicht die Piano Bar, kein Gourmetrestaurant, dies war eine riesige Imbissstube, die den Ruf hatte, die besten Tortillas der Stadt zu machen. Hier vermischte sich Chaos mit so viel Gelächter, dass meist eine überschäumende Partystimmung herrschte. Die Kellner waren Entertainer, die mit den Gästen flirteten und sich hin und wieder eine freche Antwort erlaubten. Die Gäste waren jedoch nicht weniger forsch. Wer *La Porqueriza* betrat, wollte nicht einfach nur essen gehen. Wer hierherkam, wollte die Sau rauslassen. Nach dem Essen begannen die Leute oft zu tanzen und zu singen. Die Musik war laut, heiß und bassig, und wenn *La camisa negra* oder *Entre dos tierras* gespielt wurden, hielten es die meisten nicht mehr auf den Sitzen aus, sprangen auf, stampften mit den Kellnern um die Wette, und ihre glücklichen, erhitzten Gesichter wurden puterrot und schienen vor lauter Freude platzen zu wollen.

An diesem Abend war ich nicht zum Arbeiten hier, sondern zum Essen. Ich war mit Alice verabredet. Sie liebte dieses kleine Stückchen spanischer *locura* mittlerweile ebenso sehr wie Josh und ich, und sie kam oft hierher, um uns bei der Arbeit zu besuchen.

Sobald ich eingetreten war, eilte mir Josh entgegen, der die Abendschicht hatte. Ihm stand der Schweiß auf der Stirn. Auf einem Arm balancierte er zwei riesige Portionen Paella und zwei Salatteller auf dem anderen, aber er strahlte mich an. Ich gab ihm einen Schmatzer auf die Wange und bahnte mir einen Weg durch hallorufende Kollegen und lärmende Gäste, bis ich schließlich zu Alice durchgedrungen war. Sie begrüßte mich mit einer herzlichen Umarmung, wir bestellten Tortillas und stießen mit Wasser an. Seit meinem Erlebnis im *The Chandler* hatte ich keinen Alkohol mehr angerührt.

Wenig später betraten Jeremy und Layla das Restaurant. Layla war nach ihrem Zusammenbruch vor einigen Wochen nur drei Tage lang verschwunden gewesen, dann tauchte sie wieder auf und ging erneut ihrer Lieblingsbeschäftigung als Jeremys Stalker nach. Jeremy ließ sie meist ins Haus, wenn sie klingelte, schenkte ihr danach aber keinerlei Aufmerksamkeit. Manchmal, wenn sie ihm zu lange nachgedackelt war, warf er sie sogar hinaus. Am folgenden Tag stand sie dann aber wieder unverdrossen vor der Tür und hängte sich an seine Fersen. Sie war derartig dünn, dass ich mich manchmal fragte, wie sie sich überhaupt auf den Beinen hielt.

Jeremy und Layla standen nun am Eingang und unterhielten sich mit Josh, der, wieder schwer beladen mit mehreren Tellern, in unsere Richtung wies. Jeremys Blick traf auf meinen, und ich machte eine einladende Handbewegung. Ich wünschte mir schon lange, dass Alice Jeremy einmal etwas näher kennenlernte, denn bisher waren die beiden einander kaum begegnet.

Jeremy kam zögernd zu uns herüber, und Layla folgte ihm auf dem Fuß. Er blieb vor unserem Tisch stehen und sah mit finsterer Miene von Alice zu mir. Ich bat ihn freundlich, sich zu setzen, denn von seiner grimmigen Tour ließ ich mich schon lange nicht mehr einschüchtern.

»Ich würde euch ohne Zweifel die Stimmung verderben«, erwiderte er kühl.

»Das schaffst du nicht«, entgegnete ich.

Jeremy zögerte einen weiteren Moment, dann setzte er sich. Layla ließ sich auf dem Platz neben ihm nieder und starrte mich misstrauisch an. Offenbar wertete sie mich immer noch als Bedrohung. Vor allem wohl deshalb, weil sich Jeremy so oft lange mit mir unterhielt, mit ihr aber so gut wie nie sprach. Ich redete eigentlich auch nie mit ihr, ebenso wenig wie Josh. Layla war meist einfach nur da, still wie eine Maus, und glubschte Jeremy mit ihren kurzbewimperten, apathischen Augen an.

Jeremy bestellte indessen Gambas und Wein, Layla wollte nichts. Jeremy musterte Alice, und ich bemerkte, wie er mit dem Blick an dem kleinen silbernen Kreuz hängenblieb, das Alice um den Hals trug. Er lächelte abschätzig und beugte sich vor. Ich kannte diesen Ausdruck. Er hatte etwas zu sagen und würde im nächsten Moment ein Gespräch ins Rollen bringen. Und schon ging es los.

»Du bist Christin«, stellte er fest und zündete sich eine Zigarette an. Rauchen war im Restaurant verboten.

Alice straffte den Rücken. »Ich bin Christin«, bestätigte sie.

»Trägst du dieses Kreuz aus Werbezwecken für das Christentum?«

»Ich trage dieses Kreuz, um damit etwas auszudrücken, das keine Werbung nötig hat.«

»Und was könnte das sein?«

»Ich bekenne mich zu Gott.«

»Tatsächlich?« Jeremy zog gemächlich an seiner Zigarette. »Bekennt er sich auch zu dir?«

»Gott ist bei mir.«

»Das ist interessant. Ist er in diesem Kreuz?«

Alice runzelte die Stirn. »Offensichtlich hast du noch nie ein Kreuz getragen. Vielleicht solltest du es mal versuchen, um selbst herauszufinden, ob Gott da drin ist.«

Gut gekontert!, dachte ich. Dann fiel mir auf, dass

sich Jeremys Augen gefährlich verengten. »Ich werde ganz bestimmt niemals eins von diesen Dingern tragen!«, sagte er mit gepresster Stimme, und ich wunderte mich über das wütende Funkeln in seinen Augen. Es kam nur selten vor, dass irgendetwas eine Emotion in ihm auslöste.

»Niemand zwingt dich dazu«, antwortete Alice. »Ich habe kein Interesse daran, dich vom Sinn meines Glaubens zu überzeugen.«

»Dem Sinn? Du meinst, es ergäbe Sinn, zu glauben?«

»Für mich durchaus.«

»Das liegt daran, dass sich jemand einen Sinn für Leute wie dich ausgedacht hat.«

Sie sah ihn fragend an.

»Die Bibel ist Fiktion. Du könntest dir genauso gut ein Buch von den Brüdern Grimm nehmen und an den Froschkönig glauben.«

Alice zog die Augenbrauen zusammen.

»Nein? Dann vielleicht eine Star-Trek-DVD-Box inklusive Anhänger, den wir uns um den Hals hängen, um uns zur Enterprise zu bekennen?«

Ich sog scharf die Luft ein. Das war respektlos.

Jeremy lehnte sich zurück. »Nein, diese Geschichten sind nicht gut genug, nicht wahr? Die Illusion ist nicht perfekt. Nicht so perfekt und maßgeschneidert wie die Bibel.«

»Für wen ist die Bibel maßgeschneidert?«, fragte Alice.

»Für Menschen wie dich. Sie gibt euch alles, was

ihr braucht, um glücklich zu sein. Da liegt doch der Schluss nahe, dass sie überhaupt erst aufgrund von Angebot und Nachfrage entstanden ist.«

Alice schien kein Gegenargument vorbringen zu wollen, also sprach Jeremy weiter, mit geneigtem Kopf und einem Blick, der kein Fortsehen erlaubte. »Schon Voltaire hat gesagt: Wenn Gott nicht existierte, müsste man ihn erfinden.« Seine Augen hatten Alice fest im Griff. »Ich behaupte, jemand hat Gott erfunden, weil er eben nicht existiert.«

»Das ist eine interessante Theorie«, erwiderte Alice. »Aber was macht dich so sicher, dass nicht deine Version die Phantasie ist und meine die Wirklichkeit?«

»Weil mir meine Version nach reiflicher Beobachtung der menschlichen Psyche wahrscheinlicher erscheint. Sie ist wahrscheinlicher als Gott.« Er machte eine Pause und rauchte. »Es scheint ein natürliches menschliches Bedürfnis zu sein, an eine höhere Macht zu glauben. Das resultiert wahrscheinlich daraus, dass der Mensch den Gedanken nicht ertragen kann, die ganze Verantwortung für das eigene Leben, die ganze Sinnlosigkeit des Daseins läge allein auf seinen Schultern. Glaubt er aber daran, dass ein allwissendes Etwas über ihn wacht, kann er mit allem fertig werden, denn er ist überzeugt, dass dieses Etwas sein Schicksal plant. Dadurch existiert plötzlich ein Sinn hinter allem, man steht in persönlicher Beziehung zu Gott, man lebt sogar über diese vergängliche Welt hinaus. Dieser Gedanke muss sich gigantisch anfühlen. Ich bin überzeugt, dass man, wenn man es erst einmal geschafft hat, wirklich daran zu glauben, nicht mehr davon loskommt.«

Wir schwiegen.

»Du denkst also, dass es im Grunde beneidenswert ist, wenn man in der Lage ist, zu glauben?«, mischte ich mich ein.

Jeremy lächelte über die Provokation in meiner Frage. »Ich kann nachvollziehen, warum sich manche Menschen an ihre Religion klammern.«

»Heißt das, du könntest dir vorstellen, selbst an Gott zu glauben?«

Sein Lächeln vertiefte sich, doch rasch wurde er wieder ernst. »Nein, die Vorstellung von Gott ist zu absurd, als dass ich aus ihr Trost schöpfen könnte.« Damit wandte er sich der Weinflasche zu, die man ihm inzwischen gebracht hatte. Ich warf einen Seitenblick auf Alice. Sie schien vollkommen ruhig zu sein. Jeremys Worte hatten keinerlei Wut in ihr entflammt. Sie sah ihn vielmehr mit einer Traurigkeit an, die mir fast wie Mitleid erschien. Alice fühlte sich nicht herausgefordert oder angegriffen. Sie war sich ihres Gottes viel zu sicher, als dass Jeremy ihm irgendetwas hätte anhaben können. Sie musste ihm noch nicht einmal widersprechen.

Jeder von uns hing seinen Gedanken nach. An einem Tisch am anderen Ende des Raumes feierte eine Gruppe Studenten Geburtstag, und die Leute grölten Ricky Martins *La vida loca* mit. Uns erreichte der dröhnende Frohsinn jedoch nicht.

Nach einer Weile sagte Alice: »Gott ist mein ganzes

Leben lang bei mir gewesen. Ich habe ihn immer gespürt. Du kannst es ruhig Einbildung nennen, Jeremy, aber ich weiß, dass er da ist. Ich glaube nicht nur, dass es ihn gibt, ich weiß es, denn ich kann ihn fühlen. Ich kann ihn sehen.« Ihre Stimme kämpfte gegen den Lärm im Restaurant an. »Es ist schwierig, Argumente für etwas zu finden, das für einen selbst selbstverständlich ist. Es ist, als müsste man einem Farbenblinden erklären, der Himmel sei blau. Der Farbenblinde würde einem wahrscheinlich kein Wort glauben und behaupten, das sei totaler Unsinn, schließlich sehe er doch, dass der Himmel grau sei. Was könnte ihn überzeugen?«

Jeremy lachte leise und trank seinen Wein.

Ich grinste, denn dieser Vergleich hätte auch von mir sein können. Überhaupt stellte ich fest, dass Alice genauso argumentierte wie ich: emotional. Aber ich vermutete, dass die Unterhaltung an dieser Stelle abbrechen würde. In Gesprächen mit Jeremy kam man oft an eine unüberbrückbare Grenze, nämlich immer dann, wenn es um Dinge ging, die dem Herzen entsprangen und keine rationale Erklärung besaßen. Zwar war Jeremy sehr an Gefühlsäußerungen interessiert, und manchmal ermunterte er mich regelrecht dazu, aber sie schienen sich in sein Denken einfach nicht eingliedern zu lassen. Sie passten nicht hinein. So endeten unsere Diskussionen oft in einer Sackgasse. Vor allem dann, wenn es ums Träumen ging.

Jeremys Essen kam, aber er rührte es nicht an.

Ich musste daran denken, dass ich den Alchimisten oft als meine kleine *Träumerbibel* bezeichnet hatte. Wieso hatte ich das getan? Wieso hatte ich das Buch meine *Bibel* genannt? Ich stutzte. Denn mit einem Mal wurde mir klar, dass ich an etwas glaubte, das mit Alices Religion vergleichbar war. Mein Traum war meine Religion. Ich hatte sie mir selbst geschaffen, da mir der christliche Gott in meinem bisherigen Leben nicht wirklich vorgestellt worden war. Hatte Jeremy also recht? Suchte jeder Mensch nach etwas, an das er glauben konnte? Im Grunde war das Universum, das Coelho in seinem Buch beschrieb – das Universum, das mich auf sehr reale Weise unterstützte und führte –, nichts anderes als das, woran Alice glaubte. Es fehlte nur die Konzentration auf ein einzelnes Wesen. Gott. Gott war mir nach wie vor fremd.

Alice sprach inzwischen schon weiter. Sie hatte offenbar noch nicht aufgegeben. »Das Leben auf diesem Planeten ist viel zu komplex, um Zufall zu sein. Und damit ist es, um es mathematisch auszudrücken, einfach sehr wahrscheinlich, dass Gott existiert.«

Das war interessant. Alice versuchte, sich auf Jeremys Denkweise einzulassen. Doch das hatte ich auch schon häufig versucht, und es hatte letztlich nicht zu mehr gegenseitigem Verständnis geführt.

»Die Perfektion der Natur und das Wunder des menschlichen Geistes können kein Zufall sein«, fügte Alice hinzu.

»Das möchtest du glauben.«

Nun machte Alice eine resignierte Handbewegung und seufzte. »Und du möchtest glauben, dass es eben nicht so ist. Sagen wir doch einfach, wir sind unterschiedlicher Meinung. Ich akzeptiere deine und du meine, und damit lassen wir es gut sein. «

Jeremy schlug mit der flachen Hand auf den Tisch. »Jetzt kommst du mir mit Akzeptanz?«, herrschte er sie an. »Das ist echt das Letzte! Du trägst dieses Kreuz um den Hals und bekennst dich damit zu einer der grausamsten Vereinigungen der gesamten Menschheitsgeschichte, die jahrhundertelang jeden ermordet hat, der ihr in die Quere kam, und dabei faselst du was von Akzeptanz?«

Ich starrte ihn an. Er war zornig. Er war fuchsteufelswild. Da sagte er: »Mein Vater hat sein ganzes Leben lang genau solch ein Kreuz um den Hals getragen und damit gerechtfertigt, was nicht zu rechtfertigen war.«

Meine Augenbrauen fuhren in die Höhe. Bisher hatten weder Josh noch Jeremy viel von ihren Eltern oder ihrem Zuhause erzählt. Im Gegenteil, sie wichen meinen Fragen jedes Mal aus, wenn ich das Gespräch darauf brachte.

»Wovon sprichst du?«, fragte ich.

Jeremy schnaubte. »Er hat Josh aus seinem sauberen Haus gejagt – weil eine einzige der tausend Seiten seines Sohnes dem Kreuz nicht in den Kram passte.«

Hastig setzte ich mich auf. Josh war von seinem Vater vor die Tür gesetzt worden, weil er schwul war?

Es wurde still an unserem Tisch. Das feiernde Leben um uns herum schien an uns abzuperlen wie Regentropfen auf einer Fensterscheibe.

»Es tut mir leid, wenn dein Vater die Bibel auf so engstirnige Weise auslegt«, sagte Alice. »Aber ich denke nicht, dass Gott für die Probleme verantwortlich ist, die es offenbar zwischen euch und eurem Vater gibt. Vielmehr scheint das, was euer Vater aus Gott gemacht hat, einen Keil zwischen euch getrieben zu haben. Gott liebt Josh wegen seiner Homosexualität bestimmt nicht weniger als andere.«

»Dann soll sich Gott doch bitte mal zeigen und Josh das persönlich sagen!«, rief Jeremy. »Josh ist nämlich davon überzeugt, dass sich Gott für ihn schämt. Dass Gott ihn für einen misslungenen Versuch hält. Wenn du so freundlich wärest, ein Treffen zwischen den beiden zu arrangieren, dann könnte Gott Josh ja vom Gegenteil überzeugen.«

Ich saß wie erstarrt da. Josh glaubte, dass sich Gott für ihn schämte? Jetzt ergab es plötzlich einen Sinn, was er damals zu mir gesagt hatte, als ich erfuhr, dass er schwul war: dass er ein schlechter Mensch sei. Dass er bestimmt irgendwann in die Hölle kommen würde. Die Überzeugungen seines Vaters schienen noch immer an ihm zu haften. Mir lief ein kalter Schauer über den Rücken. Oder waren es womöglich Joshs eigene Überzeugungen? Ich hatte nie mit ihm über Religion oder Gott gesprochen. War er möglicherweise wirklich davon überzeugt, dass er ein »misslungener Versuch« war? Mir zog sich das Herz zusammen. War das der Stoff, aus dem sein Schatten gemacht war?

Alice seufzte abermals. »Josh muss selbst zu Gott finden.«

»Ach, *muss* er das?«, versetzte Jeremy. »Wieso eigentlich? Ich glaube, es würde ihm viel bessergehen, wenn er dieses verdammte Wort – Gott! – nie im Leben gehört hätte.«

Alice sah traurig aus. »Vielleicht sollten wir über Dinge wie diese nicht in solch einer Atmosphäre sprechen.«

Die Leute am Nebentisch kletterten gerade auf ihre Stühle und versuchten, zu einem Song von Shakira so etwas wie Flamenco zu tanzen.

Jeremy sagte: »Das führt eh zu nichts«, und aß schweigend seine Gambas. Sobald er fertig war, stand er auf und ging. Layla folgte ihm, ohne uns noch einmal eines Blickes zu würdigen. Sie hatte sich während der gesamten Diskussion damit beschäftigt, den schwarzen Lack von ihren Nägeln abzukratzen.

Als die beiden fort waren, drehte ich mich suchend um.

»Was ist los?«, fragte Alice.

»Ich muss unbedingt mit Josh reden.« Da entdeckte ich ihn. Er warf gerade ein paar Stücke Brot über die Köpfe einiger Gäste hinweg zu einem Kollegen, der sie auffing und damit zu jonglieren begann. Josh drehte die Lautstärke der Musik auf und zeigte den Leuten am Nebentisch, wie man richtig Flamenco tanzte. Er strahlte übers ganze Gesicht, tanzte, lachte, tanzte, und wenn ich nicht gewusst hätte, dass der Schatten da war, hätte ich ihn in diesem Moment gewiss nicht entdeckt.

Wo das stärkste Empfinden ist,
da ist auch das größte Martyrium.

LEONARDO DA VINCI

Es war Freitagmorgen. Ich erwachte, und der neue Tag sprühte goldenes Licht durch die Fenster. Nach vielen Wochen des Regens wurde ich endlich wieder von Sonnenstrahlen geweckt, die meine Nase kitzelten. Wohlig reckte ich mich und betrachtete den Himmel über London. Ein riesiger Sonnenbogen in Blau. Ich sog das Bild in mich ein und schwang die Beine aus dem Bett, um den Tag zu beginnen – um das Bild, das ich nun in mir trug, auf die Welt zurückzureflektieren.

In der Dusche benutzte ich wieder einmal Joshs Duschgel, weil ich den Duft so gern mochte. Als er in meine Nase stieg und ich an Josh dachte, versetzte es mir allerdings einen Stich. Was Jeremy über seinen Bruder und ihren Vater angedeutet hatte, schien mir Antwort auf viele offene Fragen zu geben. Aber ich musste vorsichtig damit sein, über Joshs Herz zu spekulieren, ohne mit ihm geredet zu haben.

Da hatten wir es wieder. Wir mussten endlich miteinander sprechen! Unsere Abmachung war hinfällig. Sie nützte niemandem etwas.

Ich ging nach unten. Niemand war da. Josh war wahrscheinlich bereits im College, und Jeremy steckte weiß Gott wo. Weiß Gott. Jeremys gestrige Attacke auf das Christentum schoss mir durch den Kopf. Alice hatte gesagt, die Schönheit dieser Welt könne kein Zufall sein. Jeremy konnte Schönheit nicht erkennen. War er aus diesem Grund nicht in der Lage, Gott zu begreifen? Ich selbst glaubte an Schönheit – glaubte ich damit auch an Gott?

Ich stand am Terrassenfenster im Wohnzimmer und schaute in den Himmel hinauf. Gab es Gott irgendwo da oben?

Ich trat hinaus auf die Terrasse, spürte die Wärme der Lichtstrahlen auf meiner Haut und betrachtete das Wunder über mir. Versteckte Gott sich irgendwo da oben zwischen den feinen Wolkenschlieren? Da kam mir der Gedanke, dass er sich vielleicht gar nicht versteckte. Vielleicht *war* Gott dieser Lichtbogen in Blau. Vielleicht war Gott nicht *im* Himmel, sondern der Himmel selbst. Vielleicht war Gott der Wind, der mir über das Gesicht strich, das leise Rauschen der Bäume und die Sonne, die mich wärmte. Womöglich war Gott all das.

Ich stand staunend auf der Terrasse und bemerkte die Freude, die sich bei diesem Gedanken in mir ausbreitete – bei der Vorstellung, dass das, was ich an dieser Welt so liebte, möglicherweise Gott war. Ich musste Jeremy sofort davon erzählen. Vielleicht war er oben in seinem Zimmer.

Ich rannte die Treppe hinauf, nahm immer zwei Stufen auf einmal und dachte nur flüchtig daran, dass Jeremy vermutlich noch schlief oder noch gar nicht wieder zu Hause war. Ich war zu erfüllt von dem berauschenden neuen Gefühl, das ich paradoxerweise mit niemandem lieber teilen wollte als mit Jeremy. Ich musste seine Meinung zu meiner Erkenntnis hören, wollte ihn inspirieren und ihm ein Stückchen meines Glücksgefühls anbieten. Ich dachte nicht daran, dass Layla bei ihm sein könnte, und ich dachte ebenso wenig daran, dass es äußerst merkwürdig war, morgens um halb neun in sein Zimmer zu platzen – in dem ich noch nie gewesen war. Weder hatte ich jemals sein Zimmer betreten noch er das meine. Vermutlich war uns das bisher einfach zu intim erschienen. An all dies verschwendete ich keinen Gedanken, als ich die Klinke hinunterdrückte und in Jeremys Zimmer stürmte.

Der Raum lag im Halbdunkel. Durch einen Spalt zwischen den geschlossenen Vorhängen drangen vereinzelte Sonnenstrahlen in den großen, unordentlichen Raum, der an allen Ecken und Enden mit Büchern vollgestopft war. Neben dem Fenster stand ein Doppelbett. Jeremy lag schlafend darin. Er war allein, und er war nackt. Ich blieb wie angewurzelt stehen, vergaß zu atmen und starrte überrascht auf das Bild, das sich mir bot.

Jeremy lag auf dem Bauch, die Arme um das Kissen unter seinem Kopf geschlungen. Das spärliche Sonnenlicht liebkoste die festen, männlichen Linien seines Körpers und umgab ihn wie eine sanft leuchtende Hülle. Winzige helle Härchen, die sich über den makellosen Schwung seines Rückens verteilten, glühten auf seiner Haut wie tausend kleine Lichter. Ich stand da und konnte den Blick nicht abwenden.

Und dann wachte er auf. Obwohl ich seit mindestens einer Minute kein Geräusch verursacht hatte, zuckte er leicht zusammen. Es mussten meine Blicke gewesen sein. Wenn ich durch Jeremy eines gelernt hatte, dann, dass ein Blick intensiver sein konnte als eine Berührung. Er runzelte leicht die Stirn, als nähme er mit geschlossenen Augen etwas Seltsames wahr. Es war zu spät, um zu verschwinden.

Jeremy schlug die Augen auf, drehte den Kopf, und sein Blick fiel sofort auf mich. Sein fragender, leicht amüsierter Gesichtsausdruck traf mich wie ein Faustschlag. Was machte ich hier eigentlich? Meine Wangen brannten vor Hitze. Ich musste irgendetwas sagen. Es gab doch einen Grund für meine Anwesenheit.

»Draußen … ist Gott!«, stammelte ich heiser und wies mit einer vagen Kopfbewegung in Richtung der Terrasse. Dann wurde mir klar, was ich da gesagt hatte. *Draußen ist Gott?* Hätte mir noch irgendetwas Dümmeres einfallen können? Ich biss mir auf die Unterlippe und starrte ihn mit hochrotem Kopf an.

Jeremy lächelte. Natürlich. Es war ein belustigtes, überlegenes Lächeln, wie man es oft an ihm sah, aber diesmal mischte sich noch etwas anderes hinein.

Er stand auf. Nicht hastig, doch mit einer Entschlossenheit, die zeigte, dass er genau wusste, was er tat. Und er wusste auch genau, dass er nackt war. Sein Blick fixierte mich und registrierte jede meiner Regungen. Ich hielt mich diesmal jedoch regelrecht an seinen Augen fest, aus Angst, mein Blick könnte an seinem

Körper hinabgleiten. Wenn ich mir erlaubte, Jeremys Nacktheit zu erforschen, war die Grenze ein für alle Mal überschritten.

Ich starrte ihn an, mit rasendem Herzen. Der Moment schien sich zu multiplizieren und wurde zur Ewigkeit. Alles stand still, als würde sich das Universum fragen, was es als Nächstes mit uns tun solle. Aber da traf Jeremy schon die Entscheidung.

Langsam kam er auf mich zu. Sein Blick war fest auf meine Seele gerichtet und schien den Umweg über meine Augen nur zu streifen. Die einzelnen Sonnenstrahlen, die sich ins Zimmer stahlen, ließen die Umrisse seines Körpers sanft leuchten. Immer näher kam er, und ich kämpfte verzweifelt gegen die Versuchung an, seinen Körper zu betrachten.

Er blieb vor mir stehen. Nah. Er war so nah, dass ich die Wärme seiner Haut spüren konnte. Sein Atem streifte meine Wangen. Sein Blick verließ den meinen und wanderte langsam zu meinem Mund. Seine Augen schienen das brennende Knistern, das in der Luft lag, durch seinen Blick auf meine Lippen zu übertragen. Mein Mund stand in hellen Flammen.

Dann schloss er die Augen, langsam, und beugte den Kopf zu mir herunter. Sein Gesicht kam dem meinen immer näher, und mein Herz schien in meiner Brust explodieren zu wollen. Unsere Lippen trafen sich. Alles in mir erbebte. Fordernd und gleichzeitig quälend langsam erforschte Jeremy meine Lippen. Ich hatte das Gefühl, jeden Augenblick zerspringen zu müssen und in Millionen Teilchen durch den Raum zu toben. Jeremy, die Hitze seiner Haut, sein Atem … Ich dachte, ich müsste den Verstand verlieren.

Dann drängte er entschlossen meine Lippen auseinander und drang mit der Zunge in mich ein. Es traf mich wie ein elektrischer Schock. Sobald sich unsere Zungenspitzen berührten, durchzuckte mich ein Stromschlag, der meinen Körper wie unter tausend Volt erbeben ließ. Tief in meinem Bauch entflammte mit ungeheurer Wucht ein Gefühl, das ich auf diese Art noch nie empfunden hatte. Es erschütterte meine Welt mit einem lauten Knall, und ich erwachte aus meinem Dornröschenschlaf.

Jeremys Zunge erforschte die meine mit hypnotischer Langsamkeit. Zentimeter für Zentimeter ergriff er Besitz von mir. Ich war völlig willenlos und schmolz mit meinem ganzen Sein in diesen Kuss hinein, als hätte ich schon mein Leben lang darauf gewartet.

Da hörte ich plötzlich wie aus unendlich weiter Ferne eine Stimme hinter uns. Jeremy löste sich hastig von mir und murmelte: *»Fuck.«*

Schlafwandlerisch drehte ich mich um und erkannte, dass Josh im Türrahmen stand. Alles erschien mir völlig surreal.

Josh starrte uns mit offenem Mund an. Er kam scheinbar gerade vom Joggen. Mein Kopf arbeitete langsam, und alles, worauf ich mich konzentrieren konnte, war der dunkle Schweißfleck auf Joshs Brust. Als ich jedoch wieder in sein Gesicht blickte, wurde mir klar, dass gerade etwas Schlimmes geschah. Josh war nicht nur überrascht, Jeremy und mich zusammen zu sehen. Er war schockiert. Entsetzt. Stolpernd schwankte er ein paar Schritte rückwärts.

»Josh, das sieht anders aus, als es …«, hob Jeremy beschwichtigend an, aber Josh hörte ihm nicht zu. Er schüttelte heftig den Kopf, und ich fühlte einen stechenden Schmerz in der Brust. Josh war offensichtlich aufs Tiefste verletzt, und ich konnte seinen bestürzten Blick kaum ertragen. Ich hatte Josh weh getan. Sein Blick brannte sich tief in mein Gewissen, und obwohl ich nicht verstand, was an diesem Kuss derartig schlimm war, konnte ich sehen und fühlen, dass in Josh in diesem Augenblick etwas zerbrach. Plötzlich hatte ich Angst. Ich suchte nach Worten, die das Geschehene irgendwie abmildern konnten, fand aber keine. Der Kuss hatte mich viel zu sehr aufgewühlt, und Joshs Reaktion kam zu unerwartet, als dass ich hätte handeln können.

»Ihr … habt …«, stammelte Josh. »Ihr habt mir beide versprochen …« Seine Stimme brach. Er schüttelte noch immer ungläubig den Kopf. Es zerriss mir das Herz.

»Ihr habt es mir versprochen!«, brüllte er im nächsten Moment in ohrenbetäubender Lautstärke, und ich krümmte mich, als hätte er mich in den Magen geschlagen. Taumelnd drehte Josh sich um und rannte den Flur entlang, stolperte, stieß eine Vase von der Fensterbank und verschwand aus unserem Blickfeld. Wortlos griff sich Jeremy eine Hose, stieß mich beiseite und rannte Josh nach. Dann war alles still.

Ich stand wie betäubt in der Tür und konnte keinen klaren Gedanken fassen. Mein Herz schlug unregelmäßig und tat weh. Langsam sank ich in die Knie, lehnte den Kopf gegen den Türrahmen und fühlte eine riesige Leere in mir. Leere und Schuld. Ich hatte Josh aus irgendeinem Grund zutiefst verletzt. Hatte Josh Angst um mich? Wollte er mich vor Jeremy schützen? Hatte es ihn derartig erschüttert, mich in den Fängen des Wolfs zu sehen?

Doch wie war ich in Jeremys Fänge geraten? Wieso hatte ich ihm erlaubt, mich zu küssen?

Da begriff ich, was ich im Grunde schon seit Wochen wusste, aber immer konsequent verdrängt hatte: Ich hatte keine Wahl. Wenn Jeremy mich wollte, konnte er mich haben. Ich hatte seinem Willen nichts entgegenzusetzen. Und wahrscheinlich war es genau das, was Josh dermaßen entsetzte.

Let me take you by the hand and lead you through the streets of London, I'll show you something to make you change your mind.

Ralph McTell, »Streets of London«

Eine Stunde später verließ ich das Haus. Ich musste einen klaren Kopf bekommen und fuhr zum Hyde Park. Eine kleine Weile lang saß ich unter einem Baum und grübelte, aber meine Gedanken drehten sich im Kreis. Ich durchschaute weder Josh noch Jeremy, und all meine Überlegungen waren reine Spekulation.

Kurz entschlossen fuhr ich ins East End, zu Raymond Sullivan. Ich hatte ihm schon lange versprochen, ihn einmal zu besuchen. Als ich aus der U-Bahn-Station Bethnal Green trat, sah ich mich aufmerksam um. Dieses Viertel war anders als das hübsche Muswell Hill. Die Häuser waren in diesem Bezirk um einige Stockwerke höher und eher hässliche Kästen als typisch englische verhutzelte Reihenhäuschen. Alles wirkte eine Spur rauer und weniger charmant. Die Leute, die hier in den Straßen herumhingen, gafften mich zudem an, als wäre ich gerade aus einem Ufo gestiegen.

Mit schnellem Schritt ging ich die Straßen ab und suchte nach der Adresse, die ich im Kopf hatte. Schließlich stand ich vor einer Hochhaussiedlung. Hier stand ein monströser, kahler Kasten neben dem anderen. Verwundert fragte ich mich, warum es Sullivan so wichtig gewesen war, mich zu sich nach Hause einzuladen. Er schien mitten im Ghetto zu wohnen.

Ein paar Minuten später stand ich im zehnten Stock vor Sullivans Wohnungstür. Der Fahrstuhl war kaputt, und ich war ziemlich außer Atem. Ich klingelte, aber es öffnete niemand. Es war wohl dumm gewesen, unangekündigt bei Sullivan aufzutauchen, aber da er arbeitslos war, hatte ich gehofft, ihn zu Hause anzutreffen. Als ich mich gerade umdrehte, um wieder zu gehen, hörte ich jedoch, wie sich weiter unten im Treppenhaus jemand die Stufen heraufschleppte – gemächlich und geräuschvoll atmend. Ich wartete ab. Es war Sullivan. Kaum, dass sein kahler schwarzer Schädel am unteren Treppenabsatz erschien, entdeckte er mich auch schon und röhrte mit Donnerstimme: »Angelia Fortis! Mädchen! Das gibt's ja nicht. Kommst du doch mal vorbei beim alten Sullivan, was?« Er grinste mit mindestens zwanzig sichtbaren Zähnen und schnaufte sich mühsam die letzten Stufen hinauf. Dann schloss er mich in die Arme und klopfte mir mit seinen Pranken auf den Rücken. Ich grinste in mich hinein. Der Mann war ein Bär.

»Komm rein, kleine Nachtigall, komm rein!« Seine Whiskeyfahne haute mich fast aus den Schuhen. Wahrscheinlich kam er gerade aus dem Pub. Ich folgte ihm in seine Wohnung, oder besser gesagt, in sein Zimmer. Sullivan wohnte in einem spartanisch eingerichteten, etwas verwahrlosten Ein-Zimmer-Apartment, in dem außer einer winzigen Küchenzeile, einem Bett, einem Schrank, einem Klavier, einem uralten Kontrabass und einem Plattenspieler nicht viel herumstand. Es gab keine Tapete, keinen Teppich und nur ein kleines Fenster, durch das der Sonnenbogen in Blau, der an diesem Tag über der Stadt lachte, kaum zu sehen war.

»Geht es dir gut?«, fragte Sullivan lautstark, während er sich daranmachte, Teewasser zu kochen.

»Das weiß ich heute nicht so genau«, antwortete ich und setzte mich aufs Bett, die einzige Sitzgelegenheit im Raum. Ich sah mich um. Das Klavier, das in einer Ecke stand und mit einem Haufen Kram beladen war, war klein und alt. Ein Bild von Louis Armstrong, das wohl aus einer Illustrierten herausgerissen worden war, klebte einsam an der Wand. Ein paar Jazzplatten lagen, fein säuberlich gestapelt, neben dem Plattenspieler. Ich kniff die Augen zusammen, um die Titel zu lesen. Miles Davis, Ella Fitzgerald, Louis Armstrong, B. B. King, Charlie Parker, Billy Holiday, Nina Simone. Diese Sammlung war vom Feinsten und außerdem alt. Alles hier war alt. Eigentlich sah es sogar so aus, als hätte Sullivan jahrzehntelang nichts Neues mehr gekauft. Mir wurde schlagartig klar, dass Raymond Sullivan arm war.

»Tja, Mädchen«, rief er im nächsten Moment, als hätte er meine Gedanken erraten. »Bin ein armer Schlucker. Ein richtig armer Schlucker. Weißt du, so ergeht es vielen Musikern.«

Aha. Darum hatte er mich also hierher eingeladen. Er wollte mich offensichtlich vor etwas warnen.

Sullivan kam mit zwei Tassen Tee zum Bett und überreichte mir umständlich eine davon. Umständlich wohl deshalb, weil er sicherstellen wollte, dass er mir nicht die Tasse gab, in die er einen großzügigen Schuss Rum geschüttet hatte. Er setzte sich zu mir aufs Bett, das krachend protestierte.

»Weißt du, Musiker zu sein ist riskanter, als einen anderen Beruf zu haben. Aber ist ja auch mehr als ein Beruf, nicht wahr? Ist eine Lebenseinstellung, ja. Kann auch nicht jeder. Herz muss man haben, jawohl, Herz. Talent auch, und ein bisschen Rhythmus im Blut, wenn du Jazz spielen willst. Oh, Jazz ist richtige Musik, was? Ja, Rhythmus muss man haben. Aber weißt du, Mädchen, die Musik kann dich auch im Stich lassen. Das kann sie. Verführt dich erst und lässt dich dann im Stich, als wärst du ihr egal. Und dann ist es oft zu spät, noch was Neues zu lernen. Was fürs Leben, weißt du? Was, womit du Geld verdienst. Du verstehst mich, hm? Musik ist der schönste Beruf, o ja, aber du kannst nicht drauf zählen. Kannst wirklich nicht drauf zählen.« Sullivan grinste nun nicht mehr. Er meinte es ernst und schien um mich besorgt zu sein.

»Was genau wollen Sie mir sagen?«, fragte ich ihn und hoffte, er wollte mir nicht raten aufzugeben. »Denken Sie, ich bin nicht gut genug, um es zu schaffen?«

»Doch, das bist du, Schätzchen, das bist du!«, polterte er. »Singst wie ein Engel, o ja! Wie ein Engel. Aber oft reicht es nicht aus, wenn du gut bist. Weißt du …«

»Bei meinem Vater hat es auch nicht ausgereicht.«

»Je, nun … der Billy. Weißt du, er war mehr als gut. Mehr als gut war er, ja …«

Es entstand eine Pause, in der ich überlegte, ob ich Sullivan nach dem Warum fragen sollte. Bisher war ich nie wirklich dazu gekommen, obgleich ich diese Frage nun schon lange mit mir herumschleppte. Es war eine große Frage, eine, auf die ich irgendwann eine Antwort bekommen musste. Vielleicht konnte Sullivan sie mir geben.

»Warum hat mein Vater es nicht geschafft?«, fragte ich.

Sullivan riss die Augen auf. »Warum, nun … je. Ich hab's ja schon gesagt, manche schaffen's nun mal nicht. Manchmal die Besten. Ja, selbst die Besten. Manchmal lässt dich die Musik im Stich.«

»Ich glaube nicht, dass die Musik einen im Stich lassen kann«, widersprach ich in vorsichtigem Ton. »Waren es vielleicht die Umstände?« Ich wollte am liebsten hören, dass sich mein Vater beide Hände gebrochen hatte und deswegen nie wieder spielen konnte. Das wäre ein Grund gewesen! Aber ich wusste, dass es nicht so war. Seine Hände waren bis an sein Lebensende gesegnet gewesen.

»Umstände, ja …«, murmelte Sullivan. »Umstände sind es ja immer, nicht wahr?« Er lachte laut.

Ich hatte den Eindruck, dass er mir etwas verheimlichte. Sein Blick irrte unruhig im Raum umher, und er fühlte sich anscheinend nicht mehr wohl in seiner Haut. Gab es etwa ganz bestimmte Umstände? Gab es einen eindeutigen Grund dafür, dass mein Vater die Musik aufgegeben hatte?

»Du musst dir das mit der Karriere gut überlegen,

Mädchen«, lenkte Sullivan vom Thema ab. »Musst es versuchen, natürlich, musst es versuchen, aber weißt du … wenn du es nach einer Weile nicht geschafft hast, Angelia, versprichst du mir, dass du dann eine richtige Ausbildung machst?«

Mein Rücken versteifte sich. »Sie haben mich doch bisher immer bei meinen Plänen unterstützt …«

»Ich hab mir das Ganze noch einmal durch den Kopf gehen lassen. Sagen wir, du versuchst es zwei Jahre lang, ja, zwei Jahre vielleicht, aber wenn du es dann nicht geschafft hast, machst du eine Ausbildung?«

»Um mein Leben in irgendeinem Büro zu vergeuden?« Das konnte er doch nicht im Ernst vorschlagen! Hatte er in den vergangen Wochen überhaupt nicht zugehört, wenn ich ihm von mir erzählt hatte? »Soll ich eine Ausbildung machen, um dann nach zwanzig Jahren an … an Sinnlosigkeit und an Mittelmäßigkeit zu sterben wie mein Vater?« Meine Stimme war lauter als beabsichtigt.

»Willst du denn so enden wie ich, Mädchen?!«, brüllte Sullivan plötzlich. »Willst du das? Ich hab mein ganzes Leben lang auf die Musik gesetzt, hab geträumt, ja, geträumt! Ich wollte noch nicht mal berühmt werden, nein, wollte nur Musik machen. Und ich hab auch Musik gemacht, jawohl, fünfundzwanzig Jahre lang! Aber wenn du älter wirst, wollen dich die Leute immer weniger hören, und die Frauen sehen dich nicht mehr an. Und wenn du Jazz spielst, richtigen echten Jazz aus dem Süden, kannst du damit heute niemanden mehr von den Sitzplätzen reißen. Rap wollen die jungen Leute hören, House oder wie sie das nennen, aber niemand in den Clubs fragt noch nach Jazz. Die Musik kann dich im Stich lassen, Mädchen. Im Stich lässt sie dich! Selbst wenn du liebst, was du tust, hört vielleicht das Publikum irgendwann auf, dich zu lieben. Und was bist du ohne Publikum? Ich kann nur spielen, was ich liebe, ich kann den modernen Kram nicht. Von Sozialhilfe leb ich heute, Angelia. Ich kann mir nicht mal mehr meine Drinks selbst verdienen! Weißt du, wie das ist? Nein! Und ich wünsche dir, dass du es nie erfahren musst. Ich hab die Musik immer geliebt, aber sie hat mich nicht zurückgeliebt, verstehst du? Ich hab seit Jahren nicht mehr gespielt. Warum soll ich denn auch spielen? Nein, das ist vorbei. Weißt du, der Billy, dein Vater, der hat's richtig gemacht. Hat eine Familie gegründet und einen anständigen Job gelernt.«

»Ja, anständig war er. Und vernünftig!«, rief ich aufgebracht. »Und daran ist er gestorben!«

»An Krebs ist er gestorben. Das kann jedem passieren.«

Ich schüttelte mich.

»Und was ist so schlimm an Mittelmäßigkeit?«, fragte er.

»Für einen Träumer ist sie keine Alternative.«

»Das Träumen bringt aber keinen Penny ein, *darling*, keinen Penny. Mittelmäßigkeit kann dich ernähren.«

Ich starrte ihn an. Sullivan verstand nicht oder wollte nicht verstehen, was ich sagte. Aber wahrscheinlich dachte er dasselbe auch von mir. Realisten fühlten sich Träumern gegenüber immer im Vorteil, weil sie die Dinge ja schließlich so sahen, wie sie ihrer Meinung nach tatsächlich waren. Das Schlimme war nur, dass der Realist, der mir hier gegenüber saß, vor langer Zeit einmal ein Träumer gewesen war. So wie mein Vater.

Ich konnte das nicht so stehen lassen. »Ein Träumer, der seinen Traum aufgibt, ist verloren«, sagte ich, »denn er hält die Ernüchterung für die Wahrheit. Aber das stimmt nicht. Sie haben einfach aufgegeben.«

»Aufgegeben?«, rief Sullivan markerschütternd. »Ich habe nicht aufgegeben! Mich hat niemand mehr spielen hören wollen, Mädchen! Mich hat niemand mehr engagiert! Man hat mich ausgesondert, so war's. Zum alten Eisen hat man mich gepackt. Ich hab nicht aufgegeben. Die Musik hat mich aufgegeben, verstehst du? Sie hat mich aufgegeben!«

»Wie oft haben Sie denn in letzter Zeit versucht, einen Job zu bekommen?«

»Was?«

»Wann haben Sie es zum letzten Mal probiert?«

»Ist schon lange her, Schätzchen. Angelia, *sweetie* … weißt du … irgendwann hat man keine Kraft mehr.«

Ich sah ihn mir an, diesen Bär von einem Mann. In diesen Riesenpranken sollte keine Kraft mehr stecken? Das glaubte ich nicht. Ich war fest davon überzeugt, dass man nach zehn misslungenen Versuchen vielleicht nur noch einen elften machen musste, um Erfolg zu haben. Das war meine Wahrheit. Selbst wenn der elfte, der zwölfte und der dreizehnte Versuch ebenfalls danebengingen, hatte man es zumindest versucht. Es war besser, sich zu bemühen, zu träumen und dabei wirklich zu leben, als alle Träume zu begraben und frustriert nur noch dahinzuvegetieren.

»Es gibt doch einige Bars und Pubs in der Stadt, in denen Jazz gespielt wird«, sagte ich.

»Mag sein, mag sein«, grummelte Sullivan und rieb sich mit seinen Schaufelbaggerhänden die Augen. Er wirkte müde. Mitleiderregend müde. Auf einmal hatte ich ein schlechtes Gewissen, weil ich ihn derart angefahren hatte. Sullivan hatte einst wahrscheinlich genauso angefangen wie ich und war letztendlich gescheitert. Es war überheblich von mir zu denken, dass mir so etwas niemals passieren könnte.

Und dennoch ... verdammt nochmal! Dieser Mann hatte den Glauben an die Musik verloren. Das konnte ich kaum ertragen. Wahrscheinlich war Sullivan genau das, was die Jazzkeller in dieser Stadt brauchten. Da musste man doch etwas tun können!

»Bitte spielen Sie für mich«, sagte ich.

»Was?«

»Spielen Sie! Bitte!«

Argwöhnisch sah er mich an und schüttelte den Kopf. »Ich hab seit Jahren nicht mehr gespielt, *love.*«

»Aber ich will Sie gern hören! Bitte tun Sie mir den Gefallen. Nur ein Lied! Was macht ein Lied schon für einen Unterschied?«, fragte ich und wusste doch, dass ein einziges Lied ein ganzes Leben verändern konnte – dass ein Lied ein Leben retten konnte.

Sullivan saß schweigend da.

»Spielen Sie!«, bat ich abermals.

»Na gut, na gut, Mädchen«, brummte er. »Ein Lied.«

Er erhob sich mühsam vom Bett und ging zum Klavier, das er zuerst von dem ganzen Zeug befreien musste, das darauf herumlag.

»Was willst du hören?«, fragte er, während er einen kleinen Schemel unter ein paar Kartons hervorzog und sich prustend darauf niederließ.

»Was, bei dem es einem so richtig warm ums Herz wird.«

»Ha, ja!« Sullivan legte die Pranken auf die Tasten. Vorsichtig begann er zu spielen. Ich war gespannt. Er spielte *It don't mean a thing, if it ain't got that swing,* ganz langsam. Das Klavier war erstaunlicherweise nicht verstimmt. Sullivan spielte zuerst nachdenklich, als wundere er sich über seine eigenen Hände, und begann dann zu singen. *»It makes no difference if it's sweet or hot, just give that rhythm everything you've got …«*

Seine Stimme erinnerte mich stark an Louis Armstrong. Sie klang etwas gequetscht, aber raumfüllend, und vor allem sehr schwarz. Während er sang, wurden seine Hände immer schneller, griffen immer beherzter in die Tasten, bis das Lied wirklich swingte und sich wie richtiger, echter Jazz anfühlte. Und es war Jazz. Und Sullivan war es auch. Ich beobachtete ihn fasziniert und applaudierte, als er endete.

»Unbelievable!«, rief ich stürmisch. »Das war Jazz!

Glauben Sie wirklich, das wollen die Leute nicht hören? Ausflippen werden sie! Sie müssen es nur noch mal versuchen, Mr Sullivan. Wenn Sie das jemandem vorspielen, lehnt Sie bestimmt niemand ab! Wollen Sie die Leute nicht noch mal zum Kochen bringen? Vermissen Sie das nicht? Sie wären …«

Da bemerkte ich, dass er weinte. Er saß stumm am Klavier, die Hände noch immer auf den Tasten, und weinte lautlos. Ich biss mir auf die Lippen und verwünschte mein Geplapper. »Mr Sullivan …«, sagte ich vorsichtig und wollte zu ihm hinübergehen, aber da stand er schon auf.

»Entschuldige mich bitte«, murmelte er und verschwand durch die Tür zum Bad.

Verdammt. War ich zu weit gegangen? Unschlüssig stand ich da, bis ich mich schließlich an das Klavier setzte. Ich fuhr mit den Fingerspitzen über die Tasten. Da fiel mein Blick auf ein Buch, das auf dem Klavier lag. Es sah alt aus, und auf dem Umschlag standen nur ein paar Buchstaben: *W.D.F.*

Es überkam mich heiß und kalt zugleich. W.D.F.! William Dean Fortis. Mein Vater! Mit zittrigen Händen nahm ich das Buch und schlug es auf. Man sah sofort, was es war: ein Tagebuch. Sullivan hatte ein Tagebuch meines Vaters? War das ebenfalls in dem alten Reisekoffer gewesen? Warum hatte er es herausgenommen und behalten? Die anderen Sachen hatte er mir doch auch gegeben, warum nicht dieses Buch? Da dämmerte es mir. Es gab offensichtlich etwas, das ich nicht erfahren sollte. In diesem Buch stand etwas, das ich nicht lesen sollte. Antworten. Die Antwort auf das Warum. Kurz entschlossen steckte ich das Buch in die Innentasche meiner Jacke. Vielleicht würde Sullivan gar nicht auffallen, dass es nicht mehr da war.

Da kam er aus dem Bad zurück. Er hatte sich das Gesicht gewaschen und strahlte mich wieder breit an. »Na, Schätzchen, spielst du mir nun auch eins von deinen eigenen Liedern vor?«, fragte er und grinste, als sei nichts geschehen.

»Gern«, antwortete ich.

»Na spiel schon, spiel schon!«, forderte er mich ungeduldig auf, und ich drehte mich zum Klavier um und begann. Ich spielte *No fear,* mein neuestes Stück. Es war eine melodische Mid-tempo-Nummer, die sofort ins Ohr ging und, laut Josh, höchstes Radiohitpotential hatte.

»Bravo, Angelia, bravo!«, rief Sullivan, als ich fertig war, und ich lächelte ihn dankbar an.

»Könnte so was wie ein Sommerhit werden«, erklärte ich, und Sullivan lachte lärmend über meinen Größenwahnsinn.

Ein Blick auf die Uhr sagte mir, dass ich mich schleunigst auf den Weg zu *La Porqueriza* machen musste, denn in einer Dreiviertelstunde begann meine Nachmittagsschicht. Ich verabschiedete mich rasch von Sullivan und lief zur U-Bahn-Station.

All the roads we have to walk are winding,
and all the lights that lead us there are blinding.

Oasis, »Wonderwall«

Abends kam ich von der Arbeit nach Hause. Zum Glück hatten Josh und ich heute keine gemeinsame Schicht im »La Porqueriza« gehabt. Ich hatte mir im Restaurant stundenlang Sätze zurechtgelegt, mit denen ich Josh erklären wollte, was zwischen Jeremy und mir vorgefallen war. Da ich aber selbst nicht wirklich verstand, was passiert war, graute mir vor der unumgänglichen Konfrontation mit Josh. Ihn nach dem Schatten zu fragen, musste ich nun auf ein andermal verschieben. Die Sache mit Jeremy war dringlicher.

Ich streunte durchs Haus und entdeckte Josh schließlich im Garten, zusammengekauert unter einer Kastanie. Als ich näher kam, blickte er mich mit ausdrucksloser Miene an. Das umwerfende Lächeln, das ich so sehr liebte, war fort, und es tat mir in der Seele weh, ihn so zu sehen. Am liebsten hätte ich Jeremys Kuss auf der Stelle ungeschehen gemacht.

Ich setzte mich. »Es tut mir so leid, Josh«, begann ich und brachte es kaum fertig, ihn dabei anzusehen.

Er spielte schweigend mit einem Grashalm.

»Josh!«

»Bist du in ihn verliebt?«, fragte er und starrte konzentriert auf den Halm.

»Ich weiß es nicht«, erwiderte ich wahrheitsgetreu.

»Natürlich liebst du ihn.« Er lachte traurig. »Das war abzusehen. Wie konnte ich nur glauben, dass es nicht so kommen würde?«

»Der Begriff *Liebe* ist in Bezug auf Jeremy eher eine Frage, oder?«

»Du klingst schon genau wie er! Ihr passt wirklich toll zusammen!«, stieß Josh schroff hervor und warf den Halm mit einer heftigen Bewegung in die Wiese.

»Warum ist es dir so wichtig, dass Jeremy und ich uns nicht ... näherkommen?«

Unvermittelt schlug er mit der Faust gegen den Baumstamm. »Du kannst dich vor ihm nicht schützen, Angel! Er wird dir weh tun!«, rief er, schrie, als wolle er mich mit dem Gebrüll von seinem Bruder forttreiben.

»Josh, du bist mir wichtiger als Jeremy.«

»Tatsächlich?« Er sah mir endlich in die Augen und betonte damit seine Frage.

»Ja.« So sehr Jeremy mich auch faszinierte – Josh wollte ich um nichts in der Welt verlieren. Josh war derjenige, den ich liebte. »Wenn du möchtest, dass ich mich von ihm fernhalte, werde ich das tun.«

»Du kannst dich nicht von ihm fernhalten. Wir wohnen im selben Haus.«

»Willst du, dass ich ausziehe?«

»Nein!«, entgegnete er. »Angel, wenn du mir nur versprechen könntest, dass du ihn nicht noch einmal ...«

»Küsst?«

»Ja. Das und ...« Josh suchte nach Worten. »Versprich mir, ihm nie dein Herz zu schenken.«

»Okay.« Ich sagte es leichthin, als hätte ich mich entschieden, mir nun doch kein Brot zu schmieren. Dennoch wusste ich tief in meinem Inneren, dass ich ihm ein derartiges Versprechen eigentlich nicht geben durfte. Die Anziehungskraft, die von Jeremy ausging, war eine Naturgewalt. Wie konnte ich Josh versprechen, in einem Platzregen nicht nass zu werden?

»Gut, dann können wir das Ganze ja einfach vergessen?«, fragte er, und ich nickte sofort. Josh lächelte, endlich, und zog mich in seine Arme. Ich schmiegte mich eng an ihn, hielt ihn ganz fest und spürte, wie mir der Stein vom Herzen fiel, der mich den ganzen Tag über niedergedrückt hatte.

»Doch wo ist Glück, das nicht mit Schatten ficht?
Du magst mich täuschen, und ich weiß es nicht.«

Ich fuhr herum. Jeremy blickte nachdenklich auf uns herab. Was zitierte er da schon wieder?

»William Shakespeare«, sagte er, als habe er meine Gedanken gelesen, und setzte sich zu uns. In der Hand hielt er Platons *Symposion und weitere Dialoge*, das wir uns am Tag zuvor für unsere heutige Philosophiestunde ausgesucht hatten. »Zeit für die Antike«, sagte er mit der größten Selbstverständlichkeit und schlug das Buch auf. Er schien mit mir Platon lesen zu wollen, als sei nichts geschehen.

»Okay, dann lasse ich euch mal philosophieren.« Josh erhob sich mit unentschlossener Miene. »Heute wird alles ganz platonisch, was?« Er lachte unsicher.

Ich lächelte ihn an, mit aller Herzlichkeit, und versicherte ihn dessen. Er lächelte unschlüssig zurück, drehte sich dann aber um und schlenderte langsam in Richtung des Hauses. Ich sah ihm nach und hatte das Gefühl, dass Jeremy Josh gerade vertrieben hatte.

»Sokrates sagte: Phaidros, woher denn und wohin …«, begann Jeremy zu lesen, und die Philosophie erforderte nun meine ganze Aufmerksamkeit. Zwei Stunden lang lasen und diskutierten Jeremy und ich über Platon und seinen Lehrer Sokrates und verloren währenddessen kein Wort über den Kuss, über Josh oder über uns.

Spät abends ging ich in mein Zimmer, den Kopf voll von den alten Griechen, von Josh, von Sullivan und von einem Kuss, der bereits vierzehn Stunden zurücklag, mir aber noch immer in den Knochen vibrierte. Doch das Tagebuch meines Vaters hatte ich nicht vergessen. Ich trug es nun schon seit Stunden in meiner Jackentasche herum, und ich hatte es fühlen können, während der Arbeit und im Garten. Es war, als ginge ein leises Summen von ihm aus, das meine Haut rund um die Innentasche herum ununterbrochen kitzelte. Ich nahm das Buch nun zur Hand und sah es mir genauer an. Es war eines von diesen alten Notizbüchern, die man auch heutzutage noch in jedem Schreibwarenladen kaufen konnte. Ein ganz gewöhnliches Buch. Aber es summte. Hier drin stand etwas, das ich wissen musste. Und obwohl ich müde war, begann ich zu lesen.

5. Mai
Heute bin ich aus Liverpool weg, Richtung Süden. Mum war total fertig, als ich gegangen bin. Sogar Poppa hat geweint. Aber hier hält mich nichts mehr. Ich muss raus aus diesem ganzen Kleinbürgermief …

Ich las und las. Eintragung reihte sich an Eintragung. Zwar erfuhr ich über unzählige Seiten hinweg nicht viel mehr als das, was Sullivan mir bereits erzählt hatte, aber es war etwas ganz Besonderes für mich, die Geschichte meines Vaters in seinen eigenen Worten zu hören. Im Laufe der Zeit wurden die Eintragungen länger und detaillierter, und ich konnte nacherleben, wie sich mein Vater immer mehr auf seinen Traum konzentrierte, wie er abends mit Sullivan in der Piano Bar und nachts in Jazzkellern spielte und gleichzeitig plante und sparte, um im folgenden Jahr auf eine Musikhochschule gehen zu können. Ich war stolz auf ihn. Ich las Seite um Seite, bis ich an die Stelle gelangte, an der mein Vater meine Mutter traf.

2. November
Ich hab auf einer Hochzeit ein Mädchen getroffen. Erika. Sie hat vor unserem Auftritt ein Lied für die Braut gesungen. Ist wohl eine Cousine oder so. Hat eine tolle Stimme. Glasklar und lupenrein. Klingt wie ein Engelchen …

Langsam ließ ich das Buch auf meine Brust sinken. Meine Mutter konnte singen? Das war mir neu. Ich hatte sie nie singen gehört. Sie sang *glasklar und lupenrein*? So wie ich? Hatte ich meine Stimme etwa von meiner Mutter geerbt? Schnell verscheuchte ich diese Vorstellung und konzentrierte mich darauf, dass ich an einer äußerst interessanten Stelle unterbrochen hatte. Es waren nur noch ein paar Seiten, bis ich das Tagebuch komplett gelesen hatte – bis ich alles wusste. Auf diesen letzten Seiten würde die Antwort stehen. Mein Vater hatte die Zusage und das Geld für die Musikhochschule gehabt. Dafür hatte er hart gearbeitet. Aber er war nie auf diese Schule gegangen, das wusste ich, denn in jenem Jahr war er nach Deutschland gekommen. Und all das nur wegen meiner Mutter? Das konnte doch nicht sein! Warum also? Aber ich musste es ja nur noch lesen. Die Antwort war hier. Ich wollte umblättern, um endlich alles zu erfahren, aber merkwürdigerweise bewegten sich meine Hände nicht. Sie waren mit einem Mal wie gelähmt.

In jenem Jahr war er nach Deutschland gekommen. *In jenem Jahr war er nach Deutschland gekommen*. Mein Unterbewusstsein schlug Kapriolen und rief mir etwas zu, das ich nicht verstand. Ich beobachtete meine Gedanken und erkannte zwischen alldem, was ich nicht sehen wollte, einen Satz wieder, den Jeremy einmal gesagt hatte: *Wenn du in Büchern Antworten suchst, sei dir vorher darüber klar, welche Fragen du gestellt hast, und überlege, ob du mit den Antworten leben kannst*.

Ich verstand nicht, was plötzlich mit mir los war.

Natürlich wollte ich die Antwort erfahren. Oder etwa nicht? Meine Hände bewegten sich nicht. Ich lag da und starrte ins Leere. Dann sprang ich auf, packte das Buch in eine Schublade und schloss sie mit einer fast panikartigen Bewegung. Ich konnte nicht. Ich konnte das nicht lesen. Schlagartig wusste ich, dass ich für die Antwort nicht bereit war.

I just called to say I love you.

STEVIE WONDER

Es war Samstagvormittag, so gegen elf. Ich saß in der Küche, aß Cornflakes ohne Milch, da keine da war, und kramte währenddessen zwischen dem Zeug auf dem Küchentisch herum, um interessante neue Zettel zu finden. Ich stieß aber nur auf einen alten. Josh begann:

Glaubst du, der Klempner kommt heute noch vorbei?

Ich bin zu sehr Skeptiker, um die Möglichkeit von irgendetwas abzustreiten. Thomas Huxley.

Ich bin nur ein Bär mit einem kleinen Hirn, und lange Worte quälen mich. Pu, der Bär.

Ich schmunzelte. Eigentlich war ich jedoch alles andere als gutgelaunt. Während der vergangenen Tage hatte ich viel zu viel über Jeremy und Josh nachgedacht, ohne zu neuen Erkenntnissen gekommen zu sein. Die Liebe ging mir momentan auf die Nerven.

Ich betrat das Wohnzimmer. Jeremy saß auf der Couch und rauchte einen Joint, während Josh damit beschäftigt war, den Tisch abzuräumen, auf dem sein Bruder lässig seine Füße platziert hatte.

»Die Sonne scheint!«, rief Josh mir fröhlich zu.

Ich blickte nach draußen. Es sah nach Regen aus.

»Hi, Jeremy«, sagte ich freundlich, aber er reagierte nicht. Mit düsterer Miene starrte er aus dem Fenster, eine Statue der Coolness, sah umwerfend aus und hatte es nicht nötig, mich zu beachten.

Ich fragte Josh, ob ich ihm helfen könne, da er die Arme voller leerer Dosen und Plastikverpackungen hatte und damit in Richtung Mülleimer wankte.

»Gern, *M'Lady*!« Er strahlte, und ich nahm ihm ein paar Dosen ab.

»Angelia, wenn du dich weiter so aufführst, musst du dich nicht wundern, wenn alle dich gern haben«, kam es plötzlich vom Sofa. Ich drehte mich überrascht um. Jeremy sah mit unbeirrt düsterem Gesichtsausdruck aus dem Fenster und rauchte.

»Was hast du gerade gesagt?«

»Weiß nicht. Hab nicht zugehört.«

Josh begann zu kichern.

»Wie kann man nur so klug sein und so eine Scheiße reden?«, murmelte ich, mehr zu mir selbst.

»Ist ganz leicht«, erwiderte Jeremy.

Josh gackerte los und ließ die Hälfte des Mülls fallen. Verwirrt hob ich auf, was er fallen gelassen hatte, und fragte mich, ob Jeremys Laune möglicherweise gar nicht so finster war wie seine Miene. Josh schien das sofort gemerkt zu haben. Er wusste offenbar immer, wie man Jeremy einzuschätzen hatte. Es war, als kommunizierten die beiden Amos-Brüder auf einer geheimen Frequenz, die meine Antennen einfach nicht empfangen konnten.

Eine halbe Stunde später saß ich am Flügel. Ich spielte nichts Bestimmtes, reihte wahllos Akkorde und Melodien aneinander und hoffte, dass ich dabei eine Klangfolge fand, aus der ein neuer Song geboren werden konnte. Viele meiner Lieder entstanden auf diese Art, manchmal aber auch durch regelrechte Eingebungen, bei denen ich plötzlich eine Melodie im Kopf hatte und sie, gleichgültig, was ich gerade tat, schnellstmöglich aufschreiben musste, um später ein Lied daraus zu basteln. Wenn ich dann am Klavier saß und ein neues Lied komponierte, war ich völlig eingekapselt in mein Tun und arbeitete mit fiebrigem Eifer, bis der Song fertig war. Erst dann entstieg ich meiner kleinen Seifenblase und nahm die Welt um mich herum wieder wahr.

Diesmal war es jedoch nicht so, denn Jeremy hörte mir zu. Er saß noch immer auf der Couch, rauchte einen zweiten Joint und blickte hinaus in den Garten, als sei er tief in Gedanken versunken. Doch in Wahrheit lauschte er mir. Vermutete ich.

Das Telefon klingelte. Ich wollte aufstehen, aber Josh war schon aus der Küche gekommen und drangegangen. Ich hörte ihn ein paar Mal »Wie bitte!?« fragen, dann: »Sie wollen *Jana* sprechen?«

Ich zuckte zusammen. Jana? Es war schwierig, den Namen wieder mit mir in Verbindung zu bringen. Jana war jemand, den ich verlernt hatte.

Ich stand auf, und Josh gab mir mit fragendem Gesicht das Telefon.

»Ja?«, murmelte ich unwillig in den Hörer, und

im nächsten Augenblick hörte ich, wer Jana hervorgekramt hatte.

»Hallo, Kind.«

»Hallo, Mutter«, antwortete ich knapp.

»Wie geht es dir?«

»Gut. Super.« Es war eigenartig, nach all der Zeit wieder deutsch zu sprechen.

»Ich habe mir Sorgen gemacht, weil du dich so lange nicht gemeldet hast.«

»Tatsächlich? Du machst dir Sorgen?«

»Natürlich. Ich kannte ja nicht einmal deine Adresse.«

»Und woher hast du sie jetzt?«

»Ich habe bei Maya angerufen.«

Maya war in Deutschland Janas beste Freundin gewesen.

»Maya studiert jetzt in Berlin«, sagte meine Mutter.

»Ich weiß.«

»Und sie hat noch immer diesen netten Freund. Weißt du, der, dessen Vater für den Sitz als Abgeordneter kandidieren wird.«

»Ich weiß.«

»Ja, natürlich. Ihr schreibt euch ja. Weißt du, ich hätte mich über eine E-Mail auch sehr gefreut.«

»Mhm.«

»So wie du von hier weggegangen bist, so ohne ein Wort – da musste man sich ja Sorgen machen.«

»Soweit ich mich erinnere, hast du auch kein Wort gesagt, als ich gegangen bin.«

»Kind, lass uns nicht wieder streiten.«

»Wir haben noch nie miteinander geredet, ohne zu streiten, Mutter.«

Es knackte in der Leitung, und ich dachte schon, meine Mutter hätte aufgelegt. Doch dann sagte sie: »Das stimmt. Aber ich dachte, jetzt, da du auf eigenen Beinen stehst, könnten wir vernünftig miteinander reden.«

Sie überraschte mich. Hatte sie womöglich akzeptiert, dass ich gegangen war, um ein Leben nach meinen eigenen Vorstellungen zu führen, oder wollte sie mit diesem Anruf lediglich ihre mütterliche Pflicht erfüllen?

»Kind?«

»Ich bin noch da. Warum rufst du mich an?«

»Warum? Das habe ich dir doch gesagt. Ich möchte wissen, wie es dir geht. Ob du gut untergekommen bist, ob du bei netten Leuten wohnst. Hast du genug Geld?«

»Ich wohne bei sehr netten Leuten, und ich habe zwei gute Jobs.«

»Ja? Was machst du denn?«

»Ich arbeite als Kellnerin und spiele dreimal die Woche in der … in einer Bar.«

»Oh, aha. Das ist … schön. Kellnerin bist du jetzt also. Möchtest du das für immer machen?«

»Ich verdiene vor allem mit Musik mein Geld, Mutter. Ich bin Musikerin.«

»Tja, das hat dein Vater auch mal gedacht.«

Ich schwieg. Darüber wollte ich nichts hören. Nicht mehr.

»Du weißt doch, dass dein Vater Klavier gespielt hat?«

Ich lachte gequält. Ob ich das wusste? *Ob ich das wusste?* »Das weiß ich durchaus!«, knirschte ich. »Immerhin habe ich ihm im Gegensatz zu dir zugehört, wenn er gespielt hat.«

»Das mit der Spielerei wäre nichts geworden. Das hab ich ihm immer gesagt. Damit verdient man nichts. Und er hat dann ja auch einen guten Beruf gelernt, mit dem er uns ernähren konnte. Das war besser so, Jana.«

»Für dich vielleicht, aber nicht für ihn.«

»Für dich, Jana! Für dich.«

Meine Kehle zog sich schmerzlich zusammen.

»Wenn man eine Familie gründen möchte, muss man Opfer bringen«, fuhr sie fort, »und wenn du irgendwann selbst mal heiraten willst, Jana, dann wirst du auch zurückstecken müssen.«

»Wer sagt denn, dass ich das möchte?«

»Das geht schneller, als du denkst.«

»Du weißt natürlich besser als ich, was ich eigentlich will!« Meine Hand krampfte sich um den Hörer.

»Wenn man so jung ist wie du, denkt man natürlich, dass die Ratschläge der Eltern Unsinn sind. Aber wenn du älter bist, wirst du einsehen, dass ich recht hatte.«

»Wir haben ja schon an Papa gesehen, dass du nicht recht hattest. Ist dir überhaupt aufgefallen, wie unglücklich er war?«

»Du bist undankbar, Kind. Du hattest eine schöne Kindheit, und es war immer genug Geld da.«

»Ich habe dich etwas gefragt: Ist dir aufgefallen, dass er unglücklich war?«

»Ach, Jana …«

»War dir klar, wie sehr er sich gewünscht hatte, Pianist zu –«

»Kommst du mich denn mal besuchen?«

»Was? Nein.«

»Nein? Du tust gerade so, als wolltest du mich nie wiedersehen.«

»Ich hatte nicht geplant, dich wiederzusehen.«

»Wir sind immer noch eine Familie, Jana.«

»Papa war meine Familie.«

Als sie weitersprach, hörte ich ihrer Stimme an, dass ich sie verletzt hatte. »Bist du denn immer noch nicht drüber weg?«

»Nein, und du?«

»Das Leben muss weitergehen.«

»Natürlich. Für dich hat sich durch seinen Tod ja auch nicht allzu viel verändert.«

»Es ist grausam, so etwas zu sagen.«

»Es ist die Wahrheit. Hast du ihn eigentlich jemals geliebt?«

»Kind … über so was sollten wir nicht am Telefon sprechen.«

»Als hätten wir überhaupt jemals über so was gesprochen!«

»Wenn du mit mir reden willst, können wir das natürlich tun. Aber nicht am Telefon.«

»Fein, dann komm *du* mich doch besuchen! Meine Adresse hast du ja offensichtlich!« Ich knallte das Telefon auf die Kommode und starrte es wutentbrannt an. Natürlich würde meine Mutter nicht nach England kommen. Achtzehn Jahre lang hatte sie sich mit Händen und Füßen dagegen gewehrt, weil es in England »ja immer nur regnet«.

»Ich hab dich noch nie deutsch reden gehört«, sagte Josh, der hinter mir stand. »Klingt ungewohnt. Ich hatte fast schon vergessen, dass Englisch gar nicht deine Muttersprache ist.«

Ich nickte nur, zu aufgebracht, um das Gespräch mit meiner Mutter abzuhaken.

»Ärger?«, fragte er vorsichtig.

»Das war meine Mutter«, erwiderte ich so beherrscht wie möglich. »Sie denkt immer noch, sie hätte mich unter ihrer Fuchtel.«

»Immerhin hat sie dich angerufen«, kam es von der Couch.

»Ja. Und?« Ich warf Jeremy einen ärgerlichen Blick zu.

»Seid ihr nicht im Streit auseinandergegangen?«

»Schon.«

»Dann hat sie den ersten Schritt gemacht.«

»Sie hat versucht, mich wieder zu kontrollieren.«

»Vielleicht meint sie es aber auch ehrlich und macht sich wirklich Sorgen um dich.«

Ich starrte ihn an. Ein paar Augenblicke lang ratterte mein Hirn und spuckte dann ein erstaunliches Ergebnis aus.

»Jeremy, kannst du eigentlich Deutsch?«

Ein feines Lächeln umspielte Jeremys Mundwinkel,

wie es oft der Fall war, wenn ich ihn durchschaute. »Schon möglich.«

Sekundenlang herrschte Stille.

»Jay!« Josh schien überrascht. »Du hast Deutsch in der Schule doch immer geschwänzt!«

»Heutzutage ist eine Sammlung von Büchern die wahre Universität.«

»Was?«

»Thomas Carlyle.«

»Toll. Aber was willst du damit sagen?« Josh sah seinen Bruder mit großen Augen an.

»Ich hab's mir selbst beigebracht. Ich wollte *Faust* lesen.«

»Du hast *Faust* im Original gelesen?«

»Da bin ich bestimmt nicht der Einzige.«

»Jeremy …« Doch Josh wusste offenbar nicht mehr, was er sagen sollte. Mit offenem Mund stand er da.

Jeremy zuckte die Schultern und rauchte weiter.

Obwohl ich in diesem Moment eine kleine Genugtuung darüber hätte empfinden können, dass es auch zwischen den Amos-Brüdern Geheimnisse gab, war ich genervt. Das alles war irgendwie zum Kotzen. Jeremys beschissene Lässigkeit – und vor allem meine Mutter! Wütend drehte ich mich um, stapfte in mein Zimmer und hörte in ohrenbetäubender Lautstärke Rage Against the Machine, bis mein Zorn verraucht war und mir alles nur noch seltsam und verworren erschien.

Sometimes we don't know what we're waiting for.
That's the time to be the first one on the dancefloor.

TAKE THAT, »*Wooden Boat*«

An diesem Abend waren alle da, um mir zuzuhören. Josh, Jeremy, {Layla}, Alice und Kyle hatten sich um einen Tisch in der Piano Bar geschart, um sich meinen Freitagabendauftritt anzusehen. Ich sang gerade *Rock with you* von Michael Jackson in meiner ureigenen Pianoversion, als mir Amon das Zeichen gab, auf das ich seit Wochen gewartet hatte. Er wies auf einen Mann, der gerade die Bar betreten hatte, und machte dabei mit dem Finger eine Kreisbewegung in der Luft, als wolle er eine Schallplatte malen. Mir schwindelte es. Da war er also, der Plattenboss von *Jupiter Records* – der Mann, der mein Leben verändern konnte. Sollte. Würde! Meine Chance war gekommen.

Ich beendete den Jackson-Song und beobachtete aus den Augenwinkeln, wo sich mein Schicksal hinsetzte. Der Platten-Zeus nahm an einem reservierten Tisch Platz, der keine fünf Meter von mir entfernt stand. Perfekt. Er hatte die beste Sicht auf mich. Nun lag es allein an mir. Ich schloss die Augen und spielte das Intro von *Unique*, einem neuen Song von mir. Das war riskant, da mein Chef, Parker, es nicht gern sah, wenn ich eigene Lieder spielte. Aber mit *Where have all the flowers gone* konnte man den Platten-Zeus sicherlich nicht beeindrucken, und das musste ich.

Als ich die erste Zeile anstimmte, wusste ich, dass ich es gut machen würde. Ich war warmgesungen und holte alle Stimmkraft aus dem Bauch. Jeder Ton saß. Ich fühlte mich in den Text hinein und schaffte es, dem Lied das Gefühl zu verleihen, das es verdiente.

You are the creator of your own history
Take a leap
Cause you have got it all within you
Do not achieve, be unique

Ich schwamm kraftvoll durch den Song und hörte an dem tosenden Applaus, der auf den Schlussakkord folgte, dass es mir gelungen war, die Leute zu begeistern. Ich schielte zum Platten-Zeus hinüber. Er klatschte zwar, doch tat er das recht unbeteiligt. Ihn schien eine Nachricht auf seinem Handy mehr zu interessieren als sein zukünftiges bestes Pferd im Stall. Ich hatte ihn noch nicht überzeugt.

Gerade wollte ich mich daranmachen, einen weiteren meiner potentiellen Hits zu spielen, da signalisierte mir Parker, dass meine Spielzeit vorüber war. Mist! Mir blieb nichts anderes übrig, als aufzustehen und mich nach allen Seiten zu verbeugen. Zeus starrte währenddessen auf sein Handy. Die Scheinwerfer erloschen, der Applaus verebbte, und ich stand noch immer neben dem Flügel. In meinem Kopf arbeitete es fieberhaft. Mein Schicksal wollte es mir anscheinend schwermachen. Da musste ich wohl selbst etwas tun. Mit entschlossenem Schritt ging ich zum Tisch des Zeus.

»Entschuldigen Sie bitte, Mr …« Da fiel mir auf, dass ich seinen Namen gar nicht kannte.

Zeus hob den Blick und erkannte in mir die Pianistin. »Ach herrje, wollen Sie mich etwa um einen Plattenvertrag anbetteln?«

Mir wich jegliche Farbe aus dem Gesicht, und ich fühlte mich, als sei ich nur noch einen Meter groß. »Eigentlich … schon. Mir einen Vertrag zu geben … wäre das Beste, das Sie tun könnten«, stotterte ich und erregte dadurch tatsächlich seine Aufmerksamkeit.

»Warum denken Sie, dass Sie einen verdient haben?«, fragte er in blasiertem Tonfall und taxierte mein Gesicht und meine Figur.

Von mir waren nur noch höchstens fünfzig Zentimeter übrig, bis ich fragte: »Haben Sie das nicht gehört?« Ich wuchs wieder.

»Hab nichts gehört, das außergewöhnlich gewesen wäre.«

»Ich kann singen. Und das Lied ist ein Hit.«

»Ha!«, machte er nur. »Woher wollen Sie das wissen?«

»Fragen Sie doch irgendwen hier im Restaurant, ob er eine CD von mir kaufen würde.«

Er sah mich interessierter an. Die Idee schien ihm zu gefallen. »Schön, dann machen wir das«, sagte er knapp und schaute sich um. Der Zu-Fall wollte es so, dass in diesem Moment niemand anderes als Jeremy an unserem Tisch vorüberging, um sich einen Drink an der Bar zu holen.

»Junger Mann!«, sprach Zeus und winkte ihn herbei. Ich bebte innerlich. Jeremy durfte keinesfalls zeigen, dass er mich kannte! Aber er blieb cool, würdigte mich keines Blickes und sah auf den Platten-Zeus herab, als sei er bloß Hermes.

»Sagen Sie, haben Sie diese junge Dame eben spielen gehört?«

Jeremys Gesicht war ein erstklassiges Pokerface, wie immer. »Das habe ich.«

»Und gefiel Ihnen ihr Lied?«

Jeremy zögerte. »Es hat mir gefallen.«

»Würden Sie sich eine Platte von ihr kaufen? Seien Sie bitte ehrlich.«

»Obliegt die Entscheidung, ob es eine Platte von ihr geben wird, denn Ihnen?«

»Offenbar wissen Sie nicht, wer ich bin.«

»Das stimmt, aber ich kann mir nun gut vorstellen, was Sie glauben zu sein.«

»Was glaube ich denn zu sein?«

»Wichtig.«

O je, Jeremy legte sich mit Zeus an! Konnte er sich denn nicht ein einziges Mal zusammenreißen?

Der Plattenboss hielt verblüfft inne, dann lachte er. »Sie gefallen mir, junger Mann! Sie sagen, was Sie denken. Und was halten Sie nun von dieser Künstlerin?« Er wies mit dem Kinn in meine Richtung.

Jeremy schenkte mir einen langen Blick. »Wenn ich jemand wäre, der sich CDs kaufen würde, hätte ich wahrscheinlich gern eine Platte von ihr.«

Ich zitterte. Meinte er das ernst? Selbst wenn er

log, war seine Antwort mehr als ich zu hoffen gewagt hatte.

»Geben Sie ihr einen Vertrag?« Jeremy sah Zeus an, allerdings ohne mit den Augen Druck auf ihn auszuüben, wie er es sonst so oft mit seinem Gegenüber tat. Doch auch dafür war ich ihm dankbar. Ich wollte einen Vertrag, weil ich einen verdiente, und nicht, weil Jeremy seine Hypnose-Technik angewandt hatte.

»Oh, so weit sind wir noch lange nicht!«, antwortete der Plattenboss und winkte ab. »Aber vielen Dank!«

Mir bröckelte das selige Lächeln vom Gesicht.

»Das ist schade«, entgegnete Jeremy, zuckte die Achseln und wandte sich ab, um die Preisliste an der Wand zu studieren. Er stand nun hinter Zeus, so dass dieser ihn nicht mehr sehen konnte.

»Ich kann Ihnen gern noch einmal etwas vorspielen«, sprudelte ich hervor, bevor er mich wegschicken konnte.

»Nein, ich muss noch meine Frau abholen«, murmelte der Plattenboss und steckte sein Handy ein. »Sie können mir höchstens eine CD von sich geben, die ich mir auf dem Weg im Auto anhören kann.«

Mein Gott, ja!, jubelte ich innerlich. Vor Überraschung blieb mir fast das Herz stehen, und ich war mit einem Mal dermaßen aufgeregt, dass mir erst mehrere Sekunden später einfiel, dass ich gar keine CD von mir dabei hatte. Da bemerkte ich, dass Jeremy mir hinter Zeus' Rücken ein Zeichen gab. Offenbar sollte ich dem Plattenboss zusagen. Ich hatte keine Ahnung, was er vorhatte, sagte aber: »Okay, ich werde sie schnell holen.«

Jeremy bedeutete mir, zu Joshs Tisch zurückzugehen. Das tat ich, und als ich dabei an Jeremy vorbeiging, steckte er mir eine CD zu. In seiner Handschrift stand darauf: *Angelia*.

»Das sind die Songs, die du an die Plattenfirmen geschickt hast«, sagte er leise.

Ich starrte ihn ungläubig an. »Wie bist du da rangekommen?«

Jeremy machte eine unwillige Handbewegung. »Gib sie dem Plattenchefchen.«

Ich war sprachlos, hatte aber keine Zeit, weiterzufragen. Zeus hatte uns nicht beobachtet. Rasch ging ich zu ihm zurück und drückte ihm die CD in die Hand.

»Danke. Ich komme später mit meiner Frau zurück«, murmelte er, während er sich erhob und seinen Mantel nahm. »Bleiben Sie einfach hier, dann sage ich Ihnen heute Abend noch, ob die CD etwas taugt.«

Ich begleitete ihn zum Ausgang. Dort blieb ich stehen, schaute ihm nach und hatte keine Ahnung, ob ich lachen oder weinen sollte. Jeremy trat hinter mich. Ich bemerkte ihn sofort. Ich musste ihn nicht sehen, um ihn wahrzunehmen.

»Wo hast du die CD her?«, fragte ich, ohne mich umzudrehen.

»Ich hab mir die Songs von deinem MP3-Player runtergezogen und gebrannt«, hörte ich ihn sagen. Dann ging er an mir vorüber, hinaus in die Nacht.

»Du hast dir meinen MP3-Player genommen?«, murmelte ich, mehr zu mir selbst, denn Jeremy war schon außer Hörweite. Ich sah ihm nach und beobachtete, wie die Schatten der Straße seine Gestalt absorbierten. »Danke«, flüsterte ich. In diesem Moment wäre ich ihm gern in die Schatten gefolgt. Doch noch lieber wollte ich auf mein Schicksal warten.

Ich kehrte an unseren Tisch zurück, und Josh, Kyle und Alice löcherten mich sofort mit Fragen. Während ich ihnen erzählte, dass sich in diesem Augenblick irgendwo in einem Auto in den Straßen von London meine Zukunft entschied, schaute Layla sich unruhig um. Die Bar war derart voll, dass man unmöglich den gesamten Raum überblicken konnte. Auf ihrem Gesicht zeichnete sich Panik ab. Wahrscheinlich hatte sie nicht bemerkt, dass Jeremy gegangen war.

»Er ist weg«, sagte ich, und sie sah mich an, als sei ich dafür verantwortlich.

»Wohin ist er gegangen?«, bellte sie.

»Keine Ahnung.«

Layla raffte ihr Zeug zusammen und hetzte aus der Bar.

»Armes Mädchen«, bemerkte Alice, doch gleich darauf sprachen wir schon wieder über den Plattenboss. Amon, dessen Schicht gerade vorbei war, gesellte sich zu uns, und ich erzählte auch ihm die Geschichte von Zeus.

Die Zeit verging so langsam, als würde Blei an den Minuten kleben. Ich war furchtbar nervös, blickte ständig zur Tür und hoffte, dass der Plattenboss endlich wiederkäme.

Und dann war es so weit. Mit einer eleganten Dame am Arm kehrte Zeus zurück. Ich wartete, bis sich die beiden gesetzt hatten, und ging mit einem mulmigen Gefühl im Magen zu ihnen hinüber.

»Mr …« Ich kannte seinen Namen immer noch nicht.

»Ach ja, Sie!« Er stand auf und nahm mich zur Seite.

»Hat Ihnen die CD gefallen?«

»Nun ja. Ich muss sagen, gefallen hat sie mir schon«, erwiderte er, obwohl er klang, als gefiele sie ihm überhaupt nicht. Lag das an der schlechten Tonqualität der Aufnahme? »Sie singen wirklich nett, und Ihre Songs haben auch einen gewissen naiven Charme. Aber alles in allem kann ich Sie nicht gebrauchen.«

Bumm. Er schoss meinem Traum mitten ins Herz.

»Aber … wenn es Ihnen doch gefällt …« Ich war viel zu getroffen, um ein richtiges Argument vorzubringen.

Glücklicherweise ließ sich Zeus auf ein Gespräch ein. »Es geht nicht darum, ob ich Ihre Musik mag. Es geht darum, ob ich sie verkaufen kann, verstehen Sie?«

»Mhm«, machte ich. Wenn ich nicht langsam mein Gehirn einschaltete, war meine Chance vertan. »Wieso sollten Sie mich nicht verkaufen können? Wissen Sie, wie oft ich schon gefragt worden bin, ob man meine Musik irgendwo bekommen kann?«

Das beeindruckte Zeus keineswegs. Wahrscheinlich hatte er diesen Satz schon tausendmal gehört. »Ja, natürlich«, erwiderte er nachsichtig. »Ihre Melodien sind ja auch ganz eingängig. Aber Ihr Stil ist mega-out, *Missie*! Platten mit lyrischem Herz-Seelen-Kram verkaufen sich heutzutage nicht mehr. Und wenn, dann nur als One-Hit-Wonder. Oder können Sie mir einen einzigen weiblichen Singer/Songwriter nennen, der mit Acoustic-Pop länger als ein paar Wochen im Gespräch war?«

»Klar!«

»Aha?« Er verschränkte die Arme und sah mich selbstgefällig und skeptisch an.

»Äh ...« In meinem Kopf herrschte plötzlich gähnende Leere. Hatte Marit Larsen mehr als nur einen Hit gehabt? Ich konnte mich plötzlich nicht mehr erinnern. Musste man Colbie Caillat auch als Eintagsfliege bezeichnen? War Amy MacDonalds zweites Album gefloppt? Ich rang hektisch nach Luft. Es gab doch bestimmt jede Menge erfolgreiche weibliche Singer/Songwriter! Wieso fielen sie mir nicht ein? Oder hatte Zeus etwa recht? »Wenn es sonst niemanden in diesem Segment gibt, ist umso mehr Platz für mich«, änderte ich fiebrig meine Taktik. »Ich fülle sozusagen eine Marktlücke!«

Zeus lachte, schüttelte aber gleichzeitig den Kopf. »Das ist keine Marktlücke, das ist Desinteresse.«

»Urban R&B wird es allerdings bestimmt auch nicht mehr lange geben«, erwiderte ich. »Und was wollen die Leute wohl hören, wenn sie rappende Glamourpüppchen leid sind?«

»Wahrscheinlich Gothic Punk, Hardrock, Balkan Beat, Latino oder was ganz Neues. Aber auf Retro-Pop zu setzen, wäre verrückt.«

»Was hört denn Ihre Frau gern?« Ein Schuss ins Blaue. Bitte, bitte Universum, lass mich jetzt nicht im Stich!

Zeus stutzte, wischte den Einwand dann aber mit einer ungeduldigen Handbewegung beiseite. »Das spielt keine Rolle.«

»Wieso nicht? Kauft sie sich keine Musik?«

Er stutzte erneut. War zweimal schon ein gutes Zeichen?

»Die Zielgruppe unserer Firma liegt bei den unter Dreißigjährigen.«

»Ich bin unter dreißig. Mit mir kann man sich identifizieren!«

»Ihnen wird niemand lange genug zuhören, um sich mit Ihnen zu identifizieren.«

»Geben Sie mir nur eine Chance!«, drängte ich und bildete mir ein, ihn noch überzeugen zu können. »Es gibt heute viel zu viele Sänger, die nicht aus Liebe zur Musik, sondern aus Liebe zum Ruhm oder zum Geld singen. Und das ist wirklich schade, denn wenn der Platz nicht von ihnen besetzt wäre, könnte er von jemand Interessantem eingenommen werden! Jemandem wie mir! Die Leute, die Musik kaufen, sind doch nicht alle herzlose Idioten. Sie werden den Unterschied bemerken. Qualität setzt sich letztlich immer durch.« Mir war klar, dass das nicht stimmte, aber aus mir sprach die reine Verzweiflung. »Geben Sie mir nur einen Gig, und ich werde es Ihnen beweisen!« Aber es half nichts. Ich hatte verloren.

»Tut mir leid, *Missie*«, sagte er unmissverständlich

und abschließend. »Sie sind wirklich sehr hübsch.« Er drehte sich um und setzte sich wieder an seinen Tisch.

Da stand ich wie ein begossener Pudel und war vom Universum im Stich gelassen worden. Nach ein paar Sekunden nahm ich all meine Kraft zusammen und ging hocherhobenen Hauptes zu unserem Tisch zurück.

»Nicht gut gelaufen?«, fragte Josh.

Ich schüttelte den Kopf und setzte mich. Alle starrten mich betreten an.

»Dann war es wohl nicht die richtige Plattenfirma für dich«, sagte Alice pragmatisch. »Es wird noch andere Möglichkeiten geben.« Sie lächelte. »Vielleicht bringt dich Tanzen auf andere Gedanken.« Wir waren seit Wochen jeden Freitagabend zum Tanzen ausgegangen und hatten uns auch an diesem Abend vorgenommen, uns ins Londoner Nachtleben zu stürzen.

»Ja, vielleicht.« Ich zuckte mit den Schultern.

Kurze Zeit später machten sich Alice, Josh, Kyle, Amon und ich auf den Weg zum *Metro*, einer schicken Touristendisco am Leicester Square, die ihre Besucher mitleidslos mit eingedostem Clubmist zudröhnte, bis man es wieder zum Ausgang schaffte. Ich mochte diesen Laden nicht besonders, doch Kyle kam gern her, und diesmal war er an der Reihe, die *location* auszusuchen. Über eine Stunde lang standen wir in der Schlange vor dem Club. Nachdem man festgestellt hatte, dass wir keine *Trainers*, also keine Turnschuhe trugen, ließ man uns gnädig in den Tempel des Lärms ein. Der Eintritt war phänomenal teuer, die Housebeats, die uns entgegenwummten, klirrten mir in den Ohren, und Kyle fragte, ob ich was hätte. Ich sagte nur »In den Londoner Clubs wird man auf seine Schuhe reduziert!« und bemühte mich, ein neutrales Gesicht zu machen.

Es war erst kurz nach Mitternacht, und die Tanzfläche war noch leer. Josh und Alice liebten diese frühe Phase der Disconächte, denn um diese Zeit hatten sie noch Platz, um sich auszutoben und wirklich zu tanzen. Sobald ein Song kam, den sie mochten, betraten sie die »Bühne« und wurden automatisch zum Mittelpunkt des Clubs. Wenn Josh und Alice richtig loslegten, konnte niemand den Blick von ihnen abwenden. Beide hatten flammende, flirrende Starqualität.

Kyle, Amon und ich sahen ihnen andächtig zu, und als die beiden eine Pause einlegten und sich durch den inzwischen dichten Pulk zu uns zurückdrängten, strahlten sie uns ihr neuaufgeladenes Charisma entgegen.

»Du bist wunderschön!«, sagte Amon unvermittelt zu Alice und starrte sie mit glänzenden Augen an.

Kyle kicherte.

»Danke«, erwiderte sie.

Als Nächstes legte der DJ – der dafür sicherlich gefeuert werden würde – die Beach Boys auf, und Josh zog mich überschwänglich auf die Tanzfläche. Zuerst konnte ich mich seiner guten Laune kaum anschließen, doch Josh strahlte mich an, lachte, nahm mich bei den Händen und tanzte Rock 'n' Roll mit mir. Seine Begeisterung und sein Lachen waren unwiderstehlich, und so konnte ich gar nicht anders, als meine Grimmigkeit abzustreifen und mitzumachen. Wir tanzten stundenlang. Auch als wieder Housebeats gespielt wurden, tanzte ich mit Josh weiter, wild und ekstatisch, um die Enttäuschung aus jeder Zelle meines Körpers herauszuschütteln.

Gegen Morgen standen wir erhitzt und schweißgebadet auf der Straße. Da sah ich das Plakat. In der folgenden Woche sollte ein Gesangswettbewerb in Camden Town stattfinden.

»Alice, sieh mal!«

Alice und ich traten näher an das Plakat heran. »Das ist ein Wettbewerb vom *Musical Mirror*. Es scheint dabei um eine Rolle in einem neuen Musical zu gehen«, sagte ich.

»Der Wettbewerb ist so etwas wie ein Casting!«, begeisterte sich Alice für die Sache.

»Ja. Wer gewinnt, bekommt die Rolle.«

»Angie, da müssen wir mitmachen!«

»Wir?«

»Natürlich wir. Wer denn sonst?«

Ich musste lachen. »Stimmt. Wer denn sonst?«

Life's not worth a damn 'til you can shout out:
I am what I am.

GLORIA GAYNOR, »I am what I am«

Der Abend des Gesangswettbewerbs kam schnell heran. Alice und ich stylten uns gemeinsam in ihrer und Kyles Wohnung und hörten dabei *Don't stop me now*. Inständig sang Freddy Mercury für uns, voller blindwütiger Daseinseuphorie, bis wir mit jeder Faser fühlten, dass nichts uns aufhalten konnte.

Wir waren es beide nicht gewohnt, Make-up zu benutzen, und so blieb es bei Lipgloss und Mascara. Doch wir sahen gut aus. Wir waren schön. Aufgeputscht von der Musik und der Aussicht auf ein Wunder fuhren wir nach Camden Town und schmetterten die Queen-Hymne im Bus, bis die anderen Fahrgäste mitklatschten und uns lauthals anfeuerten. Doch als wir ankamen, ließ unsere Begeisterung ein wenig nach. Vor dem Club waren wir mit einem Mal ganz still. Jetzt wurde es ernst.

»Gehen wir rein und machen das Beste daraus«, sagte ich. Alice nickte und folgte mir.

Der Club platzte aus allen Nähten, und dort, wo normalerweise die Tanzfläche war, drängelten sich zahllose Zuschauer und Kritiker. Alice und ich wurden hinter die Bühne gelassen. Nachdem unsere Bewerbungsunterlagen gecheckt worden waren, schickte man uns zu den anderen Teilnehmerinnen, die in einem großen Raum voller Adrenalin warteten und sich warm sangen oder nervös Löcher in die Luft starrten. Ich war erstaunlich ruhig. Musical war weder mein Metier noch mein Ziel. Womöglich war aber irgendjemand im Publikum, dem ich unter all diesen Mädchen auffiel. Ich schaute mich genauer um. Es waren circa zwanzig Teilnehmerinnen anwesend. Einige von ihnen klangen schon beim Einsingen verdammt gut. Viele Mädchen waren schwarz, die meisten ziemlich attraktiv.

Alice begann ebenfalls die Tonleitern rauf und runter zu singen, und bei ihr klang schon das wie eine Arie. Sie erntete dafür einige feindselige Blicke von den anderen Mädchen, machte aber unbeirrt weiter, und ich fiel bald ein.

Als es endlich losging, erhielten wir unsere Startnummern und uns wurde der Ablauf erklärt. Die Musik würde von einer Karaoke-CD kommen, und wir müssten lediglich auf die Bühne gehen und performen. Ein Moderator mit gelber Fliege trat auf die Bühne und erzählte, dass der Name des neuen Musicals erst am Schluss der Show bekanntgegeben würde, dass es sich aber um eine sensationelle neue Produktion handelte. Während er dies sagte, begann ich daran zu zweifeln. Wir würden noch nicht einmal von einer richtigen Band begleitet werden! Da musste schon die Erste singen. Eine kleine Brünette betrat die Bühne und sang mit zittrigem Stimmchen *Out here on my own* aus *Fame*. Drei Minuten später verließ sie unter peinlich unbeteiligtem Beifall die Bühne.

Die nächsten beiden Mädchen waren nicht viel besser als sie, erst die vierte Sängerin überzeugte die Leute. Sie sang *Listen* aus *Dreamgirls*, und sie war verflucht gut. Wenn man die Augen schloss, dachte man, Beyoncé persönlich stünde auf der Bühne. Ihr Applaus war ohrenbetäubend. Es schien, als sähen viele in ihr schon die Gewinnerin. Allerdings hatten sie Alice noch nicht gehört! Sie war als Nächste dran. Als ich ihr ein »Zeig's ihnen!« zuraunte, bebten ihre Hände leicht, aber ihr Blick war entschlossen und voller Gottvertrauen. Sie bekreuzigte sich, trat auf die Bühne und schritt einher, als gehöre jeder Zentimeter unter ihren Füßen ihr allein. Ihr langes schwarzes Kleid umfloss sanft ihre zierlichen Formen und unterstrich den Touch des Märchenhaften, den sie auf einer Bühne stets besaß.

Alice ließ den Blick durch den Raum schweifen und sah allen Zuschauern offen und aufmerksam ins Gesicht. Die Musik setzte ein. *Somewhere* aus der *West Side Story*. Das Lied, das durch Alices Art, es zu singen, in meinen Augen für immer ihr gehören würde. So war es auch heute. Sobald Alice begann, gehörte nicht nur das Lied ihr, sondern der gesamte Saal. Es gab plötzlich kein Drängeln oder Durcheinanderlaufen mehr. Jeder Anwesende hörte ihr zu und starrte gebannt auf die kleine Fee auf der Bühne. Ihr Lied begann weich und silbrig. »*There's a place for us* ...« sang sie, und es war, als spräche sie jeden Zuhörer persönlich an. Mit jeder Zeile wurde ihr Lied eindringlicher, bis es schließlich mit einem leidenschaftlichen

Knall explodierte und Alice wie eine mächtige Zauberin zuerst *»Hold my hand and we're halfway there, hold my hand and I'll take you there ...«* über die Köpfe der Menschen schleuderte und dann das gewaltige *»Someday, Somehow, Somewhere!«* in Richtung Himmel schickte. Sobald der letzte Ton verklungen war, donnerte der Applaus los, und was bei der Kandidatin vor ihr ohrenbetäubend gewesen war, glich nun einem Erdbeben. Alice musste sich dreimal verbeugen, und das Publikum wollte sie kaum gehen lassen. Jede Teilnehmerin, die nach Alice an der Reihe war, hatte schon verloren. Zum Glück dauerte es bis zu meinem Auftritt noch ein wenig.

Alice kam von der Bühne, und ihre Augen strahlten. »Ich war gut!«, sagte sie atemlos und zitterte nun heftiger als vor ihrem Auftritt.

»Gut!«, wiederholte ich lachend. *»Rubbish!* Beyoncé war gut. Du warst nicht von dieser Welt!« Ich sagte dies ohne Neid. Mir war klar, dass ich in keiner Weise an Alice heranreichen konnte. Vor allem nicht, wenn sie *Somewhere* sang. So ging es auch den nächsten drei Mädchen. Sie wurden vom Publikum wenig freundlich empfangen und schnell wieder von der Bühne geschickt.

Anschließend war ich dran. Ich erwartete zwar nicht, in diesem Wettbewerb gut abzuschneiden, aber ich wollte mein Bestes geben. Ich ging auf die Bühne und wurde vorgestellt. Mit festem Blick sah ich ins Publikum, so wie Alice es zuvor getan hatte. Vielleicht würde mein Blick dem eines Talentsuchers begegnen.

Stattdessen begegnete er Jeremy und Josh, die beide in der ersten Reihe standen. Ich lächelte erfreut, und Josh winkte. Jeremy verzog keine Miene.

Die Musik begann, und ich konzentrierte mich. Ich hatte mir *Hopelessly devoted to you* aus *Grease* ausgesucht, obwohl ich das Lied eigentlich nicht besonders toll fand. Aber ich konnte es gut singen. Ich hatte zu Hause einige Musicallieder ausprobiert, und dieses war für meine Stimmlage perfekt. »*Guess mine is not the first heart broken* …«, begann ich und ahnte, dass ich anstatt eines perfekt sitzenden Songs besser ein Lied ausgewählt hätte, das ich mochte. Ich klang gut, daran lag es nicht, mein Zwerchfell und meine Stimmbänder arbeiteten reibungslos, aber ich hatte über das Lied nichts zu sagen, und das hörte man. Ich strengte mich an, holte aus dem Refrain alles heraus, was die Technik hergab, aber weder war ich imstande, die Leute vom Durcheinanderlaufen oder Drängeln abzuhalten, noch staunte irgendjemand über mein Können. Ich war einfach nur die Nummer neun, die nicht weiter auffiel. Der Beifall am Ende meines Auftritts war wohlwollend, sogar lauter, als ich erwartet hatte, von einem Erdbeben aber weit entfernt. Ich bedankte mich artig und verließ die Bühne. Alice kam auf mich zu und zeigte mir den Daumen nach oben, sagte ansonsten aber nichts.

Die übrigen Mädchen absolvierten ihre Auftritte, und einige waren recht gut. Besser als ich. Dann zog sich die Jury zurück, und wenig später war es entschieden. Der Moderator mit der gelben Fliege kehrte auf die Bühne zurück und zückte einen Zettel, auf dem das Ergebnis stand. Vom Band erklang ein Trommelwirbel, und der Moderator verkündete den Namen des Mädchens, das den dritten Platz gemacht hatte. Es jubelte irgendeine Gemma. Ich fragte mich, wieso drei Plätze verteilt wurden, wenn nur eine Rolle zu vergeben war, aber die ganze Veranstaltung war irgendwie merkwürdig und unprofessionell. Platz zwei ging an Beyoncé. Dann kam Platz eins. Der Trommelwirbel spielte doppelt lang, und der Moderator bemühte sich, es spannend zu machen, indem er immer wieder fragte: »Wer hat wohl gewonnen? Wer ist es?«

Mir war klar, wer gewonnen hatte.

»Die Siegerin heißt …«, kreischte der Moderator und zögerte wieder. Es war totenstill im Saal. Dann sagte er ihren Namen. Das Publikum brach augenblicklich in Jubelstürme aus, und alle schrien und klatschten wie wild. Sie trat langsam auf die Bühne, glühte wie ein kleiner Stern und war wunderschön. Die Bewunderung flog ihr von allen Seiten zu, und sie genoss den Lärm, den das machte. Der Moderator verkündete den Namen des neuen Musicals (von dem ich noch nie etwas gehört hatte) und sagte, sie habe die Hauptrolle gewonnen. Abermals begeisterter Lärm. Offensichtlich ging es doch um ein echtes Musical, und mir taten meine miesepetrigen Zweifel leid.

Alice wurde nach ihrem Sieg von zahllosen Leuten umringt und mit Fragen und Lob bombardiert. Ich konnte sie nur kurz beglückwünschen und wurde dann wieder von ihren Fans abgedrängt. Deshalb packte ich meine Sachen zusammen und verließ den Club. Sobald ich auf die Straße trat, blieb ich stehen. Ich seufzte und bemühte mich, nicht enttäuscht zu sein und nicht daran zu denken, dass mich kein Scout oder Produzent angesprochen hatte.

Da stand er plötzlich vor mir. Jeremys Talent, wie aus dem Nichts aufzutauchen, kam ein weiteres Mal zur vollen Entfaltung, und ich fuhr erschreckt zusammen.

»Enttäuscht?«, fragte er.

»Ein bisschen«, murmelte ich und versuchte, mich zu sammeln. »Alice war einfach besser.«

»Das war sie.«

»O danke.«

»Alle drei, die gewonnen haben, waren besser als du.«

Einen Augenblick lang war ich verletzt, aber dann sah ich ein, dass er recht hatte. »Musical ist nicht mein Ding.«

»Warum hast du dann bei dem Wettbewerb mitgemacht?«

»Warum? Weil … ich dachte, ich sollte jede Chance nutzen, um aufzutreten.«

»Dann war es ja ein erfolgreicher Abend. Du bist aufgetreten.«

Ich begann zu grinsen. »Arsch«, sagte ich und bemerkte, dass er ebenfalls grinste. Sein schöner Mund lächelte mich an. Jeremy entging natürlich nicht, dass ich auf seinen Mund starrte, und sein Blick intensivierte sich. Da bemerkte ich, dass ich auf den Zehenspitzen wippte. Zu Jeremy hin.

Sein Mund öffnete sich, und seine Zunge benetzte seine Lippen. Allein der Anblick genügte, um mir prickelnde Schauer über den Rücken zu jagen und mich wie ein hypnotisiertes Kaninchen immer näher zu ihm hinzuziehen.

Er beobachtete mich. Er bewegte sich keinen Zentimeter, sondern ließ mich zu sich kommen. Die Luft zwischen uns schien elektrisch aufgeladen wie vor einem Gewitter. Es fehlte nicht viel, und es wären Funken geflogen. Doch plötzlich wich Jeremy einen Schritt zurück und murmelte: »Da kommt Josh.«

»Oh«, hauchte ich und wirbelte herum. Josh trat gerade aus dem Club und schaute sich suchend auf der Straße um.

»Hat er uns gesehen?«, fragte ich leise.

»Ich glaube nicht.«

Josh entdeckte uns und kam zu uns herüber. Layla huschte hinter ihm her. War sie ebenfalls im Publikum gewesen? Ich hatte sie wohl wieder einmal übersehen.

»Hey, da bist du ja!«, begrüßte Josh mich fröhlich. »Hab dich überall gesucht. Alice ist der Star des Abends!«

»Ja, Wahnsinn, oder?« Ich klang nicht ganz so begeistert, wie ich es mir gewünscht hätte.

»Warum hast du *Hopelessly devoted* gesungen?«

»Das frage ich mich selbst. Ich dachte, bei Musicalsongs käme es vor allem auf eine gute Technik an, und ich hab angenommen, das wäre meine Stärke bei dem Song.«

»Aber dein Herz ist doch deine größte Stärke!«, entgegnete Josh, und seine warmen Augen ruhten liebevoll auf mir.

Da fühlte ich mich wie eine Verräterin. Ich hatte Josh versprochen, mich nicht noch mal auf Jeremy einzulassen, und doch hatte ich ihn beinahe wieder geküsst.

Ich verabschiedete mich rasch von den anderen, die noch etwas trinken gehen wollten, und fuhr mit schlechtem Gewissen nach Hause.

Was soll diese tobende endlose Leidenschaft?
Ich habe kein Gebet mehr als sie, meiner Einbildungskraft erscheint keine andere Gestalt als die ihrige, und alles in der Welt um mich her sehe ich nur im Verhältnisse mit ihr.

JOHANN WOLFGANG VON GOETHE,
Die Leiden des jungen Werther

Am folgenden Tag, einem Sonntag, war es beinahe fünfundzwanzig Grad warm. Ich setzte mich im Garten unter einen Baum und wollte einen Songtext für ein Lied schreiben, das ich am Vormittag komponiert hatte. Das neue Lied war anders als meine bisherigen Songs. Normalerweise hätte ich an einem Tag wie diesem den Sommer in mich aufgesogen und Die-Welt-ist-wunderbar-Reime geschrieben. Aber irgendwie steckte mir das niederdrückende Gefühl vom Tag zuvor – von den gesamten vergangenen Wochen! – in den Knochen und machte mich glauben, die Welt sei vorübergehend nur für andere wunderbar. Ich begann:

Speechless I am
Don't want to talk again
Words just don't work anymore

Ich wollte einen richtig depressiven Text schreiben und meinen Frust auf diese Art loswerden. Bevor ich aber über die erste Strophe hinauskam, stand Jeremy neben mir.

»Sometimes?« Er stand vor der Sonne, und seine Gestalt wurde von einem hellen Strahlenkranz umrahmt.

Mal wieder überaus beeindruckend, Mr Amos, wie Sie hier auftauchen, dachte ich, sagte aber: »Ich schreibe an einem Lied, das *Sometimes* heißt.«

»So nannte sich bereits ein Song von Erasure. Und einer von Britney Spears. Von Barry White. Depeche Mode. The Carpenters. Pearl Jam. Papa Roach. Sugababes.«

Ich grinste. Es war einfach unglaublich, was Jeremy alles in seinem Kopf gespeichert hatte. »Ich weiß, es gibt kaum noch einen Songtitel, den nicht schon jemand vor mir benutzt hat.«

Jeremy hatte irgendetwas in der Hand. Ein Buch. »Hast du Zeit zu lesen?«, fragte er und setzte sich zu mir, als habe ich seine Frage bereits bejaht. Sein Knie berührte meinen Oberschenkel, und mein Körper begann sofort zu kribbeln. Schlagartig wurde mir klar, wie gefährlich es war, hier mit ihm zu sitzen. Josh war bei der Arbeit und würde nicht vor dem Abend zu Hause sein. Jeremy und ich waren schon lange nicht mehr allein im Haus gewesen.

»Was hast du denn dabei?«, fragte ich heiser und räusperte mich. Jeremy gab mir das Buch. *Die Leiden des jungen Werther*. Goethe. Auf Deutsch.

»Kennst du das Buch schon?«

Ich schüttelte den Kopf.

»Würdest du es mir vorlesen?«, fragte er und legte sich neben mich. Er verschränkte die Hände hinter dem Kopf und schloss die Augen.

»Ich weiß nicht …«

»Das könnte zu deinem Lieblingsbuch werden. Der Werther hat einiges mit dir gemeinsam.«

»Wirklich? Was denn?«

»Er sieht die Welt mit deinen Augen.«

»Aha. Und ich soll dir das auf Deutsch vorlesen?«

»Ja.«

Na gut, warum nicht. Wenn wir uns mit Büchern beschäftigten, war die Gefahr geringer, dass wir uns wieder küssten. Jeremys Buchauswahl stimmte mich jedoch skeptisch, denn mit dem Titel verband ich drögen Unterrichtsstoff, der vor gar nicht allzu langer Zeit, als ich noch zur Schule ging, die Parallelklasse zum Stöhnen gebracht hatte. Umso überraschter war ich, als ich zu lesen begann und feststellte, dass der Werther heiter plauderte wie ein klarer Gebirgsbach und so trunken war vor Lebensfreude und Staunen über das Schöne, dass ich mich stark an mich selbst erinnert fühlte.

Jeremy lauschte meinem deutschen Redefluss, blieb vollkommen passiv und ließ mich mit Werther allein. Das Buch zog mich immer mehr in seinen Bann. Ich verstand genau, was Werther fühlte, und dachte mit jeder neuen Seite, dass Goethe das gleiche Lebensgefühl gehabt haben musste wie ich. Dann begann Werther zu leiden. Sein Glück verließ ihn, die Frau, die er wollte, konnte er nicht haben, und seine übersteigerte Emotionalität ließ ihn schließlich Selbstmord begehen.

Ich hatte das ganze Buch gelesen. Es war früher Abend. Jeremy saß mir inzwischen gegenüber.

»Glaubst du, ich würde Selbstmord begehen? Nur weil mein Traum gerade in der Warteschleife hängt?«, fragte ich und klappte das schmale Buch zu.

»Nein. Dafür bist du noch nicht verzweifelt genug. Aber wenn du ein paar Jahre in der Warteschleife hängenbleiben würdest – wer weiß.«

»Ein früher Hinweis also, mich nicht allzu sehr hineinzusteigern?«

»Wer weiß.«

»Du! Du weißt doch immer alles!«

»Ich dachte lediglich, das Buch könne dir etwas sagen. Was das ist, musst du selbst herausfinden.«

Goethes Geschichte hatte mich in der Tat berührt, aber Angst hatte ich nicht. Ganz so narzisstisch und kompromisslos wie Werther war ich wohl nicht. Oder doch?

Jeremy erhob sich. »Möchtest du das Buch behalten?«

»Ja, wenn du es nicht mehr haben willst …«

»Nein. Was soll ich noch damit?« Er hielt inne. »Irgendwann lese ich dir mal was von Byron vor«, sagte er und schien gehen zu wollen.

»Jeremy!« Ich wusste, dass es mehr als dumm war, ihn zurückzuhalten, aber mein Mund hatte sich verselbständigt.

»Was?«

Ich sah ihn eindringlich an, ohne zu wissen, was ich ihm sagen wollte.

Jeremy drehte sich um und ging.

Wenig später saß ich auf dem Bett in meinem Zimmer, hörte ein altes Erasure-Album und grübelte. Da klopfte es an der Tür. Mir blieb das Herz stehen. Es konnte nur Jeremy sein. Josh würde erst in einer Stunde nach Hause kommen. Ich schluckte. Jeremy hatte noch nie bei mir angeklopft.

Eilig erhob ich mich, riss die Tür auf – und da stand er. Mit einem Blick, der Bände sprach und meine Knie augenblicklich in flüssiges Gummi verwandelte. Mit zwei Schritten war er bei mir, und sein Mund lag auf meinem. Seine Hand umfasste meinen Nacken, während seine Zunge in mich eindrang. Mein Körper erbebte, und in meinen Adern tobte innerhalb von Sekunden eine Sturmflut. Jeremys Kuss war fordernd und weich zugleich. Ohne von mir abzulassen, kickte er die Tür zu und zog mich zum Bett.

Jeremy kam über mich wie ein Sommergewittersturm. Wild und tosend und gewaltig. Mit ein paar gezielten Bewegungen zog er mir das T-Shirt aus, und plötzlich trug ich auch keinen BH mehr. Wow, dachte ich noch, aber dann klinkte sich mein Verstand auch schon aus.

Hätte ich nachgedacht, wären mir wohl ein paar Gründe eingefallen, warum das, was hier gerade geschah, eine saudumme Idee war: Josh (Josh!) und die Tatsache, dass Jeremy keine Kondome mitgebracht hatte und ich nicht die Pille nahm. Vielleicht hätte ich mich, wäre mein Kopf dazu in der Lage gewesen, auch daran erinnert, dass ich noch Jungfrau war, und Jeremy gebeten, wenigstens eine Kerze anzumachen.

Aber mein Denken hatte sich komplett ausgeschaltet. Ich spürte nur noch Jeremys Hände, die jede Stelle meines Körpers eroberten und in mir Empfindungen auslösten, die ich in dieser Intensität nie für möglich gehalten hätte.

Plötzlich war ich gänzlich nackt und registrierte verschwommen, dass Jeremy ebenfalls nackt war. In mir brannte alles lichterloh, und ich wollte wissen, ob es noch besser würde, wenn er in mir wäre.

»Tu es!«, sagte ich mit erstickter Stimme und war zu ungeduldig, um über mich selbst zu staunen.

Jeremy lächelte.

»Tu es!«, wiederholte ich, schwer atmend, und noch während ich dies sagte, drang er in mich ein. Es tat nur einen kurzen Moment lang weh, dann traf eine kolossale Welle aus heißem Blut in meinem Hirn ein, und mir wurde schwindelig. Ich sah nur noch Jeremys Blick, der tief in mir steckte und an dem ich mich festhielt, um nicht völlig abzudriften. Zuerst bewegte Jeremy sich langsam und ließ mir Zeit, mich an das Gefühl zu gewöhnen. Ich verlor schon jetzt beinahe das Bewusstsein, wollte gleichzeitig aber um nichts in der Welt, dass er aufhörte. Das entging ihm nicht, und seine Bewegungen wurden schneller, gingen tiefer und luden meinen Unterleib mit reinstem Sprengstoff auf.

Unsere Blicke hingen fest aneinander und ließen sich nicht los. Ich sah meine sich steigernde Lust in ihm reflektiert und explodierte beinahe gleichzeitig mit ihm. Die letzte Welle war zu viel für meinen ungeübten Körper, und mir wurde endgültig schwarz vor

Augen. Es dauerte jedoch nur ein paar Sekunden, und ich kehrte in den Augenblick zurück.

Jeremy lag noch immer auf mir. War noch immer in mir. Sein Herz schlug gegen meine Brust, und er atmete schnell. Ich starrte erstaunt an die Decke und versuchte zu begreifen, was gerade geschehen war.

Langsam strich ich Jeremy über den verschwitzten Rücken und flüsterte: »Ich glaube, ich hab zwischenzeitlich das Bewusstsein verloren.«

»Ging mir nicht anders«, antwortete er und meinte es wohl metaphorisch. Ich lächelte. Na gut, dann war es eben mein Geheimnis. Einmal angefangen zu lächeln, konnte ich nicht mehr aufhören. Jeremy lag mit seinem ganzen Gewicht auf mir, er war mir so nahe wie nie zuvor. Ich umschlang ihn mit den Armen und atmete ihn tief ein. In diesem Moment wusste ich, dass ich ihn liebte. Ich konnte es mit jeder Zelle meines Körpers fühlen und nicht länger leugnen.

Jeremy richtete sich auf und sah mich lange und nachdenklich an. In seinem Blick war jedoch eher Besorgnis als Liebe zu erkennen. Ich erforschte seine Gefühle durch seine Augen und erkannte, was er dachte. Jeremy wiederum sah, dass ich in ihm gelesen hatte, und rollte von mir herunter.

»Wir hätten das nicht tun sollen«, sprach ich ernüchtert seinen Gedanken aus.

Jeremy sagte nichts.

Plötzlich stürmten alle Bedenken, die ich vorher ignoriert hatte, auf mich ein, und es überkam mich wie eine kalte Dusche. Was hatten wir getan? Joshs

Gesicht tauchte vor meinem inneren Auge auf, und mir wurde schlecht. Dann kam mir der Gedanke, dass ich vielleicht schwanger sein könnte. Dass Jeremy wahrscheinlich schon mit dreihundert Frauen geschlafen hatte. Dass ich gerade entjungfert worden war – von einem Mann, der offensichtlich bereute, mit mir geschlafen zu haben.

»Josh darf niemals davon erfahren«, sagte Jeremy in beherrschtem Tonfall.

Ich erwiderte tonlos: »Dann fangen wir jetzt also an, ihn wirklich zu belügen.«

Jeremy verzog gequält den Mund. Dann griff er nach seiner Jeans und seinem T-Shirt und verschwand.

Sei wie der Fluss, der eisern ins Meer fließt,
der sich nicht abbringen lässt, egal,
wie schwer's ist …

SILBERMOND, »Krieger des Lichts«

In den folgenden Wochen spitzte sich die Situation in der Villa in Muswell Hill immer mehr zu. Zwei Tage nach dem »Vorfall« sah ich Jeremy zum ersten Mal wieder. Wir saßen mit Josh am Küchentisch, aßen Kekse und tranken Earl Grey Tea. Jeremy sprach hauptsächlich mit seinem Bruder und ignorierte mich weitgehend. Josh musste den Eindruck haben, alles sei wie immer. Sobald er jedoch zur Arbeit gegangen war, schlenderte Jeremy zur Anrichte, strich mit einer federleichten Berührung über meinen Nacken und verließ die Küche. Natürlich folgte ich ihm, und wir landeten auf der Couch, wo ich mein zweites und drittes Mal erlebte.

Ich hatte mir nach dem ersten Mal gar nicht erst vorgenommen, nie wieder mit Jeremy zu schlafen, da es für mich ein Ding der Unmöglichkeit zu sein schien, ihm zu widerstehen. Also hatte ich eine Riesenpackung Kondome gekauft, die innerhalb der nächsten Wochen rasend schnell dahinschwand. Jeremy und ich taten es ständig, überall und zu allen Uhrzeiten, immer dann, wenn Josh im College war oder arbeiten musste. Wenn er zu Hause war, lasen Jeremy und ich zusammen Keats, Goethe, Shelley und Schiller und benahmen uns so normal wie möglich. Ich fühlte mich schrecklich und glücklich zugleich. Wir konnten Josh nicht die Wahrheit sagen, aber wir konnten auch nicht voneinander lassen.

Es war eine merkwürdige Zeit. In Bezug auf meinen Traum tat sich wenig, obgleich ich mittlerweile in einem Studio in Finsbury Park eine richtige Demo-CD aufgenommen hatte. Einen ganzen Tag lang hatte ich dort mit einer Band zusammengearbeitet, die mit mir – für insgesamt zweihundert Pfund! – fünf meiner Songs einspielte. Das Ergebnis konnte sich hören lassen, und ich hatte es an alle bekannten Plattenfirmen geschickt. Danach erhielt ich jedoch wieder eine Absage nach der anderen.

Raymond Sullivan hatte sich inzwischen entschieden, es noch einmal mit der Musik zu versuchen. Parker war willens gewesen, ihm eine neue Chance zu geben und Sullivan einen Probeauftritt in der Piano Bar absolvieren zu lassen. An diesem Abend hatte Sullivan nicht getrunken und stattdessen gezeigt, wie ein alter Jazzer die Leute zum Swingen brachte. Es war ein wunderbarer, erfolgreicher Abend für ihn gewesen. Sein nostalgisches Song-Repertoire und seine Louis-Armstrong-Stimme hatten das Publikum und den Restaurantboss überzeugt. Parker engagierte Sullivan daraufhin für einen Auftritt pro Woche, und Sullivan schloss sich zusätzlich einer Jazzcombo an, die einen Bassisten suchte. Nachts in den Clubs spielte er endlich wieder »echten« Jazz, und wenn ich nun mit ihm sprach, war die Resignation aus seiner Stimme verschwunden und hatte einem neuen Lebensfunken Platz gemacht. Sullivan lebte wieder. Er war aufgewacht, um zu träumen, und dies bewies nicht nur, dass es dazu nie zu spät war. Es bewies noch etwas viel Wichtigeres: Träumen war die wachste Art des Daseins.

Alice sah ich immer seltener. Meistens telefonierten wir nur noch. Sie wollte ihre gewonnene Hauptrolle in dem Musical, für das die Proben bereits begonnen hatten, parallel zum College meistern und hatte deshalb kaum Zeit. Ich vermisste unsere Auftritte am Straßenrand, unsere Gespräche und vor allem sie selbst. Aber gleichzeitig verstand ich besser als jede andere, dass ihr Traum an erster Stelle kam.

Ich hatte zudem selbst genug mit meinem Leben zu tun, denn etwas Überraschendes war geschehen.

Es war Sonntagvormittag gewesen. Ich hatte gerade am Steinway gesessen und an einem neuen Lied gefeilt, da klingelte es an der Tür. Als ich öffnete, fiel mir vor Verblüffung die Kinnlade herunter.

»Du hättest nicht gedacht, dass ich komme, was?«, fragte sie und schaute mich unsicher an. »Hallo.«

Ich war völlig sprachlos.

»Eine Cousine von mir lebt hier, wusstest du das?« Sie lachte verlegen. »Sie hat mich schon oft eingeladen, immer wieder, seit Jahren, und ich dachte, warum fahre ich nicht einfach mal hin, dann kann ich dich auch gleich besuchen. Zwei Fliegen mit einer Klappe schlagen, sozusagen.«

Ihr Blick fiel auf die beiden Schriftzüge an der Tür,

aber sie sagte nichts zu der Schmiererei. Was dort in Englisch stand, verstand sie wahrscheinlich nicht. Unbehaglich blickte sie sich um und wirkte so fehl am Platz, dass ich schlucken musste. Sie war ein nicht hineinpassendes Puzzlestück in einem lebendig bunten, entstehenden Bild – ein Stück von einem anderen Puzzle. Von einem anderen Stern.

»Ich habe eine von diesen Wochenendbusreisen gebucht, weißt du, das ist nicht so teuer. Die Fahrt war auch ganz komfortabel, wirklich, ein bisschen lang vielleicht, aber das Busunternehmen ist sehr gut. Da kann man sich nicht beklagen. In ein paar Stunden fahren wir schon wieder zurück. Dann bin ich morgen auch rechtzeitig bei der Arbeit, obwohl ich wahrscheinlich von der Tour ganz kaputt sein werde.« Nervös fuhr sie sich an die mit Spray gestählte Dauerwelle und sah zum Himmel. »Es regnet gar nicht.« Sie lachte angespannt. »Eigentlich ist es ganz nett hier, finde ich … also …« Hilfesuchend sah sie mich an. In ihrem Blick lag so viel Verletzlichkeit und Unsicherheit, dass es mir ins Herz schnitt. Sie stand da, mit ihrem Regenschirm, ihrer Frisur und dem langweiligen grauen Anorak, und plötzlich überfiel mich ein unerwartetes Gefühl.

Auf einmal begriff ich. Doch es war nicht mein Verstand, der begriff, es war allein mein Herz. Daher hätte ich nicht erklären können, was mir von einem Moment auf den anderen klarwurde. Das Gefühl aber war einleuchtend und stark, und es war mit einem einzigen Wort verbunden. Das Wort schien alles zu enthalten, was mein Herz verstanden hatte. Mein Verstand kam nicht hinterher, blieb an diesem einen Wort hängen und versuchte vergebens, daran herumzustochern, bis etwas heraustropfte, mit dem er etwas anfangen konnte. Aber das machte nichts. Ich hatte auch ohne ihn begriffen.

Ich trat einen Schritt auf sie zu, schloss sie in die Arme und sagte das eine Wort, das in diesem Augenblick alles umfasste: »Mama.«

Sie schluchzte auf und drückte mich an sich. Ich hielt sie ganz fest und erlaubte dem Gefühl, mich zu leiten. Mein Kopf wollte Dinge aufzählen, die zwischen uns standen, wollte mir auflisten, was sie alles gesagt und getan oder nicht getan und nicht gesagt hatte. Doch ich erlaubte ihm nicht, die Zügel in die Hand zu nehmen, und wusste gleichzeitig, dass ich ihm das nie wieder erlauben würde. Mein Verstand war das Pferd vor der Kutsche, mein Gefühl sollte für immer der Kutscher sein.

Ich merkte, dass ich ebenfalls weinte. Ich weinte in ihre Dauerwelle und brachte ihr hartes Haar durcheinander, aber das schien ihr nichts auszumachen. Sie hielt mich fest.

»Kind«, brachte sie mit erstickter Stimme hervor, und mehr musste nicht gesagt werden.

Wir verbrachten fünf angenehme, ungewohnt einvernehmliche Stunden miteinander. Ich stellte ihr Josh vor, der am Frühstückstisch saß, als wir eintraten, sofort aufsprang, freundlich und wohlerzogen ihre Hand schüttelte und auf Deutsch »Guten Tag« sagte. Meine Mutter fragte mich, ob das mein Freund sei, und ich sagte ohne zu zögern »Ja«. Das schien ihr zu gefallen. Josh schien ihr zu gefallen, und das wiederum gefiel mir.

Nachdem wir uns lange unterhalten hatten und sie mir ausschweifend vom ständig kläffenden Hund der Nachbarn und den völlig unsinnigen Entscheidungen ihres Chefs erzählt hatte, schlug ich vor, gemeinsam zu singen. Meine Mutter war völlig verdutzt, wehrte sofort ab und erklärte, sie könne nicht singen. Ich bestand allerdings darauf und zeigte ihr ein paar Notenhefte. »Vielleicht findest du ja etwas, das du kennst.«

Zögernd sah sie sich die Songlisten im Inhaltsverzeichnis an und tippte schließlich auf *Your song* von Elton John. »Das Lied habe ich vor einer Ewigkeit mal auf einer Hochzeit gesungen«, sagte sie und lachte, als sei allein die Vorstellung absurd.

Schnell setzte ich mich an den Flügel und begann zu spielen. Ich kannte das Lied auswendig, denn es war eine der wunderbarsten Pianoballaden aller Zeiten. Meine Mutter versteckte die Nase im Notenheft, räusperte sich und sang. *»It's a little bit funny, this feeling inside …«* Ihre englische Aussprache war grauenhaft. Man hörte deutlich, dass sie nicht verstand, was sie sang. Aber ihre Stimme war schön. Glasklar und lupenrein, wenn auch ungeübt und unsicher. Nach dem ersten Refrain fiel ich ein, und wir sangen gemeinsam. Und wenn man die Augen schloss, konnte man kaum unterscheiden, welche Stimme ihre und welche meine war.

Meine Mutter in diesem Haus zu sehen war sonderbar, verwirrend, verstörend, und gleichzeitig heilsam. Sie war über ihren Schatten gesprungen. Sie hatte die Reise auf sich genommen und war zu mir gekommen. Dies und das kopflose Gefühl, das ich nun in mir trug, waren die Dinge, die zählten. Es war gleichgültig, ob ich ihr verzeihen konnte, wie wenig Verständnis sie all die Jahre für mich gehabt hatte, wie lieblos sie meinem Vater gegenüber gewesen war – ob ich ihr überhaupt verzeihen musste oder ob ich eigentlich das Recht hatte, ihr zu verzeihen oder es nicht zu tun. Sie war meine Mutter. Wie hatte ich sie nur einzig und allein als Personifizierung all dessen sehen können, was ich nicht sein wollte? *Sie war meine Mutter.* Wie hatte ich mir vornehmen können, sie nie wiederzusehen? SIE WAR MEINE MUTTER! Wie hatte ich das nur vergessen können?

Außerdem war sie irgendwie … nett.

Während ich darüber nachdachte, hätte ich mich am liebsten selbst geohrfeigt, denn ich erkannte, dass Menschen einen nur dann derart überraschen konnten, wie meine Mutter mich überrascht hatte, wenn man sich zuvor ein falsches Bild von ihnen gemacht hat.

Sei dein eigener Palast,
oder die Welt ist dein Kerker.

John Donne

Jeremy und ich sprangen miteinander ins Bett, sobald Josh das Haus verließ, und ich konnte gar nicht genug von ihm bekommen. Sex war anders, als ich erwartet hatte. Größer. Das lag vor allem an Jeremy, der ein phantastischer Liebhaber war. Wie durch einen sechsten Sinn wusste er immer, was ich wollte. Zwar gab er mir das, was ich wollte, nicht immer sofort, ließ mich manchmal sogar regelrecht darum betteln, doch letzten Endes entfachte er jedes Mal ein bombastisches Fest der Sinne in mir. Seine eigenen Gefühle schien er dabei trotz aller Leidenschaft stets unter Kontrolle zu haben, und seine Unnahbarkeit verschwand nie gänzlich. Aber mit ihm zu schlafen war dennoch derart überwältigend und … berauschend, dass ich kaum noch an etwas anderes denken konnte. Nachdem ich festgestellt hatte, dass ich nicht schwanger war, wurde ich immer ungehemmter in der Liebe und konnte mir nach einer Weile gar nicht mehr vorstellen, wie mein Leben ohne Sex gewesen war. Denn nun, mit Sex, war es aufregend, unberechenbar und tiefrot.

Wenn ich hingegen Zeit mit Josh verbrachte, war meist alles heiter und hellblau. Wir waren fröhlich, vertraut miteinander, herrlich albern. Wir redeten, lachten, gingen viel aus und hörten überall Musik – Josh mit dem einen Ohrstöpsel meines MP3-Players im Ohr, ich mit dem anderen, und dabei klebten wir wie siamesische Zwillinge aneinander. Doch es ging mir miserabel, wenn ich daran dachte, dass ich ihn die ganze Zeit über belog. Josh war zudem keineswegs dumm und beobachtete seinen Bruder und mich misstrauisch, wenn wir gemeinsam lasen und dabei die Köpfe zusammensteckten. Aber er wusste nicht, wie sehr wir sein Vertrauen tatsächlich missbrauchten.

Mehrere Male versuchte ich, Jeremy zu fragen, warum es solch ein Drama wäre, wenn Josh die Wahrheit erfahren würde. Ich verstand Joshs übertriebenes Pochen auf unser Versprechen nicht, ebenso wenig Jeremys große Besorgnis, von ihm entdeckt zu werden. Was war denn so schlimm an unserer Verbindung? Warum dieses Schweigen, sobald das Thema darauf kam? Gab es womöglich noch immer ein Geheimnis, das die Amos-Brüder vor mir hüteten? Jeremy antwortete mir nie, wenn ich fragte, und irgendwann fragte ich nicht mehr. Wir sprachen nicht über Josh. Wir sprachen auch nicht über uns und darüber, ob wir eigentlich ein Paar waren. Wir mieden dieses Thema, weil es zu kompliziert war und Reden das nicht ändern konnte.

Eines Nachts, nach dem Sex, lagen wir in Jeremys Bett, und ich zeichnete die Linien seines linken Brustmuskels nach.

»Jeremy?«

»Hm?«

»Hast du eigentlich ein Herz?«

Jeremy zog die Stirn in Falten. »Nein. Ich glaube, ich habe keins – oder nur ein halbes«, sagte er. »Ich bin wohl so etwas wie ein halbherziger Romantiker.«

»Ein Romantiker?« Er sprach mal wieder in Rätseln. Aber ich war wach genug, um zu begreifen, dass er bei dem Wort *Romantik* in erster Linie an die Literaturepoche der Romantik dachte und nicht an Kerzenschein und Sternenfunkeln. »Warum?«, fragte ich unpräzise.

»Weißt du, wie Byron und Shelley die Welt sehen?«

Natürlich wusste ich das. Mit Shelley beschäftigten Jeremy und ich uns seit Wochen. Byron hingegen hatten wir noch nicht angerührt. Und das, obwohl Byron Jeremys Lieblingsdichter war! Doch wie sah Shelley die Welt? Er lehnte die gesellschaftliche Ordnung ab und wollte nach seinen ganz eigenen Regeln leben. Da hatte ich die Antwort. Jeremy war ein Romantiker. »Und wieso bist du ein halbherziger Romantiker?«

»Weil ich mein Augenmerk nicht wie Byron, Shelley und Keats von der Gesellschaft ab- und der Natur zuwende, sondern die Gesellschaft weiter betrachte, bis ich daran zugrunde gehe.«

Der Mann hatte wirklich Talent für Dramatik. Ich schnitt eine Grimasse.

»Ich meine es ernst, Angelia.« Jeremy sah mich durchdringend an. »Die Stadt wird mich umbringen.«

Ich erschauderte. Für mich war London das Mekka der Träume, für Jeremy war es ein persönliches Gomorrha.

»Ich bin nicht wie du«, sagte er, als habe er meine Gedanken gelesen.

»Ach.«

»Ich träume nicht, und ich bin nicht dein Traumprinz.«

Ich nickte. Mein Kopf fühlte sich plötzlich an, als sei er zentnerschwer.

Jeremy seufzte. »Also gut, reden wir über das, was zwischen uns läuft.«

Ich starrte ins Leere. Am liebsten wäre ich aufgesprungen und weggerannt, denn ich wusste, dass das, was Jeremy sagen würde, nicht das war, was ich hören wollte.

»Ich sehe es so: Unsere Leben sind zufällig kollidiert und haben sich dabei ineinander verfangen.«

Zu-Fall. Genau.

»Wir sind wie zwei Magnete«, dozierte er. »Nur an den gegensätzlichen Polen ziehen wir uns an.«

»Ja. Wie Yin und Yang. Wie Sommer und Winter. Wie Licht und Schatten. Alles, was sich gerade durch seine Gegensätzlichkeit bedingt und seinen Sinn findet.«

»Trotzdem wünschst du dir von mir Intimität, Geborgenheit, Wärme, Seelenverbundenheit – die ganze Liste! Stimmt's? Aber ist dir mal aufgefallen, dass man jemanden, an dem man ganz nah dran ist, nicht mehr scharf sehen kann? Je näher man sich kommt, desto unschärfer wird der Blick.«

»Ach, du hast doch nur Schiss.«

Jeremy verzog unwillig das Gesicht. »Du glaubst,

du könntest auf mich so eine abgedroschene Jedermann-Psychologie anwenden?«

Ich schwieg.

»Reiße niemals einen Zaun nieder, bevor du weißt, warum er errichtet wurde«, sagte er.

Schon wieder ein Dichterspruch! »Du greifst immer dann auf Zitate zurück, wenn du mit deiner eigenen Weisheit am Ende bist, Jeremy.«

»Ich versuche, dir etwas zu sagen!«

»Und kann Robert Frost das wirklich so viel besser ausdrücken als du?«

Einen Augenblick lang war er sprachlos. Ich hatte in letzter Zeit viel gelesen. Vor allem Jeremys Bücher.

»Ich hätte es nicht besser formulieren können als Robert Frost.«

»Was genau?«

»Verdammt, Angelia!« Er blickte mich finster an. »Ich will dich nur schützen.«

Das hatte Josh auch schon öfter gesagt. »Weißt du, ich würde am liebsten selbst entscheiden, was ich verkraften kann und was nicht, o großer Meister.«

»Es bringt uns nicht weiter, wenn du polemisch wirst. Glaub mir einfach: Es ist besser, wenn du nicht alles weißt.«

»Oh, klar! Nicht, dass uns Vertrauen und Intimität hinterrücks erwischen und der Blick unscharf wird!«

»Es reicht!«

»Nein, es reicht eben nicht!«

Jeremy stand ruckartig auf. Er ging zum Fenster,

blickte starr in den Nachthimmel, wie ein Wolf, der den Mond anheult.

»Jeremy –«

»Jedes Mal, wenn mir ein Mensch etwas bedeutet …«, begann er leise, doch er vollendete den Satz nicht. »Es könnte für dich lebensgefährlich sein, wenn ich dich zu nahe an mich heranlassen würde.«

Ich starrte ihn mit erhobenen Brauen an. Wovon zum Geier sprach er? *Lebensgefährlich*? Am liebsten hätte ich ihn geohrfeigt.

Unsere Blicke trafen sich und fochten einen erbitterten Kampf aus.

»Wenn du mir etwas sagen willst, Jeremy, dann rede verdammt nochmal Klartext!«, presste ich hervor.

»Das habe ich bereits mehrere Male getan, aber du hast nie zugehört.«

»Dann sag es eben noch mal.«

»Bist du sicher?«

Ich zögerte. Weshalb verspürte ich plötzlich wieder den Drang davonzulaufen?

»Angelia – wieso lebe ich in London, wenn mich die Stadt kaputtmacht?«

Da verstand ich es endlich. Mein Brustkorb schnürte sich qualvoll zusammen. Jeremy war hier, um zu sterben. Er hatte schon einige Male versucht, mir das zu sagen, aber ich hatte vor der Wahrheit immer die Augen verschlossen.

»Weshalb hast du dich nicht schon längst umgebracht?«, fragte ich nach einer Weile und kämpfte gegen Tränen an.

»Ich habe noch einige Fragen an das Leben und möchte ein paar Antworten bekommen, bevor ich Schluss mache.«

»Aha.« Ich schluckte gegen das aufkommende Gefühl der Hilflosigkeit an. Jeremy würde Selbstmord begehen. Er meinte es ernst. »Liest du deswegen so viele philosophische Bücher?«, würgte ich hervor.

»Sie helfen mir, zumindest meine Fragen zu formulieren – wenn mir die Bücher auch keine Antworten geben können.«

»Und woher sollen die Antworten kommen?«

»Von Menschen wie Josh und dir. Ihr könnt mir Dinge zeigen, von denen ich keine Ahnung habe – Glück, Freude, Schönheit, Träume! Und je mehr ich verstehe, wie man die Welt mit euren Augen sehen kann, desto mehr erkenne ich einen Sinn hinter den Dingen.«

»Aber dieses Erkennen des Sinns könnte dich nicht davon abhalten, dich schließlich doch umzubringen?«

»Nein. Selbst wenn ich euer Lebensgefühl begreifen sollte, könnte ich es doch nie teilen. Josh hat das verstanden und genießt einfach die Zeit, die er noch mit mir hat.«

Ach, auf diese Weise hatte man also damit umzugehen! Ich sah Jeremy aufgelöst an. Sein muskulöser, nackter Körper glänzte im Mondlicht, ragte wie eine Statue vor mir auf, und mir kam ein Gedanke, den ich für einen Rettungsring hielt. »Wenn du dich letzten Endes sowieso umbringst, weshalb trainierst du dann so viel?«

Jeremy lachte leise und blickte an sich hinab. »Das hier ist nur der Sarg meiner Seele.«

Nicht gerade ein Spruch fürs Poesiealbum. Mir lief es kalt den Rücken herunter.

»Manche Leute leben für den Sport«, murmelte er und sprach mehr zu sich selbst als zu mir. »So wie du für die Musik lebst. So wie Josh fürs Tanzen lebt. Ich musste Sport ausprobieren, aber ich habe darin nichts gefunden.« Dann fügte er unvermittelt hinzu: »Du verliebst dich besser nicht in mich.«

»Zu spät«, sagte ich unumwunden und ohne nachzudenken. Dafür war es schon lange zu spät! Aber Jeremy schwebte ja anscheinend nicht in Gefahr, sich ebenfalls zu verlieben. Herzlichen Glückwunsch.

»Bin ich für dich eigentlich nur ein philosophisches Experiment? Oh, und ein guter Fick natürlich!«, fauchte ich und wusste, dass ich keine Antwort erhalten würde. Ich sammelte stumm meine Sachen zusammen und schlug die Tür hinter mir zu.

Sein oder nicht sein, das ist hier die Frage.

WILLIAM SHAKESPEARE, »Hamlet«

Am folgenden Tag hatte ich zusammen mit Josh die Nachmittagsschicht in *La Porqueriza*. Es war recht leer im Restaurant, denn der Juli zeigte sich heute von seiner besten Seite, und die Menschen tummelten sich lieber in den Parks und Cafés. Josh und ich standen hinter der Kasse und alberten herum, da sonst nicht viel zu tun war. Josh imitierte gerade Robbie Williams und seinen unverkennbaren Tanzstil, und ich lachte mich über ihn halbtot. Ich bemerkte Layla erst, als sie direkt vor uns stand und mich hasserfüllt anstarrte.

»Oh, Layla«, sagte Josh und hörte auf zu tanzen. »Bist du wieder zurück?«

Zurück? Wo war sie denn gewesen? »Warst du in Urlaub?«, fragte ich sie und gab damit preis, dass mir ihre Abwesenheit überhaupt nicht aufgefallen war. Seit Wochen hatte ich nicht mehr an sie gedacht. Und darüber wunderte ich mich nun. Wie hatte ich nur übersehen können, dass Layla, die sich zuvor ständig in Jeremys Windschatten befunden hatte, plötzlich nicht mehr aufgetaucht war?

»Ich war für ein paar Wochen bei meiner Großmutter in St. Albans«, kläffte Layla. »Und diese Gelegenheit hast du dir natürlich nicht entgehen lassen, *bitch*!«

Als ich Joshs fragenden Gesichtsausdruck bemerkte, wurde mir klar, dass die Situation gefährlich werden könnte.

»Was soll ich gemacht haben?«, fragte ich so ruhig wie möglich.

»Du hast dich ihm an den Hals geworfen!«

»Wem? Jeremy?«

»Tu nicht so unschuldig! Das harmlose kleine Mädchen kauft dir keiner mehr ab!« Die Drohung in ihrer Stimme war nicht zu überhören. »Mach dir bloß keine Hoffnungen. Jeremy wird dein idealistisches Getue sehr bald leid sein. Er beobachtet dich nur – wie eine Ratte im Versuchslabor –, weil es kaum zu fassen ist, was du so alles von dir gibst. Aber früher, als du denkst, wird ihm dein Gefasel auf die Nerven gehen.« Sie lachte abschätzig. »Was denkst du eigentlich, wer du bist, dass du dir einbildest, einen Mann wie Jeremy haben zu können?«

Das hätte ich sie auch fragen können. Fräulein Klette. Miss Unsichtbar. Ich hatte sie noch nie so viele Wörter am Stück sprechen hören.

»Moment mal, ganz ruhig!«, mischte Josh sich ein. »Weswegen regst du dich eigentlich so auf, Layla?«

»Jeremy hat mit mir Schluss gemacht.«

»Er hat was?« Josh beugte sich vor, als hätte er nicht richtig gehört.

»Er hat mir gesagt, ich solle nicht mehr bei ihm auftauchen.«

»Er kann nicht mit dir Schluss machen!«

»Genau! Das denke ich auch. Er liebt mich.«

»Ach, Quatsch!«, rief Josh, als sei die Vorstellung lächerlich. Gleichzeitig fuhr er sich alarmiert durchs Haar und ließ den Blick unruhig umherschweifen.

»Natürlich liebt er mich!«, beharrte Layla. »Er zeigt es nur nicht.«

»QUATSCH!«, rief Josh dröhnend, und einige der wenigen Gäste wandten den Kopf.

»Weshalb sagst du dann, er kann nicht mit Layla Schluss machen?«, schaltete ich mich wieder ein.

»Weil er sie nicht liebt, deswegen!«, versetzte Josh, als sei es das Logischste auf der Welt. »Jeremy ist doch nur mit ihr zusammen, weil sie ihn runterzieht – als Bonus zum Stadteffekt!«

Layla schnappte nach Luft. »Ihr werdet schon noch sehen, dass Jeremy und ich zusammengehören!«, bellte sie und rannte aus dem Lokal. Wir sahen ihr staunend nach.

»Angel …«, sagte Josh in seltsamem Ton, aber glücklicherweise wurde er in diesem Augenblick an einen Tisch gerufen.

Während der restlichen Stunden unserer Schicht war Josh auffällig schweigsam, und ich legte es nicht darauf an, ihn zum Reden zu bringen. Am Abend gingen wir stumm nach Hause. Im Wohnzimmer saß Jeremy im Dunkeln auf der Couch. Josh machte das Licht an und baute sich vor ihm auf. »Du hast mit Layla Schluss gemacht?«

Jeremy hob langsam den Kopf. »Ich habe ihr gesagt, sie soll hier nicht mehr aufkreuzen.«

»Aha. Wieso?«

»Hat aber nichts gebracht. Sie stand eben schon wieder vor der Tür.«

»Was wollte sie?«

»Keine Ahnung.«

»Ist sie noch hier?«

»Kann sein. Ich glaube, sie ist in meinem Zimmer.«

»Dann geh ich zu ihr hoch«, sagte ich. »Ich will noch mal mit ihr reden.«

»Worüber?«, fragte Josh.

Ich antwortete nicht und stapfte aus dem Raum. Ich wollte Layla sagen, dass sie verschwinden sollte. Dass ihre Zeit mit Jeremy abgelaufen war. Was wollte sie noch hier? Rasch stieg ich die Treppe hoch. Vor Jeremys Zimmer blieb ich stehen und horchte an der Tür. Alles war still. Ich trat ein und erkannte in der Dunkelheit des Zimmers schemenhaft Laylas Gestalt auf seinem Bett – dem Bett, in dem ich in der Nacht zuvor noch mit Jeremy Sex gehabt hatte. Layla schien zu schlafen. Hatte sich zusammengerollt wie ein Embryo.

»Layla?«, fragte ich laut und trat an das Bett. Ich wollte sie aufschrecken und ihr klarmachen, dass sie in Jeremys Bett nichts mehr zu suchen hatte. Da sah ich das Blut. Jede Menge Blut. Überall auf dem Bett. Eine große schwarze Lache breitete sich rings um Laylas Handgelenke auf dem weißen Laken aus.

»O Gott«, flüsterte ich und wich entsetzt zurück. Fassungslos starrte ich sie an. Starrte auf das Blut. Dann erkannte ich, dass es noch nicht zu spät war. Layla atmete noch. Ich hetzte die Treppe hinunter, zum Telefon im Wohnzimmer und wählte den Notruf. Josh und Jeremy beobachteten mich mit fragenden Mienen. Während ich der Frau am anderen Ende der Leitung erklärte, was vorgefallen war, sprang Jeremy vom Sofa auf und rannte in sein Zimmer. Josh trat mit erstarrter Miene neben mich und hörte zu, wie ich den Weg zu unserem Haus beschrieb und schließlich auflegte.

»Sie sind gleich hier«, sagte ich, und meine Worte schienen in der Luft zu knistern. Die Sirenen des Rettungswagens erlösten uns wenige Minuten später aus unserer Versteinerung. Das Notarztteam trampelte die Treppe hinauf, trug Layla kurz darauf auf einer Trage hinunter und war ebenso schnell wieder fort, wie es gekommen war. Auf der Treppe hörten wir Jeremys schwere Schritte. Er kam ins Wohnzimmer zurück.

»Sie lebt noch. Mehr oder weniger.« Er wirkte traurig, aber nicht schockiert. Nicht überrascht.

»Es hat ihr letzten Endes wohl doch zu lange gedauert, sich totzuhungern«, bemerkte Josh bissig.

»Josh!«, rief ich erschrocken.

»Was? Findest du, ich gehe zu weit? Bist du empört? DU?«

Ich schloss betroffen den Mund.

»Wisst ihr, ich finde, ihr solltet mir langsam mal erklären, was hier eigentlich läuft.« Joshs Tonfall war eiskalt.

Ich warf Jeremy, der nervös an seiner Stirn herumrieb, einen resignierten Blick zu. Beinahe war ich erleichtert, dass es nun herauskommen würde, denn ich fand schon lange, dass wir Josh alles sagen sollten. Seine Reaktion konnte nicht schlimmer sein als diese Lügerei!

»Es ist so, dass …«, begann ich und brach ab, denn Joshs feindseliger Blick machte jede Hoffnung auf Verständnis zunichte.

»Na los, sag's schon!«, zischte er. »Lässt du dich von ihm vögeln?« Er sah mich dermaßen böse an, dass ich einen Augenblick lang keinen Ton herausbekam.

Ich würgte meine Angst hinunter und sagte leise: »Ja.« Doch so konnte ich das nicht im Raum stehen lassen. Ich wollte gerade ansetzen und erklären, wie es wirklich war, da hob Josh die Hand.

»Erspar mir den Teil mit *Ich liebe ihn wirklich – es ist alles ganz anders, als du denkst*. Damit würdest du es nur noch schlimmer machen.«

Ich starrte ihn an. »Was denn schlimmer machen?«

Josh wandte sich ab und schüttelte den Kopf.

»*Was* würde ich damit schlimmer machen?«, wiederholte ich und spürte Zorn in mir auflodern. »Ich habe keine Ahnung, wovon du redest, Josh. Und das liegt daran, dass du auch Geheimnisse vor mir hast und mir verschweigst, was dir wirklich auf der Seele liegt!«

»Aber ich habe dir niemals etwas versprochen, was ich nicht –«

»Es war unfair von dir, mich das versprechen zu lassen, und das weißt du ganz genau! Du hast mir erzählt, ich solle mich von Jeremy fernhalten, weil er mir nur weh tun würde –«

»Er wird dir ja auch nur weh tun!« Aus seiner Stimme sprachen Sorge und Verzweiflung. »Er liebt dich nicht, Angel! Er liebt niemanden! Das allein wird dich kaputtmachen, weil du ihn nämlich liebst.«

»Woher willst du das wissen?«

»ALLE lieben ihn!« Josh presste heftig die Lider zusammen, als habe er Schmerzen. »Wie konnte ich nur glauben, dass es mit dir anders kommen würde? Ich hätte dich nie hier einziehen lassen dürfen. Ich bin so ein Idiot. Damit hab ich dich ihm ausgeliefert.«

Jeremy lehnte an der Wand und starrte mit versteinertem Gesicht ins Leere. Er schien seinem Bruder nicht widersprechen zu wollen.

»Es ist toll, dass du mich beschützen willst, aber –«

»Spätestens, wenn er sich umbringt, wirst du am Boden zerstört sein. Es wird dir das Herz brechen!«

»Warum bist du so sicher, dass er sich umbringen wird?«

»Siehst du? Genau das macht es nur schlimmer! Hoffnung! Umso tiefer wirst du verletzt werden! Du denkst wahrscheinlich sogar, dass du es verhindern könntest. Aber das kannst du nicht! Den Gedanken hab ich schon vor langer Zeit aufgegeben. Es ist besser, sich mit den Tatsachen abzufinden und die verbleibende Zeit nicht mit Hoffen zu verschwenden.«

Ich schüttelte ungläubig den Kopf. Für ihn schien es ein unumstößlicher Fakt zu sein, dass Jeremy Selbstmord begehen würde. Aber vielleicht ... Meine Schultern sackten zusammen. Ich wusste es ja selbst, hatte es erst am Abend zuvor endgültig verstanden. Es war

Jeremy bitter ernst damit. Und doch erschien mir die Vorstellung noch immer bizarr, unbegreiflich, befremdlich. »Wie kannst du nur jeden Tag so … so fröhlich sein, wenn du weißt, dass sich dein Bruder umbringen wird?«

»Ich kann Jeremy nur dadurch helfen, dass ich fröhlich bin. Er möchte Dinge wie Lebensfreude und Optimismus verstehen, bevor er geht. Er ist fasziniert von Fröhlichkeit, weil sie ihm selbst fremd ist.«

Angestrengt hörte ich Josh zu und verstand Jeremys Plan immer besser. Er wollte Antworten, wollte das Leben durch Josh und mich von seiner positiven Seite kennenlernen. Gleichzeitig suchte er gezielt die Nähe von abgewrackten, hoffnungslosen Gestalten wie Layla, Snake und Flint und begab sich immer wieder ins Herz der Metropole, die für ihn der Inbegriff aller gesellschaftlicher – aller menschlicher! – Sinnlosigkeit war. Er schien sich sicher zu sein, dass die Stadt letzten Endes gewinnen, schwerer wiegen würde als Josh und ich, schwerer als das Leben! Konnten wir ihm denn wirklich nichts zeigen, das ihn umstimmte?

Josh ging ein paar Schritte im Raum auf und ab. Jeremy lehnte noch immer an der Wand und sagte kein Wort. Er hatte die ganze Zeit über keinen Ton von sich gegeben. Wie cool er dastand! Plötzlich wurde ich wütend auf ihn. »Hast du gar nichts dazu zu sagen?«

Ruhig antwortete Jeremy: »Ich habe dir gesagt, dass es lebensgefährlich ist, mir zu nahezukommen. Ich habe dich gewarnt.«

Ich stöhnte verzweifelt. Das hatte er. Immer wieder.

Und dennoch hatte ich seine Warnungen nicht ernst genommen. Aber nun musste ich den Tatsachen ins Auge sehen. Jeremy war gefährlich, und das lag vor allem an seiner Persönlichkeit. Er war ein Mensch, der andere spielend in seinen Bann zog und seinem Willen untertan machte. Ein Blick von ihm genügte, und jeder tat, was er wollte. Das hatte ich gewusst, von Anfang an, und doch war mir die Gefahr, die von ihm ausging, nicht bewusst gewesen. Menschen brachten sich seinetwegen um! Man hatte Layla erst vor einer Viertelstunde halbtot aus seinem Zimmer getragen! Sie hatte versucht, sich das Leben zu nehmen, um zu beweisen, wie viel sie mit ihm gemeinsam hatte. Das ging zu weit. Aber nicht nur sie hatte sich zum Affen gemacht. Josh spielte den Clown für Jeremy, und ich machte die Beine breit, sobald er nur mit den Fingern schnippte. Als hätten wir allesamt den Verstand verloren! Und doch … wie hätte ich mich von ihm fernhalten sollen? Ich hatte es ja versucht, wochenlang, aber es war mir einfach nicht gelungen.

Jeremys Miene war ernst. »Ich wollte eigentlich nur meine Ruhe.«

Gereizt funkelte ich ihn an. Einerseits wusste ich, dass er recht hatte. Er hatte niemanden zu irgendetwas gezwungen und war im Grunde ein bloßer Beobachter der Reaktionen, die er in anderen auslöste. Die Macht, die er über die Menschen hatte, schien ihn selbst am meisten zu verwundern. Andererseits kränkte mich seine Gleichgültigkeit – genau, wie Josh es vorhergesagt hatte.

»Gehen wir dir etwa mit unserer ganzen Liebe auf die Nerven?« Ich hob trotzig das Kinn, um meine Verletztheit zu überspielen.

»Es tut mir leid für euch. Aber ich habe keinen von euch ermuntert. Im Gegenteil. Layla habe ich immer wieder aus dem Haus geworfen. Und dir habe ich gesagt, dass du dich nicht in mich verlieben sollst – dass sich unsere Leben nur zufällig ineinander verfangen haben. Und –« Er sah Josh an und schluckte den Rest des Satzes herunter.

»Dann bist du ja fein raus aus der Sache«, bemerkte ich spitz.

Jeremy seufzte. »Vielleicht wäre es das Beste, wenn ich ausziehen würde.«

»Nein!«, rief Josh und drehte sich so sprunghaft zu ihm um, dass dabei ein paar Gläser vom Tisch fielen. Sie zerschellten klirrend am Boden. »Du darfst nicht ausziehen!«, keuchte er. Aus seiner Stimme sprach Panik.

Ich starrte ihn perplex an. Das war doch völlig verrückt. Selbst Josh verhielt sich wie ein Fanatiker. »Josh, ganz ruhig!« Beschwichtigend hob ich die Hände. »Es ist echt nicht normal, wie wir –«

»Normal?!«, gellte er, und ich zuckte unter der Lautstärke seiner Stimme zusammen. »Normal? Hab ich dir nicht schon gesagt, dass ich nicht normal bin?!«

Ich stutzte. »Was hat dein Schwulsein damit zu tun?«

»Alles hat es damit zu tun!«

»Warum kannst du Jeremy –«

»Weil ich ihn liebe!«, brüllte Josh, und ihm traten Tränen in die Augen.

»Das weiß ich, Josh, aber …«, sagte ich und verstummte mitten im Satz. Warum schaute Josh mich an, als habe er mir gerade das letzte Geheimnis verraten? Er hatte doch lediglich gesagt … oh. Langsam bahnte sich die Information ihren Weg zu meinem Großhirn. Dann verstand ich. Er liebte ihn. Josh liebte Jeremy. Jeremy, den Mann, nicht Jeremy, den Bruder.

»O Gott, Josh …«, flüsterte ich. Es fiel mir wie Schuppen von den Augen. Plötzlich fügten sich die Einzelteile zu einem Ganzen, und ich wusste, warum Josh um keinen Preis gewollt hatte, dass Jeremy und ich zusammenkamen. Er wollte mich vor Jeremys zerstörerischem Einfluss schützen, ja, aber das war nur die halbe Wahrheit. Josh war eifersüchtig. Es musste ihm Angst gemacht haben, dass ich Jeremy genau jene Lebensfreude vorlebte, für die er selbst zuvor das beste und wahrscheinlich einzige Beispiel in Jeremys Umfeld gewesen war. Unsere Herzen waren gleich. Und so hatte ich in einer gewissen Weise Joshs Platz eingenommen. Aber …

»Aber Josh … du kannst doch nicht wirklich gehofft haben, dass du und Jeremy jemals … oder doch?« Verunsichert wanderte mein Blick zu Jeremy, der noch immer an der Wand lehnte.

»Ich bin nicht schwul«, stellte Jeremy in sachlichem Ton fest. »Wenn ich es wäre …«

»Du bist sein Bruder!«

»Das spielt dabei keine Rolle.«

»Keine?« Wahrscheinlich spielte es für ihn wirklich keine Rolle. Das war nur eine weitere der unzähligen gesellschaftlichen Regeln, die für ihn nicht galten. Für Josh war das aber sicherlich etwas anderes. Gesellschaftliche Normen bestimmten – überschatteten! – sein Seelenleben. Seine nächsten Worte bestätigten das.

»Wenn du jetzt ausziehen willst, Angel, dann kann ich das verstehen. Wenn du nicht mit mir unter einem Dach –«

»Was? So ein Blödsinn.«

»Ich bin ein perverser –«

»Halt die Klappe!«, unterbrach Jeremy Josh rau, packte ihn und rüttelte ihn an den Schultern. »Hör endlich auf! Das bist nicht du, der das sagt! Hörst du das nicht? Das ist Dad. Er ist immer noch hier drin!« Er klopfte mit zurückgehaltener Wut gegen Joshs Stirn. »Egal, wie weit wir von zu Hause weg sind, du hast ihn hier drin mitgebracht!« Wieder tippte er auf Joshs Stirn. »Und er sagt dir immer noch, dass du –«

»Abartig …«, presste Josh hervor.

»Stopf ihm das Maul!«

»Ich kann nicht.«

»Doch, du kannst!«

»Nein! Er hat recht!«

»Einen Scheiß hat er! Und einen Scheiß weiß die ganze verdammte Christenbrut! Wach auf, Josh!«

»Nein, ich bin –«

»Du bist der beste Mensch, den ich kenne!«

»Wenn Dad wüsste, dass ich nicht nur schwul bin, sondern auch noch meinen eigenen Bruder –«

»Dann würde er wahrscheinlich einen Scheiterhaufen errichten lassen und dich vor versammelter Nachbarschaft verbrennen. Ja! Und? Wir sind jetzt hier. Scheiß auf Dad! Du musst dich von ihm befreien. Von all dem Mist, den er uns –«

»Warum hat Gott mich so gemacht?«

»Gott? *Dad* hat dich so gemacht!«

»Wie kann jemand wie ich ein guter Mensch sein, Jeremy?«

»Es scheint dir nicht sehr schwerzufallen.«

»Ich komme in die Hölle.«

»Ich hab gesagt, du sollst Dad das Maul stopfen!«

»Lass mich in Ruhe!«

»Stopf ihm das Maul!«

»Ahhh!« Josh begann aus tiefster Seele zu brüllen und fegte mit einer rasenden Bewegung alles, was auf dem Couchtisch lag, zu Boden. Joshs Brüllen verwandelte sich in ein unkontrolliertes Schluchzen, und er sank vor dem Tisch in die Knie. Der Schatten zwang ihn nieder.

Jeremy kniete sich neben ihn und umarmte seinen weinenden Bruder.

Ich taumelte zurück, lief aus dem Haus und wanderte bis zum Morgengrauen ziellos umher.

The dreams in which I'm dying are the best I've ever had.

MICHAEL ANDREWS & GARY JULES,
»Mad World«

Ich fuhr zum Krankenhaus, denn ich hatte das Gefühl, dass ich an Laylas Selbstmordversuch nicht unschuldig war. Ich wollte ihr sagen, dass es mir leidtat. Und ich meinte es ernst, es tat mir wirklich leid. Ich hatte Layla nie für voll genommen, sie immer nur belächelt und bemitleidet, ihr nie Respekt entgegengebracht.

Als ich ihr Zimmer betrat, lag sie im Bett und starrte an die Decke. Leichenblass war sie und hatte dunkle, grünliche Ringe unter den Augen. Ihre Handgelenke waren bandagiert, und eine Kanüle steckte in ihrem rechten Arm.

»Hallo, Layla«, sagte ich und trat näher an das Bett.

Sie blickte auf, erkannte mich und lachte verächtlich. »Die Träumerin!«, kratzte ihre dunkle Stimme. »Was willst du denn hier? Möchtest du dich an meinem Anblick weiden?«

»Ganz bestimmt nicht. Du siehst schrecklich aus.«

»Und das gefällt dir nicht?«

»Nein, tut es nicht.«

»Oh«, sagte sie und blickte mich noch abschätziger an als zuvor. »Vorsicht! Das Engelchen macht auf versöhnlich.«

Ich setzte mich auf einen Stuhl, der neben ihrem Bett stand, und war froh, dass wir allein im Zimmer waren. Layla spuckte Gift und Galle. »Ich weiß, dass ich zu ... zu dieser Sache auch einen Teil beigetragen habe. Ich war ziemlich unfair zu dir.«

»Du glaubst doch wohl nicht, dass ich mich deinetwegen umbringe!«

»Ich ...«

»Natürlich glaubst du das! In deiner Welt dreht sich immer alles nur um dich.«

»Ich bin hier, um dir zu sagen, dass es mir leidtut.«

»Was tut dir leid? Dass Jeremy mit mir Schluss gemacht hat? So ein Schwachsinn! Du bist doch froh, dass ich aus dem Weg bin.«

Meine guten Vorsätze gerieten ins Wanken. Was Layla sagte, entsprach der Wahrheit. Was wollte ich eigentlich hier? Ich dachte nach und schwieg. Layla blieb ebenfalls stumm. Die Stille war jedoch nicht unangenehm. Ich hatte sogar das Gefühl, dass wir einander so näherkamen als mit Worten. Während wir schwiegen, legte Layla ihre Feindseligkeit ab und begann, mich aufmerksamer anzusehen.

»Du solltest dir meinen Anblick gut einprägen«, sagte sie nach einer Weile. »Merke dir, was du hier siehst. Oder besser: Merke dir, was du hier nicht mehr siehst. Über kurz oder lang schaust du in den Spiegel und erkennst die ersten Anzeichen der Ernüchterung bei dir selbst.«

»Bei mir?«

»Guck nicht so erschrocken, Träumerin!« Laylas kreideweiße Hand zeigte auf mich. »Jetzt denkst du noch, du wärst unbesiegbar und die Welt sei nur für dich erschaffen worden. Aber wenn erst mal eine gewisse Zeit vergangen ist und du immer wieder Rückschläge erlebt hast, dann wirst auch du an einen Punkt kommen, an dem du nicht mehr weiterkannst. Wenn man so narzisstisch und kompromisslos ist wie du, dann gibt man sich niemals mit irgendetwas Mittelmäßigem zufrieden, nicht wahr?«

Offensichtlich hatte Layla bei vielen meiner Gespräche mit Josh oder Jeremy zugehört. Das war mir nicht aufgefallen. Ich hatte Layla immer übersehen.

»Du schaust mich an, als trennten uns Welten«, sagte sie. »Du armes, ahnungsloses Mädchen.«

»Du musst mich nicht bemitleiden.«

»Nein? Das denke ich aber doch. Vielleicht bemitleide ich aber auch nur mich selbst. Weißt du, ich bin einmal so gewesen wie du.«

Zweifelnd runzelte ich die Stirn.

Layla lachte hart. »Gott, bist du verblendet! Für wen hältst du dich eigentlich?«

Das hatte sie mich schon einmal gefragt, und ich fand immer noch, dass sie sich diese Frage selbst stellen sollte.

»Ganz genau wie du bin ich gewesen! Ich hatte auch mal Träume, weißt du? Das kannst du dir vielleicht nicht vorstellen, aber ich hab mir tatsächlich mal eingebildet, eine Dichterin zu sein. Ist lange her. Weißt du eigentlich, wie alt ich bin?«

Ich hatte keine Ahnung. Ich hatte mich das nie gefragt.

»Neunundzwanzig. Ich bin du – in zehn Jahren.«

Layla lächelte finster. »Meine Gedichte waren wirklich gut. Dachte ich jedenfalls. Aber mit dieser Meinung stand ich ziemlich allein da. Alle Verlage, denen ich mein Herzblut – so würdest du es doch sagen, nicht wahr? – mein Herzblut schickte, fanden mich nicht bemerkenswert genug. Ich bekam nur Absagen. Zuerst hab ich mich nicht unterkriegen lassen, aber dann feierte ich irgendwann meinen fünfundzwanzigsten Geburtstag und stellte fest, dass ich seit zwei Jahren kein einziges Gedicht mehr geschrieben hatte. Ich bin Paketverschweißerin in einer Fabrik. Seit sechs Jahren. Wusstest du das?«

Natürlich nicht.

»Ich stehe jeden Tag am Fließband und bekomme drei Pfund fünfzig die Stunde.«

Ich rutschte unbehaglich auf dem Stuhl hin und her, benutzte die entstandene Pause aber nicht, um etwas zu sagen.

»Ich hab mich nie mit der Idee anfreunden können, einen Alternativplan zu entwickeln«, sprach sie weiter. »Das würden zwar die meisten machen, wenn die Realität einen einholt – stimmt's? –, aber nicht Menschen wie du und ich, Träumerin. Wir wollen alles oder nichts, richtig?«

Sie sah mich verächtlich an, aber ich blieb stumm.

»Nun, wie du siehst, habe ich nichts. *Alles* ist in einem anderen Universum passiert, und *ein bisschen* habe ich immer mit Füßen getreten. Ich schätze, ich habe gegen die Stadt verloren.«

Ich fühlte mich maßlos unwohl in meiner Haut.

»Du lebst meine Geschichte einfach noch einmal von vorn, du Engel. Zuerst gehst du Jeremy ins Netz, und von da an geht es nur noch bergab.« Sie seufzte. »Ich kenne Jeremy schon seit vielen Jahren. Früher waren Josh und er in den Ferien immer bei ihrer Tante in London. Schon damals hatten Jeremy und ich was miteinander, obwohl er jünger ist als ich.« Sie rieb sich mit der bandagierten Hand über die Augen. »Ich weiß jetzt, dass er mich nicht liebt und nie geliebt hat. Im Grunde war mir das immer klar, aber die Hoffnung stirbt zuletzt, richtig? So wird es dir auch ergehen. Eine Zeitlang denkst du, du wärest glücklich mit ihm. Aber man kann dieses Gefühl auf Dauer nicht aufrechterhalten, weil Jeremy nicht glücklich ist. Und du kannst ihn nicht glücklich machen, sosehr du dich auch anstrengst. Wenn du das schließlich kapierst, ist es schon zu spät, und du kommst nicht mehr los von ihm. Er ist wie eine Droge. Er ist schlecht für dich, aber er macht dich so high, dass du immer wieder zu ihm angekrochen kommst, auch wenn er das Interesse an dir verliert und du ihm nur noch nachläufst wie ein Hund.«

»Aber er tut das nicht mit böser Absicht«, sagte ich mit dünner Stimme.

»Oh, natürlich nicht. Er meint es nicht böse, es ist ihm lediglich gleichgültig. Alle sind ihm gleichgültig. Nur Josh bedeutet ihm was – und der Kleine ist ihm genauso verfallen wie wir beide. Eigentlich ist es mit Josh wie mit uns, nur dass Jeremy ihn nicht anrührt und es ihm in diesem Fall wirklich leidtut, was er aus Josh macht. Jeremy weiß ganz genau, dass Josh mit seinem Leben nicht richtig von der Stelle kommt, solange er an nichts anderes als an ihn denken kann und seine Zeit damit verbringt, auf seinen Tod zu warten.« Sie zuckte die Achseln. »Andererseits würde es Josh kaputtmachen, wenn Jeremy wegginge. Und es wird ihn ganz sicher kaputtmachen, wenn Jeremy letzten Endes einen Schlussstrich unter dieses ganze Fiasko zieht und abtritt. So oder so, Josh geht an Jeremy zugrunde, und das ist das Einzige, was Jeremy nahegeht. Dass ich mich umbringe, wird ihn nicht sonderlich treffen. Das ist mir inzwischen klar.«

»Aber ich dachte, du hättest versucht, dir das Leben zu nehmen, um etwas mit ihm gemeinsam zu haben?«

»Hm, ja, vielleicht«, sagte Layla und wurde leiser. »Wahrscheinlich ist das so. Weißt du, ich hab nie im Leben etwas so sehr geliebt wie ihn – diesen unglaublichen Mann, der Byron liest, als habe er jeden einzelnen Vers selbst geschrieben …«

Ich fühlte einen Stich in der Brust. Mit Layla hatte er Byron gelesen!

»Obwohl ich ganz genau weiß, wie abhängig ich von ihm bin, kann ich nichts dagegen machen«, erklärte sie. »Wahrscheinlich ist mein Selbstmord so etwas wie der letzte Schritt in seine Welt, aber gleichzeitig kann ich mich dadurch auch von ihm befreien – von ihm und von diesem Scheißleben, das ich nicht hingekriegt habe.«

»Aber Layla«, sagte ich vorsichtig, »es ist nie zu spät,

es zu versuchen.« Ich dachte an Raymond Sullivan und daran, wie ich ihn davon überzeugt hatte, einen erneuten Versuch zu starten. Sullivan hatte es geschafft. Er lebte wieder. Vielleicht könnte ich Layla …

»Bemüh dich nicht, Angel. Mich kannst du nicht mehr retten.«

»Aber du bist doch erst neunundzwanzig! Weißt du, ein Freund meines Vaters …« Ich begann, Sullivans Geschichte zu erzählen. Ich wollte Layla damit Mut machen, sie vielleicht ein klein wenig inspirieren. Während ich auf sie einredete, wurde ihr Blick jedoch immer trüber, und sie legte müde den Kopf zurück.

»Du bist wahrscheinlich wirklich ein Engel«, sagte sie schwach und lächelte. »Wenn ich an irgendetwas glauben würde, dann daran, dass Gott dich hierhergesandt hat, um mich zu retten. Weißt du, wie in Hollywoodfilmen: Jemand hält deine Hand, erzählt dir rührseliges Zeug, und von einem Moment auf den anderen hast du wieder Lebensmut.« Sie lachte traurig. »Aber das Leben ist kein Film. Das Leben ist auch kein Buch, Angel. Der Alchimist ist ein Märchen.«

Erstaunt hob ich den Kopf. Woher wusste sie von meiner Träumerbibel?

»Du hast das Buch herumliegen lassen, und ich hab's mir ausgeliehen«, erklärte sie. »Es sah so … geliebt aus und so lebendig. So wie du. Und weißt du was? Das Buch hat mich zum Weinen gebracht. Überall war was angestrichen. Alle Seiten waren so abgegriffen und aufgesogen. Das hat mich gerührt. Du liebst dieses Buch. Trotzdem ist es nicht wahr. Den Alchimisten und dieses wegweisende Universum gibt es nicht.«

In mir regte sich Widerstand. Am liebsten hätte ich Layla angeschrien, aber sie hatte inzwischen die Augen geschlossen und schien schlafen zu wollen. Wütend, traurig, entsetzt und stumm saß ich vor ihrem Bett und fühlte mich allein. Layla öffnete die Augen nicht noch einmal, und nach einer Weile stand ich auf und verließ mit hängenden Schultern das Krankenhaus.

In jener Nacht unternahm Layla einen zweiten Selbstmordversuch. Sie starb um zehn vor zwölf.

Ich will lieber gehasst werden für das, was ich bin,
als geliebt werden für etwas, das ich nicht bin.

Kurt Cobain / André Gide

Die Beerdigung fand fünf Tage später statt. Außer Jeremy, Josh und mir war niemand anwesend. Layla hatte keine Familie gehabt, nur eine Großmutter, die nicht reisen konnte. Ein Priester sprach ein paar Worte, über die Layla sicherlich nur gelacht hätte. Der Sarg wurde in die Erde gelassen. Es spielte keine Musik, da niemand wusste, was Layla gerngehabt hatte.

Ich stand zwischen Josh und Jeremy und nahm zuerst Joshs, dann Jeremys Hand. Wir hielten einander an den Händen, während man Erde auf Laylas Sarg schaufelte und der Priester irgendetwas auf Latein vorlas. Dann war es vorbei, und wir verließen den Friedhof.

Zu Hause setzten wir uns wortlos ins Wohnzimmer. Jeremy rauchte, Josh starrte aus dem Fenster, und ich betrachtete die Flusen auf dem Teppich. Da klingelte es an der Tür. Niemand bewegte sich. Es klingelte abermals. Wir blieben reglos sitzen.

Kurz darauf tauchte vor der Terrassentür ein Mann auf und klopfte an die Scheibe. Er war um die fünfzig, hatte schütteres, sorgfältig gekämmtes Haar und trug einen dunkelblauen Anzug. Ich schaute zu Josh und Jeremy hinüber und wollte fragen, ob sie dem Mann aufmachen wollten, da sah ich ihre überraschten Mienen. Josh war mehr als überrascht. Ihm stand das Entsetzen ins Gesicht geschrieben, während Jeremy mit eiskaltem, beinahe hasserfülltem Gesichtsausdruck beobachtete, wie der Mann die Terrassentür öffnete und ungebeten eintrat.

»Hallo«, richtete sich der Eindringling an Jeremy.

»Was willst du hier?«, erwiderte Jeremy schroff und stand drohend auf.

»Ich wollte sehen, was du aus dem Haus gemacht hast. Wirkt alles ein bisschen vernachlässigt. Was sind das für Schmierereien an der Haustür? Das musst du wegmachen.«

»Du solltest gehen.«

»Lass uns doch erst einmal Guten Tag sagen.«

Es entstand eine Pause, und die Spannung in der Luft wuchs.

»Hallo Dad«, sagte Josh schließlich und erhob sich ebenfalls.

Dad ignorierte Josh jedoch, und mich ebenso. Er fragte Jeremy: »Wie läuft es hier? Hast du einen Job?«

»Du kannst hier nicht einfach so auftauchen.«

»Wieso kann ich das nicht? Ich bin dein Vater.«

»Ich könnte dir sagen, was du meiner Meinung nach bist, aber es wäre besser, wenn du einfach wieder gehen würdest.«

Der Mann reagierte nicht auf diese Aufforderung und schaute sich stattdessen im Raum um. »Was machst du denn so? Hast du irgendwelche Kurse belegt? Hier soll es ein paar sehr gute Managementschulen geben.«

»Ich mache nichts dergleichen.«

»Ach so? Vielleicht würdest du einen guten Kurs an der Uni bei uns zu Hause finden. Die Tür steht dir daheim jederzeit offen, wenn du zurückkommen und vielleicht irgendwann das Geschäft übernehmen möchtest.«

Jeremy riss der Geduldsfaden. »Halt den Mund!«

Die Gesichtsfarbe seines Vaters verdunkelte sich. »Sag mal, wie redest du denn mit mir?«

»Ich rede genauso mit dir, wie du früher immer mit uns geredet hast. Kommt dir der Ton nicht bekannt vor? Wahrscheinlich sollte ich dich verprügeln oder einen Tag lang im Schrank einsperren, damit du kapierst, was ich meine.«

»Jeremy, als Vater muss man manchmal streng sein, wenn man will, dass aus den Kindern etwas wird.«

»Was aus uns geworden ist, liegt jenseits deiner Vorstellungskraft.«

»Ganz und gar nicht. Was aus dem« – er wies mit dem Kopf in Joshs Richtung – »geworden ist, ist mir durchaus klar. Aber daran trage ich keine Schuld.«

Es fiel Jeremy sichtlich schwer, ruhig zu bleiben. »Nein, all das, was Josh ist, ist wirklich nicht dein Verdienst. Aber wenn du dir in diesem Moment mal sein Gesicht anschauen würdest, könntest du sehen, was dein Verdienst ist.« Auf Joshs aschfahlem Gesicht malte sich die tiefe Verletzung ab, die er offenbar durch seinen Vater erlitten hatte und die gerade aufgefrischt wurde. Der Anblick schnitt mir wie mit einer scharfen Klinge ins Herz.

Mr Amos würdigte Josh jedoch keines Blickes. »Ich bin deinetwegen hier, Jeremy.«

»Du hast keine Ahnung, wer von uns beiden der bessere Sohn ist.«

»O doch, das habe ich.«

»Tatsächlich? Nur, weil ich mit Frauen ins Bett gehe?«

»Jeremy!« Tadelnd schüttelte Mr Amos den Kopf. »Joshua ist eine Prüfung, die uns auferlegt wurde, um unseren Glauben auf die Probe zu stellen. Deine Mutter und ich –«

»Zieh sie da nicht mit rein! Mom hat Josh nie verleugnet!«

»Sie hat ebenso wie ich –«

»Das hat sie nicht! *Du* hast Josh aus dem Haus geworfen!«

»Das musste ich. Aber du hättest nicht mitgehen müssen. Dass *du* fortgegangen bist, hat deiner Mutter das Herz gebrochen.«

»Aufhören!«, fuhr Josh dazwischen. Doch er wurde nicht beachtet.

»Er ist nicht mehr mein Sohn«, sagte Mr Amos.

»Aber ganz sicher war er ihrer!«

War? War Joshs und Jeremys Mutter tot?

»Unsinn!«, widersprach Mr Amos heftig. »Sie hat sich ebenso für ihn geschämt wie ich. Joshua war nicht nur eine Schande für uns, sondern für die ganze Gemeinde! Es hat deine Mutter tief getroffen, dass du Joshuas Abartigkeit nicht erkannt hast und wir dich deshalb verloren haben, Jeremy.«

»Aufhören!«, wimmerte Josh und hielt sich die Ohren zu.

Jeremy und sein Vater wurden jedoch immer lauter. »Wenn du Josh noch einmal *abartig* nennst, wirst du es bereuen«, drohte Jeremy.

»Ich begreife nicht, wieso du dich immer wieder auf die Seite dieses perversen –«

Jeremy war mit einem Satz bei seinem Vater und packte ihn an der Kehle. Mr Amos schnappte nach Luft und schlug wild mit den Armen um sich. Nur ein paar Sekunden lang hatte Jeremy seinen Vater im Würgegriff, dann sprang Josh dazwischen und riss Jeremy zurück. Durch die Wucht des Aufpralls stürzten Josh und Jeremy zu Boden. Ich saß wie versteinert da. Mr Amos stand hustend über ihnen und rang nach Luft.

»Verdammte Satansbrut!«, keuchte er. »Verdammte Satansbrut!«

»Halt endlich den Mund!«, schrie Jeremy und rieb sich die Schläfe, die beim Sturz eine Schramme abbekommen hatte. »Halt dein verfluchtes Maul!«

Mr Amos' hochrotes Gesicht schien bei diesen Worten beinahe zu platzen. Seine Augen weiteten sich, und er rief: »Dir werde ich zeigen, was es heißt, die Hand gegen den eigenen Vater zu erheben!« Er griff nach dem Klavierstuhl, der vor dem Steinway stand, und hob ihn mit einer wuchtigen, schnellen Bewegung über seinen Kopf. Drohend sah er auf seine Söhne hinab, wütend genug, den Stuhl auf die beiden niederzuschmettern. Mir wurde der Ernst der Situation klar. Ich sprang auf die Beine und wollte Mr Amos wegschubsen, aber Josh kam mir zuvor. Er rammte seinen Vater und prallte mit ihm gegen die Wand. Mr Amos schrie erschrocken auf, ließ den Stuhl fallen und schlug nach Josh.

»Dad!« Josh hob schützend die Arme.

»Nenn mich nicht Dad!« Mr Amos holte aus und schlug Josh mit der Faust ins Gesicht. Einmal, zweimal, dreimal. Dann war ich bei ihm, noch vor Jeremy, und warf mich in vollem Lauf gegen ihn. Mr Amos verlor das Gleichgewicht, stolperte und fiel hin. Dabei sah er mich verdattert an, als hätte er zuvor gar nicht bemerkt, dass ich überhaupt im Raum war.

Hastig wandte ich mich nach Josh um. Jeremy kniete mit verzweifelter Miene über ihm und flüsterte: »Nein, nein, nein.« Joshs Gesicht war blutüberströmt.

»Das habt ihr euch selbst zuzuschreiben!«, schrie Mr Amos, der wieder auf die Füße kam und aussah, als wolle er nach Josh treten. Schützend stellte ich mich in den Weg.

»Er ist wie wild auf mich losgegangen!«, erklärte er mir schrill und rieb sich mit schmerzverzerrtem Gesicht die Hand.

»Natürlich sind wir selbst schuld, Dad«, sagte Jeremy verbissen. »Wie immer.«

»Oh, und ob es eure Schuld ist!«, rief Mr Amos.

»Schluss jetzt«, murmelte Josh kaum hörbar. Seine schönen Augen wirkten leblos und schienen nichts mehr sehen zu wollen. Jeremy kniete neben ihm und strich ihm übers Haar.

»*Du* hast sie auf dem Gewissen!«, kreischte Mr Amos plötzlich, schluchzte auf und schlug die Hände vors Gesicht. Erschrocken fuhr ich herum. Der Mann weinte. »Wenn du normal gewesen wärst, wäre das alles nicht passiert!«

Josh krümmte sich, als habe sein Vater ihm einen Dolch in die Brust gerammt.

»Deinetwegen haben wir eure Mutter verloren«, schluchzte Mr Amos. »Deinetwegen hat sie das … getan. Du wirst in der Hölle dafür schmoren, verdammt nochmal, du wirst dafür büßen!« Damit drehte er sich um und stapfte aus dem Haus.

Wir hörten, wie die Haustür ins Schloss fiel und sich Schritte über den Kies entfernten. Im Wohnzimmer herrschte eine entsetzliche Stille.

»Josh, du musst zum Arzt«, sagte Jeremy.

Wir brachten Josh zu einer Notfallambulanz, in der seine Wunden genäht wurden. Im Wartezimmer lief Radiomusik. Nelly Furtado fragte, warum alle guten Dinge zu einem Ende kommen müssten.

Es gab viele Fragen, die ich Jeremy hätte stellen können, aber ich hatte genug gehört, um mir die Geschichte von Joshs und Jeremys Eltern selbst zusammenreimen zu können. Offenbar hatte sich ihre Mutter nach Jeremys Weggang das Leben genommen.

Ich war müde. Sehr, sehr müde. Ich lehnte den Kopf an Jeremys Schulter und schlief ein.

Als ich aufwachte, war es später Abend. Josh kam

gerade aus der Ambulanz. Seine Augen waren trüb. Wir stützten ihn und brachten ihn nach Hause. Im Wohnzimmer legten wir uns auf den dicken Teppich. Jeremy und ich nahmen Josh in die Mitte. So schliefen wir ein.

Wehe mir! Bin ich nicht noch eben derselbe,
der ehemals in aller Fülle der Empfindung herumschwebte,
dem auf jedem Tritte ein Paradies folgte, der ein Herz hatte,
eine ganze Welt liebevoll zu umfassen? Ich leide viel,
denn ich habe verloren,
was meines Lebens einzige Wonne war,
die heilige belebende Kraft,
mit der ich Welten um mich erschuf, sie ist dahin!

Johann Wolfgang von Goethe,
»Die Leiden des jungen Werther«

Als ich erwachte, rieb ich mir erschöpft die Augen und bemerkte, dass Josh und Jeremy nicht mehr neben mir lagen. Ich runzelte die Stirn und blickte mich schläfrig um, da entdeckte ich Josh auf der Couch. Mit dem Verband um den Kopf sah er merkwürdig verloren aus. Er rauchte einen Joint. Die Beach Boys sangen *Surf's up*. Auch für uns war die Zeit des Surfens vorbei.

»Josh«, grummelte ich, überrascht, ihn rauchen zu sehen.

»Er ist weg«, sagte Josh. Mehr nicht. Nur diese drei winzigen Wörter, die wie kleine Pfeile durch die Luft flogen und mich mitten ins Herz trafen. Ich schüttelte ungläubig den Kopf, schüttelte ihn wieder und wieder. Joshs Gesichtsausdruck sagte mir, dass Jeremy nicht einfach nur zum Bäcker gegangen war. Er war fort.

Mir drehte sich der Magen um, und ich rannte ins Badezimmer, um mich zu übergeben. Danach strauchelte ich zurück ins Wohnzimmer und setzte mich neben Josh.

»Hast du …«, begann ich, aber meine Stimme versagte, und der Satz verwandelte sich in ein Schluchzen.

»Ich habe ihn gehen sehen.«

»Warum hast du ihn nicht zurückgehalten?« Ich konnte nur flüstern.

»Er hätte nie mit mir nach London kommen dürfen. Eigentlich wusste ich das immer, aber ich war zu selbstsüchtig, um es zu verhindern. Wenn er nun gehen will, darf ich ihn nicht aufhalten.«

»Glaubst du, er bringt sich um?«

Joshs Augen füllten sich mit Tränen.

»Wohin ist er gegangen?«, fragte ich.

»Wahrscheinlich nach Menorca.«

»Menorca?«

»Unser Haus in Spanien, auf der Balearen-Insel. Ich hab dir doch davon erzählt. Wir haben es nicht hingekriegt, es diesen Sommer zu vermieten, also steht es leer.«

»Bist du sicher, dass er da ist?«

Josh zog an dem Joint. »Nein, ich bin nicht sicher. Er könnte überall sein.«

Die folgenden drei Tage verbrachte ich wie in Trance. Ich versank in einen Zustand totaler Orientierungslosigkeit und Depression. Ich ging nicht zur Arbeit, ich sprach nicht, ich hörte keine Musik. Josh ließ mich in Ruhe. Ihm ging es wahrscheinlich nicht besser als mir.

In der dritten Nacht saß ich vor dem Kamin im Wohnzimmer, der in glutendem Orange gegen die Kühle der Nacht anprasselte und hin und wieder kleine gelbe Funken in den Raum spie, die wie verlorengegangene Sternschnuppen zu Boden fielen. Doch das Feuer wärmte mich nicht. Die Kälte in mir hatte sich bis in mein Herz hineingefressen und ließ es frieren. Ich schlang die Arme um meine Knie und wippte, mit leerem Blick in die Flammen stierend, vor und zurück, vor und zurück. Ich wiegte mein Herz, versuchte es einzuschläfern, aber es war hellwach, blutete, fror und schrie.

»Armes Herz«, murmelte ich. »Armes Herz.«

Er fehlte. Er fehlte so sehr. Wenn ich gewusst hätte, dass er in einer Woche, einem Monat, einem Jahr zurückkommen würde, hätte ich einen Weg gefunden, diese Zeit zu überstehen. Doch sein Fehlen war mir *für immer* aufgebürdet worden. Es war ewig, und ich wollte es nicht. Es war ein Fremdkörper. Es steckte in mir und zerriss mein Gleichgewicht, als sei es ein selbständiges Wesen, darauf aus, mir weh zu tun. Jeremys Fehlen war es, das mich aus der Bahn geworfen hatte, das mich zu einem jammernden Stück Elend hatte werden lassen. Er war fort, unerreichbar, ohne ein Wort zu sagen – ein Wort, an das ich mich hätte klammern können. Ein Wort, das ein wenig Wärme hätte spenden können. Aber er war einfach gegangen, fort von hier, fort aus meinem Leben, und die Stille, die er hinterlassen hatte, schrie, weil ich ihn liebte und meine Liebe hungern musste, denn er hatte mir kein Wort vermacht, von dem ich sie hätte nähren können.

Ich saß und schaukelte. Meine Gedanken sponnen ein Netz, in dessen Fäden sich ein neues Gefühl verfing. Zuerst hatte es sich nur leicht verhakt, aber es wand sich und wurde schnell zu einem dicken Knäuel. Das Gefühl war Zorn. Zuerst erkannte ich es nicht, denn ich rechnete nicht mit ihm, doch dann wurde mir klar, dass ich wütend auf ihn war. Wütend, dass er mich alleingelassen hatte und es mir deswegen miserabel ging. Wütend, dass ich ihn liebte. So wie Josh. So wie Layla. So wie seine Mutter. Ich war nur noch ein Schatten meiner selbst. Was war aus der lebenshungrigen Träumerin geworden, die damals im Zug *Don't stop me now* gesungen hatte? War davon wirklich nicht mehr übrig als ein blutendes Herz? Hatte ich mich so sehr verändert, oder hatte ich nur vergessen, wer ich eigentlich war? War ich Jeremy ebenfalls verfallen? War ich ihm womöglich so sehr verfallen, dass mein Traum und alles, was mich ausgemacht hatte, zu sinnentleerten Symbolen geworden waren?

Ich musste Antworten auf diese Fragen finden. Und das konnte ich nicht ohne Jeremy. Ich musste ihn noch einmal sehen, um wieder ich selbst werden zu können. Ich musste ihn noch einmal sehen, um mich von ihm zu lösen.

Der Schmerz macht, dass wir die Freude fühlen,
so wie das Böse macht, dass wir das Gute erkennen.

EWALD CHRISTIAN VON KLEIST

Es war nicht schwer, die Adresse des Hauses auf Menorca herauszubekommen. Josh bewahrte all seine Papiere in einem unverschlossenen Schrank auf. Sobald ich wusste, wo sich das Ferienhaus befand, packte ich ein paar Sachen, fuhr nach Heathrow zum Flughafen und ergatterte einen Platz im nächsten Flieger nach Menorca. Ich sah kein einziges Mal zurück. Weder zu der Villa noch zu irgendetwas anderem, das ich hinter mir ließ. Es war mir egal, ob ich meine Jobs verlieren würde. Wenn ich Jeremy nicht folgte und mich von ihm befreite, würde ich aus der Schraubzwinge, die sich um mein Leben geschlossen hatte, nie mehr herauskommen.

Nach ein paar Stunden landete ich auf Menorca. Die Luft war heiß und stickig. Um mich herum stiegen Touristen in Busse, die sie zu ihren Hotels fuhren. Aber ich gehörte zu keiner Reisegruppe und musste mich allein zurechtfinden. Von innerer Unruhe getrieben, lief ich von einem Ende des Flughafens zum anderen, bis ich schließlich einen Taxistand fand und in gebrochenem Spanisch fragte, wie ich zur *Cala Retirada* käme. Die beiden Taxifahrer, die ich angesprochen hatte, lachten daraufhin erfreut und rissen sich geradezu darum, mich fahren zu dürfen. Einer von ihnen steckte mich schließlich in sein kleines staubiges Auto und kutschierte mich in gemächlichem Tempo in Richtung des Landesinneren. Ich wunderte mich, denn Joshs und Jeremys Haus lag am Meer, aber ich sagte nichts. Mit der Zeit kapierte ich, dass die Adresse offenbar auf der anderen Seite der Insel lag und wir Menorca komplett durchqueren mussten, um dorthinzugelangen. Doch ich war zumindest auf dem Weg. Zu ihm.

Das Land war karg und von der Hitze wie ausgeblichen. Kleine Mauern aus losen Steinen zogen sich überall durch die rote, trockene Erde. Vereinzelt ein paar verschrumpelte Pinien und wilde Olivenbäume. Ohne viel zu sehen, blickte ich aus dem Fenster und ließ die Urlaubsödnis an mir vorüberziehen. Dann packte ich meinen MP3-Player aus und stellte den Zufallsmodus ein. Das Gerät wählte Incubus. *Love hurts.* Ich lauschte dieser großartigen Rockhymne mit geschlossenen Augen. *Love hurts, but sometimes it's a good hurt and it feels like I'm alive.* Plötzlich merkte ich, wie viel Wahrheit in diesen Zeilen steckte. Der Schmerz in meinem Inneren war zwar grauenvoll, aber er machte mich auch lebendig. Ebenso lebendig wie jede Frühlingsekstase und jeder Neubeginnsrausch.

Als ich begriff, was ich da gerade begriffen hatte, stahl sich ein Lächeln in mein Gesicht. Vielleicht hatte ich mich gar nicht selbst verloren. Nein, eigentlich war vielmehr genau das passiert, was ich mir immer gewünscht hatte. Der Traum der Träumerin, die damals im Zug *Don't stop me now* gesungen hatte, war es schließlich gewesen, intensiv zu leben. Sie hatte davon geträumt, kein Leben im Dämmerschlaf zu führen, sondern ihr eigenes Sein voller wildentflammter Euphorie jeden Tag und jeden Augenblick aufs Neue zu zelebrieren. So, wie Freddy Mercury es in *Don't stop me now* tat.

Die Träumerin wollte leben. Mit Haut und Haaren. Sich ohne Sicherheitsnetz in den Strom des Lebens stürzen.

Und genau das tat ich. Ich hatte es die ganze Zeit über getan. Ich war nicht nach London gegangen, um in einem rosaroten Wattekokon zu sitzen und Luftschlösser zu bauen. Ich war nach London gegangen, um wirklich zu leben. Und das beinhaltete, dass ich auf dem Weg ein paar Schrammen davontrug. Sie waren unvermeidlich. Sie waren sogar mehr als unvermeidlich: Sie waren willkommen. Erst die Schrammen machten das Leben real. Erst durch sie war ich wirklich und umfassend lebendig. Und damit: glücklich.

Meine Augen weiteten sich. Plötzlich erinnerte ich mich daran, was der Zufallsmodus damals im Zug gleich nach *Don't stop me now* gespielt hatte. *Happy.* Von Leona Lewis.

Ich griff aufgeregt nach meinem MP3-Player und suchte das Lied. Wenige Augenblicke später begann Leona zu singen, und ich lauschte atemlos. *I could stand by the side and watch this life pass me by, so unhappy but safe as could be.* In meinen Augen sammelten sich Tränen. Nun verstand ich, dass mir das Universum mit diesem Lied schon seinerzeit ein Zeichen gegeben hatte. Ich hätte dem Refrain damals gut zuhören sollen:

> So what if it hurts me?
> So what if I break down?
> So what if this world just throws me off the edge
> My feet run out of ground
> I gotta find my place
> I wanna hear my sound
> Don't care about all the pain in front of me
> Cause I'm just trying to be happy

Darum ging es. Das Leben würde mir eine Schramme nach der anderen verpassen. Aber das war okay. Das konnte mich nicht davon abhalten, mich dennoch kopfüber hineinzustürzen. Denn im Grunde ging es immer nur um den Augenblick, um das Jetzt. Wenn man Angst vor irgendeiner zukünftigen Verletzung hatte, war es unmöglich, das Leben so intensiv zu leben, wie ich es wollte – wie ich es für mich entschieden hatte. Sollte der Schmerz ruhig kommen. Ich war stark genug, ihn zu ertragen. Das Wichtigste war das Hier und Jetzt. Und hier und jetzt liebte ich Jeremy. Gleichgültig, wie weh mir das irgendwann noch einmal tun würde.

Nach über einer Stunde bog das Taxi von der Hauptstraße ab und zockelte über enge, rumpelige Wege. Der Taxifahrer sagte immer wieder »Coto privado« und schien die Straßenverhältnisse damit kommentieren zu wollen.

Schließlich hielt er mitten auf dem Weg an. Er stieg aus dem Wagen, lamentierte, fuchtelte in der Luft herum und deutete immer wieder in eine Richtung. Ich verstand eher durch seine Gesten als durch seine Erklärungen, dass er mich offenbar nicht näher an die Adresse heranbringen konnte. Also stieg ich aus und gab ihm das englische Geld, das ich bei mir trug, und zusätzlich ein paar Euro, die ich noch aus Deutschland hatte. Offensichtlich fühlte er sich aber trotzdem nicht ausreichend bezahlt, denn er schimpfte aus vollem Halse, als er wieder in seinen Wagen stieg, viel zu schnell zurücksetzte und dabei eine riesige Staubwolke aufwirbelte.

Hustend sah ich mich um. Ich war mitten im Nirgendwo gelandet. Um mich herum gab es nur brachliegende Felder und die kleinen hellen Mauern, die die ganze Insel durchzogen. Kein Haus weit und breit. Was blieb mir anderes übrig, als in die angegebene Richtung zu gehen und zu hoffen, dass Jeremy tatsächlich hier war und nicht woanders auf der Welt.

Die Sonne stand schon tief, aber die Luft war noch immer drückend heiß. Mein Rucksack hing schwer auf meinem Kreuz, und ich schwitzte. Doch dann hörte ich das Meer. Mit jedem meiner Schritte wurde es lauter. Ich ging offenbar in die richtige Richtung.

Als ich kurz darauf an einer Düne ankam, konnte ich hören, dass sich hinter dem Berg aus Sand die Wellen brachen. Ich setzte den Rucksack ab und kletterte hinauf. Japsend betrachtete ich die kleine Bucht, die vor mir lag. Steile Felswände umschlossen ein Stück wunderschönen, weißen Strands. Das Meer prangte tiefblau im Hintergrund dieser malerischen Kulisse und umschimmerte das weiße Haus, das rechterhand auf den Felsen thronte. Das war wohl das Ferienhaus der Amos'. Ein perfektes kleines Urlaubsparadies.

Ich ließ den Blick schweifen und suchte nach Jeremy. Vielleicht stand er auf einer Klippe – windumweht, grüblerisch aufs Meer hinausstarrend, wie es zu ihm gepasst hätte. Aber er saß auf der Düne, nur wenige Meter von mir entfernt. Ich entdeckte ihn erst nach ein paar Minuten, da mein Blick in der Schönheit der Postkartenidylle geschwelgt hatte.

Er schaute mich ruhig an. Offensichtlich verwunderte ihn mein Erscheinen nicht.

»Jeremy«, sagte ich.

»Angelia«, antwortete er.

Ich ging zu ihm und kniete mich neben ihn. »Was machst du hier?«

»Ich sitze.« Zuerst blieb sein Gesichtsausdruck unverändert. Dann stahl sich ein Lächeln in seine Mundwinkel. Ich konnte nicht anders, grinste zurück und stellte fest, wie unglaublich gut es tat, ihn lächeln zu sehen. Bei ihm zu sein. Mein Herz öffnete sich weit, meine Liebe sprudelte daraus hervor und überflutete mich mit warmem Glücksgefühl.

Jeremy sah es und nahm es an. Seine Hand schloss sich um meinen Nacken und zog meinen Kopf zu sich. Unsere Lippen verschmolzen. Seine Zunge eroberte mich mit sanfter Entschlossenheit. Als seine Hände begannen, mein Haar zu durchwühlen, rieselten mir tausend Schauer über den Rücken.

Plötzlich brachte Jeremy mich mit einer geschickten Bewegung zu Fall und drückte mich in den Sand. Doch er küsste mich nicht weiter, sondern schaute mich an. Anstatt mit den Händen erforschte Jeremy meinen Körper mit den Augen. Sein Blick glitt über die Schweißperlen an meinem Hals, über das enge T-Shirt und das Stück nackte Haut zwischen dem Oberteil und der Jeans, das zu prickeln begann, als sein Blick es streifte.

Dann wanderten Jeremys Augen wieder zurück zu meinem Mund und betrachtete ihn quälend lange, während er sich mit der Zunge über die Lippen fuhr. Ich reckte mich ihm entgegen, aber er küsste mich nicht. Stattdessen schob er seine Hand in meine Hose. Ich ächzte leise. Sein Blick studierte jede meiner Regungen. Seine Hand bewegte sich nicht. Ich stöhnte und flehte ohne Worte. Jeremy fixierte mich bewegungslos, wartete, bis es für mich unerträglich wurde. Dann begann seine Hand, sich im Zeitlupentempo und nur federleicht zu bewegen. Mein Atem beschleunigte sich. Als ich es kaum noch aushalten konnte, fuhr seine Hand treffsicher tiefer. Ich bäumte mich stöhnend auf. Jeremy drückte mich jedoch eisern in den Sand.

»Jeremy«, stöhnte ich. »Schneller.«

Doch er ließ seine Hand einen unerträglich langsamen Rhythmus beginnen. Ich wurde beinahe wahnsinnig und wollte mich aufrichten, konnte mich aber keinen Zentimeter bewegen.

Schließlich erhöhte Jeremy die Geschwindigkeit. Meiner Kehle entrang sich ein heiseres Stöhnen. Jede seiner Bewegungen sandte mir heiße Schauer in den Bauch, und ich kam dem Höhepunkt immer näher.

Da hörte er auf.

»Jeremy …«, keuchte ich und öffnete die Augen.

Er beobachtete mich. Völlig reglos. In seinen Augen war keinerlei Leidenschaft zu erkennen. Ein weiteres Mal war er völlig beherrscht, kontrolliert, während ich fast wahnsinnig wurde. Ich hatte seine verfluchte Coolness so satt!

Und seine Dominanz hatte ich auch satt. Mit einer heftigen Bewegung stieß ich ihn von mir und drängte ihn in den Sand. Blitzschnell entledigte ich mich meiner Jeans und riss ihm seine Hose herunter. Ich würde mir nun selbst holen, was ich wollte, und ihm nicht länger erlauben, Spielchen mit mir zu spielen. Ungestüm setzte ich mich auf ihn und nahm ihn so schnell wie möglich in mich auf. Es raubte mir fast die Sinne, und ich musste mich an ihm festhalten, um nicht das Gleichgewicht zu verlieren. Schon nach ein paar Stößen kam ich. Die Welt schlug mit Donnerhall über mir zusammen, rollte über mich hinweg, und ich fühlte mich, als sei ich noch nie so körperlich gewesen wie in diesem Moment.

Erst als ich in Jeremys Armen wieder zu mir kam, bemerkte ich, dass ich erneut ohnmächtig geworden war. Jeremy war noch immer in mir. Ich begann mich wieder zu bewegen, obgleich sich die fordernde Spannung in mir entladen hatte. Die Spannung in ihm wuchs jedoch noch, und schließlich entlud auch sie sich. Dabei sah Jeremy mir unverwandt in die Augen. Er blinzelte noch nicht einmal.

Als sein Atem ruhiger wurde, flüsterte ich: »Was fühlst du?« Ich hielt sein Gesicht in meinen Händen. »Was fühlst du?«

Jeremy schaute zur Seite. Seine Miene wirkte auf einmal gequält. Müde.

Ich ließ ihn los.

Sein leerer Blick schweifte über die Bucht. Offenbar hatte er nichts zu sagen.

Da schlug ich ihm mit der Faust gegen die Brust. Er zuckte zusammen und sah mich fragend an. Ich schlug ihn noch einmal. Irgendetwas musste sein Herz doch aufwecken.

Jeremys fragender Blick ruhte auf mir, aber er ließ mich ungerührt agieren.

Noch einmal schlug meine Faust mit voller Wucht gegen seine Brust. Dann ließ ich den Arm sinken. »Was fühlst du?«, wiederholte ich. Er war noch immer in mir.

»Ich versuche, die Liebe zu verstehen«, erwiderte er.

Ich starrte ihn an. »Das habe ich nicht gefragt.«

»Das ist meine Antwort, Angelia.«

Ich lachte ungläubig. »Du willst *verstehen*.«

»Ja.« Er schob mich von sich herunter. »Ich versuche, die Liebe zu verstehen, ohne zu lieben.«

»Ohne zu lieben«, murmelte ich heiser. Obwohl mich seine Gefühlskälte nicht hätte überraschen dürfen, war dieser Satz wie eine Ohrfeige. Eine Ohrfeige für mein Herz.

»Es tut mir leid, wenn dich das verletzt.«

Ich winkte mit zittriger Hand ab. *So what if it hurts me.* Aber das tat es. Es tat unglaublich weh. Trotz allem.

Jeremy betrachtete mich ernst. »Ich fühle nichts.«

Er fühlte nichts. Die Worte hallten hohl in meinem Kopf nach. »Wirklich niemals?«, krächzte ich.

»Niemals«, antwortete er. »Ich fühle nicht. Ich … liebe nicht.«

Ich setzte mich auf und massierte mir die Schläfen. »Aber … fühlen ist so leicht!«

Erschöpft schüttelte er den Kopf. »Für dich vielleicht.«

»Ja, für mich ist es leicht.«

»Du bist wahrlich Meisterin darin. Du fragst erst gar nicht, was Liebe ist. Du liebst einfach.«

Ich schluckte.

»Und du fragst auch gar nicht, was *Leben* ist. Du lebst einfach. Es geht dir nicht darum, mit dem Intellekt zu verstehen, was das Geheimnis des Lebens ist. Du suchst nicht nach Antworten in Büchern. Du lebst einfach.« Er setzte sich ebenfalls auf. »Ich versuche, das Leben zu begreifen, ohne je wirklich gelebt zu haben.« Er schien jedes Wort genau zu überlegen, ehe er es aussprach. »Ich versuche, das Leben zu begreifen, ohne jemals vor Freude geweint zu haben. Ohne jemals laut im Bus gesungen zu haben. Ohne jemals nackt im Regen herumgelaufen zu sein.«

Er hatte mir gut zugehört, wenn ich ihm von mir erzählt hatte.

»Meine ganzen Bücher haben mich nur eines gelehrt: dass ich keinen blassen Schimmer habe.« Seine Brauen zogen sich zusammen. »Mein Leben lang habe ich Reiseführer und Fahrpläne studiert, ohne jemals losgewandert zu sein. Das ist der Unterschied zwischen uns. Du hast dich einfach auf den Weg gemacht, ohne Landkarte. Du hast keine einzige Frage gestellt. Du hast einfach vertraut. Du bist einfach losgerannt.«

»Stimmt«, war alles, was ich dazu sagen konnte.

Jeremy lächelte. Ich liebte dieses Lächeln. Dann wurde er wieder ernst und begann zu grübeln. Über seine makellose Stirn konnte man die Gedanken beinahe wie dunkle Wolken hinwegziehen sehen. »Ich denke, also bin ich …«, zitierte er.

»Descartes.«

Er nickte. Dann sagte er: »Ich bin nach reiflicher Überlegung zu dem Schluss gekommen, dass Descartes ein Idiot war.«

Einen Augenblick lang starrte ich ihn verdutzt an, dann lachte Jeremy. Ich fiel sofort ein. Das Lachen tat unglaublich gut.

»Es muss heißen: Ich fühle, also bin ich«, sagte ich.

»Ich weiß«, erwiderte Jeremy nachdenklich. »Ich *weiß*«, wiederholte er, als wolle er das Wort sezieren. »Wissen ist etwas sehr Mittelmäßiges«, stellte er dann fest. »Vertrauen ist sehr viel mehr wert als Wissen. Ich würde sogar sagen, Vertrauen ist die höchste Form der Intelligenz.«

Nun war ich völlig baff. »Ich hätte nicht gedacht, so etwas jemals aus deinem Mund zu hören.«

»Es ist mir ernst.«

»Das sehe ich.« Und es gefiel mir. »Gibt es denn irgendetwas oder irgendjemanden, dem du vertraust?«

»Nein. Ich bin Philosoph. Ich zweifle an allem und jedem.«

»Nicht besonders intelligent.«

»In der Tat nicht.«

»Ich habe mal gehört, dass Liebe die höchste Form der Intelligenz ist.«

»Das würde nur bestätigen, dass ich ein ziemlicher Idiot bin. Von Liebe habe ich keine Ahnung.«

»Selbsterkenntnis ist doch ein brauchbarer Anfang.«

»Anfang? Nichts bringt mich dem Ende näher als Selbsterkenntnis. Erkenntnis ist Theorie. Ist Wissen. Ich fühle nichts dabei. Kein Vertrauen. Keine Liebe. Ich erkenne, dass ich der dümmste Mensch auf Erden bin.«

Ich musterte ihn.

Er seufzte. »Intelligenz ist –«

»Weißt du was?«, unterbrach ich ihn barsch.

Jeremy hielt inne. »Was?«

Ich grinste. »Das ist alles nur intellektuelles Gelaber.«

Er grinste zurück.

»Komm«, sagte ich und erhob mich. »Es regnet zwar

nicht, aber wir können trotzdem nackt herumlaufen!« Schon entledigte ich mich meines T-Shirts und meines BHs.

Jeremy schaute mir aufmerksam dabei zu. Er machte allerdings keine Anstalten, ebenfalls aufzustehen.

»Komm! Lauf los mit mir!« Ich stand splitternackt vor ihm.

»Nein«, entgegnete er und schüttelte den Kopf.

Ich zögerte. Doch nur für einen kleinen Moment. »Ich laufe trotzdem.«

»Natürlich. Das musst du auch.« Er lehnte sich zurück. »Ich werde dir zusehen, wie du läufst.«

Forschend betrachtete ich ihn und stellte fest, dass es mir ohne ihn ebenso viel Spaß machen würde. Also streckte ich die Arme in die Luft und begann zu quietschen. »Whooohooo!« Ich wollte rennen. In meinen Beinen kribbelte es. »Whooohooo!«, schrie ich noch einmal und stürmte los. Mit riesigen Schritten lief ich die Düne hinab und preschte nackt und quietschend und frei über den Strand. Der Sand gab unter meinen Füßen nach, aber er trug mich. Ich lachte und machte große, ausholende Laufschritte. Dann tauchte plötzlich das Wasser vor mir auf. Und ohne nachzudenken, stürzte ich mich kopfüber hinein.

I turn the engine, but the engine doesn't turn.

THE WALLFLOWERS, »One Headlight«

Noch bevor die Sonne aufging, liebten wir uns in der kleinen Dachkammer, in der wir schliefen. Wir schmeckten nach Sand und Salz und Sonne, und ich genoss jede Sekunde, als sei ich nur für sie geboren worden.

Anschließend frühstückten wir wortlos auf der Düne. Ich war froh, dass wir uns nicht unterhielten. Froh, dass wir die Freiheit und die Stille dieses herrlichen Fleckchens Erde nicht mit obduzierenden Analysen störten und dem Augenblick damit nicht unweigerlich den Zauber nahmen.

Als wir fertig gefrühstückt hatten, liebten wir uns erneut. Stundenlang. Wir mussten nun keine Angst mehr haben, von Josh erwischt zu werden, und so schrie ich lauthals, jedes Mal, wenn ich kam.

Dann saßen wir einfach nur da und starrten aufs Meer.

Gegen Abend ergriff Jeremy das Wort. »Angelia.« Er klang ernst. »Warum bist du hierhergekommen?«

Ich senkte den Kopf. Dieses Gespräch war wohl unumgänglich. »Warum bin ich hier«, murmelte ich. »Glaubst du, ich bin dir verfallen?«

Jeremy seufzte. »Du bist mir nach Menorca gefolgt.«

»Das war hart an der Grenze, oder?«

»Ja.«

»Glaubst du, ich bin dir so verfallen wie Josh?«

»Josh ist mir nicht verfallen«, entgegnete Jeremy mit Nachdruck, und ich horchte überrascht auf. »Glaube nicht, dass er nur deshalb so fröhlich ist, weil er weiß, dass ich von Fröhlichkeit fasziniert bin. Glaube nicht, dass er nur deshalb den ganzen Tag über Surfsongs von den Beach Boys hört und durchs Wohnzimmer tanzt ...«

»... weil man immer damit rechnen muss, dass du wie aus dem Nichts auftauchst und einen beobachtest?«

»Glaube nicht, dass er für mich geschauspielert hat.« Jeremys Augen bohrten sich in meine. »Josh ist mir nicht verfallen.«

Ich machte ein kleines, zustimmendes Geräusch. Irgendwie hatte ich das gewusst. Die Vorstellung, Josh hätte für Jeremy nur eine Show abgezogen, war eigentlich absurd. »Josh ist immer echt gewesen«, sagte ich und nickte langsam.

»Er ist eigentlich sogar derjenige, der das Sagen hat.«

»Was?« Nun war ich wirklich erstaunt. »*Du* bist der Alphawolf!«

Jeremy schüttelte den Kopf. »Josh ist von zu Hause weggegangen, und ich bin ihm nach London gefolgt. Josh wollte die Villa behalten, und ich bin vor vollendete Tatsachen gestellt worden. Josh hat entschieden, dass du zu uns ziehst, und ich musste mich fügen, obwohl ich nicht damit einverstanden war.« Er fuhr sich durch das dunkle Haar, den Kopf voller Gedanken. »Josh liebt mich als Mann, ja, aber er ist mir nicht hörig oder so was. Ganz bestimmt nicht.« Seine Miene verfinsterte sich. »Er ist nicht Layla.«

In meinem Mund war plötzlich ein bitterer Geschmack.

»Layla war früher wie du«, fügte Jeremy leise hinzu. »Und ich habe sie kaputtgemacht.«

»Ihre Liebe zu dir hat sie kaputtgemacht.«

»Für niemanden ist es gut, mich zu lieben! Trotzdem tun es die Menschen immer wieder. Ich verstehe das nicht.«

»Ich bin eigentlich hierhergekommen, um mich von dir zu trennen«, sagte ich unvermittelt. Die Worte klangen abgehackt und seltsam rau.

Auf Jeremys Gesicht zeigte sich keinerlei Regung.

»Deswegen bin ich nach Menorca gekommen.« Ich hatte es nicht vergessen. Ich war eigentlich hier, um mich von ihm zu lösen. Um mich aus seinen Fängen zu befreien! Das war der ursprüngliche Plan gewesen. Und dann hatte ich mich entschieden, dass ich den Schmerz ertragen wollte, den das Zusammensein mit Jeremy unweigerlich hervorrufen würde. Denn Schmerz gehörte ebenso zum Leben wie Freude. Und leben war alles, was ich wollte.

»Ich bin hierhergekommen, um mich endgültig von dir zu trennen«, sagte ich noch einmal. »Weil ich auf dem besten Wege war, Layla zu werden.«

Jeremys Stirn umwölkte sich. »Und jetzt hast du keine Angst mehr davor?«

»Nein.«

»Was hat dir die Angst genommen?«

Ich lächelte. »Die Musik.«

Jeremy blickte grüblerisch aufs Meer. Nach einer Weile sagte er: »Das ist gut.« Er nickte gedankenverloren und murmelte: »Das ist sehr gut.« Dann: »Bleibst du noch etwas? Ein oder zwei Wochen?«

Ich dachte nach. »Okay, ein oder zwei Wochen.«

»Versprich mir, nicht zu vergessen, was du mir gerade gesagt hast.«

»Nein, das vergesse ich nicht.«

Skepsis lag in seiner Miene. »Ich werde mich auf deinen Traum verlassen müssen.«

»Wie meinst du das?«

Doch er antwortete nicht. Er sah der Brandung zu, die immer wieder aufs Neue den Strand eroberte.

Eine Ewigkeit saßen wir schweigend beieinander. Wir saßen, bis die Sonne unterging und über dem Meer ein Festplatz der Farben prunkte. Die Welt war mit einem Mal in ein strahlendes, heiliges Licht getaucht. Ich beugte mich vor und trank die Bilder wie eine Verdurstende.

Jeremy ließ mich nicht aus den Augen. Er folgte meinem Blick und beobachtete den Himmel. »Beschreibe mir, was du siehst«, bat er. »In Träumersprache.«

Ich zögerte. »Für das, was ich sehe, gibt es keine Worte.« Ich schüttelte den Kopf. »Worte, selbst in Träumersprache, würden dem, was dieser Himmel in mir auslöst, nicht gerecht werden.«

Jeremy schwieg und betrachtete mit konzentrierter

Miene das Farbenspiel. Aber die Schönheit des Sonnenuntergangs spiegelte sich in seinen Augen nicht wider.

»Angelia ...«

»Was?«

»Ich sehe nichts.«

Ich seufzte tief.

»Aber ... ich will es versuchen.«

»Was?«

»Mit dem Herzen.«

Überrascht starrte ich ihn an.

»Zeig es mir, Angelia. Zeig mir, wie.«

»Ist das dein Ernst?«

»Ich will es lernen.«

»Okay ...«, flüsterte ich erstickt, zu tief berührt, um meine Stimme unter Kontrolle zu haben. »Lauf.«

Er hob leicht die Augenbrauen.

»Lauf, Jeremy.«

Eine Sekunde lang flackerte ein innerer Kampf in seinem Blick auf. Dann erhob er sich und zog sich aus.

Nackt stand er vor mir. »Und jetzt?«

»Das kann ich dir nicht erklären.«

Er nickte. Und im nächsten Augenblick lief er los.

Ich hielt den Atem an.

Jeremy rannte quer über den Strand. Er schrie nicht, und er machte keine übermütigen Sprünge. Doch er lief. Er war losgelaufen.

Meine Augen füllten sich mit Tränen. Die Größe des Moments und der Anblick von Jeremys perfektem, rennendem Körper im Licht dieses zauberischen Sonnenuntergangs war so überwältigend, dass ich vor Ergriffenheit kaum atmen konnte.

Es war passiert. Jeremy war losgelaufen.

Dann verschwand er im Meer. Mit einem entschlossenen Sprung stürzte er sich hinein.

Von diesem Augenblick an war Jeremy wie verwandelt. Ich erkannte ihn kaum wieder, denn mit einem Mal war er weicher, liebevoller, offener, wärmer, zärtlicher, witziger und … fröhlicher, als ich es je für möglich gehalten hätte. Doch ich war mehr als bereit, diesen neuen Jeremy als Geschenk des Himmels anzunehmen.

Alles, was wir sind,
ist das Resultat dessen,
was wir denken, das wir sind.

BUDDHA

Ich sah aus dem Fenster. Jeremy saß auf der Düne und blickte über das Meer zur Nachbarinsel, Mallorca, die man bei klarem Wetter am Horizont sehen konnte. Das tat er nun jeden Tag, manchmal stundenlang, und ich hatte mich des Öfteren gefragt, was ihm dabei wohl im Kopf herumging. Mallorca war der Inbegriff des Tourismus, ein hyperaktiver Knoten der modernen Gesellschaft. Menorca hingegen war trotz der kargen Vegetation ein Naturschutzreservat. Hier gab es nur wenig Zivilisation, und wenn man spazieren ging, begegnete man meist keiner Menschenseele.

Ich fasste mir ein Herz und rief Josh in London an. Als ich eine Woche zuvor so überstürzt abgereist war, hatte ich ihm lediglich einen Zettel in der Küche hinterlassen.

Über eine Stunde lang telefonierte ich mit ihm. Er war weder sauer auf mich noch brachte er das Gespräch auf die Vorfälle der vergangenen Wochen. Zudem fragte er mit keinem Wort nach Jeremy. »Komm nach Hause, wenn es vorbei ist«, sagte er zum Abschied.

Ich wunderte mich. Hatte ich Josh vor meiner Abreise erzählt, dass ich mich von Jeremy trennen wollte?

Ich wusste es nicht mehr. »Das mache ich«, antwortete ich schlicht und legte auf.

Jeremy saß noch immer auf der Düne und starrte aufs Meer.

Ich rief Alice an. Seit langer Zeit hatte ich nicht mehr ausführlich mit ihr sprechen können, und ich vermisste sie.

Alice war sofort am Telefon. »Angel! Wo bist du?«

»Ich bin auf Menorca.«

»Machst du Urlaub?«

»So was Ähnliches.«

»Ich habe tolle Neuigkeiten. Amon und ich wollen heiraten.«

»Was?« Ich glaubte, mich verhört zu haben.

»Ich hatte noch keine Gelegenheit, dir davon zu erzählen, aber wir sind schon seit ein paar Wochen zusammen, und gestern hat mir Amon einen Antrag gemacht.«

»Und du hast ja gesagt?«

»Natürlich! Ich bin ganz aus dem Häuschen!«

»Könnt ihr nicht einfach so zusammen sein?«, fragte ich erstaunt. »Du bist doch erst neunzehn!«

»Amon tritt nächstes Jahr eine Vikarstelle in Yorkshire an, und ich will mit ihm gehen.«

»Aber in Yorkshire gibt es für dich doch längst nicht so viele Chancen, gute Rollen zu bekommen! Und was ist mit dem College?«

»Angel, ich höre mit dem College auf.«

»Wie bitte?« Ich musste mich setzen.

»Ich bin schon abgemeldet. Auch die Rolle in dem

Musical werde ich nicht spielen. Ich will eigentlich nur … mit Amon leben. Ich kann mir vorstellen, dass dir das ziemlich radikal –«

»Aber du liebst doch das Musical! Es ist deine Leidenschaft!« Ich konnte gar nicht begreifen, was Alice da sagte.

»Ich kann ja immer noch ins Theater gehen und mir ein Musical ansehen.«

»Aber das ist doch nicht dasselbe!« Ich konnte es nicht fassen. Alice, die begabteste Sängerin, die es je gegeben hatte, wollte das Singen aufgeben? »Du kannst deinen Traum doch nicht einfach so mit Füßen treten!«

Sie schwieg einen Moment lang. »Angel, ich war nie wirklich darauf aus, die großen Räder zu drehen. Wie lange kann man sich im Showbiz denn halten? In zehn Jahren gehöre ich als Tänzerin bereits zum alten Eisen, in fünfzehn bis zwanzig Jahren bekomme ich auch als Sängerin und Schauspielerin keine guten Rollen mehr. Und was dann?« Sie seufzte. »Ich glaube, es ist auf lange Sicht sinnvoller für mich, Pfarrersfrau zu werden und mich in eine Gemeinde einzubringen.«

Die Entschlossenheit in Alices Stimme bestürzte mich. »Das musst du natürlich allein entscheiden«, würgte ich hervor. »Ich muss jetzt auflegen.«

Hastig beendete ich das Gespräch. Was war bloß in Alice gefahren? Sie gab auf? Einfach so?

Jeremy betrat das Haus. »Was ist los?«, fragte er und sah mir wie immer sofort an, dass etwas nicht stimmte.

Ich brauchte einen Augenblick, um mich zu sammeln. »Ich habe mit Alice telefoniert. Sie schmeißt das College, heiratet Amon und will zukünftig als Pfarrersfrau in Yorkshire leben«, fasste ich die Bestandsliste des Grauens zusammen.

Jeremy setzte sich, verschränkte die Hände hinter dem Kopf und lehnte sich zurück, um mich zu betrachten. »Wenn man seine Helden fallen sieht, tut das einem selbst meist mehr weh als ihnen.«

»Alice glaubt nicht, dass sie fällt! Sie glaubt, die richtige Entscheidung getroffen zu haben!« Ich suchte nach passenden Worten. »Die Vernunft hat über den Traum gesiegt.«

»Umso schlimmer für dich.«

»Alice ist dreimal so talentiert wie ich!«

»Was ist schon Talent?«

»Sag du es mir. Definitionen sind doch dein Spezialgebiet.«

Jeremy suchte im unendlichen Fundus seines Geistes nach der Antwort. »Etwas leicht tun können, was andere schwierig finden, ist Talent. Etwas tun können, was für Talent unmöglich ist, ist Genie.«

»Sagt wer?«

»Henri-Frédéric Amiel.«

»Noch nie von dem gehört. Was sagst du?«

»Alice ist womöglich eine geniale Sängerin. Aber ihr fehlt offenbar das Talent, es zu schaffen.«

Was wollte er damit sagen?

»Du hast es mir damals doch selbst erklärt, Angelia. Was zählt, ist vor allem der Glaube an den Traum.

Ob man nun sehr gut oder unglaublich gut ist, spielt beim Träumen eine geringere Rolle als der feste Wille, die eigenen Ziele zu erreichen. Wenn dein Traum nicht dein bester Freund ist, stehen die Chancen schlecht für dich.«

»Und das erzählst *du* mir!« Ich konnte kaum fassen, wie sehr er sich in den vergangenen Tagen verändert hatte.

»Ich habe gut zugehört, wenn du von deinem Traum gesprochen hast. Dein Traum ist deine Religion. Und Alice hat gegen deine religiöse Überzeugung verstoßen.« Jeremy beobachtete mich, um sicherzustellen, dass ich ihm gedanklich folgte. »Alice' Aufgeben ist aber kein Beweis dafür, dass deine Religion nichts taugt, sondern lediglich dafür, dass Alice nicht an sie glaubt.«

»Ich habe das Gefühl, Alice hat die Musik verraten.«

»Nein, das hat sie nicht. Warum sollte sie ihr Leben mit Musik verbringen, wenn sie sich gar nicht wirklich danach sehnt? In diesem Fall war es das Beste, für Menschen Platz zu machen, die die Musik mehr lieben als sie.«

Ich biss mir auf die Unterlippe.

»Die meisten Menschen, die nach London kommen, um ihre Träume zu verwirklichen, scheitern letzten Endes«, fuhr er fort. »Aber weißt du, warum *du* es wahrscheinlich doch schaffen wirst? Weil dir nie ernsthaft in den Sinn gekommen ist, dass du es nicht schaffen könntest. Deswegen wirst du es schaffen.«

»Eben sagtest du noch *wahrscheinlich schaffen.*«

»Ich habe dein Gesicht beobachtet, während ich das sagte. Der Gedanke, es nicht zu schaffen, liegt außerhalb deiner Vorstellungskraft.«

Ich sah Jeremy lange an. »Wer hätte gedacht, dass ausgerechnet du derjenige bist, der mich an meinen Traum erinnert ...«

»Ich muss dich daran erinnern.« Er holte vernehmlich Luft. »Lies mir aus dem Alchimisten vor.«

Nichts hat einen psychologisch stärkeren Einfluss auf Kinder als die ungelebten Leben ihrer Eltern.

Carl Gustav Jung

Ich war überrascht. Jeremy wollte tatsächlich etwas aus dem Alchimisten hören? Hatte er nicht mal gesagt, Paulo Coelho schreibe den größten Mist zusammen, den er je gelesen habe? Aber das war lange her. Das war … vorher.

Nachdenklich holte ich das Buch, und wir schlenderten hinaus zur Düne. Ich schlug meine Träumerbibel willkürlich auf, irgendwo mittendrin. Das tat ich oft, wenn ich es dem Universum überlassen wollte, mir die Stelle zu präsentieren, die mir in diesem Augenblick den richtigen Denkanstoß geben konnte. Ein Zufallsmodus. Ich begann zu lesen, und Jeremy lauschte.

»Jeder Mensch auf Erden hat einen Schatz, der ihn erwartet«, sagte sein Herz. »Wir Herzen sprechen jedoch wenig von diesen Schätzen, weil die Menschen sie schon gar nicht mehr entdecken wollen. Nur den Kindern erzählen wir davon. Dann überlassen wir es dem Leben, jeden seinem Schicksal entgegenzuführen. Aber leider folgen nur sehr wenige dem Weg, der für sie vorgesehen ist und der der Weg zu ihrer inneren Bestimmung ist und zum Glück. Sie empfinden die Welt als etwas Bedrohliches – und darum wird sie auch zu etwas Bedrohlichem. Dann sprechen wir Herzen immer leiser, aber ganz schweigen tun wir nie.«

Ich ließ das Buch auf die Knie sinken. »Alice ist ihrer inneren Bestimmung nicht gefolgt«, murmelte ich. Sie hatte einfach aufgegeben. »Warum hat das Universum sie und mich zusammengeführt?« Jeremy legte den Kopf schief, aber ich sprach unbeirrt weiter. »Alice und ich sind uns zweimal begegnet, am Covent Garden und in Kyles Wohnung. Das war kein Zufall. Das war Zu-Fall. Das Schicksal hat sich etwas dabei gedacht. Aber was? Was sollte ich aus der Begegnung mit Alice lernen? Dass man aufgeben soll? Das kann doch nicht sein …«

Jeremy überlegte. »Was macht dich eigentlich so sicher, dass Alice nicht ihrer inneren Bestimmung gefolgt ist? Sie ist doch sehr religiös, und als Pfarrersfrau kann sie ihren Glauben sehr gut ausleben.«

»Worauf willst du hinaus?«

»Im Alchimisten steht, dass jedem Menschen ein persönlicher Lebensweg vorherbestimmt ist. Man muss herausfinden, welcher das ist, um glücklich zu werden. Richtig?«

Ich nickte.

»Wieso glaubst du, dass ein besonderes Talent etwas mit diesem Lebensweg zu tun haben muss? Dass es sozusagen zwingend darauf hinweist?«

Ich zog fragend die Augenbrauen in die Höhe.

»Alice kann außergewöhnlich gut singen. Das lässt dich annehmen, es sei ihre Bestimmung, Sängerin zu werden. Aber vielleicht stimmt das ja gar nicht. Womöglich ist es ihre Bestimmung, Amon zu heiraten und Pfarrersfrau zu werden.«

»Gott hätte ihr nicht diese Stimme geschenkt, wenn er nicht gewollt hätte, dass sie sie benutzt.«

Bei dem Wort »Gott« verzog Jeremy kurz den Mund, doch er ließ sich weiter auf meine Argumentationskette ein. »Alice kann immer noch im Kirchenchor singen. Oder auf kirchlichen Veranstaltungen. Oder sie nimmt irgendwann ein Album mit christlichen Liedern auf. Vielleicht erreicht sie damit sogar mehr Menschen als mit Musicalsongs.«

Ich sah Jeremy durchdringend an. Ich kannte ihn mittlerweile gut. Er wollte auf irgendetwas Bestimmtes hinaus, das er noch nicht angesprochen hatte. »Raus damit«, sagte ich.

Er lächelte. Das tat er immer, wenn ich ihn durchschaute. Sein Lächeln verschwand jedoch schnell wieder. »Angelia, ist dir mal in den Sinn gekommen, dass es eventuell nicht die Bestimmung deines Vaters war, Pianist zu werden?«

Wie unter einem Peitschenhieb zuckte ich zusammen. Ich hatte nicht damit gerechnet, dass Jeremy meinen Vater erwähnen würde. Seit vielen Wochen hatte ich mich bemüht, nicht mehr an ihn zu denken – ihn aus meinem Kopf zu verbannen.

»Was soll denn dann seine Bestimmung gewesen sein?«, fragte ich mit gepresster Stimme. »Seine Arbeit als Speditionskaufmann? Die Kegelabende? Die Urlaube in Italien? Sein Leben war völlig sinnlos.«

»Das ist nicht wahr.« Jeremy zwang mich, ihn anzusehen. »Vielleicht war es seine Bestimmung, dein Vater zu sein.«

Meine Finger krallten sich in den Sand.

»Er hat dich gelehrt, Klavier zu spielen«, sagte er. »Er hat dich die Liebe zur Musik gelehrt. Er hat dir beigebracht zu träumen. Und das soll ein sinnloses Leben gewesen sein?« Eindringlich blickte er mich an. »Dein Vater hat sehr viel erreicht. Er muss sehr zufrieden gewesen sein, als er starb.«

Mir traten Tränen in die Augen. »Er sah tatsächlich sehr zufrieden aus«, flüsterte ich und rief mir das letzte Bild, das ich im Geiste von meinem Vater gemacht hatte, ins Gedächtnis. »Er hat von innen her gestrahlt.«

»Kein Wunder.«

»Aber er ist daran gestorben, dass er seinen Traum nicht leben konnte!«, protestierte ich kraftlos.

»Das interpretierst du so, Angelia. Genauso gut könnte man glauben, das Universum habe dafür gesorgt, dass dein Vater genau zum richtigen Zeitpunkt stirbt. Ohne seinen Tod wärest du niemals nach London gekommen. Das hast du mir selbst erzählt. Erst nachdem er tot war, hast du angefangen zu überlegen, was du mit deinem Leben anstellen willst.«

In meinem Kopf drehte sich alles. »Warum sagst du mir das?«

»Um deine Gedanken in eine neue Richtung zu lenken. Ich will dir helfen.«

»Wobei?«

»Dabei, das Tagebuch deines Vaters zu Ende zu lesen.«

Ich sackte zusammen und spürte, wie sich eine eiserne Faust um mein Herz schloss. Als ich nach Menorca aufgebrochen war, hatte ich das Tagebuch aus unerfindlichen Gründen eingepackt, dann aber keinen weiteren Gedanken daran verschwendet. »Woher weißt du von dem Tagebuch?« Ich hatte nie mit Jeremy darüber gesprochen.

»Ich habe es auf deinen Sachen liegen gesehen. Das Lesezeichen steckt zwischen den letzten Seiten. Du hast es nie bis zum Ende geschafft, richtig?«

Ich schwieg.

»Ich habe mir das Tagebuch ausgeliehen und es gelesen«, sagte er. »Bis zum Schluss.«

Ich reagierte nicht, starrte nur auf die Wellen, die sich in endloser Regelmäßigkeit am Strand brachen.

»Fühlst du dich jetzt stark genug, um den Rest zu lesen?«

Ich starrte auf die Wellen.

»Ich bleibe bei dir, während du es liest«, versprach er. »Ich halte deine Hand.«

Er stand auf und ging zum Haus. Wenig später kam er mit dem Tagebuch zurück und reichte es mir.

Eine Weile lang saß ich bewegungslos da und umklammerte das Buch. Dann schlug ich es auf und begann zu lesen. Jeremy hielt meine Hand.

13. Dezember
Erika hat mir aus Deutschland einen Brief geschickt. Sie ist von mir schwanger. Anfangs war ich am Boden zerstört, aber dann hatte ich plötzlich das Gefühl, dass etwas sehr Schönes passiert ist, etwas Großartiges. Ich werde Vater!

Ich las die übrigen Eintragungen mit regloser Miene. Es war keine wirkliche Überraschung für mich. Ich hatte geahnt, dass mein Vater seinen Traum allein meinetwegen aufgegeben hatte, doch ich hatte die Augen davor verschlossen. Meine Mutter war mit mir schwanger gewesen, und mein Vater kam nach Deutschland, um mit ihr eine Familie zu gründen – um mir ein guter Vater zu sein. Und das war er gewesen. Wenn Jeremy recht hatte und dies war das Schicksal meines Vaters gewesen, dann hatte er seine Bestimmung aufs Beste erfüllt.

Ich schaute den Wellen zu, die mein Bild von Billy, dem gescheiterten, traurigen Träumer allzu gern fortspülen wollten. Aber ich erinnerte mich an seinen Wunsch, der Mittelmäßigkeit zu entkommen, erinnerte mich an seine begnadeten Hände, sein überragendes Talent …

»Es war sein Traum, Pianist zu werden«, hielt ich fest.

Jeremy drückte leicht meine Hand. »Glaubst du, dein Vater hätte nicht trotz seiner Rolle als Familienvater Pianist werden können?«

Ich sog hörbar die Luft ein.

»Wenn er es wirklich von ganzem Herzen gewollt hätte, wäre er so oder so Pianist geworden. Weder du noch deine Mutter hättet ihn aufhalten können. Ihr seid nicht schuld, dass er seinen Traum aufgegeben hat.«

»Aber ohne mich wäre vielleicht alles anders gekommen.«

»Ich dachte, die Dinge, die uns passieren, seien vorherbestimmt?«, fragte er ohne jeglichen Sarkasmus.

Mein Mund klappte auf und zu, ohne einen Laut hervorzubringen.

»William fehlte es offensichtlich – genau wie Alice – an dem Talent, es zu schaffen. Und vielleicht war das so vorherbestimmt.«

Ich wandte den Blick von den Wellen ab und betrachtete Jeremy. Es war unglaublich, wie sicher er sich inzwischen in meiner Gedankenwelt bewegte. Er sagte genau die Dinge, die ich hören wollte, und formte meinen Blickwinkel unter Zuhilfenahme meines eigenen Vokabulars und meiner eigenen Überzeugungen derart, dass ich mit den Entscheidungen meines Vaters leben konnte. Er präsentierte mir den Ausweg, nach dem ich unbewusst gesucht hatte. Dafür war ich ihm dankbar, aber ich hatte während der vergangenen Monate ebenfalls gelernt, mich in Jeremys Gedankenwelt zurechtzufinden. Sie war nun Teil meiner Möglichkeiten. Und deshalb sagte ich: »Es gibt keine Fakten. Nur Interpretationen.« Ich richtete den Blick wieder auf die Wellen. »Friedrich Nietzsche.«

Ich konnte fühlen, dass Jeremy lächelte. »Darum geht es«, murmelte er. »Deine Interpretation der Welt gefällt mir besser als meine.«

Er zog meinen MP3-Player hervor, setzte mir die Kopfhörer auf und schaltete ihn ein.

Während meine eigene Aufnahme von *Dawn* mein Herz wiegte, begann ich lächelnd zu weinen.

Was ist das Ärgste? – Frag es nie!
Bewahr dein Lächeln und dein Scherzen
Entschleiere nicht und nimmer sieh
Die Höll in einem Menschenherzen!

George Gordon Lord Byron,
»Childe Harolds Pilgerfahrt«

An einem Sonntag, zwei Wochen, nachdem ich nach Menorca gekommen war, lagen Jeremy und ich früh am Morgen in einem Schlafsack am Strand. Als die Sonne aufging, liebten wir uns. Jeremy war nicht länger unnahbar und kontrollierend beim Sex. Unser Liebesspiel glich nun vielmehr den mal wilden, mal sanften Wellen am Strand, der Urkraft der immer wiederkehrenden Gezeiten.

Wir liebten uns an diesem Morgen langsamer und inniger als je zuvor. Währenddessen ergriff eine seltsame Traurigkeit von mir Besitz. Plötzlich hatte ich das Gefühl, dass wir gerade zum letzten Mal miteinander schliefen. Eine Träne stahl sich auf meine Wange, und Jeremy wischte sie zärtlich fort, ohne mich zu fragen, warum ich weinte. Dann löste er sich von mir und sagte: »Sollen wir etwas lesen?«

»Gern.«

Jeremy erhob sich und ging zum Haus. Kurz darauf kam er zurück, ein Buch in der Hand.

»Was lesen wir?«, fragte ich und betrachtete den Buchdeckel. Es war Byrons *Childe Harold*. Wir hatten in den vergangenen Tagen ausschließlich Byron gelesen, waren »endlich bei Byron angekommen«, wie Jeremy es formulierte. Zuvor hatten wir seinen Lieblingsdichter aus Gründen, die allein er selbst kannte, nicht angerührt.

Wo aber Menschen seines Weges gingen,
Da war er unstet, müd und finster meist,
Ein wilder Falke mit gestutzten Schwingen,
Der eben noch im Äther frei gekreist;
Und dann kam über ihn der düstre Geist,
Und wie des Vogels eingesperrte Wut
Sich Brust und Schnabel wund am Gitter reißt,
Bis sein Gefieder trieft von rotem Blut,
So fraß durch seine Brust gehemmte Seelenglut.

Ich liebte den Klang von Jeremys Stimme, wenn er vorlas. Er betonte jedes Wort, als sei ihm keiner der Gedanken fremd, die den Worten zugrunde lagen.

»Warum schreibst du nicht selbst?«, fragte ich ihn, obwohl ich ihm diese Frage vor vielen Monaten schon einmal gestellt hatte. Vielleicht hatte sich die Antwort inzwischen geändert.

Jeremy blickte vom Buch auf und kräuselte die Stirn. »Wie sinnlos ist es, sich hinzusetzen, um zu schreiben, wenn du nicht aufgestanden bist, um zu leben. Thoreau.«

»Aber in den letzten zwei Wochen bist du doch aufgestanden, um zu leben! Du bist losgelaufen!« Er war ein völlig neuer Mann geworden und hatte mich damit zum glücklichsten Mädchen auf der ganzen Welt gemacht. »Lass uns jeden Tag zusammen loslaufen!«, sprudelte ich strahlend hervor. »Lass uns Pläne schmieden! Lass uns leben!«

Jeremy sah mich freundlich an. »Wir müssen keine Pläne schmieden. Ich habe bereits einen Plan.«

Ich holte geräuschvoll Luft. Bisher hatten wir noch nicht darüber gesprochen, wie es mit uns weitergehen sollte, hatten das Thema gemieden, als würde es uns vom Augenblick, vom sommerleichten Hier und Jetzt direkt in eine komplizierte Zukunft katapultieren. »Und was hast du vor?«, hakte ich leise nach und fragte mich, ob sein Plan mich einschloss.

Jeremy schien zu überlegen, wie er formulieren sollte, was er zu sagen hatte. »Ich werde hierbleiben.«

»Auf Menorca?«

»Ja.«

»Um was zu tun?«

»Ich werde gar nichts tun.«

»So wie in London? Ist also alles beim Alten?« Das konnte er doch nicht ernst meinen! »Ich dachte, die letzten zwei Wochen hätten etwas verändert.«

»Ich fühle mich besser denn je.«

»Warum willst du dann trotzdem so weitermachen wie bisher?«

»Das will ich nicht.«

»Aber du hast doch gesagt, dass du hier auf Menorca bleiben und gar nichts tun willst.«

»Ja.«

Staunend betrachtete ich ihn. Jeremy erwiderte meinen Blick, ruhig und ohne mich damit zu bedrängen. Er sah mich einfach nur an und wartete darauf, dass ich verstand, was er gesagt hatte. War mir irgendetwas entgangen? Ich ging das Gespräch im Kopf noch einmal durch und suchte die Pointe, die ich verpasst hatte. Dann fand ich sie.

Er würde nirgendwohin gehen.

Es war, als würde ich in ein schwarzes, tiefes Loch fallen. Schlagartig verschwommen alle Farben vor meinen Augen und die Welt wurde ein einziges sinnloses Rauschen.

»Du … du hast immer noch vor, dich umzubringen?«, stammelte ich entsetzt.

Jeremy ließ mich nicht aus den Augen und wartete darauf, dass sich unsere Blicke kreuzten. Als ich wieder zu ihm aufschaute, erwiderte er: »Ja. Das habe ich immer noch vor.«

Ich sagte nichts. Ich konnte keinen klaren Gedanken fassen. Alles rauschte.

»Das ist meine Wahl«, sagte Jeremy. »Bitte akzeptiere sie. Bitte akzeptiere … mich.«

Ich reagierte nicht. Die Welt war ein einziges dumpfes Rauschen.

Jeremy rieb sich den Kopf, als habe er Kopfschmerzen. Dann starrte er aufs Meer. Sekunden- oder jahrhundertelang, ich wusste es nicht. Schließlich sagte er: »Es gibt noch ein paar Dinge, die wir besprechen müssen. Ich möchte hier in der Bucht begraben werden. Ich habe mich schon erkundigt, ob das möglich ist. Außerdem werde ich vorher alle Papiere in Ordnung bringen, darum müsst ihr euch nicht kümmern. Es geht alles an Josh über.«

Ich starrte ihn erschüttert an. Jeremy sprach weiter, aber ich hörte ihm nicht zu. Seine Worte flogen an mir vorbei, schienen nicht für mich bestimmt. Offensichtlich hatte er alles genau geplant und mir sogar einen Zettel geschrieben, auf dem die Telefonnummern der örtlichen Polizei und eines Bestattungsunternehmers standen. Ging er etwa davon aus, dass ich mit seinem Selbstmord einverstanden war? Dass ich ihm sogar dabei helfen und danach einfach mein Leben weiterträumen würde?

»Jeremy!«, unterbrach ich ihn schroff. »Ich will diesen ganzen Scheiß nicht hören!«

»Wir müssen darüber sprechen.«

»Wir müssen über etwas ganz anderes sprechen. Du musst mir verdammt nochmal erklären, was das alles soll!«

Seufzend nickte er. »Okay.«

»Kannst du mir einen vernünftigen Grund nennen, warum es unumgänglich für dich ist, Selbstmord zu begehen?«

»Es gibt viele Gründe. Der wichtigste ist, dass ich keinen Grund finde, am Leben zu bleiben.«

Ich zuckte. Was war denn mit *mir*? War *ich* nicht Grund genug, am Leben zu bleiben? Verzweifelt begann ich *Happy* zu summen. Fang mich auf, Musik, bitte fang mich auf! Ich falle, falle, falle …

Jeremy beobachtete mich und ließ mich summen.

Nach einer Weile sagte er: »Ich habe wirklich lange überlegt, ob ich nicht etwas übersehen habe.«

Ahhh!, schrie mein Herz.

Armes Herz, armes Herz.

Jeremy sah mich an, sah meinen Schmerz. Und so schwieg er. Er schwieg, während ich das Lied mehrere Male summte. So oft, bis das Rauschen in meinem Kopf ein wenig nachließ.

Ich atmete tief durch. Dann sagte ich: »All das, was wir in den letzten zwei Wochen erlebt haben …« Ich stockte. »Was wir *sind* …«

Jeremy erwiderte: »Diese letzten beiden Wochen waren sehr wichtig für mich. Sie haben mir die Möglichkeit gegeben, etwas herauszufinden.«

Ich starrte ihn entgeistert an. Auf einmal schien er wieder der alte Jeremy zu sein. Beherrscht. Rational. Unerreichbar. Wie war das nur möglich?

»Ich habe meine letzte Antwort bekommen«, sagte er.

»Darum ging es? Um deine letzte Antwort?« Mein Brustkorb zog sich schmerzhaft zusammen.

»Ja.« Sein Blick war starr. »Ich habe ehrlich versucht, etwas zu empfinden. Wirklich. Ich wollte fühlen.«

»Aber es hat nicht geklappt«, flüsterte ich erstickt.

»Es hat nicht geklappt.«

»Aber es hatte doch den Anschein, dass du …«

»So sehe ich aus, wenn ich es versuche.«

»Du hast mir etwas vorgemacht.«

»Ich habe mich bemüht, den Versuch so authentisch wie möglich durchzuführen.«

»Oh«, presste ich zwischen den Zähnen hervor. »So ist das also …« Die Tatsache, dass die vergangenen zwei Wochen so schön gewesen waren, hatte Jeremys Plan, sich umzubringen, wahrscheinlich sogar beschleunigt. Er war so nahe an das Gefühl des Glücks herangekommen, wie es ihm möglich war. Durch mich. Das war die eine Antwort, nach der er noch gesucht hatte. Was ist Glück? Nun hatte er sein letztes Experiment abgeschlossen. Er konnte gehen.

»Du warst nicht in der Lage, mich zu lieben«, stieß ich desillusioniert hervor.

Er antwortete nicht.

»Ich war nur ein Versuchskaninchen für dich.«

»Ich wünschte, es wäre nicht so.«

Ich lachte bitter. Das durfte doch alles nicht wahr sein! Mein Brustkorb fühlte sich an, als würde er jeden Augenblick explodieren. Der Schmerz, der in meinem Herzen tobte, wurde unerträglich.

»Ich wollte dich nicht –«, begann Jeremy, da sprang ich auf, stampfte mit beiden Beinen in den Sand, ballte die Hände zu Fäusten und brüllte: »Ahhh!«

Mein Schrei tat mir selbst in den Ohren weh, aber es war unglaublich erleichternd, die Wut und Verzweiflung aus meinem Inneren herauszulassen. »Ahhh!«, brüllte ich noch einmal, noch lauter, und spürte, wie der Druck aus meinem Brustkorb entwich. Ich stand da, mit geballten Fäusten, spürte in mich hinein, und stellte fest, dass ich wieder Raum in mir hatte.

Ich setzte mich. Wir waren noch nicht fertig. »Was wäre gewesen, wenn du dich wider Erwarten doch in mich verliebt hättest?«, fragte ich, als hätte es keine Unterbrechung gegeben. »Hättest du dann einen Grund gehabt, am Leben zu bleiben?«

Jeremy schwieg.

»Na, komm schon. Sag es einfach.«

»Es war von vornherein unwahrscheinlich, dass ich dich lieben würde. Aber irgendetwas an dir hat mich davon überzeugt, dass ich es mit dir zumindest versuchen muss.«

Ich schnaubte. »Das ist für deine Verhältnisse immerhin fast eine Liebeserklärung.«

Jeremy senkte den Kopf.

»Du hast in den letzten zwei Wochen versucht, Liebesbeziehung zu spielen, um deinen Fragenkatalog ans Leben zu vervollständigen«, fasste ich zusammen. »Und nun machst du ein Häkchen an den letzten Punkt, und das war's?«

»Ich habe versucht, mich so sehr darauf einzulassen, wie es mir möglich war.«

»... und bist zu dem Schluss gekommen, dass die Liebe es nicht wert ist, dass man für sie weiterlebt.«

»Ich weiß nicht, was Liebe ist.«

»Dann hör doch endlich auf, es *wissen* zu wollen!«, rief ich und stöhnte. »Liebe muss man leben.«

»Das kann ich offenbar nicht.«

Nein, das konnte er wohl nicht. »Es gibt aber auch noch eine Million andere Gründe, am Leben zu bleiben.« Ich war bereit, noch einmal mit Jeremy zu diskutieren. Um Leben und Tod.

»Nenn mir einen Grund.«

»All die Dinge, die man mag. Bücher! Shakespeare! Byron!« Meine Stimme bebte.

»Ich habe alles von Shakespeare und Byron gelesen. Außerdem sämtliche Werke des Weltliteraturkanons und die Schriften der großen Philosophen. Die Ideen und Gedanken wiederholen sich nur.«

»Was ist mit Sex?«, hörte ich mich fragen.

»Sex?«

»Oder Musik! Musik!!!«

»Es gibt nichts, das mir wirklich Freude bereitet.«

»Aber das liegt nur daran, dass du nichts wirklich an dich heranlässt.«

»Das mag stimmen. Das meiste ist mir einfach egal. Es ist mir egal, ob ich Cornflakes oder Toast esse. Ich mag beides nicht. Es ist mir egal, ob die Sonne scheint oder ob es regnet, ob ich die Beach Boys höre oder Mozart. Ich habe lange genug versucht, darin etwas zu sehen, weil Menschen wie Josh und du dermaßen viel Wert auf solche Details legen. Ich habe euch genau zugesehen und mich bemüht, euch nachzuvollziehen, aber es hat nicht funktioniert. Für mich macht es keinen Unterschied.«

»Du läufst vor dem Leben davon! Du hast Angst vor dem Weitermachen. Davor, etwas Neues anfangen zu müssen!« Ich ballte wieder die Fäuste.

»Es ergibt keinen Sinn, etwas Neues anzufangen. Ich wäre immer noch ich.«

»Also läufst du vor dir selbst davon!«

»Ich laufe nicht weg. Im Gegenteil. Mein Selbstmord ist die logische Konsequenz davon, ich zu sein.«

»Wieso?«

»Du hast es mir selbst gesagt. Lebendig zu sein ist das Wichtigste im Leben. Glück, Liebe, Schönheit, Freude, das bloße Sein genießen …« Er fixierte mich. »Du hast gesagt, sogar Schmerz und Verzweiflung machen einen lebendig.«

Ich nickte.

»*Du* kannst das ja auch alles haben! Ich aber nicht. Selbst Schmerz empfinde ich nicht!« Seine Kiefermuskeln spannten sich an. »Als sich unsere Mutter umgebracht hat, habe ich gar nichts gefühlt. Gar nichts!« Er knirschte mit den Zähnen. »Wenn Gefühle aber das Wichtigste sind, dann ergibt es keinen Sinn, ohne sie weiterzuleben.«

Meine Fingernägel bohrten sich in meine Handballen.

»Ich empfinde zwar manchmal so etwas wie Wut – zumindest halte ich es dafür –, aber Wut allein scheint mir kein ausreichender Grund zu sein, am Leben zu bleiben.« Er schaute mich durchdringend an. »Gerade du müsstest mich verstehen! Stell dir dein Leben ohne *Leben* vor – ist das lebenswert?«

»Aber wie kann dir etwas fehlen, das du nie kennengelernt hast? Du weißt doch gar nicht, was du verpasst!«

Jeremy ächzte. »Wir drehen uns wieder einmal im Kreis. Du kannst mich nicht davon überzeugen, es nicht zu tun.«

»Was ist mit Josh? Dein Tod wird ihn völlig aus der Bahn werfen!«, warf ich ein, obwohl ich das eigentlich nicht wirklich glaubte. Aber mir fiel nichts anderes mehr ein.

»Das glaube ich nicht«, entgegnete er fest. »Josh hat sich schon lange auf meinen Tod vorbereitet. Was ihn aus der Bahn geworfen hat, war meine Gegenwart.« Sein Blick war nun klar und konzentriert. »Ich mache mir keine Sorgen um ihn. Er schafft es, die Welt weiterhin zu lieben, ungeachtet dessen, was sie ihm angetan hat. Er ist stark.«

»Das redest du dir ein, weil es so leichter für dich ist, dich aus dem Staub zu machen und ihn alleinzulassen.« Ich hörte mich auf einmal sehr kleinlaut an.

»Es wäre für niemanden gut, wenn ich am Leben bleiben würde!«, rief er und sah beinahe aufgebracht aus. »Ich bin gefährlich.«

Ich wusste nicht, wie ich dem hätte widersprechen können.

»Du weißt, dass es stimmt.« Sein stählerner Blick erlaubte es mir nicht wegzuschauen. »Wenn ich durch die Stadt gehe, treten alle zur Seite. In einem Pub muss ich noch nicht einmal zahlen, wenn ich einfach sage, ich zahle nicht. Niemand widerspricht mir!«

Er musste nicht zahlen, wenn er nicht wollte? So weit ging seine Macht über die Menschen?

»Nur Josh benimmt sich mir gegenüber normal …« Jeremy schüttelte befremdet den Kopf. »Wenn ich in *La Porqueriza* eine Zigarette rauche – oder einen Joint – ist Josh der Einzige, der mir sagt, dass ich das lassen soll.«

Wie unwirklich das alles war …

»Ich mag Zigaretten noch nicht einmal!« Jeremy lachte hart. »Ich habe lediglich geraucht, um von irgendetwas abhängig zu werden. Ich dachte, das wäre sicherlich eine interessante Erfahrung. Aber nicht mal das hat geklappt!«

Jeremy hatte in den vergangenen zwei Wochen keine einzige Zigarette geraucht – und keinerlei Entzugserscheinungen gezeigt.

»Vielleicht habe ich keine Seele«, sagte er.

»Wenn du keine hättest, würdest du dir darum keine Sorgen machen.« Ich fuhr mir mit der geballten Hand über die Augen, in denen sich Tränen sammelten. »Du nimmst dir also das Leben, um uns vor dir zu schützen?«

Er machte ein erheitertes Geräusch. »Das wäre wirklich romantisch, nicht wahr?«

»Um uns von dir zu befreien, musst du dich nicht umbringen. Du könntest einfach weggehen.« Da fiel mir auf, dass er genau das getan hatte. Und ich war ihm nachgelaufen und hatte damit bestätigt, wie zerstörerisch sein Einfluss war. »O Gott«, flüsterte ich. »Vielleicht ende ich doch wie Layla.«

»Unwahrscheinlich. Du hast deinen Traum, und wenn alles wahr ist, was du mir erzählt hast, dann ist er stark genug, um dir über meinen Tod hinwegzuhelfen. Du kannst dich an deinem Traum festhalten. Ich habe mich in den letzten zwei Wochen darauf verlassen, dass er dir die Kraft geben wird, die du danach brauchst. Sonst hätte ich dich nie so nah an mich herangelassen. Mein Tod würde *dich* völlig aus der Bahn werfen.«

Mir liefen Tränen über die Wangen. »Hast du keine Angst?«, fragte ich heiser.

»Nein. Der Tod macht mir keine Angst.«

»Warum nicht?«

»Weil ich nicht weiß, was Leben ist.« Er lächelte. »Ich freue mich auf die Ruhe.«

»Was, wenn es gar nicht ruhig ist? Wenn du in die Hölle kommst und –«

»Dann hätte ich nichts gewonnen, aber auch nichts verloren.«

»Was, wenn du danach schlauer bist als vorher und erkennst, dass die Welt doch schön ist, und du dir wünschst, zurückkehren zu können?«

»Wenn ich schlauer wäre als vorher, wäre das allein die Sache schon wert.«

Es trat eine Pause ein.

»Versprich mir, dir keine Vorwürfe zu machen«, bat er. »Vergiss nicht, ich hätte es so oder so getan. Ich spiele schon seit vielen Jahren mit dem Gedanken, diese Farce vorzeitig zu beenden. Weißt du, wenn es irgendetwas gäbe … aber da ist nichts.« Jeremys Blick schweifte über die Bucht, betrachtete jedes Detail und schien nichts zu sehen, das das Leben lebenswert machte. Ich betrachtete dieselben Dinge und sah doch etwas ganz anderes als er.

»Jeremy, wenn ich diese Bucht betrachte, kann ich gar nicht anders, als die Welt zu lieben. Du *musst* doch irgendetwas fühlen, wenn du dich hier umsiehst!«

»Hast du denn immer noch nicht verstanden? Ich fühle gar nichts! Und ich will es nicht länger versuchen müssen. Aber wie soll ich dir das erklären? Dir!«

»Ich –«

»Die Welt, die du siehst, ist eine andere als die, die ich sehe. Meine ist kalt und gleichgültig. Deine ist bunt und wunderschön.« Er rieb sich die Schläfe. »Du hältst die Nase aus dem Fenster und denkst, der Wind würde dir Geheimnisse zuwispern. Alle Zufälle sind für dich Zeichen und Omen, die dir etwas sagen wollen. Du erlebst jeden Tag, als sei es dein erster auf der Welt. Und weißt du was? Das ist toll! Das ist phantastisch! Du erschaffst dir einen Sinn, wo es keinen gibt – und das ist total naiv, total verrückt und einfach großartig! Selig seien die Wahnsinnigen!« Jeremy fuhr mit der Hand durch die Luft, als wolle er zwischen all den Verstandesmenschen Platz schaffen für die glückseligen Verrückten. Dann stand er abrupt auf, ging hinunter zum Wasser und starrte zum Horizont.

Er ließ mich allein mit dem Gesagten, mit der Quintessenz, dass es vernünftig war, sich umzubringen.

Obwohl sich die Tageshitze um diese Zeit gegen die Morgenfrische durchsetzte und es heiß wurde, fröstelte ich und zog den Schlafsack um meine Schultern. War ich wahnsinnig, weil ich leben wollte? Oder war ich einfach mit Dummheit gesegnet?

Es fiel mir immer schwerer, einen klaren Gedanken zu fassen. Die Gewissheit, dass Jeremy sich umbringen würde, fraß sich wie eine kleine weiße Made in mein

Hirn. Er wollte sterben. Ich war nicht in der Lage, ihm einen Grund zum Weiterleben zu geben.

Nach einiger Zeit kam Jeremy zurück.

»Wann wirst du es tun?«, fragte ich ihn.

»Bald. Ich sollte nicht noch länger warten. Es wäre für dich unerträglich, wenn es sich noch lange hinziehen würde, und für mich macht es keinen Unterschied.« Er blickte mich forschend an. »Du hast nicht vergessen, dass du nach Menorca gekommen bist, um dich von mir zu trennen?«

»Das habe ich nicht vergessen. Ich habe dich nur zu sehr … geliebt.«

»Du *hast* mich geliebt?«

»Ja, Jeremy«, sagte ich und blickte ihm durch meine Tränen hindurch fest in die Augen. »Ich kann dich jetzt nicht mehr lieben.«

»Das ist gut«, sagte er, nahm meine Hand und küsste sie. »Das ist gut.« Man hörte ihm an, dass er fest auf mich gebaut hatte.

Entschlossen wischte ich meine Tränen fort. »Von diesem Moment an lasse ich dich hinter mir.« Ich erhob mich, richtete mich zu voller Größe auf und spürte, wie das Leben von mir Besitz ergriff. Ich öffnete mein Herz und ließ Jeremy daraus entweichen. Ich drängte ihn geradezu hinaus und schuf Platz für die Sonne, den Wind und den Himmel. So sollte es sein, so wollte ich es haben, ob es nun eine Illusion war oder nicht. Ich war lebendig. Das war real, und nichts anderes sollte mehr zählen.

Jeremy betrachtete mich und lächelte. Sein Blick

verriet, dass er zufrieden war. Er nickte mir zu, und ich nickte zurück. Wir hatten uns getrennt.

Er stand auf und sammelte unsere Sachen ein. Wir gingen zurück zum Haus. Jeremy schritt voran, und ich ging drei oder vier Meter hinter ihm. Ich setzte einen Fuß vor den anderen und bemerkte nach kurzer Zeit, dass ich unbewusst in die Fußspuren trat, die er im feuchten Sand hinterließ. Als mir das klar wurde, blieb ich stehen. Jeremy ging weiter, ohne sich nach mir umzudrehen, und entfernte sich immer mehr von mir. Ich folgte ihm nicht länger. Ich sah ihm nach, sah, wie er zielstrebig seinen Weg ging, und verspürte mit einem Mal den Wunsch, mich genau in die entgegengesetzte Richtung zu wenden.

Entschlossen drehte ich mich um und betrachtete das unberührte Stück Strand vor mir. Dann ging ich los, mit festem Schritt, ohne noch einmal zurückzublicken, und machte dabei meine eigenen Fußspuren.

Und wenn ich wüsste, dass morgen die Welt zugrunde ging, pflanzte ich doch heute noch einen Baum.

Martin Luther (zugeschrieben)

Ein paar Stunden lang blieb ich am Strand, dann ging ich zurück zum Haus. Als ich hereinkam, saß Jeremy am Tisch und ordnete irgendwelche Unterlagen. Er traf offenbar Vorbereitungen. Aber ich geriet nicht wieder in Panik. Innerhalb der vergangenen Stunden hatte ich mich so weit von ihm entfernt, dass ich mich nun zu ihm setzen und in ruhigem Ton mit ihm sprechen konnte.

»Wie willst du es machen?«, fragte ich und klang beiläufiger, als ich für möglich gehalten hätte.

»Ich habe einen Revolver«, antwortete Jeremy, ohne von den Papieren aufzuschauen.

»Wirst du dir in den Kopf oder ins Herz schießen?«

»Interessante Frage«, sagte er und kratzte sich am Kinn. »Wenn ich mir in den Kopf schieße, wäre das ein Symbol dafür, dass er das Einzige ist, was an mir lebendig ist. Wenn ich mir ins Herz schieße …«

»… könnte man das als Elektroschock für etwas verstehen, was eigentlich schon tot ist.«

Jeremy schmunzelte und wandte sich wieder seinen Papieren zu. Ich stand auf und ging zum Fenster. Es war später Nachmittag. Ich fragte mich, ob ich jemanden anrufen sollte – Josh oder die Polizei –, ob ich versuchen sollte, Jeremys Selbstmord zu verhindern. Aber im Grunde war mir klar, dass das nichts ändern würde. Er war fest entschlossen, und er würde einen Weg finden, seinen Plan in die Tat umzusetzen. Ich kam zu dem Schluss, dass ich Jeremy dabei unterstützen musste, es auf die Art zu tun, die er für die beste hielt. Wahrscheinlich würde es schon in dieser Nacht passieren. Ich drehte mich um und schaute ihn an. Er saß am Tisch, zum Greifen nah, und war doch schon so weit entfernt.

»Willst du Josh nicht noch mal anrufen oder ihm einen Brief schreiben?«, fragte ich.

»Ich habe ihm nichts zu sagen, das wir nicht schon besprochen hätten. Josh weiß, warum ich es tue.«

»Willst du dich nicht verabschieden?«

»Und ihn zum Weinen bringen? Nein.«

»Er wird so oder so weinen, wenn er erfährt, dass du tot bist.«

»Dann weint er ohne meinen Anruf wenigstens nur einmal.«

»Gibt es nicht irgendetwas, das du zum letzten Mal tun willst? Noch einmal ein Gedicht lesen oder noch ein letztes Mal –«

»Ich habe dir schon gesagt, du sollst nicht von dir auf mich schließen.«

Ich nickte und setzte mich auf einen Stuhl. Eine halbe Stunde lang saß ich dort und beobachtete, wie Jeremy seine Vorbereitungen traf. Ich merkte, dass ich mit der Situation vollkommen überfordert war. Jeremys gelassene Geschäftigkeit war einfach unmenschlich!

»Wie kannst du nur so ruhig sein!«, rief ich schließlich und hätte ihn am liebsten an den Schultern gepackt und geschüttelt. Er blickte auf, und in seinen Augen erkannte ich Mitleid. Er packte seine Sachen zusammen, stand auf und verließ das Haus. Als die Tür ins Schloss fiel, fuhr ich zusammen. Doch ich folgte ihm nicht. Ich saß einfach nur da und ließ die wertvolle Zeit, die er noch lebte, verstreichen. Denn ich wusste nicht, was ich mit ihr anfangen sollte.

Also saß ich und wartete, während die Luft um mich herum abzusterben schien. Schließlich erhob ich mich und sah aus dem Fenster. War er auf der Düne? Nein. Er stand an der Spitze der Klippe, am anderen Ende der Bucht. Er trug seinen langen schwarzen Mantel, und der Wind, der plötzlich aufgekommen war, ließ den Mantel um ihn herumflattern. Er schaute starr in die Sonne, die gerade unterging. Wie er dort stand, windumtost, wünschte ich mir, ich hätte eine Kamera, aber dafür war es zu spät. Ich schoss im Geiste ein Foto von Jeremy und seinem letzten Sonnenuntergang – so wie ich damals ein letztes Bild von meinem Vater gemacht hatte, bevor ich mich für immer von ihm verabschiedete. Von Jeremy hatte ich mich hingegen nicht verabschiedet. Er hielt ein solches Ritual wahrscheinlich für überflüssig, aber ich hatte mit einem Mal das Gefühl, dass unsere Geschichte unvollständig war. Ich wollte noch eine letzte Szene, mit der ich uns abschließen konnte.

Als ich das Haus verließ, erschauerte ich. Der Wind blies mir kalt und feindselig entgegen. Er durchfuhr mein dünnes Sommerkleid spielend und schnitt mir in die Haut. Aber ich ließ mich nicht beirren. Ich lehnte mich gegen den Wind und stapfte vorwärts, die Arme fest um meinen Körper geschlungen. Ich schaute nur auf meine Füße, beobachtete den wechselnden Untergrund von Stein zu Kies, zu Sand, zu Fels. Ich musste den Blick nicht heben, ich musste Jeremy nicht suchen. Ich fühlte, wo er war.

Vor meinen Füßen erschien der Abgrund des Kliffs, und ich blieb stehen. Jeremy stand am äußersten Rand der Klippe im Wind und wandte mir den Rücken zu. Ich holte tief Luft und sammelte meine Kraft. Ich wollte mich vom Wind und von Jeremys abweisendem Rücken nicht abhalten lassen. Mit ein paar Schritten war ich bei ihm und legte ihm vorsichtig die Hand auf die Schulter. Er bewegte sich zuerst nicht, sah nur weiter angestrengt in die Sonne, bis er schließlich den Kopf zu mir umdrehte und mich anblickte. Etwas an diesem Gesicht rührte mich tiefer als alles, was ich je gesehen hatte. Dieser volle, sinnlich geschwungene Mund, die makellos gerade Nase, die klare Stirn, diese perfekt geschwungenen Brauen und natürlich seine Augen. Tiefbraun, fast schwarz und von solcher Intensität, dass ein Blick allein die Welt verändern konnte. Meine Welt hatte Jeremy verändert. Und ich war ihm dankbar für das, was ich gelernt hatte.

Ich legte meine Hand auf seine Wange, strich vorsichtig über seinen Mund und durch sein Haar und lächelte. Jeremy lächelte zurück, und es schien, als strahle er von innen heraus.

»Du bist schön«, sagte ich, doch der Wind riss die

Worte fort, und Jeremy hörte sie nicht. Aber es machte keinen Unterschied. Ich zog sein Gesicht an meines heran und legte meine Stirn an seine. Ich schloss die Augen und sandte ihm alles, was ich nicht sagen konnte, in Form von Gefühlen durch die Verbindung unserer Haut. Es kribbelte, und ich wusste, dass meine Botschaft angekommen war. Ich trennte mich von ihm, sah ihm noch einmal in die Augen und sagte: »Ich hoffe, du findest, was du suchst.« Dann drehte ich mich um und ging.

Im Haus saß ich eine oder zwei Stunden lang reglos auf dem Bett. Schließlich schlief ich ein und träumte, ich würde einen Schuss hören.

Am nächsten Morgen erwachte ich früh. Eine Zeitlang blieb ich still liegen und schaute durch das Fenster dem Morgen dabei zu, wie er die Nacht vertrieb. Dann stand ich auf und zog mich gemächlich an. Ich ließ mir Zeit, denn davon hatte ich ab dem heutigen Tag genug.

Ich verließ das Haus und setzte langsam, ganz langsam, einen Schritt vor den anderen. Der Weg, den ich am Tag zuvor gegangen war, erschien mir nun völlig anders. Der Wind hatte sich gelegt und war so plötzlich verschwunden, wie er aufgekommen war. Alles wirkte friedlich und ruhig. Unbeirrt machte ich meine kleinen Schritte. Stein, Kies, Sand und schließlich Fels. Dann stand ich vor ihm.

Er lag auf dem Rücken, mit geschlossenen Augen, und es sah aus, als schliefe er. Um seine Mundwinkel schien noch immer das Lächeln vom vorherigen

Abend zu spielen, und wenn es nicht verrückt geklungen hätte, hätte ich gesagt, er sah glücklich aus. Ich kniete mich neben ihn und strich ihm das dunkle Haar aus der Stirn. Ich streichelte seine Wange und betrachtete das Einschussloch, das die Kugel in seiner Schläfe hinterlassen hatte. Ich hatte das Gefühl, dass es eigentlich schon immer da gewesen war.

»Der Wind hat dich mitgenommen«, flüsterte ich, und es tat nicht weh. Es war gut. Ich setzte mich zu ihm und nahm seine Hand. »Jeremy, sieh! Die Sonne geht auf.«

Und ich sah, wie die Sonne aufging. Ich sah, wie das Licht jeden Winkel der Welt eroberte und hielt dabei Jeremys Hand. Die Schönheit des Morgens nahm mich gefangen, und ich sog jedes Detail dieses Wunders in mich auf. Dann beugte ich mich über Jeremy, betrachtete ihn und wusste, dass ich mehr verstanden hatte als er. Ich küsste ihn noch einmal und ging los, um die Anrufe zu erledigen, die gemacht werden mussten.

Drei Tage später wurde Jeremy in der Bucht begraben. Ich hatte alles nach seinen Wünschen geregelt und rief auch Josh nicht an, so wie Jeremy es mir aufgetragen hatte. Bei der Beerdigung waren nur der Bestattungsunternehmer und ich anwesend. Es gab keine Zeremonie, Jeremys Sarg wurde ohne irgendwelchen Firlefanz in die Erde gelassen. Es gab keinen Grabstein und keine Kennzeichnung seiner Ruhestätte. Schon in wenigen Tagen würde man nicht mehr erkennen können, wo er begraben lag. Nachdem der Bestattungsunternehmer gegangen war, blieb ich noch lange bei

Jeremy. Ich setzte mich neben die Grabstelle, summte leise vor mich hin und strich dabei immer wieder über die frische Erde. Ich hoffte, Jeremy war nicht enttäuscht vom Tod. Ich hoffte, er hatte nun alle Antworten.

»Ich danke dir«, flüsterte ich und blickte voller Liebe auf das Grab. »Du hast mich geerdet. Ohne dich wären meine Luftschlösser womöglich niemals auf den Boden gekommen. Aber nun hat jedes einzelne von ihnen die Chance, Wurzeln zu schlagen.« Eine Träne stahl sich in mein Auge. »Danke, dass du mir erlaubt hast, deine Gedankenwelt zu betreten. Nur so konnte ich herausfinden, dass deine Wahrheit nicht die meine ist.«

Ich atmete tief durch und blickte in den blauen Himmel. Meine Wahrheit war genau hier. Jetzt.

Ich wollte leben. Leben und singen und leben und Klavier spielen und leben und lieben und leben und sehen und leben. Und sollte es nur eine Illusion sein, dass diese Welt es wert war, sie so sehr zu lieben und so sehr in ihr leben zu wollen, wie ich es tat, dann war es zumindest *meine* Illusion. Es war meine Entscheidung. Die Welt war schön. Ich wollte leben.

Epilog

Still I have the warmth of the sun within me:

The Beach Boys,
»The Warmth of the Sun«

Ich flog nach London. Als ich in Muswell Hill über den Kiesweg auf die Villa zuging, stach mir etwas ins Auge: Auf der Haustür prangten drei Schriftzüge. Drei. Jeremy musste vor seiner Abreise einen dritten unter Joshs und meinen gesetzt haben. Der letzte Satz war in seiner Handschrift geschrieben.

Auf der Tür stand in verschiedenen Farben:

Hier wohnt eine Verrückte.
Hier wohnt eine Schwuchtel.
Hier wohnte ein Toter.

Ich blieb stehen, starrte den schwarzen Schriftzug an, der mir wie ein letzter Gruß von dem Mann, den ich geliebt hatte, erschien, und spürte doch keine Traurigkeit in mir.

Dann betrat ich das Haus, und mir wurde bewusst, dass ich nach Hause kam.

Ich hörte Geräusche im Wohnzimmer. Josh saß auf der Couch und sah sich *Der Club der toten Dichter* an. Der Raum sah verändert aus. Etwas fehlte. Nach ein paar Augenblicken erkannte ich, was. Der Wolfskopf war fort. Josh musste ihn abgenommen haben. Dort, wo der Wolf gehangen hatte, war nun nichts als kahle Wand. Und die Wand, weiß wie ein unbeschriebenes Blatt, gefiel mir.

Als Josh mich entdeckte, schaltete er den Fernseher aus und erhob sich. »Ist er tot?«, fragte er, und seine Stimme klang erstaunlich gefasst.

»Ja«, antwortete ich.

Josh ging zum Fenster und schaute hinaus in den verwilderten Garten. Eine einzelne Träne rann seine Wange hinab.

Ich nahm ihn in die Arme und zog ihn ganz fest an mich.

Nach einer kleinen Ewigkeit lösten wir uns voneinander. Ich fragte ihn: »Was machen wir jetzt?«

»Weiter.«

Ich nickte. Das war auch meine Überzeugung.

»Bleibst du in London?«, fragte Josh.

»Ja. London ist die Stadt, in der Träume wahr werden.« Und mein Traum würde wahr werden. War schon wahr. Ich war hier, um ihn mit Haut und Haaren zu leben.

Er lächelte. »Ich bin froh, dass ich euch nicht beide verliere.«

»Es muss weitergehen. Jetzt erst recht.« Ich blitzte Josh mit den Augen an, und er fing den Funken auf.

»Ja. Jetzt erst recht.«

Wir grinsten. Beinahe hätten wir gelacht.

»Du musst deinem Vater verzeihen«, sagte ich, und Joshs Lächeln gefror. Ich hatte während des Heimflugs darüber nachgedacht und musste Josh nun sagen, zu welcher Erkenntnis ich gekommen war. »Es ist nicht gut, Verbitterung im Herzen zu tragen. Sie breitet sich zu schnell aus. Sie wird zu einem großen, dunklen Schatten, wenn man sie lässt. Du musst deinem Vater verzeihen und endlich den Schatten loswerden.«

Josh sah mich lange an. »Ich weiß nicht, ob ich das kann. Wenn ich daran denke –«

»Denk nicht darüber nach. *Denk* nicht darüber nach. Er ist dein Vater. Kannst du das fühlen?« Ich klopfte sanft auf seine Brust.

Josh zog skeptisch die Stirn in Falten, doch er schien meine Worte zu sich durchdringen zu lassen. »Ohne Gedanken?«

»Ohne Gedanken.«

Josh schloss die Augen. Nach einer Weile sagte er: »Das ist schwer.«

»Du schaffst es«, sagte ich und hatte vollstes Vertrauen in sein Sonnenherz.

Entschlossen ging ich zur Stereoanlage und stellte fest, dass genau die CD im Spieler lag, die ich hören wollte. Ich drückte auf *Play*. Freddy begann. *Tonight, I'm gonna have myself a real good time. I feel ali-i-i-ive …* Ich drehte die Lautstärke hoch, fing an zu lächeln. *Don't stop me now.* Laut. Dröhnend. Mystischberstend. Jede Zelle in uns, jedes Blutkörperchen, jeder Quadratmillimeter sollte verstehen, um was es wirklich ging.

Josh lächelte zurück, grinste und lachte schließlich frei heraus. Seine ehrlichen braunen Augen sandten Sonnenstrahlen durch den Raum. Ich reckte mich ihnen entgegen und schloss die Augen. Da spürte ich, mit jeder Faser, mit jedem Schlag meines Herzens, dass alles gut werden würde. Ich hatte meinen Traum, und ich hatte Josh, meinen Seelengefährten, meinen Lebenspartner der anderen Art. Das ganze Leben lag noch vor mir. Ich war immer noch ich. Alles, was geschehen war, hatte mich lediglich reifen lassen und mich erfahrener gemacht. Meine Kraft und meinen unbedingten Lebenswillen hatten mir die Geschehnisse nicht nehmen können. Denn hier war er noch, der kleine glühende Kern, der mich vorantrieb. Es war meine Bestimmung, mein Leben mit Musik zu verbringen. Ich *war* Musik und konnte gar nichts anderes sein. So sah meine Wahrheit aus. Positivität, Zuversicht und Entschlossenheit zogen das Glück an wie das Licht die Motten. Hoffnung schuf Möglichkeit. Optimismus schuf Wahrscheinlichkeit. Ein Träumer schafft sich seine Zukunft selbst.

Gedichte, Romane, Briefe und andere Schriften

Henri-Frédéric Amiel, Journal Intime. L'Age d'Homme, Paris 1983–1994

George Gordon Byron, Childe Harolds Pilgerfahrt. In: Childe Harolds Pilgerfahrt und andere Verserzählungen, Band 1. Aus dem Englischen von Otto Gildemeister und Alexandra Neidhardt. Artemis & Winkler, München 1996

Thomas Carlyle. On Heroes, Hero-Worship and the Heroic in History. The Echo Library, Fairford 2007

Paulo Coelho, Der Alchimist. Aus dem Brasilianischen von Cordula Swoboda Herzog. Mit freundlicher Genehmigung: © Diogenes Verlag AG, Zürich 1996

René Descartes, Meditationen. Aus dem Französischen von Christian Wohlers. Meiner, Hamburg 2009

Emily Dickinson, Where Thou Art – That – Is Home. In: The Complete Poems of Emily Dickinson. Herausgegeben von Thomas H. Johnson. Little, Brown, Boston 1976

John Donne, Verse Letter to Sir Henry Wotton. In: The Complete Poems of John Donne. Wordsworth Editions, Ware 1994

Ralph Waldo Emerson, Die Natur. Ausgewählte Essays. Reclam, Ditzingen 1982

Robert Frost, The Road Not Taken. In: Mountain Interval. Cambridge Scholars Publishing, Newcastle upon Tyne 2009. (Hier zitiert aus der deutschen Synchronfassung des Films Der Club der toten Dichter, 1990.)

Johann Wolfgang von Goethe, Die Leiden des jungen Werther. Fischer Taschenbuch, Frankfurt am Main 2005

Hermann Hesse, Steppenwolf. Suhrkamp, Frankfurt am Main 2007

Ewald Christian von Kleist, Gedanken über verschiedene Gegenstände. In: Werke. 2. Theil. Herausgegeben von Wilhelm Körte. Unger, Berlin 1803.

Blaise Pascal, Gedanken über die Religion und einige andere. Herausgegeben von Jean-Robert Armogathe. Aus dem Französischen von Ulrich Kunzmann. Reclam, Ditzingen 1997

Platon, Symposion/Phaidros. Aus dem Altgriechischen von Friedrich Schleiermacher. Fischer Taschenbuch, Frankfurt am Main 2008

Rudolf Schenker mit Lars Amend, Rock your life. Der Gründer und Gitarrist der Scorpions verrät sein Geheimnis: Mit Spaß zu Glück und Erfolg. mvg, München 2009

William Shakespeare, Sonett 130. In: The Complete Sonnetts and Poems. Oxford University Press, Oxford 2008

William Shakespeare, Sonett 130/Hamlet. In: The Oxford Shakespeare. The Complete Works. Oxford University Press, Oxford 2007

Jonathan Swift, Polite Conversation. Hesperus Press, London 2007

Henry David Thoreau, The Journal 1837 – 1861. Herausgegeben von Damion Searls. New York Review Classics, New York 2009

Voltaire, Épître à l'auteur du livre des trois imposteurs. (Die aktuellste Werkausgabe der Schriften Voltaires entsteht zur Zeit bei der Voltaire-Foundation in Oxford.)

Walt Whitman, Leaves of Grass. Simon & Schuster, New York 2006

Oscar Wilde, Das Bildnis des Dorian Gray. Aus dem Englischen von Hedwig Lachmann. Insel, Frankfurt am Main 2006

Oscar Wilde, Aphorismen. Herausgegeben von Frank Thissen. Insel, Frankfurt am Main 1987

Wordsworth Dictionary of Quotations. Wordsworth Editions, Hertfordshire 1996

Songs

ABBA, Dancing Queen. Aus dem Album Arrival. Polydor 1976

Christina Aguileira, Hello – Follow your own star. Werbespot Mercedes Benz. RCA 2004

Michael Andrews & Gary Jules, Mad World. Aus dem Film Donnie Darko. Original Soundtrack Enjoy/Everloving 2002, Sanctuary 2004. (Original-Song von Tears for Fears aus dem Album The Hurting. Phonogram/Mercury 1982)

Beach Boys, Good Vibrations. Aus dem Album Smiley Smile. Brother/Capitol 1967

Beach Boys, The Warmth of the Sun. Aus dem Album Shut Down Vol. 2. Capitol 1964

Leonard Bernstein, Tonight/Somewhere. Aus dem Musical West Side Story. 1957

James Blunt, I can't hear the Music. Aus dem Album All The Lost Souls. Atlantic/WEA 2007

Eric Clapton/Derek and the Dominos, Layla. Aus dem Album Layla. Polydor 1970

Duke Ellington, It don't mean a thing (if it ain't got that swing). 1932

Lady Gaga, Paparazzi. Aus dem Album The Fame. Interscope 2009

Gloria Gaynor, I am what I am. Aus dem Album I am Gloria Gaynor. Chrysalis 1984. (Original-Song aus dem Musical La Cage aux Folles von Jerry Herman, 1983.)

Incubus, Love Hurts. Aus dem Album Light Grenades. Epic 2006

Elton John, Your Song. Aus dem Album Elton John. Universal/DJM 1970

John Lennon, Imagine. Aus dem Album Imagine. Apple/EMI 1971

Leona Lewis, Happy. Aus dem Album Echo. NoBut Yes!/Sony BMG 2009

Linkin Park, Points of Authority. Aus dem Album Hybrid Theory. Warner/WEA International 2000

Ralph McTell, Streets of London. Aus dem Album Spiral Staircase. Transatlantic 1969

George Michael, Praying For Time. Aus dem Album Listen without Prejudice. Epic 1990.

John Miles, Music. Aus dem Album Rebel. Decca 1976
Jason Mraz, Lucky. Aus dem Album We Sing, We Dance, We Steal Things. Atlantic/Warner 2008
Nena, SchönSchönSchön. Aus dem Album Made in Germany. Laugh + Peas 2009
Olivia Newton-John, Hopelessly devoted to you. Aus dem Film Grease. Original Soundtrack RSO 1978
Oasis, Wonderwall. Aus dem Album (What's the Story?) Morning Glory. Big Brother 1995
Pearl Jam, Jeremy. Aus dem Album Ten. Epic 1991
Queen, Don't stop me now. Aus dem Album Jazz. EMI/Parlophone 1978
Steven Schwartz, Defying Gravity. Aus dem Musical Wicked – Die Hexen von Oz. 2003
Seal, Crazy. Aus dem Album Seal. Warner 1991
Silbermond, Krieger des Lichts. Aus dem Album Nichts passiert. Columbia/Sony BMG 2009
Spandau Ballet, Through the Barricades. Aus dem Album Through the Barricades. Epic 1986
Take That, Wooden Boat. Aus dem Album Beautiful World. Polydor 2006
Thomas D., Neophyta. One Artist 2009
The Wallflowers, One Headlight. Aus dem Album Bringing Down the Horse. Interscope 1996
Robbie Williams, Angels. Aus dem Album Life thru a Lense, EMI 1997 und Eternity/The Road to Mandalay. Aus dem Album Sing When You're Winning, EMI 2000
Bill Withers, Lovely day. Aus dem Album Menagerie. Columbia 1977

Stevie Wonder, I just called to say I love you. Aus dem Film Woman in Red. Original Soundtrack Motown 1984

Weitere Zitate

stammen aus Allgemeinwissen sowie unterschiedlichsten Internet-Quellen. Wo nicht anders angegeben, stammen die Übersetzungen fremdsprachlicher Zitate von Tanya Stewner.

Cecelia Ahern

Ein Moment fürs Leben

Roman

Aus dem Englischen von Christine Strüh

Band 18682

Was machst du, wenn dein Leben sich mit dir treffen will? Gehst du hin? Mit ihrer verzaubernden Phantasie und ihrem unnachahmlichen Humor erzählt Weltbestsellerautorin Cecelia Ahern von der wichtigsten Begegnung, die es für uns geben kann: mit dem eigenen Leben.

Eigentlich wundert sich Lucy Silchester über gar nichts mehr: dass ihre große Liebe sie verlassen hat, dass sie aus ihrem Job geflogen ist oder dass sie eine Einladung zu einem Treffen bekommt – von ihrem eigenen Leben! Als sie tatsächlich zu dem Termin geht und direkt vor ihm steht, ist Lucy dann aber doch überrascht: So hat sie sich ihr Leben wirklich nicht vorgestellt! Am liebsten würde sie es direkt wieder loswerden. Doch ihr Leben denkt gar nicht daran, sie in Ruhe zu lassen …

»›Ein Moment fürs Leben‹ ist DER Roman für jeden, der sein Leben richtig leben will. Eine ideenreiche Geschichte über das Leben und die Liebe. Skurril, witzig, traurig – genauso, wie das Leben eben ist. ›Ein Moment fürs Leben‹ ist wunderbare und kluge Unterhaltungsliteratur!«

Alex Dengler, denglers-buchkritik.de

Fischer Taschenbuch Verlag

fi 18682 / 1

Cecelia Ahern

Ich schreib dir morgen wieder

Roman

Band 17319

Tamara hat immer nur im Hier und Jetzt gelebt – und nie einen Gedanken an morgen verschwendet. Bis sie ein Tagebuch findet, in dem ihre Zukunft schon aufgezeichnet ist …

Eine verzaubernde Geschichte darüber, wie das Morgen die Gegenwart verändern kann. Von der jungen irischen Weltbestsellerautorin Cecelia Ahern.

»Die Geschichte ist rundum gelungen.
Frisch und frech, traurig und witzig, nachdenklich und weise. Cecelia Ahern hat sich selbst übertroffen – ihr bisher reifstes Buch, das zum Ende hin spannend wird wie ein Krimi.«
denglers-buchkritik.de

»Cecelia Aherns Geschichten gehen einfach ans Herz.«
NDR 1

Fischer Taschenbuch Verlag

fi 17319 / 1

Bis der Faden reißt

»Shelley, Liebes, du brauchst keine Angst zu haben. Er will nur Geld. Wenn wir tun, was er sagt, lässt er uns in Ruhe und geht wieder.«

Ich glaubte ihr nicht. Ihre zitternden Hände und ihre Stimme verrieten mir, dass sie es selbst nicht glaubte. Wenn eine Katze ins Mauseloch eindringt, lässt sie die Mäuse nicht ungeschoren davonkommen. Ich wusste, wie die Geschichte enden würde.«

Gordon Reece
Mucksmäuschentot
Thriller
Aus dem Englischen
von Susanne Goga-Klinkenberg
304 Seiten, gebunden